华中师范大学文学院教授文库

裸学存稿

——王齐洲自选集

王齐洲 著

華中師範大學出版社

新出图证(鄂)字 10 号

图书在版编目(CIP)数据

裸学存稿：王齐洲自选集/王齐洲著. —武汉：华中师范大学出版社，2013.11

(华中师范大学文学院教授文库)

ISBN 978-7-5622-6104-9

Ⅰ. ①裸… Ⅱ. ①王… Ⅲ. ①中国文学—古代文论—文集 ②古典小说—小说研究—中国—文集 Ⅳ. ①I206.2-53 ②I207.41-53

中国版本图书馆 CIP 数据核字(2013)第 109222 号

裸学存稿

——王齐洲自选集

© 王齐洲 著

责任编辑：赵 宏　　**封面设计**：新视点

责任校对：王 炜　　**封面制作**：胡 灿

编 辑 室：文字编辑室　　**电 话**：027—67863220

出版发行：华中师范大学出版社

社址：湖北省武汉市珞喻路 152 号

电话：027—67863280/3426　　**邮购**：027—67861321

传真：027—67863291　　**邮编**：430079

网址：http://www.ccnupress.com　　**电子信箱**：hscbs@public.wh.hb.cn

印刷：湖北恒泰印务有限公司　　**督印**：章光琼

字数：310 千字

开本：710mm×1000mm 1/16　　**印张**：17

版次：2013 年 11 月第 1 版　　**印次**：2013 年 11 月第 1 次印刷

定价：39.00 元

欢迎上网查询、购书

华中师范大学文学院教授文库

编写说明

华中师范大学文学院已走过百年，其前身为文华书院大学部1909年设立的中国文学系（文华大学1924年更名为华中大学）。百年来，华中学人严谨治学，代有建树，为今天文学院的发展奠定了深厚基础。此次借“211工程”建设项目东风，并获得学校和出版社支持，我院筹谋编辑“教授文库”，逐年推出教授自选代表作，结集出版，旨在弘扬学术，传承薪火，以延文学院之文脉，亦尽我辈之责任。

文学院教授文库编委会

2009年10月

自　　序

或问：一部学术论文自选集，何以要以“裸学”为名？答曰：无此名不足以明心、见志、定业也。时下物欲横流，“裸”词频出，有“裸照”、“裸官”、“裸婚”之目。“裸照”乃娱乐八卦，为的是吸引眼球提升知名度，流芳抑或遗臭不顾也。“裸官”乃精心安排，为的是预留后路以防不测，是否贪赃枉法不知也。“裸婚”乃无奈选择，为的是天地间尚存的那一点爱心，前途究竟如何不问也。而以“裸学”为名，是想概括一种学习状态和学术经历，反映一种过往的和现实的心境，以此自状，并以之自励也。集中所收论文，皆“裸学”之产物，名实相符，如此而已矣。

我出身于湖北洪湖的一个农民家庭。学前记忆业已模糊，只记得母亲带我去看望过在沔阳工作的父亲。至于甲午年因大水随船逃难时掉入汉江被船工救起之事，只是常听家人说起，我则毫无记忆。1958 年春，堂兄文昌富从部队转业到地方等待分配工作，他把我们十来个孩子圈在一起教我们读书。暑期他去上班了。秋季开学，我们被转入公办小学，经过考试，我被安插到二年级，其他小朋友都留在一年级，我沮丧了好久。小学的学习是愉快的，没有家庭作业，农村重视书法，班主任只布置每天用毛笔写一张大字，我回家的第一件事就是找一个有底的破瓷碗，翻过来做砚台，用它磨墨写字，感觉很好玩，往往一写好几张。我从小爱静不爱动，由于不肯出去玩，母亲生气摔过几次“砚台”，我感到委屈，并不肯改正。课余时间，常有空看闲书，除了小人书(连环画)，先后读过《西游记》、《封神榜》、《岳飞传》等，不认识的字就跳过读，仍觉得津津有味。1963 年小学毕业，我参加了全县统考，被洪湖一中录取。当时，全县只有两所全日制初中，一中在新堤，二中在峰口，其他各区有农中。一中招收县城和东三区考生，二中则招收西四区考生，我所在的汊河区属于二中招生范围，所以我的小学同学有的去了二中，有的去了区农中，独我一人去了一中。后来才知道全区也只我一人去了一中。一中离我家很远，那时交通不便，每年只寒暑假能回家。学校学习压力不大，课业负担又轻，所有作业都可以在晚自习完成，平时有时间看书。我先后读完了《三国演义》、《水浒传》、《红岩》、《青春之歌》、《暴风骤雨》、《钢铁是怎样炼成的》、《童年》、《我的大学》、《牛虻》等中外名著。读书没有目的，完全凭兴趣，只要这些书能够吸引我、打动我，我就愿意去读。1966年我初中毕业，正在为升学考试做准备，“文化大革命”开始了，我的生活道路也改变了。学校先是取消升学考试，改为推荐选拔；后来建立“红卫兵”组织，开展“革命大串联”，学校停课，推荐选拔自行作废。我在这些变化中成为看客，因为父亲有历史问题(他是五师突围被动员留下的地方干部，按照李先念、陈少敏的指示向国民党自首过，反右运动中因带头鸣放又被定为“中右”记入档案)，我没有被推荐，也没有资格参加红卫兵，只能做“逍遥派”。我曾随串联的同学走到武汉，后被我大姐追到要我回家，我知道自己没有革命的资格，也只好回家。回家不久，大队民办小学缺老师，大家相信一中的毕业生，就安排我做了老师。那时我才 15 岁。经过一段焦虑和紧张之后，我开始喜欢上这一工作，除了跟和我年纪相差不多的孩子们在一起感到安全外，主要是有书可读。因为学校旁边大队部的一间仓库里堆满了“破四旧”收来的书，这些多是流行在民间的通俗小说和说唱文学，几乎应有尽有。我往往“偷”出一本，看完后再放回原处。几年下来，我将库存的旧书全部看完。课余时间，回到家里，打开一本自己喜欢的书，细心品赏，的确是一件很快活的事，何况在那个文化荒芜的年代！至今想来，仍然觉得非常幸运。

书籍给了我童年和少年许多欢乐，我的读书生涯也就这样开始。我不知读书有何用，只知学习有快乐。不是为了考试读书，不是为了赚钱学习，读书学习只是一种兴趣爱好，只是自己精神和情感的需要，与外界的一切无关，这不就是“裸学”吗？这样的“裸学”经历，后来还有两段，一段在荆州，一段在武汉，令我至今难忘。1972 年，我在荆州师范学校(今长江大学)毕业留校后，除了在中文系教课，同时兼做教务工作。学校图书馆由教务处管理，我和管理员丁克英老师在一间办公室。那时正值“文革”，图书馆并不开放，长期锁着。教学工作没什么压力，愿意读书的人很少。丁老师同意把我锁在图书馆里，让我一个人在里面读书。此后的四五年时间里，我一有空就钻进图书馆，读一切我感兴趣的书。不论是中国的、外国的，还是古代的、现代的，也不管是小说、戏剧，还是诗歌、散文，全凭着兴趣去读，自由自在。当图书馆的门从外面被锁上，我一个人徜徉在高高的书架中间，找到一本书，然后选一个安静的地方坐下来阅读。看一本喜欢的书，就像交一个新朋友，与朋友谈心，没人打扰，全身心地投入，与功利无关，与外面吵吵嚷嚷的世界无涉，这里只有思想的碰撞，智慧的激荡，心灵的沟通，情感的交流，感觉特别惬意，实在是高级精神享受。我在 1993 年出版的《古典小说新探》后记中，还专门提到这一时期的读书经历，特别感谢丁老师。1977 年国家恢复高考，接着恢复研究生考试，学校以工作需要为由不让我参加考试，却联系了武汉师范学院(今湖北大学)让我进修。1978 年春，我在武师中文系参加了由张国光先生主讲的青年教师读书班，因一篇读《庄子》的心得受到张先生青睐，他便带我到湖北省图书馆古籍部读书。当时，省图古籍部只对具有讲师以上职称的高校教师开放(当时高校具有讲师职称的不多，副教授以上的就更少，张先生当时也只是讲师)，并且不限制借阅古籍册数，只是不能带出或借走。每到周末，我和张先生到省图，以他的名义借出一大摞古籍，摆放在一张阅览桌上，一起阅读。为了节约还书再借的时间，中午总是不回家，两人轮流到附近餐馆吃点面条充饥。这样的读书生活持续到我进修结束，前后共一年多时间。所看主要是古籍，有一些还是善本书，这大大扩展了我的眼界，使我知道书是有版本之别、好坏之分的，读原书和读后人整理过的书也是不一样的。我不知道，怀着功利目的去读书去学习是什么感觉，我只知道，凭着兴趣和爱好去读书去学习，细心体会作者的思想情感，真心诚意与作者进行心灵的沟通，其感觉不仅是十分美妙的，而且是十分幸福的。

我的学术生涯始于武汉师范学院。在武师进修期间，我旁听了元明清文学研究生课程，也参与了中文系组织的一些学术活动。在郁沅先生指导下写过《报告文学中的形象思维》，收入武汉师范学院中文系 1979 年编辑的《报告文学评论集》中。在张国光先生指导下写过几篇《水浒传》论文，后来分别发表在《文学评论丛刊》、《水浒争鸣》(1980)和《社会科学研究》(1981)上。那时公开发行的学术刊物很少，编辑大多是饱学之士，投稿不需提供个人背景资料，一切以文章质量为准。我公开发表的第一篇论文是讨论宋江形象的，得到时任《文学评论》编辑部古典室主任侯敏泽先生的支持，1980 年刊登在《文学评论丛刊》第五辑上。后来又得到徐公持、陈祖美、聂铁钢、尹靖等先生支持，在《文学遗产》、《文学评论》、《江汉论坛》、《天津社会科学》等刊物连续发表了数篇长文，从此一发不可收拾。我与这些刊物编辑的交往，均为神交，他们多是长辈，为发表一文，往往会有多次通信往来，起先并不知他们的名姓，文章发表后才慢慢知道，而有些刊物如《学术月刊》、《争鸣》至今也不知当年发表拙作的编辑是谁。对于处在偏远小校的我，他们给予了特别关注，我至今还保存着他们指导我修改论文的亲笔信。1980 年代与这批老编辑的交往，让我懂得了做人，懂得了做学问，也懂得了什么是学术。知道学术是知识分子的命脉，它探求的是问题，付出的是情感，收获的是良知，其他则不在考虑之列。这是没有羼杂私心杂念的学术，是作为天下公器的学术，也可以说是纯粹的学术。用当下时髦的说法，不也是“裸学”吗？2008 年《江汉论坛》创刊 50 周年，大会安排我发言，我讲到 1982 年聂铁钢先生为发表拙文先后给我写过三次长信，每次都有三四纸，而文章发表出来却没有他的名字；也谈到我主编《湖北大学学报》和《华中师范大学学报》期间，何以要那样认真，因为我心目中有这批师长为榜样，有神圣的学术做支撑，我不能背叛他们，不能没有学术良心！当然，今天说这样的话，多少显得不合时宜，然而静下心来一想，他们所维系的，不就是学术赖以发展、我们赖以生存的根吗？

1980年代的学术经历，给予我异常深刻的影响。老师们言传身教，使我懂得做学问应该诚实严谨，也知道了学术的神圣；编辑们不问出身，完全以质量为选文标准，促使我深入思考问题，努力提高研究水平。其实，以我的学历和资质，本不是做学问的材料，正是一批有良知的知识分子把我带进了这个领地。他们不需要我请托，我也从来不去请托，他们不问我的出身，我也不必向他们介绍出身，所有的交流围绕学术展开，所有的讨论都针对文章进行，我被这种氛围所吸引所激动所裹胁，也不去计较学术以外的东西。我努力发现前人没有发现的问题，深入细致地加以研究，如果能得出自己的结论，就无比兴奋，然后书写成文，工工整整抄好，寄给相关刊物。不为评定职称，也不为应付考核，纯粹只是兴趣爱好。而当这些文章得到了编辑的青睐而被发表出来，那种精神上的满足是无法用言语来形容的。因为其中凝结着我的心血，更有对我视之为生命的学术的肯定。记得《文学遗产》1985年第1期发表拙文《中国小说起源探迹》，同期也发表了陈良运先生的文章，1987年在杭州"中国古代文学宏观研讨会"上，陈先生见到我惊讶地说："你的文笔老辣，我还以为你是比我年长的老先生呢。"两人相视大笑。在大会期间，《文学遗产》主编徐公持先生亲自到我房间，和我商量另一篇拟发文章修改的事。大家对学术的执着是那样热烈而单纯，我庆幸能有这样一段学术经历，能够受到这样的学术洗礼。据《文学遗产(创刊40周年复刊15周年)纪念文集》载文统计，我是《文学遗产》复刊后的84位活跃作者之一。只论学术，不论出身，不仅期刊界是如此，当年的高校职称评定也是如此。1983年我晋升讲师，是湖北省最年轻的，也是学历最低的。1987年破格晋升副教授、1992年晋升教授，我都没有找过领导，也没有向任何评委请托。我的经历让我相信，学术为天下公器，学者乃社会良心，关键是做好自己。直到今天，我仍然连大学本科文凭也没有，更别说硕士、博士。对于各种荣誉称号，我也兴趣不大。1992年，省里分配给我校一个湖北省有突出贡献的中青年专家名额，当时我是教务处长，分管教学、科研、师资、设备、教材，又是学校最大系中文系唯一的教授，学校要我申报，但我没有接受，反而向学校推荐了政教系的另一位教授，因为他是普通教师，比我年长。在我心目中，学术地位不是靠这些荣誉来获得，而是靠实际成果来支撑；领导应该首先考虑群众，因为你毕竟占有了比普通群众更多的资源，"见荣誉就让"

在 20 世纪 80 年代末 90 年代初仍然是社会的主流价值。当然，时过境迁，今天有朋友听说我连任何荣誉称号也没有时颇觉惊诧，其实，这不正是我所理解和追求的“裸学”吗？若干年以后，人们所记住的，一定不是这些所谓的荣誉，而是你能留给后人的有价值的成果。

孔子说：“古之学者为己，今之学者为人。”又说：“朝闻道，夕死可矣。”这是中国文化史上最早觉醒起来的知识分子的学术宣言。孔子所仰慕和践行的“道”，正体现为“古之学者”的“为己”之学。而“诗言志”是“为己”之学的滥觞，“修辞立其诚”则使“为己”之学落到了学术层面。孟子则将“为己”之学解释为“求放心”，他说：“学问之道无他，求其放心而已矣。”他鼓励学者们将放逸的良心寻找回来，指示知识分子一个学问的进阶。我以为，做学问就是知识分子的职业，而知识分子不仅需要有专业知识，而且应该超越个人和小集团的利益而担当社会公共利益的思想者和代言人。要有“独立之思想，自由之精神”，“贫贱不能移，富贵不能淫，威武不能屈”，不怕孤独，不怕寂寞，可以为思想而战斗，可以为学术而献身。一切投机取巧、狗苟蝇营、趋炎附势、随波逐流，都与学术无缘。如果不是这样，学术就不会有人尊重，知识分子也就失去了存在的价值。因为你既不能为社会提供切实有用的物质产品，又不能为社会提供确有价值的精神产品，社会为什么需要你的存在呢？我常想，真正的农民不会愿意播种假种子，因为这会导致他们减产甚至绝收。真正的学者也不会去做假学问，因为这会导致整个学术共同体的衰败甚至解体。然而，仍然有农民播种假种子，这是他们上了奸商的当，而奸商本就不是农民。学界也有人在做假学问，这是因为他们钻了学术制度不完善和学术共同体不成熟的空子，而造假者本来就不是学者。正如假种子损害的是农民的利益，假学术损害的则是学术共同体的利益。我们大概没有能力改变现状，但可以不随波逐流，至少不推波助澜。老老实实做人，扎扎实实作文，即使不能为学术大厦增砖添瓦，至少不要去挖它的墙角。我的研究，不敢说都是创新，但我对学术是敬畏的，做学问是真诚的，思想是独立的，精神是自由的。本集所收论文可以为证。记得有一位名刊的编辑，在晚上读了本集所收《雅俗观念的演进与文学形态的发展》一文，第二天打电话给我，说她很激动，一晚没睡好。我听了很感动，因为我对学术的坚守有了丰厚的汇报，读者的肯定就是最好的奖赏。当清华大学百年校庆时将本集所收《“诗言志”：中国古代文学观念发生的一个标本》授予“百盛—清华大学学报”优秀论文一等奖时，我同样感动，因为这是民间独立评审的奖项，由李学勤、傅璇琮、童庆炳三位老先生最终确定，是纯学术的判断。我虽曾连续五届获湖北省优秀社科成果奖，却没有过这种激动。如果我们的学术，真的出于求真，所写的文章，真的能感动自己，没有功利的目的，没有世俗的羁绊，那么，学术之树必然长青，学者的生命之树也必然长青。否则，我们有什么资格来谈论学术，有什么理由要求社会尊重？

本集所收14篇文章，是我近几年所发文章的一部分，主要涉及中国古代文学观念和古代小说研究。凡《中国文学观念论稿》、《古典小说新探》、《稗官与才人——中国古代小说考论》等文集已收录者，本集概不收录，以免重复；因篇幅所限，本集也不收探讨先秦诸子百家文学观念和具体研究古代小说作品的文章。本集所收古代文学观念研究的文章系统清理了中国古代文学观念早期发生和发展的路径，以加深对中国文学特性的认识；所收中国古代小说研究的文章着重探讨中国古代小说的真实内涵和古人对小说的理解，以明确古今小说观念的差异。同时，对现时比较流行的文学发展观和古代小说研究现状进行了讨论，以开阔大家的思路。集中除两三篇文章因原刊版面限制或技术原因曾有所删削今予恢复原貌外，其他文章与原刊均保持一致，只是为了节省篇幅和遵守文库体例删除了摘要和关键词。所收文章大多是重要论题，篇幅一般都较大，3万字以上的有2篇，2万多字的也有4篇。好在这些文章多有较大影响，也许可以鼓舞大家阅读的信心。选集中的文章《新华文摘》先后摘载了11篇，其中有3篇摘载万字以上，2篇作为要目列于封面。《中国社会科学文摘》仅2007年试行封面标题重要篇目，第1期即选拙文《论文学的进化与退化》列于封面。《高等学校文科学术文摘》、中国人民大学资料中心《中国古代、近代文学研究》等也摘载或复印了其中的10篇。另据“中国知网”统计，近几年学术期刊论文引用拙文量年均在70篇次以上。这些都表明，真正用心的研究是能够感动那些同样用心的学者的，中国的学脉也是不可能完全中断的。我知道，任何学术都要接受实践的检验，接受人心的检验，更要接受时间的检验。我受惠于“裸学”，自然也愿意赤裸裸地去接受一切检验。

是为序。

壬辰大寒王齐洲识于武昌紫崧·枫林上城

目　　录

上编　中国古代文学观念研究

下编　中国古代小说研究

上编
中国古代文学观念研究

中国古代文学观念发生史论纲

从总体上看，新时期中国现代文学观念的研究比古代文学观念的研究更为活跃，且古代文学观念又多用现代文学观念进行解读，而对于中国古代文学观念何时发生、何以发生、如何发生、其思想文化内涵究竟是什么等这些奠定中国文学发展基础的重大问题，缺少全面系统深入的研究。如果采用发生学的理论，从古代文学观念生成的动态过程中，全面梳理中国古代文学观念发生的文化渊源、话语体系、知识结构、思维方式、价值取向和主体社会实践，去探寻中国古代文学观念的丰富内涵，或可完成对于中国古代文学观念发生史的学术建构，促进中国文学史和中国文学思想史研究的深入发展。本文提出文学观念发生史研究的初步设想，以就教于大家。

一

文学观念是指对于文学普遍本质或基本属性的理性认识，回答"文学是什么"和"文学做什么"的问题。它既是文学理论的核心，文学批评的指南，也是文学史研究的基础。

现行文学理论教材虽然都有关于文学观念的论述，但只限于理论层面。中国文学史研究本来需要讨论文学观念，不然就难以确定研究对象。事实上，在20世纪初中国文学史学科创立的过程中，在早期中国文学史教材编写的实践中，学者们都无不关注文学观念问题，也都花力气讨论过文学观念问题。如黄人的《中国文学史》、窦警凡的《历朝文学史》、曾毅的《中国文学史》、谢无量的《中国大文学史》等，莫不如此。然而，在20世纪20年代中国文学史学科体系建立和中国文学史教材基本定型之后，人们就不再关心文学观念问题，似乎这一问题已经彻底解决。

自20世纪80年代学术界提出"重写文学史"以来，文学观念再次受到大家重视，召开了几次全国性的"文学观念与文学史"学术研讨会，最近的一次于2004年秋在河北承德召开，由河北师范大学、国家图书馆、《文学评论》编辑部、《文学遗产》编辑部共同主办。纯文学与杂文学的界限、中国文学观念的演变、中国古代文学观念与现代文学观念的差异、文学观念与文学史的关系等，成为大家关注的焦点。如果说20世纪80年代学术界所强调的主要是纯文学观念和文学现代性的话，那么20年后的今天，学术界却又开始反思纯文学观念，检讨所谓主流文学观念体系的局限性。这一现象表明，文学观念始终引导着、规范着也制约着文学创作、文学批评和文学研究。这期间，除发表了一批有影响的研究论文外，先后出版有包忠文的《现代文学观念发展史》(1992)、庄淑芝的《台湾新文学观念的萌芽与实践》(1994)、袁进的《中国文学观念的近代变革》(1996)、王彬的《中国文学观念研究》(1997)、于迎春的《汉代文人与文学观念的演进》(1997)、顾祖钊的《华夏原始文化与三元文学观念》(2005)、罗立纲的《史统、道统、文统：论唐宋时期文学观念的转变》(2005)、李青春的《宋学与宋代文学观念》(2005)、季广茂的《意识形态视域中的现代话语转型与文学观念嬗变》(2005)等专著。20世纪90年代开始的“文学自觉时代到底是汉还是魏”的争论，所牵涉的仍然是文学观念问题。尽管赵敏俐在《中国社会科学》2005年第2期发表了《“魏晋文学自觉说”反思》来检讨这一问题，也还不能说这一争论已经尘埃落定。北京师范大学郭英德、李青春正在进行的《中国文学观念的文化渊源》研究、台湾龚鹏程拟进行的《中国文学观念史》研究，表明中国文学观念的研究正在深入。然而总体来看，中国现代文学观念的研究比古代文学观念的研究更为活跃，古代文学观念又多用现代文学观念进行解读，而对于中国古代文学观念何时发生、何以发生、如何发生、其思想文化内涵究竟是什么等这些奠定中国文学发展基础的重大问题，目前尚无人进行专门研究。

一般来说，文学理论家对文学观念的关注主要是学理性的。他们都努力揭示文学的普遍本质，企图用它来涵盖一切文学现象，解释一切文学活动，指导文学创作和文学批评。然而事实上，古代人们对文学的理解和现代人们对文学的理解有很大差别，无论中国、外国，莫不如此。用现代文学理论家们的文学观念去解释古代的文学现象，去规范古人的文学活动，去考察古代的文学创作和文学批评，无疑会隔靴搔痒，也难免郢书燕说。因此，文学史家的责任就应该还原历史的真实语境，实事求是地考察各个不同历史时期人们是如何认识文学、理解文学的，是在何种文学观念的指导下从事文学创作和文学批评的，这种文学观念又是如何发展变化的，促成这些发展变化的原因究竟有哪些，如此等等。当然，就文学观念发展的历史逻辑而言，一个民族最早形成的文学观念，往往包含着这个民族的最基本的文学思想和最重要的文学精神，也是这个民族后来不断发展着的文学观念的最深厚的文化之根和精神之源。然而，文学观念伴随着文学活动，它的形成是一个漫长的历史过程，只有从发生学的角度去探讨它的形成机制、它的内在结构、它的文化内涵、它的民族特点，才能对一个民族的文学观念何以这样表达而不是那样表达作出恰如其分的合理解释，才能对一个民族的文学的历史何以这样发展而不是那样发展作出符合历史本来面目的真实描述。

发生学研究主要受欧洲考古学和文化人类学影响，在中国已有近百年的历史。20世纪中国艺术发生学研究取得了丰硕成果，如蔡元培的《美术的起源》(1918)、林风眠的《原始人类的艺术》(1928)、裴文中的《介绍旧石器时代之艺术》(1933)、岑家梧的《史前艺术史》(1937)、朱狄的《艺术的起源》(1982)、邓福星的《艺术前的艺术》(1986)、刘锡诚的《中国原始艺术》(1998)、郑元者的《艺术之根——艺术起源学引论》(1998)，这些论著讨论艺术起源或艺术发生，对文学发生学研究无疑具有启发，因为文学本来就包含在广义的艺术之中。不过，上述研究不少将发生与起源等同，2003年出版的张应斌的《中国文学的起源》也是同一思路。然而，起源学是寻找事件初始的一个点，而发生学则要解析一个新事物的结构体系及其构造机制，二者存在很大差异。朱狄的《原始文化研究——对审美发生问题的思考》(1988)、于文杰的《艺术发生学》(1995)曾做过艺术发生学研究的努力，也取得了可喜的成绩。斯洛伐克汉学家玛利安·高利克的《中国现代文学批评发生史(1917—1930)》，将发生学引进文学批评领域，给人以启发。但中国古代文学观念的发生学研究，至今仍无人问津。如果说文学创作因其有作品遗存，还能够做起源学的研究，那么，文学观念作为人类的一种认识，根据皮亚杰的发生认识论原理，则更适合进行发生学研究。

中国古代文学观念的发生学研究，不仅可以拓展文学观念研究的领域，构筑中国文学观念研究的基础，而且可以为中国文学理论史研究、中国文学批评史研究、中国文学发展史研究提供始源性成果，以推动这些领域研究的深入；同时为建设有中国特色的文学理论、为中国文学与世界各民族文学的平等交流和对话提供基础性平台。

二

中国古代文学观念发生学研究虽然可能有多种研究思路和研究方法，但主要的思路和方法有以下两种。

一种思路和方法是以今人的文学观念为基点，向上追溯，寻找符合今人文学观念各种要素的发生学证据，使得逻辑与历史相统一。这是现代多数学者所采用的思路和方法。然而，这种研究只是用古代的例证说明了今人的观念，并不能使今人真正了解古人，也无法向今人提供关于中国古代思想文化的知识和经验。况且今人与古人对文学的认识并不一样，中国与外国对文学的看法也不完全相同，因而这种研究的结论也就难以令人信服。例如，现在流行的关于文学起源的理论就有劳动说、游戏说、模仿说、巫术说等几种，并且都很有影响，我们究竟应该相信哪一种说法？而文学的观念与文学的起源相辅相成，不同的文学起源说必然推导出不同的文学观念，我们究竟应该相信哪种文学观念是在中国古代真实存在过的最早的文学观念？其实这些所谓的文学起源说和文学观念都只是一种逻辑推演，一种假说，并没有可以验证的事实依据，即是说它们既不能被证实，也不能被证伪。如果可以证实和证伪，也就不会有这许多假说存在了。按照拉卡托斯《科学研究纲领方法论》的观点，不能证实特别是不能证伪的学说都不能够算是科学的学说。

另一种思路和方法是尽可能全面地收集中国早期文学观念的信息，这些信息包括一切载有文学观念符号的文献，以及与这些文献相联系的考古材料，从所有信息的归纳整理和比较分析中，从古代文学观念生成的动态过程中，去探寻中国古代文学观念的丰富内涵。研究结论不必与今人的文学观念相一致，却必须能够说明中国古代文学观念的生成机理和发生机制，所揭示的文化内涵可以放到当时的社会文化语境中接受检验。所采用的方法除坚持历史和逻辑的统一外，更强调知识考古学和文化人类学的方法，坚持王国维提倡的“二重证据法”，同时也会采用语言学、文艺学、宗教学、社会学、文化学、心理学、符号学、统计学等所有行之有效的方法。

我们赞成第二种思路和方法。这是因为，古人的文学观念固然存在于古人的头脑之中，我们虽然不能起古人而问之，了解他们对文学的所思所想，然而，古人对于文学的观念已经通过他们所遗存的观念符号——文字、图案、器物等表达出来，我们不仅可以通过对这些符号的研究还原他们的观念，而且可以把这些结论放在当时的社会文化语境中进行检验，以证实或证伪我们研究的结论，使我们的研究真正具有科学的性质。同时，这种结论是从对大量的观念符号的收集、整理、分析、研究中得到的，它就有可能提供一些与现行的文学理论和通行的文学史著作不同的思想材料和理论信息，提供关于中国古代思想文化的知识和经验，为中国文学学科的发展夯实基础，为中国文学史和中国文学批评史的深入研究提供动力，为创建有中国特色的文学理论体系提供镜鉴。因此，中国古代文学观念的发生学研究不主张理论先行、思想先行或以论带史，反对进行概念游戏或只做理论的推导，而更注重知识考古的实证研究，靠观念符号来做证明材料，即靠材料说话，有多少材料说多少话。

中国古代文学观念的发生学研究应该以先秦文献(含出土文献)、文物和考古成果为主要依据，全面梳理中国古代文学观念发生的文化渊源、话语体系、知识结构、思维方式、价值取向和社会实践，揭示中国古代文学观念在其发生阶段究竟是以何种面貌呈现，又包含了哪些重要思想文化信息，对当时人们的精神文化生活产生了怎样的影响。

三

中国文学的发生也许可以追溯到很早很早以前。不过，那时还没有独立的文学活动发生，只有一些文学的因素存在，这些文学因素隐含在其他更为重要的活动(例如原始宗教活动或人为宗教活动)中，或者作为这些活动(例如占卜、祭祀)的一部分。独立的文学活动直到西周时期才出现，而古代文学观念的明确表达则一直要到春秋末期[1]。然而，从发生学的角度来看，古代文学观念的发生是一个漫长的历史过程，其中有主体的演变、知识的积累、话语的转换、文化的变型以及社会的发展、观念的更新等。这样，中国古代文学观念的发生学研究涉及的问题便非常复杂。具体说来主要包括以下一些内容：

一、文化主体与文学观念。文学观念的发生离不开文化主体，探讨中国早期文化主体的演变，有利于清理古代文学观念发生的主体机制。从殷商到西周到春秋，社会文化主体由巫到史到士，他们的文化地位和文化职能的变迁，与古代文学观念的发生息息相关，中国古代文学观念发生学研究必须关注这一内容。

二、文化活动与文学观念。文学观念的发生脱胎于文化活动，探讨中国早期文化活动的发展，有利于清理古代文学观念发生的文化机制。从占卜、祭祀为主的文化活动到礼乐、会盟为主的文化活动，再到处士横议、百家争鸣的文化活动，可以追寻文学逐渐发展为独立文化活动的历史轨迹。

三、文学话语与文学观念。文学观念的发生依赖于文学话语，探讨中国早期文学话语的内涵、关联及其扩展，有利于清理古代文学观念发生的语言机制。从“诗言志，歌永言，声依永，律和声”到“不学诗，无以言”，从“神人以和”到“修辞立其诚”，可以分析话语结构的主题变化对古代文学观念发生的影响。

四、社会生活与文学观念。文学观念的发生来源于社会生活，探讨中国早期社会生活的变迁，有利于清理古代文学观念发生的社会机制。从殷商时期的“国之大事在祀与戎”到西周的“礼乐刑政”再到春秋的诸侯争霸，可以发现社会生活变迁对古代文学观念发生的影响。

五、学术思想与文学观念。文学观念的发生依托于学术思想，探讨中国早期学术思想的发展，有利于清理古代文学观念发生的学术机制。从原始宗教到成熟形态的宗教，从巫术信仰到王官之学，从政教合一到百家之说，可以辨析不同学术思想对古代文学观念发生的影响。

六、知识系统与文学观念。文学观念的发生联结于知识系统，探讨中国早期知识系统的结构，有利于清理古代文学观念发生的认识机制。从殷商时期的学习占卜到西周时期的学习“六艺”(礼、乐、射、御、书、数)到春秋时期“子以四教：文、行、忠、信”，可以揭示古代文学观念发生的知识背景。

以上六项，只是中国古代文学观念的发生学研究的荦荦大者。而这六项研究，并不能完全独立地进行，它们之间本来就有着紧密的联系。例如，文化主体与文学活动、社会生活不可分割，文学话语与学术思想、知识系统密切相关。因此，研究其中任何一个问题，都可能牵涉其他方面的问题。中国古代文学观念的发生学研究就是要从整体上全方位地关注研究对象，运用历史发展的眼光全面地系统地讨论面临的问题，使我们的研究真正符合研究的对象，真正逼近历史的真实。

四

70年前，梁实秋曾在《现代文学论》中指出：“我以为中国文学之最应改革的是文学思想，换言之，即是文学的基本观念：文学是甚么？文学的任务是甚么？中国过去对这些问题是怎样解答的？我们现在对以前的解答是否满意？如不满意应如何修正？这些问题我以为是新文学运动的中心问题。”[2]将文学观念问题看作文学运动的中心问题是大体不错的。然而，中国文学观念始终处在发展演变之中，今天也仍然如此，文学并没有一成不变的本质，其存在即其本质，因此，也就没有一个放之四海而皆准的对文学绝对正确的认识。对前人的文学观念是否满意并不重要，重要的是对前人何以有那样的文学观念要有“同情之理解”，切不要在曲解的同时加以全盘否定，以致抛弃我们民族的思想资源和文化传统。今人完全可以按照今人对文学的认识去进行文学活动，包括文学创作和文学批评，只要这种文学观念有利于文学自身的发展，同时也有利于人的全面发展和社会的全面进步。

其实，不仅文学运动的中心问题是文学观念，文学研究的中心问题也是文学观念，这在学术界也早有共识。《甘肃社会科学》2004 年第 3 期曾以“如何看待我们的文学研究与文学观念”为题组织过“人文视野下的‘大文学观’”讨论，《文艺争鸣》2006 年第 1 期组织的“新世纪文学”讨论，也关注到文学观念问题。正如刘跃进所说：“实践证明，凡是在中国文学研究方面真正作出贡献的人，无不在文学观念上有所突破，无不在文献积累方面厚积薄发。如果说文献基础是骨肉的话，那么文学观念就是血液。一个有血有肉的研究才是最高境界。”[3]然而，今人的文学观念不是凭空产生的，它是在继承前人的文学思想遗产和适应现实社会的文化要求的基础上产生的。即是说，前人的文学观念是今人创新文学观念的基础。因此，对文学观念史的研究也就成了文学研究的一个重要内容。

中国文学观念史的研究主要应该描述不同时期人们对文学的不同认识，以及这些认识之间的文化传承、历史联系和运动轨迹。而中国古代文学观念发生史则主要描述中国古代文学观念发生的初始面貌，探讨其形成的社会机制和内在机理，以深入了解我们民族的文学思想和文学精神。要做好中国古代文学观念的发生学研究，重点是要全面准确地收集资料，而难点则是对相关资料的理解分析，尤其是对各种观念之间的联系与区别的细致梳理，以及对相同的概念在不同的社会文化语境和不同的知识系统结构中的不同观念内涵进行有创新有深度而又实事求是的理论剖析。

中国古代文学观念的发生学研究将完成中国古代文学观念发生史的建构。这种建构是描述性的而非定义性的。因为在学理上，文学观念的发生学研究所理解的文学观念的发生是一个动态的历史过程，并没有一个时空固定的具体的发生的点，这就需要我们做全面的历史的动态的分析研究，揭櫫中国古代文学观念形成的社会文化机制和内在结构机理，为我们理解中国古代文学观念的丰富内涵提供经验。在方法上，中国古代文学观念的发生学研究注重知识考古，所有的观念都要有符号依据，所有的话语都要进行结构分析，所有的论证都要注意收集二重证据，所有的结论都必须建立在可靠文献和文物的基础之上，以弘扬国学研究的优良传统。

从理论上说，中国古代文学观念的发生学研究的所有观点应该是在全面收集资料并进行充分研究之后才能得出。由于笔者在此前已经做过一些这方面的研究，在《中国社会科学》、《文艺研究》、《文学评论》、《文学遗产》、《孔子研究》、《北京大学学报》等刊物发表过与此相关的研究成果，并出版有《中国文学观念论稿》(2003)等专著，故而可以对这一研究课题的基本结论做一简单归纳：中国古代文学观念的发生与中国文化由祭祀文化转向礼乐文化、由鬼神崇拜转向世俗关怀相关联，与文化主体由神职人员转向知识分子、文化活动由娱神为主转向教民为主相关联，也与社会结构和知识体系由神道设教政教合一转向人道设教政教分离相关联，即是说，中国古代文学观念的发生有一个从“观乎天文”向“观乎人文”的缓慢转化的过程，而文学观念的最终确立反映了中国古代人文精神的觉醒。因此，传统意义上的中国古代文学观念具有强烈的人文精神和政教色彩，人文教化是其最基本最核心的内容。当然，这些结论的详细论证还需要一点一点地来做。

注释：

＊本文为国家社会科学基金项目“中国古代文学观念的发生学研究”(05BZW013)阶段性成果之一。原载《中国地质大学学报(社会科学版)》2007年第2期；《新华文摘》2008年第14期转摘。

[1]参见拙作《中国文学观念的符号学探原》，《中国社会科学》1999年第1期；《论孔子的文学观念》，《孔子研究》1998年第1期。

[2]梁实秋：《现代文学论》，《偏见集》，正中书局1934年版，第145页。

[3]刘跃进：《在继承中创新的中国文学研究》，《中国社会科学院院报》2006-5-9。

“观乎天文”：中国古代文学观念的滥觞

中国古代文学观念发生于何时？要回答这个问题，确定一个大家都能接受的时点，无疑是十分困难的。因为中国古代文学观念的发生与古代文学的发生相伴，是一个漫长的历史过程，古代文学形态与古代文学观念形态也一直处于发展变动之中，难以用统一的标准去衡量。当然，这不是说中国古代文学观念发生的问题不能研究，而是提醒我们注意克服本质主义的先验论思维模式，从宏观的角度用发展的眼光来对这一问题作动态描述，这种描述也许更接近历史事实本身。中国古代文论家们已经做过这样的描述，他们的思想成果或许会对我们有所启发。

一

中国古代著名文学理论家刘勰在《文心雕龙·原道》中说：“文之为德也大矣，与天地并生者何哉？夫玄黄色杂，方圆体分。日月叠璧，以垂丽天之象；山川焕绮，以铺理地之形。此盖道之文也。仰观吐曜，俯察含章，高卑定位，故两仪既生矣。惟人参之，性灵所钟，是谓三才。为五行之秀，实天地之心。心生而言立，言立而文明，自然之道也。”在刘勰看来，性灵所钟的人之立言其实所遵循的是“自然之道”，这种自然之道就是“日月”、“山川”所展现的“天文”，而人所立之言则为“人文”。因此，“爰自风姓，暨于孔氏，玄圣创典，素王述训，莫不原道心以敷章，研神理而设教。取象乎河洛，问数乎蓍龟。观天文以极变，察人文以化成。然后能经纬区宇，弥纶彝宪，发辉事业，彪炳辞义。故知道沿圣以垂文，圣因文而明道，旁通而无滞，日用而不匮”。他在本篇赞词中还总结说：“道心惟微，神理设教；光采玄圣，炳耀仁孝。龙图献体，龟书呈貌；天文斯观，民胥以效。”[1]

如果不是用现代文学观念去规范古人的思想，而是把古代文学观念放在中国传统文化的大背景中加以考察，我们就会看到，刘勰的“原道”思想中虽然以人为核心，却提供了对文学的两个观察视角，即“观天文以极变，察人文以化成”，而在这两个观察视角中，观察“天文”比观察“人文”具有更为本原的意义。也就是说，在刘勰心目中，文学可以分为“天文”之学和“人文”之学两大块，它们是相互联系的，“天文”之学是“人文”之学的基础，“人文”之学是“天文”之学合乎逻辑的发展。或者可以说，中国古代文学观念本来就滥觞于“天文”之学。因此，要认识和理解中国古代文学观念的发生，就不能不从认识和理解上古“天文”之学开始。

需要指出的是，“观天文以极变，察人文以化成”和“天文斯观，民胥以效”的思想并非刘勰首创，它来源于《易经·贲卦》的彖辞：“故小利有攸往，天文也；文明以止，人文也。观乎天文，以察时变；观乎人文，以化成天下。”贲卦的卦象是“上天垂象，以见吉凶”，这即是“天文”，“小利有攸往”便是天文给予的启示；人们根据天文的启示决定自己的行为，“文明以止”，这就是“人文”。而“观乎天文，以察时变；观乎人文，以化成天下”，正是古代文学的题中应有之义。当然，古人所谓“天文”之学与今人所谓“天文”之学不是同一个概念。今人所说“天文”是指日月星辰等天体在宇宙间分布、运行等现象，天文之学则是指研究天体、宇宙的结构和发展的科学，包括天体的构造、性质和运行的规律等。而中国古人的所谓“天文”有广义与狭义之分，广义的“天文”是指“在天成象，在地成形”(《周易·系辞上》)的一切自然现象，包括日月星辰等天象和山川物候等地形，狭义的“天文”则仅指日月星辰等天象。中国古代的天文之学则是指人们对“天文”的认识、理解和应对之策，也有广狭二义。广义的天文之学如《周易·系辞上》所云：“天生神物，圣人则之；天地变化，圣人效之；天垂象，见吉凶，圣人象之；河出图，洛出书，圣人则之。”包括了观象授时、占卜吉凶、祭祀鬼神等多项内容。狭义的天文之学如《汉书·艺文志·数术略》所云：“天文者，序二十八宿，步五星日月，以纪吉凶之象，圣王所以参政也。”则类似于后人所说的星占学。而文学家追溯文学之源时所云“天文”或“天文”之学，常常取其广义，刘勰的《文心雕龙·原道》便是如此。《周易·系辞下》曾对古代“天文”之学有过经典的描述，其有云：“古者包牺氏之王天下也，仰则观象于天，俯则观法于地，观鸟兽之文，与地之宜，近取诸身，远取诸物，于是始作八卦，以通神明之德，以类万物之情。”说八卦是上古“天文”之学的产物，或者说它是包牺氏所开创的上古“天文”之学的代表作品，应该说是符合古人对“天文”的理解和当时的认识水平的。

文学不仅可以分为“天文”之学与“人文”之学，而且应该关注“天文”之学与“人文”之学并从它们的关系中求得真解，这是古人对文学的基本看法，也可以说是古人的最有代表性的文学观念。例如，梁简文帝萧纲《昭明太子集序》云：“窃以文之为义，大哉远矣。故孔称性道，尧曰钦明。武有来商之功，虞有格苗之德。故《易》曰：观乎天文，以察时变；观乎人文，以化成天下。是以含精吐景，六卫九光之度；方珠喻龙，南枢北陵之采。此之谓天文。文籍生，书契作，咏歌起，赋颂兴；成孝敬于人伦，移风俗于王政，道绵乎八极，理浃乎九垓，赞动神明，雍熙钟后。此之谓人文。”[2]萧纲对文的内涵的理解显然包括了“天文”与“人文”。唐萧颖士《为陈正卿进续尚书表》云：“窃闻诸《大易》之说曰：观乎天文，以察时变；观乎人文，以化成天下。察乎变者立德，以贞其象；感其化者立言，以赞其功。故太极列三阶五纬于上，圣人著三坟五典于下。至哉文乎！天人合应，名数指归之大统也。”尚衡《文道元龟并序》也说：“文道之兴也，其当中古乎？其无所始乎？天道五行以别纬，地道五色以别方，人道五常以别德。《易》曰：观乎天文，以察时变；观乎人文，以化成天下。非五纬孰可以知天？非五方孰可以辨地？非五常孰可以化人？文之为道，斯亦远矣。天人之际，其可得于是乎！”[3]他们都将“天文”与“人文”作为文学的要义，并强调了二者的紧密联系，而且都是先“天文”而后“人文”。正因为“天文”与“人文”是古代作家们观察文学的重要视角，同时也就成为了他们理解文学和创作文学的价值标准[4]。司马迁在《报任安书》中曾明确表示自己写作《太史公书》是为了“究天人之际，通古今之变，成一家之言”(班固《汉书·司马迁传》)，秉持的便是将“天文”与“人文”打通的理念，其中暗含着“天文”与“人文”分疏的前提和“穷究天人”的努力。晋挚虞《文章流别论》则将文章定义为：“文章者，所以宣上下之象，明人伦之叙，穷理尽性，以究万物之宜也。”这同样继承着文学要关注“天文”与“人文”的传统观念。

种种迹象和大量证据表明，中国古代的文学观念中包含有“天文”与“人文”两方面的内涵，而且前者是后者的逻辑前提和理论基础。不懂得古代“天文”之学也就不能真正懂得古代“人文”之学；不能理解古代“天文”之学与“人文”之学的复杂关系，也就不能真正理解中国古代文学的民族精神和文化品格，同时也就不能真正明了中国古代文学观念。

二

尽管中国古代文学观念中包含有“天文”之学与“人文”之学两方面的内涵，然而，现代学者谈到古代文学观念时却往往只提“人文”之学而少提甚或不提“天文”之学，这又是为什么呢？在我看来，其原因可能有两点：一是现代文学理论家主要接受的是西方近现代文学思想的影响，加之又受到“五四”新文化运动的人文精神的洗礼，他们多关注“人文”之学而少关注“天文”之学本在情理之中。二是中国古代文学观念经历过一次重大的视角转换(此一转换过程笔者将另文讨论，此不赘)，“天文”之学早已面目全非，后人又很少进行这方面的清理，以致人们不太清楚古代“天文”之学与“人文”之学的联系，以为研究中国古代文学观念可以不谈古代“天文”之学。而要破解今人对中国古代文学观念的认识屏蔽，必须从深入了解中国古代“天文”之学入手，因为它是中国古代文学观念的滥觞。

《国语·楚语下》载观射父回答楚昭王关于“绝地天通”的询问时，提到“少皞之衰也，九黎乱德，民神杂糅，不可方物。夫人作享，家为巫史，无有要质。民匮于祀，而不知其福”，而“颛顼受之，乃命南正重司天以属神，命火正黎司地以属民，使复旧常，无相侵渎，是谓绝地天通”。类似的说法见于《尚书·吕刑》、《山海经·大荒西经》、《史记》的《历书》和《太史公自序》等，可见大家对这段历史或神话的记忆是深刻的。“这则神话是有关古代中国巫觋最重要的材料，它为我们认识巫觋文化在古代中国政治中的核心地位提供了关键的启示。天，是全部有关人事的知识汇聚之处。……取得这种知识的途径是谋取政治权威。古代，任何人都可以借助巫的帮助与天相通。自天地交通断绝之后，只有控制着沟通手段的人，才握有统治的知识，即权力。”[5]从“民神杂糅”、“家为巫史”到“南正重司天以属神”、“火正黎司地以属民”的“绝地天通”，反映出中国文化从原始自然宗教向人为宗教的演变，公众巫术取代了个体巫术而成为社会意识形态，巫的职责也专业化了。所谓“绝地天通”，只不过是强势氏族领袖和氏族集团加强了对精神文化的控制，把与鬼神沟通的权利牢牢地掌握在了他们的手中，以显示他们对于其他氏族统治的合法性和权威性。从这时开始，古代“天文”之学就成为了被少数显族的巫觋们所垄断的神秘之学。

颛顼是传说中的五帝之一，在《史记·五帝本纪》里位居第二。据说他“静渊以有谋，疏通而知事，养材以任地，载时以象天，依鬼神以制义，治气以教化，絜诚以祭祀”，他的所有奇才异能无不与上古“天文”之学相关联。而其政绩也不过是“北至于幽陵，南至于交阯，西至于流沙，东至于蟠木，动静之物，小大之神，日月所照，莫不砥属”(《史记·五帝本纪》)。显然他是掌握着“通天”的本领并控制着人们的宗教信仰的领袖，既是人间的统治者，更是鬼神的代理人。这种“通天”的本领其实就是上古“天文”之学。观射父以为“绝地天通”从颛顼时代开始，并不是空穴来风。当代考古学研究证明，中国早期城市国家并非始于夏王朝，而是形成于颛顼、尧、舜时代，即考古学上所说的龙山文化时期。尽管颛顼以来“天文”之学的发展因资料匮乏而难以具体描述，但其线索仍然有迹可寻。《尚书·尧典》记载尧的政绩主要是“乃命羲和，钦若昊天，历象日月星辰，敬授人时”以及将帝位禅让予舜，《史记·五帝本纪》中提到帝尧事迹也仅限于此，说明帝尧传留的文化主要是“天文”之学[6]。至于说尧“其仁如天，其知如神，就之如日，望之如云”(《史记·五帝本纪》)云云，不过是突出了他实为大巫的形象特征。而《史记·五帝本纪》记帝尧让位于舜，曾“使舜入山林川泽，暴风雷雨，舜行不迷”，也意在考察舜“通天”的本领。舜通过了考察，“于是帝尧老，命舜摄行天子之政，以观天命。舜乃在璿玑玉衡，以齐七政。遂类于上帝，禋于六宗，望于山川，辩于群神”。关于“璿玑玉衡”，前人解释多有分歧，但都说与观测天象有关，说明舜能够摄行天子之政，也是因为他懂得“天文”之学。夏禹的主要功绩虽是治水，但他“致孝于鬼神”，“于是天下皆宗禹之明度数声乐，为山川神主，帝舜荐禹于天为嗣”(《史记·夏本纪》)，说明禹之继统也是由于他熟悉上古“天文”之学，掌握了“通天”之术。因此，《论语·尧曰》这样记载：“尧曰：‘咨！尔舜！天之历数在尔躬。允执其中。四海困穷，天禄永终。’舜亦以命禹。”其实，“上古之时，民淳俗熙，为君者，惟以奉天事神为务，故其治略于人而详于天”(郑樵《通志·五帝纪二》)，是再自然不过的事。

对于帝尧时的“历象日月星辰，敬授人时”，后人多解释为制订历法根据天时来安排农事，天文学史家江晓原通过细致研究后发现：“其语表面上虽颇有‘科学’色彩，好像是谈历法问题，其实仍是指通天事务。”“所谓‘观象授时’或‘敬授人时’，其本义绝不是指‘安排农事’，而是指依据历法知识，安排统治阶级的重大政治事务日程。”他还进一步指出：“古代天文星占之学，即属上古通天之术，太史观星测候，不啻巫觋登坛作法。”[7]如果说在“民神杂糅”、“家为巫史”的时代，人与天还未能分离，人的物质生活和精神生活还处于混沌状态，那么，在“绝地天通”以后，人与天已经分离，而人与天的精神沟通即“通天”之术则由控制着物质生活资料的巫觋集团所把持。上古王巫不分，“王者自己虽为政治领袖，同时仍为群巫之长”[8]。尧、舜、禹等不过是巫觋集团的首领，可以说就是大巫，而他们所传承的“天文”之学正是上古“通天”之术。

尧、舜、禹毕竟还是传说时代，缺少知识考古所需要的实证材料。但殷商时期的甲骨卜辞却能为我们提供充足的证据，以证明上古“天文”之学的存在。以时王为中心的殷商甲骨卜辞尽管内容十分丰富，但都是殷商王室向他们的祖先神或上帝的询问记录，或是对其祖先与自然神祇的祭祀与告求，他们希望这些神鬼能够对天时、年成、征伐、畋猎、旬夕安否等进行指导，或对他们加以保护。也就是说，他们凭借自己掌握的“天文”之学，在进行着“通天”的活动。而这项活动并非人人可得参与，它只属于包括商王在内的巫觋集团。占卜有一套严格的程序，每一步都有规范性的要求，占兆、辨体、拟辞、刻辞，巫觋们都进行过专门训练，因此可以说，王室的占卜活动反映着当时人们对于天人关系的认识水平和对自身的把握能力。我们不能把占卜视为骗局，因为主持占卜者十分虔诚地从事着这项活动，其卜辞是“王室的文书记录，是殷代的王家档案”[9]，有专人保管，秘不外传，应该说是典型的文化活动。以商王为核心的巫觋们是当时最有文化也是最有权力的一帮人，他们和当时所有人一样，都相信鬼神主宰着世界，而他们可以通过沟通鬼神即“通天”来掌握自己的命运从而统治其他族群，而其“通天”的手段就是“观乎天文”(“天文”包括一切自然现象和巫术征象)。诚如张光直所言：“通天的巫术，成为统治者的专利，也就是统治者施行统治的工具。‘天’是知识的源泉，因此通天的人是先知先觉的，拥有统治人间的智慧与权利。……占有通达祖神意旨手段的便有统治的资格。统治阶级也可以叫做通天阶级，包括有通天本事的巫觋与拥有巫觋亦即拥有通天手段的王帝。事实上，王本身即常是巫。”[10]在商代，学校教育即以学习占卜为主，并且只有贵胄子弟才能享受学校教育。其实，甲骨文“学”字的符号原义就是在大房子里学习占卜[11]。

这样看来，以甲骨卜辞为代表的殷商时期留存的文献其实是王巫们“通天”的记录，王巫们通过卜兆之“文”来判断事物，所谓“天垂象，见吉凶”，然后决定他们的行动，这与传说中帝尧时的“历象日月星辰，敬授人时”一脉相承，都属于上古的“天文”之学。

三

当然，上古“天文”之学及“通天”之术并不仅限于占卜，祭祀也是“通天”的重要手段。被祭祀者一般都是古人崇拜或敬畏的对象，是古人心目中于冥冥之际掌握世界和控制人类的神秘力量。在“民神杂糅”、“家为巫史”的时代，祭祀是属于个人或家族的事，无人进行干预。而在“绝地天通”以后，公共信仰则由少数人所控制，与鬼神沟通的权力集中到这些具有“通天”本事的人的手中。祭祀谁，不祭祀谁，固然表现了祭祀者和被祭祀者之间的亲密关系，而由谁来主持祭祀，更表明了主祭者的身份、地位，宣示着他们且只有他们才能实现人与天的沟通，他们自然就成为了鬼神的代言人和人间的统治者。

早在龙山文化时期即传说中的颛顼、尧、舜时代，祭祀已经被统治者垄断和控制。如在山西襄汾陶寺墓地发掘的一千多座墓葬中，只有几座规模最大的大墓主人才拥有蟠龙文陶盘这种神圣的祭器，表明他们是当时的主祭者和人间的领袖。而在南方的良渚文化中，墓葬规模最大、随葬品最多者，往往也是随葬玉琮、玉璧、玉钺齐备者，而据《周礼·大宗伯》所记，玉琮、玉璧是祭祀天地的礼器，琮具有内圆外方且从中贯通的形制特点，“专从形制上看，我们可以说琮是天地贯通的象征，也便是贯通天地的一项手段或法器”[12]，墓中随葬琮、璧的人，自然是当时的祭师；而随葬琮、璧最多的人，无疑是当时最重要的主祭者和最有权势的人。

夏、商二代，统治者重视祭祀，史书多有记载。鲁宣公三年(前 606 年)周大夫王孙满曾提及：“昔夏之方有德也，远方图物，贡金九牧，铸鼎象物，百物而为之备，使民知神奸。故民入川泽山林，不逢不若，魑魅罔两，莫能逢之。用能协于上下，以承天休。桀有昏德，鼎迁于商，载祀六百。商纣暴虐，鼎迁于周。”(《左传·宣公三年》)鼎是祭祀用的礼器，鼎的转移即主持祭祀权力的转移，也即统治权的更替。然而，这种主祭的权力“在德不在鼎”(同上)。德者，有得于天之谓也[13]。汤伐桀时，打着执行上帝意志的旗帜：“有夏多罪，天命殛之。……予畏上帝，不敢不征。”(《尚书·汤誓》)盘庚东迁，用来说服民众的也是上帝的意志，所谓“今不承于古，罔知天之断命”，“天其永命我于兹新邑”(《尚书·盘庚上》)，“保后胥慼，鲜以不浮于天时”，“予迓续乃命于天”(《尚书·盘庚中》)，“肆上帝将复我高祖之德，乱越我家”(《尚书·盘庚下》)。商纣王的败亡，用他自己的话说乃是：“我生不有命在天!”(《尚书·西伯戡黎》)他也以为这是上天的安排。在整个殷商时代，与天沟通即管理宗教事务是统治者们考虑的第一要务，也是他们的主要职能。“据王国维考证，殷人无尊卑上下之职可考，史职有类于宗教的巫师卜师……所以殷代的思想以宗教占主要地位。”[14]殷商统治者除了组织对外作战以外，就是管理内部宗教事务，即古人所谓“国之大事，在祀与戎”(《左传·成公十三年》)。而宗教事务主要就是“通天”。周公就曾对君奭提到：“我闻在昔成汤既受命时，则有若伊尹，格于皇天；在太甲时，则有若保衡；在太戊时，则有若伊陟、臣扈，格于上帝。巫咸乂王家。在祖乙时，则有若巫贤；在武丁时，则有若甘盘，率惟兹有陈，保乂有殷。故殷礼陟配天，多历年所。”(《尚书·君奭》)这些辅佐商王室的大臣都是能够“通天”的巫觋，而商王本身就是大巫，他们都是当时掌握上古“天文”之学的杰出代表。商代的第一个君主成汤为了求雨，就曾“斋戒、剪发、断爪，以己为牲，祷于桑林之社”[15]，进行过“通天”的努力。

商王以宗子的身份主持诸宗族贵族对共同的王室祖先神进行祭祀，“商人贵族参与王室祭祀的卜辞数量之多，其反映出来的祭祀制度之繁缛，皆表明商王与同姓贵族对这种使彼此发生相互联系的宗教活动异常重视”[16]。其祭祀活动的形式也是多种多样的。除了献上牺牲玉帛供鬼神受用的享祭外，还有献上歌舞表演供鬼神娱乐的娱祭，甚至包括呵斥凶神恶煞的诅咒。因此，在沟通鬼神的祭祀活动中，音乐、舞蹈、歌咏、辞令都能得到相当充分的展示。在殷商甲骨卜辞中，有关自然神祇和祖先祭祀的记载最多，常常是卜问祭祀的日期、用牲的种类和数目等，这表明祭祀是商王室的最重要的也是经常性的活动，与占卜相辅而相成。祭祀的分工也是很细致的，有巫，有祝，有宗，有史，这同样反映了当时“通天”之术所达到的水平。例如，《周礼·春官宗伯下》载云：“大祝掌六祝之辞，以事鬼神示，祈福祥，求永贞。一曰顺祝，二曰年祝，三曰吉祝，四曰化祝，五曰瑞祝，六曰策祝。掌六祈以同鬼神示，一曰类，二曰造，三曰禬，四曰禜，五曰攻，六曰说。作六辞以通上下亲疏远近，一曰祠，二曰命，三曰诰，四曰会，五曰祷，六曰诔。”大祝为“祝”之长，也属于巫觋集团成员，其“通天”之术主要是运用言辞，达到与鬼神沟通的目的。殷商时期“祝”的祝辞和祈祷是否如《周礼》所载这样复杂，不得而知，但言辞作为巫觋们“通天”的一种手段当无疑问。既然言辞是巫觋们“通天”的手段之一，对言辞表达的训练也就成为他们的职业性要求，这无疑会大大促进修辞技术的发展，从而架设起沟通“天文”之学与“人文”之学的桥梁。

总之，无论是占卜还是祭祀，殷商时期传留的文献和考古资料无不说明，它们都是在“绝地天通”以后发展起来的为统治者所垄断的一种进行天地人神沟通的文化，亦即“通天”的文化。在人们的意识中，“自然与人类社会之间的关系，只有宗教意识的联系，其认识的网结点显示出没有社会分工的特征，仅把观念集体地投降于上帝神的支配”[17]。这种文化按照“天垂象，见吉凶”、“观乎天文，以察时变”的思维模式运行着并发展着，“历象日月星辰，敬授人时”成为了这一文化模式下人们处理天人关系的基本准则，其中既包含有原始宗教和迷信，也包含有原始科学和艺术。由于这种文化由处于统治地位的巫觋集团所掌握和传授，它也就成为了中国早期的官方学术。这种以“通天”为核心的“天文”之学有着漫长的积累过程，体现为中国古代文明的一个重要阶段。或者可以说，“经过巫术进行天地人神的沟通是中国古代文明的重要特征；沟通手段的独占是中国古代阶级社会的一个主要现象”[18]，我们必须予以正视；中国古代文学观念的滥觞，也必然从这里开始，因为从一定意义上说，它是中国古代文明的基础，也是中国古代文化的逻辑前提。

四

既然“观乎天文”是中国古代文明的一个重要阶段的文化现象，以“通天”为核心的“天文”之学又是当时的主要学术，如果当时确有文学存在的话，这种文学也一定会与“通天”之术即沟通鬼神的活动相关联，这是不言而喻的。今人对这一时段的文学与文学观念的认识和理解，也只有从“通天”的角度才能看清楚其本来面目。

例如，传说为尧舜时期的《击壤歌》、《康衢谣》、《卿云歌》、《南风歌》等之所以都不可信，不仅是因为这些作品多出于伪书且时代都较晚[19]，而且这些作品中反映的思想观念也与尧舜的时代不符。《南风歌》中“南风之时兮，可以阜吾民之财兮”之类天顺民意的思想，不会是“类于上帝”的舜帝所能有。而《击壤歌》中的“帝何力于我哉”之类不敬上帝的言论，更不可能是帝尧时期的一个老人所敢言。一句话，就这些作品的内容而言，不会是以“通天”为核心的文化时代的产物。况且上古文化的传留，必然借助于巫觋们的巫术，并掌握在巫觋之手。正如刘大杰所说：“初期用文字记录下来的文辞，只有依附巫术才能存在，才能保留下来，必然成为巫术的附庸。”[20]以此来观察古代文献，如在文学史上经常被提到的《蜡辞》：“土反其宅！水归其壑！昆虫毋作！草木归其泽。”(《礼记·郊特牲》)《弹歌》：“断竹，续竹，飞土，逐宍(古‘肉’字)！”(《吴越春秋》卷九)等，其制作时代虽然难以确定，但就其内容和形式来看，判断其是“绝地天通”以后巫觋们沟通鬼神的祝祷之辞，离事实当不会太远。

在以“通天”之术为核心的“天文”之学为其文化精髓的时代，文学不可能脱离巫术而独立，书面文学也必然包裹在巫术文献之中，这是毋庸置疑的。因此，殷商甲骨卜辞、《周易》中的卦爻辞以及今文《尚书》中的《虞书》、《夏书》、《商书》等篇，便反映着这一时代的文学面貌和文学风格，也体现了这一时代的文学观念。

例如，今文《尚书》中载有一些上古传说，可以帮助我们认识和理解上古“天文”之学。尽管今文《尚书》是周代史官根据传闻记录整理而成，有的还经过春秋战国以来文人的加工，但其中的确保留了一些重要而有价值的上古文化史料和文学资料。如《尚书·虞书·益稷》载云：“夔曰：戛击鸣球，搏拊琴瑟，以咏。祖考来格，虞宾在位，群后德让。下管鼗鼓，合止柷敔，笙镛以间，鸟兽跄跄。《箫韶》九成，凤凰来仪。夔曰：於！予击石拊石，百兽率舞，庶尹允谐。”《箫韶》即《大韶》，九成即九章，相传是帝尧时的乐曲，为乐官夔所作。从“祖考来格，虞宾在位，群后德让”等语来看，这无疑是在进行祭祀祖先的活动，人们装扮成鸟兽(可能是氏族图腾)起舞，其中还有歌唱，琴瑟、鼗鼓、柷敔、笙镛等各种乐器都使用上了，场面甚是宏大。所有这一切，都是为了让祖先高兴，从而降福于他的子孙。也就是说，围绕《韶乐》所进行的，其实是宗族领袖集团与祖先沟通亦即“通天”的活动，因为这里的祖先已经神格化了。负责指挥“通天”活动的是乐官兼巫师的夔。在这种“通天”活动中，“天文”之学包裹着“人文”之学并提升着人的精神品质，是一望而可知的。因为祖先神的偶像本来是人的本质的对象化，是人的精神生活的产物，人们在娱乐祖先的活动中，自己的身心也得到了放松和娱乐。因此，孔子后来在齐国听《韶》乐时被深深地感动，以致“三月不知肉味”(《论语·述而》)，并且称赞说：“《韶》，尽美也，亦尽善也。”(《论语·八佾》)孔子显然不是从“天文”之学而是从“人文”之学的角度来理解《韶》乐的，这正好说明上古“天文”之学与后来的“人文”之学是可以而且能够相通的，它们之间的联系是十分紧密而自然的。

理解了这一点，再来看《尚书·尧典》的记载，或许对“诗言志”这一上古传留的文学观念会有更为合理而深刻的认识。《尚书·虞书·尧典》载云：“帝曰：夔！命汝典乐，教胄子。直而温，宽而栗，刚而无虐，简而无傲；诗言志，歌永言，声依永，律和声；八音克谐，无相夺伦，神人以和。夔曰：於！予击石拊石，百兽率舞。”毫无疑问，夔典乐是在教胄子学习“通天”的本事，即学习上古“天文”之学，其“神人以和”的要求已经说明了这一点，而“击石拊石，百兽率舞”的行为也证明了这一点。饶宗颐指出：“《吕氏春秋·仲夏纪》记尧命夔拊石击石，以象上帝玉磬之音，以舞百兽，即取自《尚书·虞书·益稷》‘夔典乐’之说。山西出土新石器时代东下冯的打制石磬，殷墟武官村出殷代虎纹大磬，测音均为♯C。《尔雅》‘大磬谓之馨’，郭璞注：‘音器，玉饰之。’这正是拊石、玉振的物证。”[21]显然，夔典乐时的“击石拊石”是在演奏具有巫术性质的祭祀乐器，而“百兽率舞”正是“胄子”们戴着百兽假面或氏族图腾跳舞，以学习“神人以和”的“通天”巫术。因此，“诗言志”应该是上古“通天”活动中的一个关目，也是上古“乐教”的基本内容之一。然而，“诗言志”毕竟又是人的言语活动，涉及人的思想、意志、情感、态度及其表达，尽管它是“通天”活动中的一个关目，但它同时也包含着人对自我生命情态的关注和掌握自己命运的期待，同样也启迪着“人文”之学的成长。

“诗言志”作为古代的重要文学观念，春秋以来得到各方人士的高度重视和充分阐释，用以指导当时的文学活动，对中国文学和文学观念的发展产生了十分深刻而又深远的影响。因此，它一向被作为中国古代诗论“开山的纲领”[22]，也一直被视为中国古代最有代表性的文学观念。由于论题及篇幅限制，这里不拟对“诗言志”的命题作深入讨论，只想指出以下三点：其一，在古代“天文”之学中孕育的“诗言志”的观念，是中国古代文学观念的滥觞，应该作为中国古代文学观念的重要源头；其二，讨论中国古代文学观念的发生不能不从古代“天文”之学即“观乎天文”开始，否则就不可能真正理解中国古代文学观念；其三，中国古代文学理论家们对古代文学观念的描述是有充分的事实依据的，必须高度重视。

此外，修辞观念的产生和修辞技术的发展，同样也要从上古“天文”之学中去寻找源头。前面我们提到的大祝所掌六祝之辞是十分丰富的，其细致的类别区分便体现了巫觋们的修辞信念与修辞水平，尽管这一方面可以用来进行实证的材料现在发现的还是太少。不过，殷商甲骨卜辞却能够传递出古代修辞观念和修辞技术方面的许多信息。殷商甲骨卜辞是王巫们询问鬼神、占卜吉凶的记录，有叙辞，有命辞，有占辞，有验辞。叙辞记卜日及贞人名字，格式固定；命辞述占卜事项缘由，力求表达清楚明白；占辞因兆而定吉凶，讲求用语简洁涵融；验辞记录应验结果，要求事实概括准确。这样复杂的对语辞风格的要求对于拟辞的巫觋确实是一种考验，而训练有素的巫觋在这一活动中往往能够表现他们良好的文化修养和很强的修辞能力。例如甲骨卜辞有云：“癸巳卜，骰贞，旬亡祸。王占曰，有祟，其有来艰。迄至五日丁酉，允有来艰自西。沚戫告曰，土方征于我东鄙，灾二邑。舌方亦侵我西鄙田。”(《菁》二)这里的叙辞、命辞、占辞、验辞都很到位，体现了拟辞者的修辞水平。至于《周易》中的卦爻辞，多为殷商以来传留的巫觋占卜之辞，其形象、生动、简洁、含蓄、古朴、精练、深刻、隽永以及言曲而中、事肆而隐、称小取大、言近旨远等语言风格特点，对中国古代文学和文学观念的影响更是长期而深远的。

古人有“修辞立其诚”(《易经·乾·文言》)之说，这也是中国古代最重要的文学观念。这一观念也应该滥觞于上古“天文”之学，这从语源学的角度可以得到证明。“诚”字甲骨文虽未见，但有“成”字(“成”应是“诚”的字源)。“成”乃商代始祖汤，其地位独尊，殷商时代的巫觋们无论祭祀还是占卜，对成汤都是诚惶诚恐，不仅由衷敬仰，而且绝对忠诚，相信成汤对于他们的诉求也会有求必应。由此心理和信念而至于对其他鬼神的占辞或祝辞，也抱有同样的心态，预期能够获得同样的效果，这应该就是“诚”的原始义。因此，“修辞立其诚”的观念，不仅涉及语言层面，更涉及文化心理和时代精神的层面，也只有在上古“天文”之学的文化大背景中，才能找到其最真切最深刻的思想基础和心理动机。这一问题同样需要作专题研究，但从“观乎天文”的角度给以合理的解释，然后再探讨它的发展，无疑是一条正确的道路。

总之，中国古代文学理论家们提出“天文”、“人文”之分，主张从“观乎天文”和“观乎人文”的联系中去寻绎中国古代文学和文学观念的要义和精髓的思想，以及他们对上古“天文”之学的描述，都值得认真思考和深入研究，这对认识和理解中国古代文学和文学观念的文化基础、民族精神和时代特性是大有帮助的。本文提出这一问题，是希望引起大家重视，把中国古代文学和文学观念的发生学研究引向深入。至于上古“天文”之学的丰富内涵以及从“观乎天文”到“观乎人文”的文学观念的转变，则有待于做进一步的研究。

注释：

＊本文为国家社会科学基金项目“中国古代文学观念的发生学研究”(05BZW013)阶段性成果之一。原载《文艺研究》2007年第9期，因版面限制有所删削，今予恢复。

[1]刘勰著、范文澜注：《文心雕龙注》卷一《原道第一》，人民文学出版社1958年版，第1～3页。

[2]萧统：《梁昭明太子文集》卷首，《四部丛刊初编》本，商务印书馆1922年版。

[3]姚铉：《唐文粹》卷二十五、卷四十五，《四部丛刊初编》本，商务印书馆1922年版。

[4]古人所理解的文学是广义的文学，并非今人的所谓“纯文学”。参见拙作《中国文学观念的符号学探原》，《中国社会科学》1999年第1期。

[5]张光直：《美术、神话与祭祀》，辽宁教育出版社2002年版，第110页。

[6]江晓原指出，《尚书·尧典》记载尧的为政共225字，关于天学事务的竟有172字，占76%。“一篇《尧典》，给人的印象似乎是：帝尧的政绩，最主要、最突出的就是他安排天学事务。”见《天学真原》，辽宁教育出版社1991年版，第37页。

[7]江晓原：《天学真原》，辽宁教育出版社1991年版，第94页、第151页、第98页。

[8]陈梦家：《商代的神话与巫术》，《燕京学报》第20期，1936年。

[9]陈梦家：《殷虚卜辞综述》，中华书局1988年版，第46页。

[10]张光直：《考古学专题六讲》，文物出版社1986年版，第107页。

[11]参见拙作《中国文学观念的符号学探原》，《中国社会科学》1999年第1期。

[12]张光直：《谈“琮”及其在中国古史上的意义》，原载《文物与考古论集——文物出版社成立三十周年纪念》，文物出版社1986年版；收入《中国青铜时代》(二集)，生活·读书·新知三联书店，1990年版。

[13]晁福林认为，先秦时期“德”的观念经历了三个阶段，一是天德、祖宗之德；二是制度之德；三是精神品行之德。而在很长的历史时期，“德”观念都没有摆脱天道观念的影响，“德”观念走出天命神意的迷雾是西周时代的事情。见《先秦时期“德”观念的起源及其发展》，《中国社会科学》2005年第4期。

[14]侯外庐、赵纪彬、杜国庠：《中国思想通史》(第一卷)，人民出版社1957年版，第23页。

[15]《帝王世纪》，《太平御览》卷83引，中华书局1960年版。

[16]朱凤瀚：《商周家族形态研究》(增订本)，天津古籍出版社2004年版，第207页。

[17]侯外庐、赵纪彬、杜国庠：《中国思想通史》(第一卷)，人民出版社1957年版，第65页。

[18]张光直：《考古学专题六讲》，文物出版社1986年版，第13页。

[19]《击壤歌》出自晋皇甫谧的《帝王世纪》，时代甚晚；《康衢谣》出自《列子》，今本《列子》为西晋末张湛所辑，近人疑其伪作；《南风歌》出自《孔子家语》，今本《孔子家语》为魏王肃所辑，后人多疑其伪作；《卿云歌》出自《尚书大传》，《尚书大传》为汉伏胜门徒辑录其遗说而成。

[20]刘大杰：《中国文学发展史》(上册)，上海古籍出版社1982年版，第6页。

[21]饶宗颐：《楚简与诗乐》，《饶宗颐新出土文献论证》，上海古籍出版社2005年版，第158页。

[22]朱自清：《诗言志辨·序》，华东师范大学出版社1996年版，第4页。

从“观乎天文”到“观乎人文”

——中国古代文学观念的视角转换

中国古代文论家在谈到文学观念时，常常从“天文”和“人文”两个方面来进行阐述。例如，刘勰在《文心雕龙·原道》中就说：“文之为德也大矣，与天地并生者何哉？夫玄黄色杂，方圆体分。日月叠璧，以垂丽天之象；山川焕绮，以铺理地之形。此盖道之文也。仰观吐曜，俯察含章，高卑定位，故两仪既生矣。惟人参之，性灵所钟，是谓三才。为五行之秀，实天地之心。心生而言立，言立而文明，自然之道也。”[1]因此，“爰自风姓，暨于孔氏，玄圣创典，素王述训，莫不原道心以敷章，研神理而设教。取象乎河洛，问数乎蓍龟。观天文以极变，察人文以成化。然后能经纬区宇，弥纶彝宪，发辉事业，彪炳辞义。故知道沿圣以垂文，圣因文而明道，旁通而无滞，日用而不匮”。他用赞辞总结说：“道心惟微，神理设教。光采玄圣，炳耀仁孝。龙图献体，龟书呈貌。天文斯观，民胥以效。”[2]需要指出的是，刘勰所提出的文学应该“观天文以极变，察人文以成化”、“道沿圣以垂文，圣因文而明道”的“原道”思想，既是古人理解文学的理论基础，也是他们认识文学的独特视角。因此，今人探讨中国古代文学观念的发生便应该由此入手，从中发现中国古代文学观念的文化内涵和民族特色。

一

刘勰提出的“观天文以极变，察人文以成化”的理论视角，来源于《易经·贲卦》彖辞“观乎天文，以察时变；观乎人文，以化成天下”[3]的思想，在中国有着十分悠久的传统。在这里，“观乎天文”比“观乎人文”具有更为本原的意义。也就是说，“天文之学”是“人文之学”的基础，“人文之学”是“天文之学”合乎逻辑的发展。或者可以说，中国古代文学观念本来就滥觞于上古“天文之学”。

笔者在《观乎天文：中国古代文学观念的滥觞》一文中曾经指出：中国古人所谓“天文”并非指今人所谓日月星辰等天体在宇宙间分布、运行的规律，其有广狭二义——广义的“天文”是指“在天成象，在地成形”的一切自然现象，包括日月星辰等天象和山川物候等地形；狭义的“天文”则仅指日月星辰等天象。中国古人的"天文之学"也不是指研究天体、宇宙的结构和发展的科学，而是指人们对"天文"的认识、理解和应对之策。古人的"天文之学"也有广狭二义。广义的"天文之学"包括了观象授时、占卜吉凶、祭祀鬼神等多项内容；狭义的"天文之学"则类似后人所说的星占学。中国早期的文学观念与上古"天文之学"有着密切的联系，而上古"天文之学"其实就是巫觋们的"通天之术"，那是当时社会的主流意识形态，也是当时社会的主流文化形态，人们不可能脱离这一社会意识形态和文化形态去从事所谓文学活动和认识文学。掌握着"天文之学"即具有"通天"本领的巫觋们是那个时代的思想文化的生产者，而作为他们的精神领袖的大巫其实也是当时社会的政治领袖(君王)，政与教融合无间。因此，中国早期的文学是为巫觋们的"通天"事务服务的，从形式到内容都与当时的政教有着密切的联系，而有关文学的观念也就包容在原始宗教观念和氏族政治观念之中[4]。

如果说"观乎天文"是中国古代文学观念的滥觞，那么，"观乎人文"又是如何发生的呢？中国古代文学观念为什么会发生从"观乎天文"到"观乎人文"的视角转换？这一转换是如何实现的？为什么说从"观乎天文"到"观乎人文"的视角转换规范了中国古代文学观念的发展方向？这些问题是逻辑地发生的，需要我们予以解答。

事情还得从殷商时期说起。在殷商时期，宗教祭祀是统治者们最主要的活动之一，"商人尊神，率民以事神，先鬼而后礼，先罚而后赏"[5]，"王者决定诸疑，参与卜筮，断以蓍龟，不易之道也"[6]。遇事卜问鬼神，成为商王贵族们的第一要务，近百年殷墟出土的 10 万余片甲骨卜辞已经证明了这一点。在占卜过程中的拟辞正辞，在祭祀过程中的歌舞娱乐，都充盈着文学的内涵和生长着文学的观念。即使是纯粹的政治活动，商王也会利用鬼神的权威来加强他的行政能力。例如，商王盘庚拟迁都于殷，用来动员民众的理由就是由占卜获得的天命：一则曰"卜稽曰其如台。先王有服，恪谨天命，兹犹不常宁……天其永我命于兹新邑"[7]；再则曰"予迓续乃命于天，予岂汝威，用奉畜汝众；予念我先神后之劳尔先，予丕克羞尔，用怀尔然"[8]；三则曰"尔谓朕曷震动万民以迁，肆上帝将复我高祖之德，乱越我家；朕及笃敬，恭承民命，用永地于新邑"[9]。用占卜来了解天命，用天命来统一人们的思想和行动，在那个信仰鬼神的时代，无疑是最权威也最有效的方法。由此形成的典、谟、训、誓、辞、命等口头的或文字的作品，也就被人们视为神圣不可侵犯的圣物了，"敬言"、"谨言"、"慎言"的观念也随之产生出来。因此，由"观乎天文"而产生的文学就不能不是社会宗教生活和政治生活(当时的政治与宗教密不可分)的一部分，其文学的观念也就不能不是政教观念的附庸。

随着社会生产力的发展，人对自然的认识能力、控制能力和社会生产水平不断提高，统治者的个人欲望也在不断膨胀。商王祖甲尚能“保惠于庶民，不敢侮鳏寡”，“自时厥后立王，生则逸，生则逸！不知稼穑之艰难，不闻小人之劳，惟耽乐之从”[10]。后期商王开始把占卜的权力牢牢掌握在自己手里，如祖甲孙武乙、重孙文丁(《史记》称太丁)时期的甲骨卜辞，贞人代王占卜的情况大量减少，由王亲自占卜则显著增加。商王不再被动地听天由命，也不再允许某些巫觋借天帝鬼神制约自己的行为，而要充分行使王权，企图用王的意志来左右占卜的结果。据《史记·殷本纪》载：“帝武乙无道，为偶人，谓之天神。与之博，令人为行。天神不胜，乃僇辱之。为革囊盛血，卬(仰)而射之，命曰‘射天’。”敢于射天，表现了商王武乙对天神的不敬，这不敬中正体现出对传统“天文之学”的怀疑和对无限政治权力的渴望。传说武乙后来被雷震死，寓示他的努力以失败而告终。然而，他的重孙帝辛(纣)比之有过之而无不及。司马迁综合前人资料介绍帝辛说：“帝纣资辨捷疾，闻见甚敏；材力过人，手格猛兽；知足以距谏，言足以饰非；矜人臣以能，高天下以声，以为皆出己之下。好酒淫乐，嬖于妇人。爱妲己，妲己之言是从。于是使师涓作新淫声，北里之舞，靡靡之乐。厚赋税以实鹿台之钱，而盈钜桥之粟。益收狗马奇物，充仞宫室。益广沙丘苑台，多取野兽蜚鸟置其中。慢于鬼神。大聚乐戏于沙丘，以酒为池，悬肉为林，使男女倮相逐其间，为长夜之饮。”[11]商纣王是一个天资颇高、敢于我行我素的人，他的“慢于鬼神”与他的骄奢淫逸相互为用，促成了殷商王朝的灭亡。殷王从“率民以事神”到“慢于鬼神”的变化，正曲折地反映出神权的逐渐衰落和人性的慢慢觉醒，当殷王们不再慑于鬼神的权威而肆无忌惮地放纵自己的欲望时，他已经把自己的注意力转向了世俗的生活，这便预示着上古天文之学向人文之学转换或倾斜的时代即将来临。

然而，思想观念的转变往往比政权的更替要困难得多，而观念的转变对于文化的发展比政权的更替也重要得多，学术界因此也特别关注社会思想文化观念的变化。王国维在其著名论文《殷周制度论》中指出：“中国政治与文化之变革，莫剧于殷、周之际。”[12]这虽主要是从制度上考察而得出的结论，但对于我们研究思想文化同样具有启迪作用。就文学观念而言，殷周之际也是一个酝酿着巨大变革并逐步实现了观念转换的时代。

周本是商的与国，臣服于商，商朝末年，商王文丁封周季历为西伯，后惧其坐大，遂召季历入殷而囚禁，季历因此忧困而死。纣王时，又封季历子姬昌为西伯，同样是惧周强大，又囚姬昌于羑里。周贿赂商使释姬昌，并“得专征伐”。其后，周利用纣王东征的机会，讨伐商的方国，扩大自己的势力范围，最后终于一举灭商。小邦周打败大邑商的确是个奇迹，其中的原因历史学家们有许多解说，这里不予讨论。而就文化而言，周对商则多有继承，这却是有充分根据的。从近半个世纪在陕西周原发现的300多片甲骨卜辞来看，商末周初周人不仅与殷人一样进行着卜筮活动，信仰天帝鬼神，而且还祭祀殷人的祖先神，受殷商文化影响甚深。历史上有周文王囚羑里而演《易》的说法，“把周原甲骨和文献记载联系起来考察，适足以证明过去一些学者认为《易经》大约产生于殷周之际的说法是成立的”[13]。而《周易》正是对殷商卜筮文化的继承、总结和发展。同时，周人也很重祭祀，仅见于西周彝器铭文中的祭祖礼就有20余种，如衣、烝、报等[14]。因此，周初的统治者一方面思考着周所以兴和商所以亡的原因，提出了许多突破商人思维的新思想新观念，创造出具有周人特色的新文化；另一方面，他们也惯性地运用商人传留的“天文之学”来观察自然、理解社会、分析问题、解决问题，保留了传统文化的基本精神和部分特点。

周公姬旦无疑是周初文化的代表人物，在他身上体现了新旧两种文化的碰撞、交融和转换。就文化视角而言，周公是上古“天文之学”的集大成者，他对人事的判断常常来自上天的垂象。即是说，他和殷人一样，首先是“观乎天文，以察时变”，然后再来决定现实的行动。

这里不妨举几个实例。

据《尚书·金縢》载，既克商二年，武王有疾不豫，周公乃自以为功(质)，设三坛，北面立，植璧秉珪，告于太王、王季、文王。其祝辞曰：“惟尔元孙某，遘厉虐疾，若尔三王，是有丕子之责于天，以旦代某之身。予仁若考，能多材多艺，能事鬼神；乃元孙不若旦多材多艺，不能事鬼神。乃命于帝庭，敷佑四方，用能定尔子孙于下地。四方之民，罔不祗畏。呜呼！无坠天之降宝命，我先王亦永有依归。”祝后“乃卜三龟”[15]。这是《尚书》所载周初最完整的一次卜筮活动。

像这样告天卜龟以俟天命的活动，周公在许多重大场合都采用。例如，武王死后，三监及淮夷叛，周公东征，发布《大诰》曰：“敷前人受命，兹不忘大功，予不敢闭于天降威用。宁(文)王遗我大宝龟，绍天明即命，曰：‘有大艰于西土，西土人亦不静，越兹蠢，殷小腆，诞敢纪其叙，天降威，知我国有疵，民不康。曰予复，反鄙我周邦。今蠢，今翼日，民献有十夫，予翼以于敉宁(文)武图功。我有大事休。’朕卜并吉。”[16]显然，这是用天命来伸张正义，用卜吉来鼓舞士气。

再如，镇压三监之乱后，周公营建洛邑，也曾多次占卜，他说：“予惟乙卯，朝至于洛师，我卜河朔黎水，我乃卜涧水东，瀍水西，惟洛食。我又卜瀍水东，亦惟洛食。”[17]后又与召公共贞得吉，终于确定选址营建。

以上这些事例说明，周公是很看重自己“能多材多艺，能事鬼神”的特殊才能的，而这种才能正是商代大巫所具有的才能，即所谓“通天”的本领。周公事实上也是文王选定的大巫，这从周公所谓“宁(文)王遗我大宝龟”的自述以及《左传·定公四年》卫祝佗所云“周公为大宰”[18]的记载中得到了有力的证明。

不仅周公是巫史领袖，其长子伯禽也是大祝。周初分封诸侯时，“分鲁公以大路、大旂，夏后氏之璜，封父之繁弱，殷民六族，条氏、徐氏、萧氏、索氏、长勺氏、尾勺氏，使帅其宗氏，辑其分族，将其类丑，以法则周公。用即命于周。是使之职事于鲁，以昭周公之德。分之土田陪敦，祝、宗、卜、史，备物、典策、官司、彝器，因商奄之民，命以伯禽而封于少皞之虚”[19]。这些分到鲁国的“祝、宗、卜、史，备物、典策、官司、彝器”，显然与周公及其后裔世掌巫祝大权有关[20]，而“使之职事于鲁”的“殷民六族”也必然会将殷商巫史文化带到鲁国。西周彝器《禽簋》铭文有云：“王伐楚侯，周公某禽祝。禽又臧祝。”郭沫若指出：“周公与禽同出，周公自是周公旦，禽即伯禽。伯禽殆为周之大祝，别有《大祝禽鼎》可证。”[21]《尚书·洛诰》又载：“周公曰：‘王肇称殷礼，祀于新邑，咸秩无文。’”[22]即是说，营建好洛邑后，周公希望按照殷礼来进行祭祀，不要进行文饰，这说明他是比较自觉继承殷商文化的。这样看来，作为周初文化代表的周公和传承周礼最为纯正的鲁国，其实是继承殷商文化最为自觉和最为积极的。而以周公为代表的周初统治者们仍然注重“观乎天文”，重视天命，重视占卜，重视上帝和鬼神所给予的启示，也就一点也不奇怪了。

二

我们说以周公为代表的周初统治者仍然相信天命，敬仰鬼神，依靠“通天”之术来指导国事活动，这绝不是说他们只有继承，没有创造。恰恰相反，周初统治者“事鬼敬神而远之”[23]，在继承“观乎天文，以察时变”的同时，把很大一部分注意力转移到对世俗生活的关注和建立理想社会秩序的实践中来，逐步形成“观乎人文，以化成天下”的思维模式，完成了从“观乎天文”到“观乎人文”的视角转换。这种转换从政治历史观引发，辐射到社会政治制度、文化理念和文学观念中来。

王国维在《殷周制度论》中指出：“周人制度之大异于商者，一曰立子立嫡之制，由是而生宗法及丧服之制，并由是而有封建子弟之制、君天子臣诸侯之制；二曰庙数之制；三曰同姓不婚之制。此数者，皆周之所以纲纪天下。其旨则在纳上下于道德，而合天子、诸侯、卿、大夫、士、庶民以成一道德之团体，周公制作之本意，实在于此。”[24]王氏所说的周人制度之变革，涉及的都不是天人关系，而是人间秩序；尤其是对于“其旨则在纳上下于道德”的揭橥，更是抓住了问题的要害，一语破的。

前面我们提到周公们仍然在利用上古“天文之学”进行国事活动，这只是在周开国之初还来不及建立自己的意识形态和文化制度的情况下发生的，并且是在一些重大问题上。而在周公们稳定国内局势并开始建立逐步完善的社会制度以后，他们便把注意力集中到国计民生这些世俗社会的政治、经济、文化生活中来，“人文之学”就成为了他们关注的焦点，“观乎人文”成为他们考察问题的基本视角，其中当然也包括对文学的认识和理解。

《隋书·李德林传》载李德林复魏收书引《尚书大传》云：“周公摄政，一年救乱，二年克殷，三年践奄，四年建卫侯，五年营成周，六年制礼作乐，七年致政成王。”[25]这一说法虽非绝对准确，但大体符合实际。周公的政治实践就文化思想观念而言，最值得关注的是他的“制礼作乐”。周公“制礼作乐”尚见载于《左传·文公十八年》、《国语·鲁语》、《礼记·明堂位》等。当然，“礼乐”起源甚早，并非周公首倡；周代礼乐制度也非成于周公一人一时，其后还有一个不断完善的过程；周公只是周初统治者的典型代表。然而，以周公为代表的周人所开启的西周礼乐文明无疑是中国古代文化转换的枢纽，也是中国古代文学观念转换的枢纽。正如杨向奎所说：“没有周公不会有武王灭殷后的一统天下；没有周公不会有传世的礼乐文明；没有周公就没有儒家的历史渊源，没有儒家，中国传统的文明可能是另一种精神状态。”[26]我们不妨再加一句，没有周公就没有中国古代文学观念的视角转换。

以周公为代表的周初统治者将礼乐文化建设建立在认真总结历史经验教训的基础之上，是一种十分理性的行为。他们认为，国家的兴衰治乱虽由天命，但根本的还在于民意；或者说天命是以民意做基础并通过民意来体现、来表达的。他们认为：“天亦哀于四方民，其眷命用懋，王其疾敬德。相古先民有夏，天迪从子保，面稽天若；今时既坠厥命。今相有殷，天迪格保，面稽天若；今时既坠厥命。……王敬所作，不可不敬德。我不可不监于有夏，亦不可不监于有殷。我不敢知曰有夏服天命，惟有历年；我不敢知曰不其延，惟不敬其德，乃早坠厥命。我不敢知曰有殷受天命，惟有历年；我不敢知曰不其延，惟不敬其德，乃早坠厥命。”[27]反复强调的是“敬德”比“敬天命”更重要，而不敬德正是夏、商所以败亡的根本原因。他们又说：“我闻亦惟曰，在今后嗣王(指纣)酣身，厥命罔显于民，祗保越怨不易，诞惟其纵淫佚于非彝，用燕丧威仪，民罔不尽伤心……诞惟民怨……故天降丧于殷，惟逸；天非虐，惟民自速辜。……古人有言曰：人无于水监，当于民监。”[28]以为殷商灭亡是由于统治者淫佚引起民怨沸腾的结果。他们还指出：“厥亦惟我周太王、王季，克自抑畏；文王卑服，即康功田功，徽柔懿恭，怀保小民，惠鲜鳏寡，自朝至于日中昃，不遑暇食，用咸和万民。”[29]“惟乃丕显考文王，克明德慎罚，不敢侮鳏寡，庸庸，祗祗，威威，显民……别求闻由古先哲王，用康保民。”[30]“天棐忱辞，其考我民，予曷其不于前宁(文)人图功攸终。天亦惟用勤毖我民，若有疾，予曷敢不于前宁(文)人攸受休毕。”[31]通过总结周之所以兴盛的经验特别是文王“明德”、“慎罚”、“显民”、“保民”的思想来建立治国的理念，并告诫分封的诸侯：“天畏棐忱，民情大可见，小人难保，往尽乃心，无康好逸豫，乃其乂民。”[32]“若稽田，既勤敷菑，惟其陈修，惟厥疆畎。若作室家，既勤垣墉，惟其塗塈茨。若作梓材，既勤朴斫，惟其塗丹雘。”[33]要求执政者不要迷信天命，要克制自己，关心民生，留意民情，重视生产。

从上述可见，周初统治者对历史的总结有正反两个重要参照，一个是商纣王，一个是周文王。商纣的败亡说明了“天命靡常”，故“宜鉴于殷”[34]；而周的兴盛是由于“文王之德之纯”[35]，故应“仪刑文王”[36]。他们虽然宣称：“文王在上，于昭于天；周虽旧邦，其命维新。有周不显，帝命不时。文王陟降，在帝左右。”[37]然而，正如徐复观所说：“周公们所以能把文王与上帝结合在一起，乃由文王能明德、慎罚、保民、爱民，因为‘文王之德之纯’。正因为文王在个人与政治上树立了最高标准的行为，上帝才看中了他，把‘命’降落在他身上。他们(周公们)对国家兴亡之故，表面上说是决定于上帝，而实际则是决定于统治者的行为，由此而规定出政治的大方向，并由此而实际以‘行为史观’代替了‘神权史观’，这是殷周之际的历史发展的巨大关键。”[38]

周公们既然已经认识到“明德”、“慎罚”、“显民”、“保民”是周之所以兴盛的原因，也是周追求长治久安的可靠保证，既然已经由“神权史观”转变成了“行为史观”，那么，他们所要做的重要工作自然是要建立一套制度，去规范人们的行为，也包括规范统治者的行为。因此，周公的“制礼作乐”也就围绕这一目标进行。所谓“制礼作乐”，实际上是以礼乐为核心建立的一整套行之有效的制度，使之成为能够约束人们日常行为的社会规范，从而使社会既有秩序又能和谐，其思考的中心始终是人，这与殷商以鬼神为中心的“鬼治主义”[39]文化大相径庭。

关于周公“制礼作乐”的精髓，后人多有解析。概括地说，“礼”是一套社会政治制度、道德标准和行为规范，“乐”是辅助这些制度、标准和规范落到实处的音乐、舞蹈和歌唱。“礼”重在“别异”，“尊尊之义”显矣；“乐”重在“合同”，“亲亲之义”明矣。“乐者为同，礼者为异。同则相亲，异则相敬。乐胜则流，礼胜则离。合情饰貌者，礼乐之事也。礼义立，则贵贱等矣；乐文同，则上下和矣；好恶著，则贤不肖别矣；刑禁暴，爵举贤，则政均矣。仁以爱之，义以正之，如此则民治行矣。”[40]循着这一思路，周公们建立起

"立嫡以长不以贤，立子以贵不以长"[41]的嫡长子继承制；"别子为祖，继别为宗，继祢者为小宗"的宗法制和与此相联系的"斩衰、齐衰、大功、小功"的丧服制[42]；"封建亲戚，以蕃屏周"[43]的分封制；"男主必使同姓，女主必使异姓"[44]的同姓不婚婚姻制；"天子亲载耒耜"[45]的籍田制；"九夫为井，四井为邑"[46]的井田制；以及区分"甸服、侯服、绥服、要服、荒服"[47]以便行政的畿服制，等等。这些制度当然不是一人一时主观设计完成的，有些制度可能是经历过较长的试行而逐渐完善的，有些制度则是后人总结并加以理想化的。尽管学术界对周公"制礼作乐"的具体内容的看法还存在一些分歧，但有一点却是大家赞同而无可否认的，那就是，周公们开启了周代以礼乐为核心的制度建设的先河，其根本宗旨是"纳上下于道德，而合天子、诸侯、卿、大夫、士、庶民以成一道德之团体"，让人人有"德"。

道德问题是一个复杂的问题，学术界已有很多讨论，这里不便展开。我们只想指出，殷商时期"德"用如"循"，为行走、出巡义[48]；也用如"得"，为获取、得到义[49]。《礼记·乐记》云："德者，得也。"[50]也训"德"为"得"。不过，商人之"德"主要指他们祖先获取的天命，如谓"非予自荒兹德，惟汝含德，不惕予一人"，"兹予大享于先王，尔祖其从与享之，作福作灾，予亦不敢动用非德"[51]；"肆上帝将复我高祖之德，乱越我家"[52]等。在商王看来，他所拥有的一切都是其先祖从上帝那里获得的，他只需对上帝和先祖负责，不必考虑其他。商纣王在大难临头时还在强调："我生不有命在天!"[53]正如晁福林所说："殷商时代的'德'观念，视天命、先祖的赐予为'德(得)'，这种赐予是无条件的、当然的，对于个人而言，得到天神和祖先的赐予乃是理所当然者，完全可以悠然自得，按照卜筮所展示的神意行事即可，不必再去考虑其他的许多问题。周人的观念则与此不同，这种赐予不再是无条件的、理所当然的，而是有条件的、有选择的。周人坚信因为文王之所以能够膺受天命，是在于他有两方面的突出表现，一是特别恭敬天命；二是让民有所'德(得)'。正是在这个地方，显示了周人'德'观念的前进步伐。""特别值得注意的一个现象是，周代彝器中的'德'字大异于甲骨文之处，是它所有的字都带有'心'的偏旁。结合'心之官则思'的古训，我们可以肯定'德'字从'心'，也就意味着'德'观念带有了更多的理性思考色彩。"[54]周公们理性地思考"德"，把"德"放在现实利益的基础上来考量，提出要"敬德"、"明德"、"保民"、"惠民"，就是要让人人有所"德(得)"，以此建立理性社会秩序和和谐人际关系的现实基础，这与殷商贵族以为只有他们才可以享受其先祖的天命之德不可同日而语。周人的封建宗法，"选建明德，以藩屏周"[55]，是要让贵族有"德(得)"。"不敢侮孤寡，庸庸，祇祇，威威，显民"，是要让人民有所"德(得)"。而这种"德(得)"是用制度规定下来的权利和义务，它既是现实的，也是具体的。既然要考虑现实而具体的“德(得)”，也就不能不去关注人间的一切，使其制度切实可行。尤其是周公们对鳏寡孤独等社会弱势群体的关注，显示了他们对人的生命、人的尊严、人的现实要求的尊重。王国维所谓“纳上下于道德”，实际上是说“周之制度、典礼，实皆为道德而设。而制度、典礼之专及大夫、士以上者，亦未始不为民而设也”[56]。正如侯外庐所说：“殷人并没有表示权利义务的道德之创设，周代道德观念才从其制度中反映出来。”[57]而从其制度中反映出来的道德观念，充分体现出周人已经真正把眼光从殷人的醉心于天帝鬼神的虚幻世界转移到关注世俗生活的现实世界中来，实现了道德观念、宗教信仰、政治立场和文化理念的重要转换。这种转换就文学观念而言，必然会带来从“观乎天文”向“观乎人文”的视角转换。

三

周人文学观念从“观乎天文”向“观乎人文”的视角转换是全方位的。即是说，周人的文学立场、观点和方法都与殷人有着本质上的差别。如果要加以具体分析，周人文学观念的视角主要包括两个视点：一是以史为鉴，一是以民为鉴。而无论是“史鉴”还是“民鉴”，都是“观乎人文”而非“观乎天文”，这便与以“观乎天文”为主的殷人的文学观念区别开来。周人文学观念的视角转换可以从周初的文学作品中找到充分的证据。

先说“史鉴”。

周人的“史鉴”意识在周公所作的大量诰命和诗篇中都有反映。无论是对夏、殷败亡教训的反复强调，还是对周人成功经验的认真总结，都表明周公对世俗政治的关注，以及将社会政治理想建立在“人文”基础之上的努力。上面我们已经引用过《大诰》、《洛诰》、《康诰》、《召诰》中的周公言论，其反复强调“我不可不监于有夏，亦不可不监于有殷”，不能忘记殷纣淫逸而亡的教训，不能忘记“文王克明德慎罚”的传统，这里不再赘述。值得注意的是，周公对殷王中能够敬德保民者也予以赞扬，体现了其对历史的理性态度。如谓：“我闻曰，昔在殷王中宗，严恭寅畏天命，自度，治民祗惧，不敢荒宁，肆中宗之享国，七十有五年。其在高宗，时旧劳于外，爰暨小人，作其即位，乃或亮阴，三年不言，言乃雍，不敢荒宁，嘉靖殷邦，至于小大，无时或怨，肆高宗之享国，五十有九年。其在祖甲，不义惟王，旧为小人，作其即位，爰知小人之依，能保惠于庶民，不敢侮鳏寡，肆祖甲之享国，三十有三年。”[58]在强调只有关注“小人”才能享国长久的同时，周公明确提出，要想国家长治久安，就不能迷信天命，要靠执政者自己的勤奋努力、扎实工作。他说："天不可信，我道惟宁(文)王德延。"[59]"我咸成文王功于不怠……惟乃知民德，亦罔不能厥初，惟其终。祗若兹，往敬用治。"[60]"继自今，我其立政，立事，准人，牧夫，我其克灼知厥若，丕乃俾乱。相我受民，和我庶狱庶慎，时则勿有间之。自一话一言，我则末惟成德之彦，以乂我受民。"[61]周公们已经不再把国家的命运寄托于天命，也不再以为鬼神可以真正让他们消灾免祸，而是清醒地认识到自己的行为才是造成结果的原因，统治者要对自己的行为负责，包括"立政"、"立事"、"一话一言"，他们已经用"行为史观"代替了"神权史观"。

为了让周之子孙世世代代记取历史的经验教训，周公主持制定了用于宴飨、朝会、宗庙的乐歌，即今所见《诗经》中的部分《雅》、《颂》，来加强这种宣传，强化史鉴意识，让周人无时无刻不沉浸在"以史为鉴"的文化氛围之中。

朱熹曾经指出："颂者，宗庙之乐歌，《大序》所谓美盛德之形容，以其成功告于神明者也……《周颂》三十一篇，多周公所定，而亦或有康王以后之诗。"[62]仅就可定为周公所作之《颂》诗而论，史鉴意识便十分强烈。如《清庙》乃"周公既成洛邑而朝诸侯，因率之以祀文王之乐歌。言於穆哉此清静之庙，其助祭之公侯，皆敬且和，而其执事之人又无不执行文王之德，既对越其在天之神，而又骏奔走其在庙之主。如此，则是文王之德岂不显乎？岂不承乎？信乎其无有厌斁于人也"[63]。《维天之命》"亦祭文王之诗。言天道无穷，而文王之德纯一不杂，与天无间，以赞文王之德之盛也"[64]。《维清》"亦祭文王之诗。言所当清明而缉熙者，文王之典也。故自始祀至今有成，实惟周之祯祥也"[65]。《天作》乃"祭大王之诗。言天作岐山，而大王始治之。大王既作，而文王又安之。于是彼险僻之岐山，人归者众，而又平易之道路。子孙当世世报守而不失也"[66]。《思文》"言后稷之德，真可配天，盖使我烝民得以粒食者，莫非其德之至也。且其贻我民以来牟之子之常道于中国也"[67]。试想，当周人在宗庙演唱"於穆清庙，肃雝显相。济济多士，秉文之德。对越在天，骏奔走在庙。不显不承，无射于人斯"[68]；"无竞维人，四方其训之。不显维德，百辟其刑之。於乎！前王不忘"[69]；"仪式刑文王之典，日靖四方。伊嘏文王，既右享之。我其夙夜，畏天之威，于时保之"[70]等诗歌的时候，文王就不仅是作为他们的精神支柱而存在，而且是作为他们的现实榜样而信奉的，他们的行为必须与文王相一致才配为文王的子孙。这与殷人崇信鬼神的心理基础和现实预期是很不一样的。

《诗经·大雅》中周公所作之诗也同样灌注着史鉴意识。如朱熹以为"天子诸侯朝会之乐，盖将以戒乎后世之君臣，而又以昭先王之德于天下"[71]的《文王》，"追述太王始迁岐周，以开王业，而文王因之以受天命"[72]的《绵》，

“叙大王大伯王季之德，以及文王伐密伐崇之事”[73]的《皇矣》，“言文王迁丰、武王迁镐之事”[74]的《文王有声》等。这些诗歌或用于诸侯朝会，或用于两君相见，当他们演唱“文王在上，於昭于天，周虽旧邦，其命维新……王国克生，维周之桢，济济多士，文王以宁……侯服于周，天命靡常，殷士敷敏，裸将于京……上天之载，无声无臭，仪刑文王，万邦作孚”[75]的时候，当他们演唱“惠于宗公，神罔时怨，神罔时恫。刑于寡妻，至于兄弟，以御于家邦”[76]的时候，眼前浮现的应该是现实社会的政治图景和祖先们艰苦创业的辛勤画面，心中涌动的应该是如何安排好世俗生活的创造热情，对于天命鬼神的依赖程度应该是有限的。

再说“民鉴”。

周人的“以民为鉴”并不只是停留在“人无于水监，当于民监”的思想认识层面，而是落实到了社会政治制度的层面，从而带来文学观念的变革。《国语·周语上》载邵公谏厉王云：“为川者决之使导，为民者宣之使言，故天子听政，使公卿至于列士献诗，瞽献曲，史献书，师箴，瞍赋，矇诵，百工谏，庶人传语，近臣尽规，亲戚补察，瞽史教诲，耆艾修之，而后王斟酌焉，是以事行而不悖。”[77]邵公所云天子听政绝非虚构，而是周公以来所奉行的一种制度。《韩诗外传》提到周公说自己“一沐三握发，一饭三吐哺，犹恐失天下之士”[78]，其倾听民声、体察民情的亲民作风堪称典范。《国语·晋语》载范文子语云：“吾闻古之言王者，政德既成，又听于民。于是乎使工诵谏于朝，在列者献诗，使勿兜，风听胪言于市，辨妖祥于谣，考百事于朝，问谤誉于路，有邪而正之，尽戒之术也。”[79]《左传·襄公十四年》载师旷语云：“是故天子有公，诸侯有卿，卿置侧室，大夫有贰宗，士有朋友，庶人工商皂隶牧圉，皆有亲匿，以相辅佐也。善则赏之，过则匡之，患则救之，失则革之。自王以下，各有父兄子弟以补察其政，史为书，瞽为诗，工诵箴谏，大夫规诲，士传言，庶人谤，商旅于市，百工献艺。故《夏书》曰：‘遒人以木铎徇于路，官师相规，工执艺事以谏。’正月孟春，于是乎有之，谏失常也。天之爱民甚矣，岂其使一人肆于民上，以从其淫，而弃天地之性，必不然矣！”[80]这种在重民、爱民基础上形成的倾听民声、体察民情的“天子听政”制度，与周公提倡的“当于民监”的思想完全一致，尽管它是为维护周人的封建宗法社会的稳定服务的，但它把眼光集中在世俗社会的日常生活上，重视各阶层人们的意见和要求，以此作为寻求社会稳定的基础，所体现的正是“观乎人文”的独特视角。这种制度曾经自上而下被认真地实行过，《国语·楚语上》载左史倚相云：“昔卫武公年数九十有五矣，犹箴儆于国，曰：‘自卿以下至于师长士，苟在朝者，勿谓我老耄而舍我，必恭恪于朝，朝夕以交戒我，闻一二之言，必诵志而纳之，以训导我。在舆有旅贲之规，位宁有官师之典，倚几有诵训之谏，居寝有亵御之箴，临事有瞽史之导，宴居有师工之诵。史不失书，矇不失诵，以训御之。'于是乎作《懿》诗以自儆也。"[81]卫武公主要生活在西周末，在位五十五年，历周宣王、幽王和平王，他能够主动要求臣下交戒训导，遵守的正是西周的民鉴制度。其所作《懿》，即《诗经·大雅·抑》，《毛诗序》以为"《抑》，卫武公刺厉王，亦以自警也"[82]，说明厉王已经不大实行这一制度，只有卫武公这样清醒的统治者还在认真实行着。周人的"民鉴"制度不仅使统治者关心国计民生，注意民意民情，积极疏通上下间思想情感交流的渠道，同时也自觉不自觉地创造着文学艺术的表现形式。例如诗、曲、书、箴、赋、诵、传语、谣言等，都在不断地丰富着，发展着。《诗经》的《小雅》尤其是《国风》正是这一制度衍生的产品。按照传统的说法，《诗经》中的"正雅"、"正风"是西周初年的作品，许多都是周公所定[83]。这些"宴飨之乐"和"民俗歌谣"涉及的都是世俗生活内容，适应着不同场合的需要，有效地释放着人们的感情，极大地丰富了人们的精神生活。如《小雅》中"宴群臣嘉宾"[84]的《鹿鸣》，"劳使臣之来"[85]的《四牡》，"为君遣使臣"[86]的《皇皇者华》，"著夫兄弟之义"[87]的《棠棣》，"燕朋友故旧"[88]的《伐木》，"遣戍役"[89]的《采薇》，"劳还役"[90]的《出车》、《有杕》，等等，这些诗歌来自于人们日常生活的实际感受和体会，配上乐曲在饮食聚会的场合演唱，不仅活跃了气氛，沟通了感情，也使得等级森严的宗法制度有了一种调节和谐的手段，而这一切不是通过宗教和政治，而是通过文学和艺术，这真是周人了不起的创造。而这种创造与他们对社会和人生的认识从"观乎天文"转向"观乎人文"的视角转换密切相关。没有对于世俗政治的热情，没有对于日常生活的关注，没有对于人的欲望的一定程度的认可，自然不会有反映人的普遍思想感情的诗歌的创作、收集、整理和制度化的应用。

还有一点需要指出，《诗经》中被视为"正风"的"二南"，在周人的"民鉴"制度中具有特别的意义，应该给以足够重视。孔子曾教育其儿子孔鲤说："女为《周南》、《召南》矣乎？人而不为《周南》、《召南》，其犹正墙面而立也与？"[91]孔子为何这样重视"二南"，后人的解释不尽一致。朱熹《诗集传》引程颐语云："天下之治，正家为先。天下之家正，则天下治矣。二南，正家之道也。陈后妃夫人大夫妻之德，推之士庶人之家一也。故使邦国至于乡党皆用之。自朝廷至于委巷，莫不讴吟讽诵，所以风化天下。"[92]这是理学家的认识，而今人则多以"二南"为爱情诗。将爱情诗列于《国风》之首，从而列于《诗经》之首，表明人们对于这种感情的重视和认可。不过，即使按照传统的理解，"二南"各篇乃"陈后妃夫人大夫妻之德"，亦即说她们能够"得"夫妻感情之正，无论这"正"的内涵如何理解，由夫妻之情而推及的男女之情被作为了判断社会风化的一个标准，成为了天子了解民情的一个窗口，而诗歌歌咏这种感情则成为天经地义，这便使得诗歌获得了最有活力、最具魅力的表现对象。事实上，男女之情是世俗生活的基本内容，交织着自然和社会的复杂关系，的确是最能够反映民情风俗的窗口，又是最能够表达人性人情的一个领域，周人对其特别关注并给以应有的地位，证明周人“观乎人文”是全面而理性的，而这样的文化视角也成为了后来文学发展的一个重要方面。试想，如果《诗经》“二南”不能肯定基于两性关系的夫妻之情，如果《诗经》“二南”的爱情表达不是那样纯洁、美好和甜蜜，如果后来的文学没有继承《诗经》“二南”的这种优良文化传统。一句话，如果中国文学离开了独具民族特色的爱情的表达与赞美，中国文学还能够那样激动人心、撼人心魄吗？还会是今天这样的面貌吗？

从以上分析可以看出，如果说在周初统治者们还惯性地继承着殷人“观乎天文”的文化传统，那么自周公“制礼作乐”以后，社会文化已从“神权史观”转向“行为史观”，文学观念也从“观乎天文”转向“观乎人文”。而周人“以史为鉴”和“以民为鉴”的基本视点，使文学具有了与世俗政教和文化制度紧密联系的特点，也具有了表达人的思想感情和加强人与人之间情感交流的特点，而文学服务于政教并与社会文化制度和道德建设结合，文学承担起社会上层建筑、文化意识形态以至政治教化工具和情感交流工具的多重任务，这一基本格局不仅奠定了中国文学的发展基础，也制约着中国文学后来的发展方向。

注释：

*本文为国家社会科学基金项目(05BZW013)“中国古代文学观念的发生学研究”阶段性成果之一。原载《华中师范大学学报(人文社会科学版)》2008年第4期；《新华文摘》2008年第18期摘载，中国人民大学书报资料中心《中国古代近代文学研究》2009年第1期全文复印。

[1]刘勰著、范文澜注：《文心雕龙注》卷一，人民文学出版社1958年版，第1页。

[2]刘勰著、范文澜注：《文心雕龙注》卷一，人民文学出版社1958年版，第3页。

[3]《周易正义》，阮元校刊《十三经注疏》本，中华书局1980年版，第37页。

[4]王齐洲：《观乎天文：中国古代文学观念的滥觞》，《文艺研究》2007年第9期。

[5]《礼记·表记》，阮元校刊《十三经注疏》本，中华书局1980年版，第1642页。

[6]司马迁：《史记·龟策列传》(褚少孙补)，清武英殿本，上海古籍出版社、上海书店1986年版，第351页。

[7]《尚书·盘庚上》，阮元校刊《十三经注疏》本，中华书局1980年版，第168页。

[8]《尚书·盘庚中》，阮元校刊《十三经注疏》本，中华书局1980年版，第171页。

[9]《尚书·盘庚下》，阮元校刊《十三经注疏》本，中华书局1980年版，第172页。

[10]《尚书·无逸》，阮元校刊《十三经注疏》本，中华书局 1980 年版，第 221～222 页。

[11]司马迁：《史记·殷本纪》，清武英殿本，上海古籍出版社、上海书店 1986 年版，第 15～16 页。

[12]王国维：《殷周制度论》，《观堂集林》卷十，河北教育出版社 2003 年第 2 版，第 231 页。

[13]张广志：《西周史与西周文明》，上海科学技术文献出版社 2007 年版，第 17 页。

[14]徐良高：《中国民族文化源新探》，社会科学文献出版社 1999 年版。

[15]《尚书·金縢》，阮元校刊《十三经注疏》本，中华书局 1980 年版，第 196 页。

[16]《尚书·大诰》，阮元校刊《十三经注疏》本，中华书局 1980 年版，第 198 页。

[17]《尚书·洛诰》，阮元校刊《十三经注疏》本，中华书局 1980 年版，第 214 页。

[18]《左传·定公四年》卫祝佗语。董仲舒《春秋繁露·三代政制质文》云：“汤受命而王，名相官曰尹；文王受命而王，名相官曰宰。”相官实为巫史之长。

[19]《左传·定公四年》，阮元校刊《十三经注疏》本，中华书局 1980 年版，第 2134 页。

[20]郝铁川：《周公本为巫祝考》，《人文杂志》1987 年第 5 期。

[21]郭沫若：《殷周青铜器铭文研究》，《郭沫若全集》(考古卷)第 4 卷，科学出版社 2002 年版，第 78 页。

[22]《尚书·洛诰》，阮元校刊《十三经注疏》本，中华书局 1980 年版，第 214 页。

[23]《礼记·表记》，阮元校刊《十三经注疏》本，中华书局 1980 年版，第 1642 页。

[24]王国维：《殷周制度论》，《观堂集林》卷十，河北教育出版社 2003 年第 2 版，第 232 页。

[25]魏征等：《隋书》卷四十二，清武英殿本，上海古籍出版社、上海书店 1986 年版，第 143 页。

[26]杨向奎：《宗周社会与礼乐文明》(修订本)，人民出版社 1997 年版，第 141 页。

[27]《尚书·召诰》，阮元校刊《十三经注疏》本，中华书局 1980 年版，第 212～213 页。

[28]《尚书·酒诰》，阮元校刊《十三经注疏》本，中华书局 1980 年版，第 207 页。

[29]《尚书·无逸》，阮元校刊《十三经注疏》本，中华书局 1980 年版，第 222 页。

[30]《尚书·康诰》，阮元校刊《十三经注疏》本，中华书局 1980 年版，第 203 页。

[31]《尚书·大诰》，阮元校刊《十三经注疏》本，中华书局 1980 年版，第 199 页。

[32]《尚书·康诰》，阮元校刊《十三经注疏》本，中华书局 1980 年版，第 203 页。

[33]《尚书·梓材》，阮元校刊《十三经注疏》本，中华书局 1980 年版，第 208 页。

[34]《诗经·大雅·文王》，阮元校刊《十三经注疏》本，中华书局 1980 年版，第 505 页、第 503～504 页。

[35]《诗经·周颂·维天之命》，阮元校刊《十三经注疏》本，中华书局 1980 年版，第 584 页。

[36]《诗经·大雅·文王》，阮元校刊《十三经注疏》本，中华书局 1980 年版，第

505 页。

[37]《诗经·大雅·文王》，阮元校刊《十三经注疏》本，中华书局 1980 年版，第 505 页。

[38]徐复观：《有关周初若干史实的问题》，《两汉思想史》第一卷附录一，华东师范大学出版社 2001 年版，第 230 页。

[39]顾颉刚：《盘庚中篇今译》，《古史辨》第二册，上海古籍出版社 1982 年版，第 44 页。

[40]《礼记·乐记》，阮元校刊《十三经注疏》本，中华书局 1980 年版，第 1529 页。

[41]傅隶朴：《春秋三传比义》，中国友谊出版公司 1984 年版，第 2 页。

[42]《礼记·丧服小记》，阮元校刊《十三经注疏》本，中华书局 1980 年版，第 1495 页。

[43]《左传·僖公二十四年》，阮元校刊《十三经注疏》本，中华书局 1980 年版，第 1817 页。

[44]《礼记·丧服小记》，阮元校刊《十三经注疏》本，中华书局 1980 年版，第 1495 页。

[45]《礼记·月令》，阮元校刊《十三经注疏》本，中华书局 1980 年版，第 1356 页。

[46]《周礼·地官司徒·小司徒》，阮元校刊《十三经注疏》本，中华书局 1980 年版，第 72 页。

[47]《尚书·禹贡》，阮元校刊《十三经注疏》本，中华书局 1980 年版，第 153 页。

[48]《甲骨文合集》，中华书局 1982 年版，第 6390 片、第 6739 片、第 7421 片。

[49]《甲骨文合集》，中华书局 1982 年版，第 6399 片、第 6737 片、第 7231 片。

[50]《礼记·乐记》，阮元校刊《十三经注疏》本，中华书局 1980 年版，1528 页。

[51]《尚书·盘庚上》，阮元校刊《十三经注疏》本，中华书局 1980 年版，第 169 页。

[52]《尚书·盘庚下》，阮元校刊《十三经注疏》本，中华书局 1980 年版，第 172 页。

[53]《尚书·西伯勘黎》，阮元校刊《十三经注疏》本，中华书局 1980 年版，第 177 页。

[54]晁福林：《先秦时期"德"观念的起源及其发展》，《中国社会科学》2005 年第 4 期，第 197～198 页，第 198 页。与"德"字在周初加"心"旁类似，"文"字在殷商仅指错画之"文身"，在西周初年也出现了将错画改换成"心"形的现象，"文"也具有了道德观念和意识形态内涵，二者可以互证。(参见王齐洲《中国文学观念的符号学探原》，《中国社会科学》1999 年第 1 期)

[55]《左传·定公四年》，阮元校刊《十三经注疏》本，中华书局 1980 年版，第 2134 页。

[56]王国维：《殷周制度论》，《观堂集林》卷十，河北教育出版社 2003 年第 2 版，第 242 页。

[57]侯外庐、赵纪彬、杜国庠：《中国思想通史》第一卷，人民出版社 1957 年版，第 64 页。

[58]《尚书·无逸》，阮元校刊《十三经注疏》本，中华书局 1980 年版，第 221 页。

[59]《尚书·君奭》，阮元校刊《十三经注疏》，中华书局1980年版，第223页。

[60]《尚书·君奭》，阮元校刊《十三经注疏》，中华书局1980年版，第225页。

[61]《尚书·立政》，阮元校刊《十三经注疏》，中华书局1980年版，第232页。

[62]朱熹：《诗集传》卷十九，中华书局1982年版，第223页。

[63]朱熹：《诗集传》卷十九，中华书局1982年版，第223页。

[64]朱熹：《诗集传》卷十九，中华书局1982年版，第223～224页。

[65]朱熹：《诗集传》卷十九，中华书局1982年版，第224页。

[66]朱熹：《诗集传》卷十九，中华书局1982年版，第225页。

[67]朱熹：《诗集传》卷十九，中华书局1982年版，第227页。

[68]朱熹：《诗集传》卷十九，中华书局1982年版，第223页。

[69]朱熹：《诗集传》卷十九，中华书局1982年版，第224页。

[70]朱熹：《诗集传》卷十九，中华书局1982年版，第225页。

[71]朱熹：《诗集传》卷十六，中华书局1982年版，第177页。

[72]朱熹：《诗集传》卷十六，中华书局1982年版，第179页。

[73]朱熹：《诗集传》卷十六，中华书局1982年版，第184页。

[74]朱熹：《诗集传》卷十六，中华书局1982年版，第188页。

[75]朱熹：《诗集传》卷十六，中华书局1982年版，第175～176页。

[76]朱熹：《诗集传》卷十六，中华书局1982年版，第183页。

[77]徐元诰：《国语集解》，中华书局2002年版，第11～12页。

[78]韩婴：《韩诗外传》卷三，《四部丛刊初编》本，商务印书馆1922年版。

[79]徐元诰：《国语集解》，中华书局2002年版，第387～388页。

[80]《左传·襄公十四年》，阮元校刊《十三经注疏》本，中华书局1980年版，第1958页。

[81]徐元诰：《国语集解》，中华书局2002年版，第500～501页。

[82]《诗经·大雅·抑》，阮元校刊《十三经注疏》本，中华书局1980年版，第554页。

[83]朱熹云："雅者，正也，正乐之歌也。其篇本有大小之殊，而先儒说又各有正变之别。以今考之，正小雅，宴飨之乐也；正大雅，会朝之乐，受厘陈戒之辞也。故或欢欣和说，以尽群下之情；或恭敬齐庄，以发先王之德。词气不同，音节亦异，多周公制作时所定也。"(《诗集传》卷九)又云："国者，诸侯所封之域；而风者，民俗歌谣之诗也。所谓风者，以其被上之化以有言，而其言又足以感人，如物因风之动以有声，而其声又足以动物也。是以诸侯采之以贡于天子，天子受之而列于乐官，于以考其俗尚之美恶，而知其政治之得失焉。旧说二南为正风，所以用之闺门乡党邦国而化天下也。"(《诗集传》卷一)

[84]朱熹：《诗集传》卷九，中华书局1982年版，第100页。

[85]朱熹：《诗集传》卷九，中华书局1982年版，第101页。

[86]朱熹：《诗集传》卷九，中华书局1982年版，第101页。

[87]朱熹：《诗集传》卷九，中华书局1982年版，第103页。

[88]朱熹：《诗集传》卷九，中华书局1982年版，第103页。
[89]朱熹：《诗集传》卷九，中华书局1982年版，第105页。
[90]朱熹：《诗集传》卷九，中华书局1982年版，第108页。
[91]《论语·阳货》，阮元校刊《十三经注疏》本，中华书局1980年版，第2525页。
[92]朱熹：《诗集传》卷一，中华书局1982年版，第14页。

春秋时期中国文学观念的发展

中国古代文学观念滥觞于“观乎天文”，是上古巫史集团“通天之术”的组成部分[1]。嗣后，经历了殷周之际从“观乎天文”向“观乎人文”的视角转换。周人用“行为史观”代替了殷人的“神权史观”，认识到“天不可信”、“天命靡常”，只有“敬德”、“保民”，国家才能长治久安；周公则通过“制礼作乐”，将“以史为鉴”和“以民为鉴”作为进行制度文化建设的主要视点，从而为社会文化的转型和发展奠定了坚实的基础[2]。西周的文学发展便建立在“观乎人文”的礼乐教化的基础之上。

春秋时期是中国古代社会发生深刻变革的重要时期[3]。王室衰微，礼崩乐坏，诸侯争霸，战争频仍，卿大夫专权，陪臣执国命，士人崛起，税赋改革，法制变迁，私人办学，一个接一个的社会大变革，真所谓“百川沸腾，山冢崒崩，高岸为谷，深谷为陵”[4]。在这样一个天翻地覆的时代，社会的一切都在发生剧烈变化，文学观念也不能不随之发生变化。而这种变化为中国古代文学观念嗣后的发展开辟了前进的方向。因此，探讨西周以来特别是春秋时期中国文学观念的发展，对于我们深刻理解中国古代文学观念的历史文化内涵和传统民族特色，无疑是极有意义的。

一、卫武公的自警与礼乐制度的解构

西周初期，以周公为代表的统治者在总结历史经验的基础上，秉持“天不可信，我道惟宁(文)王德延，天不庸释于文王受命”[5]的信念，以“敬德”、“保民”思想为指导，创造性地制定了一套为宗法氏族政治服务的礼乐制度。这套制度涉及的内容很多，如嫡长子继承制、丧服制、封建制、庙数制、同姓不婚制、井田制、籍田制、畿服制等，有些制度在当时即已明确，有些则是由后人不断丰富完善的。王国维曾经指出，周人制度“其旨则在纳上下于道德，而合天子、诸侯、卿、大夫、士、庶民以成一道德之团体，周公制作之本意，实在于此”[6]。这套制度主要不是靠武力或刑法强迫执行，而是靠文教与文学来潜移默化，即《周易·贲·彖辞》所谓“观乎人文，以化成天下”。周人“以史为鉴”和“以民为鉴”的文学观念则渗透到成体系的文化制度之中，后人所传“天子听政”制度便是这一制度的核心内容之一。

《国语·周语上》载邵公谏厉王云："为川者决之使导，为民者宣之使言，故天子听政，使公卿至于列士献诗，瞽献曲，史献书，师箴，瞍赋，矇诵，百工谏，庶人传语，近臣尽规，亲戚补察，瞽史教诲，耆艾修之，而后王斟酌焉，是以事行而不悖。"[7]邵公所云即是周公以来所奉行的天子听政制度，这种制度曾经自上而下被认真地实行过[8]。不仅天子听政，各诸侯也要仿效，实行听政，以便了解民情，教化民众。只是到了西周后期，宗法秩序被破坏，统治者们骄奢淫逸，无心再行听政，致使这种制度名存实亡了。不过，在少数恪守礼乐传统的诸侯国内，在一些维护礼乐制度的君主那儿，这一制度也仍然在勉强延续着。例如，在西周末春秋初，卫武公便重新强调过这一制度，并要求在其国内认真实行。《国语·楚语上》载左史倚相云："昔卫武公年数九十有五矣，犹箴儆于国，曰：'自卿以下至于师长士，苟在朝者，勿谓我老耄而舍我，必恭恪于朝，朝夕以交戒我，闻一二之言，必诵志而纳之，以训导我。'在舆有旅贲之规，位宁有官师之典，倚几有诵训之谏，居寝有亵御之箴，临事有瞽史之导，宴居有师工之诵。史不失书，矇不失诵，以训御之。于是乎作《懿》诗以自儆也。"[9]卫武公生活在西周末春秋初，活了95岁，在位55年，历周宣王、幽王和平王，于平王十四年(前757)去世，他在耄耋之年能够主动要求臣下交戒训导，遵守的正是西周的听政制度。

无论是天子听政，还是诸侯听政，其实是"观乎人文，以化成天下"的文化思想的制度化体现，而听政制度之主旨也同样在于"纳上下于道德"。在这一制度开始实行的西周鼎盛时期(如成康)，统治者们通过听政了解民情，以确定他们进行人文教化的内容与方法。当时不仅下情可以上达，而且上行能够下效。统治者们主要不是运用行政命令和严刑峻法来治理天下，而是利用礼乐文化和自己的道德示范来影响社会。所谓"惟圣人在上，则其所感者无不正，而其言皆足以为教。其或感之之杂，而所发不能无可择者，则上之人必思所以自反，而因有以劝惩之，是亦所以为教也。昔周盛时，上自郊庙朝廷而下达于乡党闾巷，其言粹然无不出于正者，圣人固已协之声律，而用之乡人，用之邦国，以化天下"[10]。因此，听政既是统治者了解下情的一个渠道，也是他们进行道德示范的一种形式，并且，他们还会将那些有利于其治理天下的嘉言懿行，以礼乐的形式宣传推广到各地，以收移风易俗之效。这只要读读《尚书》中的那些周初文诰和《诗经》中的那些"颂"诗以及前人所云"正风"、"正雅"，即人们通常所说的西周鼎盛时期的作品，就不难明白这一点。

然而，随着西周社会的衰落，原有社会结构发生了很大变化，统治者骄奢淫逸，早已没有了道德示范的意识和作用，于是上下壅塞，人民的意见和要求无人倾听，天子也不以民生为念，道德教化不行于列国，听政制度自然也就不可能继续实行下去。《国语·周语上》载："厉王虐，国人谤王。……王怒，得卫巫，使监谤者，以告，则杀之。国人莫敢言，道路以目。"[11]在这样的政治环境中，礼乐精神必然会被利害关系所代替，诸侯、大夫们对天子的敬畏必然转化为对天子的怨恨，直至对天的怨恨，所谓"变风"、"变雅"也就应运而生。例如，大夫凡伯作诗讽刺厉王："上帝板板，下民卒瘅。出话不然，为犹不远。……天之方虐，无然谑谑。老夫灌灌，小子蹻蹻。匪我言耄，尔用忧谑。多将熇熇，不可救药。"[12]国人们抱怨："荡荡上帝，下民之辟。疾威上帝，其命多辟。天生烝民，其命匪谌。靡不有初，鲜克有终。"[13]大夫芮良夫指出："夫王人者，将导利而布之上下者也，使神人百物无不得其极，犹日怵惕，惧怨之来也。……今王学专利，其可乎？匹夫专利，犹谓之盗，王而行之，其归鲜矣。"[14]按照礼乐制度的设计，周王不仅是普天之下的政治领袖，而且是普天之下的道德榜样，上行下效，礼乐才会行于列国。而王者穷奢极欲是不会得到人民拥护的，礼乐制度也就失去了凭据，社会的动荡不可避免。厉王终因国人不满而被放逐，由共伯和代行王政。不过，传统的力量仍然是强大的，为人民拥护的共伯和不得不迫于保守势力的压力而还政于宣王，芮良夫对此深感不平，作《桑柔》诗抱怨道："天降丧乱，灭我立王。降此蟊贼，稼穑卒痒。哀恫中国，具赘卒荒。靡有旅力，以念穹苍。维此惠君，民人所瞻。秉心宣犹，考慎其相。维彼不顺，自独俾臧。自有肺肠，俾民卒狂。"[15]其实，破坏礼乐制度、颠倒黑白的事在西周末年早已司空见惯："日月告凶，不用其行。四国无政，不用其良。彼月而食，则维其常。此日而食，于何不臧！"[16]"人有土田，女反有之。人有民人，女覆夺之。此宜无罪，女反收之。彼宜有罪，女覆说之。"[17]显然，当氏族宗法结构遭到破坏，社会已经失去原有秩序，人们的价值观念和文化认同感发生改变后，文化制度的蜕变以及文学观念的改变也就在所难免了。

了解了这样的背景，我们就能够理解，卫武公在耄耋之年试图恢复听政制度的努力，反映的是周人礼乐制度解构过程中的时代焦虑。在西周末春秋初，虽然礼乐制度已经奄奄一息，但礼乐文化并未退出历史舞台，礼乐精神在社会上还颇有市场，故卫武公此举的文化意义显然大于其实际政治意义。武公不仅试图在其国内恢复听政制度，还作《懿》诗以自警，今传本《诗经·大雅·抑》即此诗。《毛诗序》以为："《抑》，卫武公刺厉王，亦以自警也。"[18]从作者的生活年代和作品内容来看，说自警大体可信，说刺厉王则不大可信，因厉王被国人放逐时，武公还不满 10 岁，不可能作诗刺厉王；而诗中"亦聿既耄"的表白，也说明此诗作于武公晚年即春秋初期。所以朱熹引侯包说："武公行年九十有五，犹使人日诵是诗而不离于其侧，然则《序》

说为刺厉王者误矣。”[19]武公之诗有云：“抑抑威仪，维德之隅。人亦有言，靡哲不愚。庶人之愚，亦职维疾。哲人之愚，亦维斯戾。无竞维人，四方其训之。有觉德行，四国顺之。讦谟定命，远犹辰告。敬慎威仪，维民之则。其在于今，兴迷乱于政。颠覆厥德，荒湛于酒。女虽湛乐从，弗念厥绍。罔敷求先王，克共明刑。”[20]他认识到，当时的统治者缺少威仪，而威仪是以德行为根基的，如无威仪，就不可能为人民树立榜样，人民会无所适从，而当时真正能够作为榜样的只能是文、武、周公等先王。他呼吁：“於乎小子，未知臧否。匪手携之，言示之事。匪面命之，言提其耳。借曰未知，亦既抱子。民之靡盈，谁夙知而莫成。昊天孔昭，我生靡乐。视尔梦梦，我心惨惨。诲尔谆谆，听我藐藐。匪用为教，覆用为虐。借曰未知，亦聿既耄。於乎小子，告尔旧止。听用我谋，庶无大悔。天方艰难，曰丧厥国。取譬不远，昊天不忒。回遹其德，俾民大棘。”[21]这样的自我警醒和谆谆告诫令人感动，不过，武公已经没有了周初统治者的那份自信，反而对国丧民棘惶恐不安，希望年轻的贵族子弟能够和他一样经常反省自己，多听批评意见，谨慎行政。武公还作过一首饮酒悔过的诗，即今本《诗经·小雅·宾之初筵》，他在诗中说：“凡此饮酒，或醉或否。既立之监，或佐之史。彼醉不臧，不醉反耻。式勿从谓，无俾大怠。匪言勿言，匪由勿语。由醉之言，俾出童羖。三爵不识，矧敢多又。”[22]这也是从反面来忏悔自己。

应该指出，在西周末春秋初，能够像卫武公这样维护周代礼乐制度、反躬自省的统治者已经很少了，所以他死后被尊称为“睿圣武公”[23]。武公的举措后来常常被人提起，甚至有人因此认为周平王东迁后依靠晋文侯而不依靠卫武公来振兴周朝是一个错误：“平王固不以兴复期之，而拨乱兴衰，知亦非文侯所长矣。惟卫武公与之同世，使授之政，绍复文、武之大业，其犹反掌乎！而平王莫之知也。”[24]其实，并非平王不能认知和任用武公，而是武公所行在当时已经不能解决社会所面临的矛盾和问题。如果说西周初年的统治者们实行的听政制度是氏族宗法社会里上下沟通的管道，其重点是用统治者的文化理念和道德形象去影响下民，移风易俗，实际是一种政教合一的团体行为，那么，卫武公所实行的听政则主要是想疏通听取意见的渠道，重点是对于统治者自我行为的约束，不过是一种自我教育的个体行为。就社会整体而言，武公的听政已经不可能发挥上行下效、移风易俗的政教作用，因为社会成员对氏族的依赖度已经下降，而对实际利益的考量早已超越对礼乐制度的尊崇，人们只把听政作为礼乐制度的一种形式而不能深刻理解其内涵，所以用听政来振兴社会只是一种幻想。而就社会个体而言，武公的听政和自警则反映了春秋初年贵族们对自我的关注和认识，武公能够意识到统治者无人训戒所带来的国家动荡和个人危险，当时的贵族缺少自我约束和自我反省，而听政和自警则不失为诸侯自我教育的一种较好的方法和途径。

这样看来，武公的听政和自警不是对西周礼乐制度的真正回归，而是对西周礼乐制度的不自觉解构；不是社会氏族宗法结构的制度化呈现，而是个体政治生命的应急性表达。而正是这种解构和表达，反映出西周末年春秋初期与西周鼎盛时期的文化差异。如果说西周鼎盛时期统治者们把对鬼神的依赖转变成了对周文王等明君圣主的崇拜，使人们从虚幻的信仰世界回到现实的世俗生活中来，并把对氏族宗法的现实依赖渗透到繁缛的礼乐制度中，开启了中国文化以“观乎人文”为视角的新的发展方向，那么，西周末年春秋初期则以承认各种社会主体的独立地位和独立人格，承认各自利益的追求的合理性为前提，在相互依存中认识到对方的价值，统治者也自觉加强自我修养和自我约束，努力塑造贤君形象，以获取社会的认可和尊敬。中国文化从重视整体价值转向同时重视个体价值，这是中国文化的又一重要视角转换，从而为中国文学观念的发展提供了新的文化视点。

二、尹吉甫的作诵与诗歌功能的蜕变

与卫武公同时的周卿士尹吉甫也是我们讨论文学观念时值得关注的一个人物。他在西周末年的宣王时期，曾以卿士掌内史，治策命，也曾为大将，伐玁狁，今传本《诗经·大雅·崧高》、《烝民》、《韩奕》、《江汉》等诗相传是他所作。如果说从卫武公的听政和作诗自警可以看到西周礼乐制度的解构和文化视点的迁移，那么，从尹吉甫作诵中则可以感受到诗歌功能在西周后期的蜕变，而从西周末年到春秋时期文学观念的演进不能不从这里寻找到某些重要的发展线索。

《诗经》中的《风》、《雅》，历来有“正”、“变”之说。所谓“正风”、“正雅”，是指《国风》和大、小《雅》中那些作于西周鼎盛时期的作品。而所谓“变风”、“变雅”，则是指《国风》和大、小《雅》中那些作于西周衰落以后的作品。而西周之衰落是从厉王开始的，包括宣王和幽王。正是由于西周社会衰落，统治者骄奢淫逸，人们生活在水深火热之中，所以“变风”、“变雅”与“正风”、“正雅”就有了明显的风格差异。揭示社会矛盾，表达对统治者不满，发泄愤懑情绪，实行讽谏，就成为“变风”、“变雅”的主要思想内容和艺术特点。

然而，在尹吉甫所作诗歌中，我们看到的却主要不是讽谏，而是歌颂。例如，《诗经·大雅·崧高》：“申伯之德，柔惠且直。揉此万邦，闻于四国。吉甫作诵，其诗孔硕，其风肆好，以赠申伯”；《烝民》：“四牡骙骙，八鸾喈喈。仲山甫徂齐，式遄其归。吉甫作诵，穆如清风。仲山甫永怀，以慰其心”；《韩奕》：“四牡奕奕，孔修且张。韩侯入觐，以其介圭，入觐于王。王锡韩侯，淑旂绥章。簟茀错衡，玄衮赤舄，钩膺镂锡，鞹鞃浅幭，鞗革金厄”；《江汉》：“虎拜稽首，对扬王休。作召公考，天子万寿。明明天子，令闻不已，矢其文德，洽此四国。”对于这几首诗的主旨，前人说法大体一致。《崧高》，《毛诗序》称：“尹吉甫美宣王也。天下复平，能建国亲诸侯，褒赏申伯焉。”[25]朱熹则说：“宣王之舅申伯出封于谢，而尹吉甫作诗以送之。”[26]《烝民》，《毛诗序》称：“尹吉甫美宣王也。任贤使能，周室中兴焉。”[27]朱熹则说：“宣王命樊侯仲山甫筑城于齐，而尹吉甫作诗以送之。”[28]《韩奕》，《毛诗序》称：“尹吉甫美宣王也。能锡命诸侯。”[29]朱熹则说：“韩侯初立来朝，始受王命而归，诗人作此以送之。”[30]《江汉》，《毛诗序》称：“尹吉甫美宣王也。能兴衰拨乱，命召公平淮夷。”[31]朱熹则说：“宣王命召穆公平淮南之夷，诗人美之。”[32]也就是说，尹吉甫所作的这些诗，无论是送申伯出封，还是送韩侯归国，也无论是送仲山甫赴齐筑城，还是送召公入淮平夷，他都是把主旨落脚到颂美周宣王中兴，创作意图十分明确。这种颂美风格在“变雅”中显得十分突兀扎眼，它们与“变雅”作品意在揭露和讽谏的风格形成鲜明反差，似乎与“正雅”的风格较为接近。既然如此，前人为何不将其列入“正雅”而列入“变雅”呢？这里有两个问题需要讨论：一是宣王是否真正中兴过？一是尹吉甫的诵歌到底透露出怎样的文化与文学信息？

对于第一个问题，前人的论述是矛盾的。在《毛诗序》和其他《诗》家那儿，宣王中兴似乎存在过，这有以尹吉甫之诵为代表的一批宣王时期的作品及《诗》家的解说为证。然而，既然宣王确实中兴过，而那些“穆如清风”、“对扬王休”之作为何要视为“变雅”呢？仅仅因为宣王在西周晚期就将这一时期的作品归入“变雅”之列，而不顾这些作品的风格特征，似乎不能令人信服。其实，《诗》家们已经注意到一个事实，即宣王并不是一个真正的中兴之王，例如《诗经·小雅·六月》写宣王即位“命尹吉甫帅师伐之(指猃狁)，有功而归，诗人作诗以叙其事如此”[33]，诗中歌颂了王师的威风和尹吉甫的功劳，然而《毛诗序》却云：“《六月》，宣王北伐也。《鹿鸣》废则和乐缺矣，《四牡》废则君臣缺矣，《皇皇者华》废则忠信缺矣，《棠棣》废则兄弟缺矣，《伐木》废则朋友缺矣，《天保》废则福禄缺矣，《采薇》废则征伐缺矣，《出车》废则功力缺矣，《杕杜》废则师众缺矣，《鱼丽》废则法度缺矣，《南陔》废则孝友缺矣，《白华》废则廉耻缺矣，《华黍》废则蓄积缺矣，《由庚》废则阴阳失其道理矣，《南有嘉鱼》废则贤者不安、下不得其所矣，《崇丘》废则万物不遂矣，《南山有台》废则为国之基队(坠)矣，《由仪》废则万物失其道理矣，《蓼萧》废则恩泽乖矣，《湛露》废则万国离矣，《彤弓》废则诸夏衰矣，《菁菁者莪》废则无礼仪矣，《小雅》尽废则四夷交侵、中国微矣！”[34]一句话，在《毛诗序》作者看来，《六月》所体现的不仅不是中兴的格局和气象，反而是“正”《小雅》精神的全面缺失和衰颓。因此，《六月》之诗在传统《诗》家看来，不仅不是"正"《小雅》之赓续，而正是"变"《小雅》之作始。

应该承认，《诗》家的眼光是敏锐的，宣王的确不能算是中兴之王。据《国语·周语上》载："宣王即位，不籍千亩。虢文公谏曰：'不可。夫民之大事在农……今天子欲修先王之绪，而弃其大功，匮神之祀，而困民之财，将何以求福用民？'王不听。"[35]又载："宣王既丧南国之师，乃料民于大原。仲山父谏曰：'民不可料也……治民恶事，无以赋令；且无故而料民，天之所恶也，害于政而妨于后嗣。'王卒料之。"[36]显然，宣王即位后并不注意发展生产，也不接纳谏言，不仅加强了对国内民众的盘剥，更加强了对周边少数民族的征讨，征猃狁，征淮夷，征江汉，穷兵黩武，劳民伤财，造成了西周更进一步衰落。所以侯外庐以为："宣王的'中兴'政策，证以《小雅》记载的出兵远征的诗章，是企图利用扩大和外族战争的矛盾而和缓内部危机。这一政策，不但没有成功，而且反把内部危机扩大了。"[37]其实，宣王时期就有不少诗歌反映人民当时的苦难和愤怒。如《小雅·祈父》："祈父，予王之爪牙。胡转予于恤，靡所止居。""《序》以为刺宣王之诗。说者又以为宣王三十九年，战于千亩，王师败绩于姜氏之戎，故军士怨而作此诗。"[38]《小雅·白驹》："皎皎白驹，食我场苗。絷之维之，以永今朝。所谓伊人，于焉逍遥。"《毛诗序》以为："大夫刺宣王也。"[39]《小雅·黄鸟》："黄鸟黄鸟，无集于谷，无啄我粟。此邦之人，不我肯谷。言旋言归，复我邦族。"《毛诗序》以为："刺宣王也。"[40]《小雅·我行其野》："我行其野，蔽芾其樗。婚姻之故，言就尔居。尔不我畜，复我邦家。"《毛诗序》以为："刺宣王也。"[41]可以想见，宣王时期人民的生活并不比厉王、幽王时期强多少。这从前面提到的共伯和将王政交给宣王后芮良夫所云"天降丧乱，灭我立王。降此蟊贼，稼穑足痒"的愤愤不平中也可证明宣王并不是一个为民众拥戴的天子。

这样，问题就回到尹吉甫的诵诗上来，这样的诵诗究竟传递了怎样的文化信息和文学信息呢？一个显而易见的结论是，尹吉甫不是在用诗歌匡扶朝政、扬善惩恶，而是在阿谀奉承、粉饰太平。当他在那里高唱着"明明天子，令闻不已"、"申伯之德，柔惠且直"的时候，他已经把诗作为了个人的宣传工具，同时也换来了他人对他同样廉价的恭维："文武吉甫，万邦为宪。吉甫燕喜，既多受祉。"[42]虽然西周鼎盛时期也有许多祝福甚至恭维的诗歌，但那是对一种理想、一种秩序的礼赞，即使是对文王的顶礼膜拜，也不是针对个人的，而是针对周民族的，更为重要的是，它们所反映的是一种事实，因此能够激励人们为氏族的共同理想去奋斗。而尹吉甫对宣王的这种颂美，则不是从国家、民族利益出发的，很多情况下是个人利益的盘算，因此这种赞美只能适得其反，造成社会价值观念的混乱，引发社会的更大动乱。《小雅·节南山》就表达了对尹氏（包括尹吉甫及其后嗣）专权乱政的强烈不满："尹氏大师，维周之氐。秉国之均，四方是维。天子是毗，俾民不迷。不吊昊天，不宜空我师。弗躬弗亲，庶民弗信。弗问弗仕，勿罔君子。式夷式已，无小人殆。琐琐姻亚，则无膴仕。昊天不傭，降此鞠讻。昊天不惠，降此大戾。君子如届，俾民心阕。君子如夷，恶怒是违。"[43]这样的不满和嘲讽，才是社会情绪的真实反映。

卫武公的自警和尹吉甫的作诵从正反两方面说明，在西周末春秋初，文学的社会功用正悄悄地发生着变化，曾在礼乐制度中发挥重要作用的《诗》、《书》等传统文学，已经不再仅仅是社会礼乐教化的组成部分，而是逐步演变为实现个人政治目的或塑造个人形象的工具，甚至变成了阿谀奉承、粉饰太平的工具，文学有了脱离礼乐制度而独立的倾向。

这种倾向可以在晋人的一段对话中得到更为深刻的理解。周灵王十三年（前 559），卫献公被国人驱逐出境，晋侯问师旷："卫人出其君，不亦甚乎？"师旷回答说："或者其君实甚。良君将赏善而刑淫，养民如子，盖之如天，容之如地。民奉其君，爱之如父母，仰之如日月，敬之如神明，畏之如雷霆，其可出乎？夫君，神之主也，民之望也。若困民之主，匮神乏祀，百姓绝望，社稷无主，将安用之？弗去何为？天生民而立之君，使司牧之，勿使失性。有君而为之贰，使师保之，勿使过度。是故天子有公，诸侯有卿，卿置侧室，大夫有贰宗，士有朋友，庶人工商皂隶牧圉，皆有亲匿，以相辅佐也。善则赏之，过则匡之，患则救之，失则革之。自王以下，各有父兄子弟，以补察其政，史为书，瞽为诗，工诵箴谏，大夫规诲，士传言，庶人谤，商旅于市，百工献艺。故《夏书》曰：'遒人以木铎徇于路，官师相规，工执艺事以谏。正月孟春，于是乎有之，谏失常也。'天之爱民甚矣，岂其使一人肆于民上，以从其淫，而弃天地之性，必不然矣！"[44]这段对话透露出许多重要思想文化信息，最主要的有两点。一是对君民关系的理解：君为民所立，故不可不爱民；如君弃天地之性，让人民绝望，人民可以将君抛弃。二是对社会层级的理解：君臣上下是相互依存的，君上要广纳谏言，臣下应多为规劝，社会才能合目的运转。而这两点又联系到对于听政制度的理解。春秋时期人们多以为听政主要是有利于君上接受批评意见。从这一理解可以看出，这一时期统治者们更多的是关注听政对于君主个体道德修养的作用和其行政的影响，而忽视了听政制度所蕴涵的对社会群体进行礼乐教化的重要意义。西周时期的听政不仅有利于氏族内部的信息交流和情感沟通，而且能够促进列国的文化交融和移风易俗。而春秋时期则将听政理解为听取意见的形式，甚至变成了歌功颂德的工具。这种变化，与人们对听政中的各种谏言尤其是对《诗》、《书》等传统文学的功用的理解所发生的变化是一致的，尹吉甫的诵诗已经开启了春秋时期人们对于文学实用化、功利化、私人化理解的先河。

三、叔孙豹的不朽观与文学价值的新变

春秋时期，在人们对于文学功用的理解悄悄发生着变化的同时，人们对文学价值的判断也在发生着变化。据《左传》记载，鲁襄公二十四年(前547)春，穆叔(叔孙豹)如晋，范宣子逆之问焉。曰："古人有言曰，死而不朽，何谓也?"穆叔未对。宣子曰："昔匄之祖，自虞以上为陶唐氏，在夏为御龙氏，在商为豕韦氏，在周为唐杜氏，晋主夏盟为范氏，其是之谓乎?"穆叔曰："以豹所闻，此之谓世禄，非不朽也。鲁有先大夫曰臧文仲，既没，其言立，其是之谓乎！豹闻之，大上有立德，其次有立功，其次有立言，虽久不废，此之谓不朽。若夫保姓受氏，以守宗祊，世不绝祀，无国无之。禄之大者，不可谓不朽！"[45]晋、鲁两国大臣的这段对话具有划时代意义，反映出两种完全不同的价值观，而这两种不同的价值观正好将西周时期文学与春秋时期文学的不同价值取向区分开来。

西周时期的文学尽管已经把文化视点从"观乎天文"转向"观乎人文"上来，然而，西周人"观乎人文"的基本内容主要是氏族的兴旺、宗族的繁衍、集团的利益、社会的秩序等等。如《诗经·周颂·天作》："天作高山，大王荒之。彼作矣，文王康之。彼徂矣岐，有夷之行，子孙保之。"《闵予小子》："念兹皇祖，陟降庭止。维予小子，夙夜敬止。於乎皇王，继序思不忘。"《良耜》："百室盈止，妇子宁止。杀时犉牡，有捄其角。以似以续，续古之人。"《诗经·大雅·棫朴》云："倬彼云汉，为章于天，周王寿考，遐不作人。追琢其章，金玉其相。勉勉我王，纲纪四方。"《下武》："媚兹一人，应侯顺德。永言孝思，昭哉嗣服。昭兹来许，绳其祖武。于万斯年，受天之祜。"《诗经·小雅·鹿鸣》："呦呦鹿鸣，食野之苹。我有嘉宾，鼓瑟鼓琴。鼓瑟鼓琴，和乐且湛，我有旨酒，以燕乐嘉宾之心。"《常棣》："妻子好合，如鼓瑟琴。兄弟既翕，和乐且湛。宜尔室家，乐尔妻帑。是究是图，亶其然乎！"描绘和歌咏的都是在礼乐制度环境下贵族们温馨、融洽、和谐、有秩序的生活。对于那些不能遵守礼乐制度、违背礼乐精神的言行，统治者却是要严厉打击的，绝不手软。周公在《康诰》中便训导姬封："元恶大憝，矧惟不孝不友。子弗祗服厥父事，大伤厥考心；于父不能字厥子，乃疾厥子；于弟弗念天显，乃弗克恭厥兄；兄亦不念鞠子哀，大不友于弟。惟吊兹，不于我政人得罪。天惟与我民彝大泯乱，曰：乃其速由文王作罚，刑兹无赦！"[46]

礼乐制度与封建宗法政治的结合，使周人的宗法等级观念得到进一步加强。本来，周"文王时期宗法制度已经形成，所以周人在克商以前所建立的

国家与商王国类似，即皆是以王的同姓宗亲为主要支柱，以家族宗法制度为政治之本”[47]，克商以后，周人虽然采取了许多促进民族融合的措施，“但是他们并未能从根本上改变传统的以宗族为基本单位的社会政治结构，而只是改变了旧有家族生存的环境与形式，造成了在封建统治下以新的方式生存的诸种类型的家族”[48]。然而，周人为了有效地实行宗法统治，在其封建诸侯后血缘家族已经分散、其他族系大量渗入周人家族的条件下，转而更加强调族内等级名分，“在西周贵族家族中，作为家族长的父兄与其下属子弟之间的亲族关系，虽仍是维系家族共同体的根本纽带，但已完全采取了严格的宗法等级关系的形式，亦即染上了浓厚的宗法等级制的色彩。而此种关系进一步发展的结果即是其走向政治化，演化为家族内部的君(宗君)臣关系(或说主臣关系)以及一整套强化此种关系的礼仪制度。这是血缘关系政治化亦即家族政治的最高形式，但同时又是本来意义上血缘亲族关系进一步减弱的表现”[49]。周人家族关系的演化及其宗法政治的要求也是推动周人礼乐制度建设的动因之一。人们不仅要在家族内部找准自己的位置，承担起相应的家族责任，也要在社会关系中找准自己的位置，承担起相应的社会责任。世卿世禄制则是这种要求的重要政治制度和基本措施之一。因此，一个家族的世卿世禄，不仅证明着它的繁衍不息，说明它在社会上的声望卓著，同时也体现着这个家族成员的社会价值。

这样看来，周人对于自己家族世卿世禄的荣耀发自内心的骄傲是一种普遍的社会意识。所以，当范宣子和叔孙豹讨论不朽的问题时，便不无得意地提出自己家族从陶唐氏、御龙氏、唐杜氏，到晋主夏盟为范氏，累代荣光，可以称为不朽。这种不朽观在西周时期大概是不会有人置疑的，然而，到了春秋时期，人们的价值观念发生了深刻变化，这一传统价值观并不为所有人接受了，叔孙豹甚至提出了相反的意见。在叔孙豹看来，范宣子谈的世卿世禄“无国无之”，不能称为不朽，而只有像鲁国已故大夫臧文仲那样，人虽已死，其言却存立于世，故可以称为不朽。他还进一步指出：“大上有立德，其次有立功，其次有立言，虽久不废，此之谓不朽。”这种不朽观是春秋以来成长起来的新的价值观，具有极为重要的意义。徐复观指出：“晋范宣子以其家世之世禄相承为不朽，此已异于宗教之永生。而鲁叔孙豹则以立德立功立言为三不朽，是直以人文成就于人类历史中的价值，代替宗教中永生之要求，因此而加强了人的历史的意识：以历史的世界，代替了‘彼岸’的世界。宗教系在彼岸中扩展人之生命；而中国的传统，则系在历史中扩展人之生命。宗教决定是非赏罚于天上；而中国的传统，是决定是非赏罚于历史。”[50]由“三不朽”价值观所形成的中国特色价值文化传统，正开启在春秋时期，而文学价值观的新变也包含在这种价值文化传统之中。

以“世卿世禄”为“不朽”的价值观是以家族为单元的身份判断，以“立德、立功、立言”为“三不朽”的价值观是以个体为单元的行为判断。以周公为代表的周人将殷人的“神权史观”改变为统治者的“行为史观”，奠定了殷商文化向西周文化转型的基础[51]。然而，这种“行为史观”仍然着眼于整体的观察，氏族或宗族是其思考的基点和角度，即是说，他们把殷人或周人是作为一个氏族整体来思考的，个体(如纣王和文王)也是作为整体的代表提出的。因此，以世卿世禄为不朽的观念其实在《尚书·周书》、《诗经·周颂》和《大雅》中普遍存在，在西周的彝器铭文中也普遍存在。如《诗经·大雅·文王》声称“文王孙子，本支百世。凡周之士，不显亦世”；《诗经·周颂·雝》希望“宣哲维人，文武维后。燕及皇天，克昌其后”；《诗经·大雅·即醉》歌咏“威仪孔时，君子有孝子。孝子不匮，永锡尔类”，等等。尽管周初统治者不像殷人那样依赖天命，有过“天命靡常”的感叹和“天不可信”的认识，然而，世卿世禄的不朽观总会或显或隐地要将周人的世代福祚寄托于天命和天道，只有在人们觉得天命和天道对他们已经毫无用处的时候，才会彻底地抛弃它们。“西周厉幽时代，天命权威的坠落，一方由现实政治所逼成，同时也受到人文之光的照射，在一种明确的意识下，体验到天命已经坠落，因而逼向人文精神更进一步的发展。”[52]而以“立德、立功、立言”为“三不朽”的价值观正是在批判天命和天道的基础上，将“集体行为史观”改换成为“个体行为观”，要求每个人都对自己的行为切实负责，既不要依赖于家族，更不要寄托于上帝。与此相联系，“立德、立功、立言”一定是个体独立的行为，其不朽自然也是个体生命的不朽，它并不与家族的煊赫相关联。

这里不妨分析一下被叔孙豹认为立言不朽的臧文仲。据《左传》载，鲁僖公二十一年(前639)“夏，大旱，公欲焚巫尫。臧文仲曰：‘非旱备也。修城郭，贬食省用，务穑劝分，此其务也；巫尫何为？天欲杀之，则如勿生，若能为旱，焚之滋甚。’公从之。是岁也，饥而不害”[53]。鲁国大旱，鲁僖公打算焚巫尫以求雨，这是历代沿袭的迷信做法，臧文仲劝鲁僖公内修政务，不焚巫尫。理由是巫尫并不能带来旱情，老天如果想让她死就不会让她降生，她若真能为旱，焚她恐怕旱情更重。其实，臧文仲的看法代表的是当时的一股重民轻神的社会思潮。早在鲁桓公六年(前706)，随大夫季梁就曾对随侯说过：“所谓道，忠于民而信于神也。上思利民，忠也；祝史正辞，信也。今民馁而君逞欲，祝史矫举以祭，臣不知其可也。”又说：“夫民，神之主也，是以圣王先成民，而后致力于神。”[54]鲁庄公三十二年(前662)，虢公请于神求赐土田之命，史嚚评论说：“虢其亡乎！吾闻之，国将兴，听于民；国将亡，听于神。神聪明正直而壹者也，依人而行。虢多凉德，其何土之能得？”[55]鲁僖公十六年(前634)“春，陨石于宋五，陨星也。六鹢退飞，过宋都，风也。周内史叔兴聘于宋，宋襄公问焉，曰：‘是何祥也？吉凶焉在？’叔兴敷衍作答，退而告人曰：‘君失问。是阴阳之事，非吉凶所生也。吉凶由人。’”[56]这些先民后神、重民轻神和吉凶由人的思想是春秋时期最重要的思想，正如侯外庐所说：“值得注意的是春秋时代的反对天道和重视人道的思想，这是西周天人合一思想的革命。”[57]臧文仲正是这一思想革命的继承者和推动者之一，他不仅救了巫尪，也提醒鲁君关注民生、修理政务，结果减少了旱灾对鲁国人民造成的伤害，所以叔孙豹以为他的立言可以不朽。

以“立言、立功、立德”为“不朽”，不仅摆脱了宗教的羁绊，而且摆脱了家族的局限，使人们把注意力集中到个体的现实行为上来，这实际上起到了鼓励人们解除宗法等级限制、开展独立创造活动的作用，也让价值评判尽可能与人们的社会实践相统一。正是由于价值观念的转变，人们对许多问题的认识都与西周有了明显的差别，对君臣关系的理解就是典型的例证。例如，周简王十三年(前573)晋栾书、中行偃杀晋厉公，鲁成公在朝，问大夫：“臣杀其君，谁之过也?”大夫莫对，里革曰：“君之过也。夫君人者，其威大矣，失威而至于杀，其过多矣!”[58]周敬王十年(前510)鲁昭公死于外，赵简子问史墨：“季氏出其君，而民服焉，诸侯与之；君死于外而莫之或罪也?”史墨的回答是：“天生季氏，以贰鲁侯，为日久矣，民之服焉，不亦宜乎？鲁君世从其失，季氏世修其勤，民忘君矣，虽死于外，其谁矜之？社稷无常奉，君臣无常位，自古以然。”[59]这种对于君臣关系的理解，不是宗法政治的理解，而是在新的价值观念影响下对君臣行为作出的新的价值判断。这样的价值判断对文学观念的发展的影响同样是直接而深刻的。人们可以通过文学立言来实现自身的不朽，同时也可以通过文学立言来表达个人对社会的认识和评判，这样，文学就不再只是维护民族团结的一条纽带，或是礼乐教化活动的一个部分，而且是人的社会实践的一项独立活动，是社会批判的一种锐利武器，也是个体实现人生不朽价值的一条重要途径。于是，诗人们唱出了“周宗既灭，靡所止戾。正大夫离居，莫知我勩。三事大夫，莫肯夙夜。邦君诸侯，莫肯朝夕。庶曰式臧，覆出为恶”(《诗经·小雅·雨无正》)；“父母生我，胡俾我瘉。不自我先，不自我后。好言自口，莠言自口。忧心愈愈，是以有侮”(《诗经·小雅·正月》)；“何草不玄，何人不矜。哀我征夫，独为匪民”(《诗经·小雅·何草不黄》)这样的心声，与西周鼎盛时期的诗歌判若隔世，它反映着诗人对个体生命的尊重和自我价值的维护，而这正是文学观念转变后的文学新变。

四、政治主体的迁移与文学观念的发展

人类社会的任何活动都是主体的活动，任何观念也都是主体的观念，因此，讨论春秋时期的文学观念不能不联系文学主体。而在文学与政教未能分离的西周和春秋时期，文学主体与政治主体也同样是不可能分离的。在西周鼎盛时期，以贯彻礼乐教化为宗旨的文学的创作和消费是以贵族为主体的，《尚书》中的《周书》、《诗经》中的《周颂》和所谓“正雅”即诞生在西周鼎盛时期的作品便都是贵族的作品，而且主要是上层贵族所作，也只在贵族们的政治生活、宗庙祭祀、宴饮朝会中消费。因此，西周鼎盛时期的文学观念主要是上层贵族的观念。然而，随着社会政治、经济、文化的发展，社会结构不断变化，政治主体逐渐下移，到春秋时期，形成了与西周鼎盛时期迥然不同的政治格局和文化面貌。

对于春秋时期的社会政治主体的迁移，学者们有过许多描述。许倬云指出：“春秋末年‘君子’凌夷，政权易手，与春秋早期之封建秩序判然隔世；然而其变也渐，这两个半世纪由始到终都经历不断的变化。先则有卿大夫的专擅政权，逐渐由公室转入私家，继则有士的崛起，陪臣也居然执国柄。”[60]这样的描述我们可以在许多类似的著作中见到。然而，许氏别出心裁地以班固《汉书・古今人表》为依据，具体考察了春秋战国时期的社会政治主体的迁移，因为这些人物是影响社会政治、经济、文化发展的重要人物，从一个侧面反映出不同时期社会政治主体的构成情况，这样的研究是新颖而独到的，也很有说服力。有关春秋时期的社会政治主体的迁移，许氏参考《左传》所记，以 516 人为研究对象，分为公子、卿大夫、士三个阶层，每 30 年为一代。在第一、二代，即春秋早期的 60 年中，重要人物 72 人，其中：公子 25 人，占 34.7%；卿大夫 40 人，占 55.6%；其他及不明身份者 7 人；士则无一人。在第四、五、六代，即春秋中期的 90 年中，重要人物 223 人，其中：公子 23 人，占 10.3%；卿大夫 157 人，占 70.4%；士 12 人，占 5.3%；其他及不明身份者 31 人。在第八、九代，即春秋晚期的 60 年中，重要人物 83 人，其中：公子 6 人，占 7.0%；卿大夫 52 人，占 62.7%；士 15 人，占 18.1%；其他及不明身份者 10 人[61]。通过这些数据可以看出，“早期的公子们直接参预政治，有的襄助国政，有的觊觎君位；而在后期则直接有政治活动的公子愈来愈少”；“公子集团人数比例和卿大夫及士两个集团对比也显示下降的趋势……家族与国家间密切连系终止；公子王子不复因其身份自动地获一部分统治权力，正以显示此点”；“大夫集团的成员高度集中于少数家族内。属于前列大家族名单中的大夫平均占全部大夫总人数的 41%，分布的极峰在第五期、第六期、第八期和第九期诸期，仅

第七期略低。曲线可以显示在春秋后半期大夫的势力增长，而公子集团则在中期即呈颓象”；“大夫集团上升的曲线正好和公子集团下降的曲线同时发生。最后两期大夫集团进入低潮时，又正好是‘士’集团开始抬头的时候”；“第一第二两期不见士的踪迹，直到第三期(前 662—前 633)以后，士方见于经传。由第三期到第六期间，活动而见于记载的士都只是平平常常的家臣和武士。可是在第七期(前 542—前 513)，士集团包括了一位志在张公室而叛季氏的南蒯。一个邑宰可以据邑称兵，其实力就可想而知了”；“不仅士集团在最后二期有上升现象，同时大夫集团有显著的下降趋势。这一尖锐的对比暗示部分的权力由大夫转移到士的可能倾向。阳虎和董安于的个例正可补充说明这种一般性的结论”。[62]

春秋时期文学观念的发展与政治主体的迁移有着密切的关系。由于春秋时期不同时段的社会政治主体存在差异，不同政治主体的立场、观点不尽相同，其所关注的社会问题常常有异，因此，春秋时期的文学观念的发展也反映出时段性特征，不同时段文学对社会关照的侧重点不同，其社会功能和价值追求也不一样。有些问题在不同时段似乎都受到关注，但其内涵已经发生变化，而从这些微妙变化中可以帮助我们了解思想观念的发展脉络。当然，春秋时期思想观念的变化涉及方方面面，非一篇短文所能说清。这里，我们不妨以文学与“礼”、“德”的关系作为切入点，来看看春秋时期不同时段的文学观念的发展情况。

“礼”在甲骨文中仅指祭祀之器，后引申为祭祀(行礼)的仪节[63]。西周早期文献《尚书·周书》的《金滕》、《洛诰》、《君奭》和《诗经·周颂》的《丰年》、《载芟》共有 7 个“礼”字，皆指祭祀的仪节，人文的因素已融进“礼”的观念中。“德”在甲骨文中用如“循”，为行走、出巡义；也用如“得”，为获取、得到义[64]。《礼记·乐记》云：“德者，得也。”也训“德”为“得”。殷人之“德”主要指他们祖先获取的天命，这种“德”是不会转移也不能分享的。周初统治者们则理性地思考“德”，把“德”放在现实利益的基础上来考量，提出要“敬德”、“保民”，让人人有所“德(得)”，以此建立理性社会秩序和和谐人际关系的现实基础[65]。周人的封建亲戚，“选建明德，以藩屏周”[66]，是要让贵族有所“德(得)”。“不敢侮鳏寡，庸庸，祗祗，威威，显民”[67]，是要让人民有所“德(得)”。而这种“德(得)”是用宗法制度规定下来的权利和义务，它不是针对个体的，而是针对氏族群体和不同社会层级的。因此，“德(得)”必须符合“礼”的规范，也只有符合“礼”的规范，才是应该肯定的“吉德”，否则就是“凶德”。西周的礼乐教化和礼乐精神，正是在这种制度化的仪式中体现出来的，而文学的观念也与礼乐教化和礼乐精神相联系。

春秋初期，“礼”、“德”观念发生了一些变化，人们不再以“礼”作为“德”

的准绳，而是将“德”作为“礼”的依据，使“德”的地位得到提升。例如，鲁隐公十一年(前 712)齐、郑、鲁三国克许，郑伯使许大夫百里奉许叔以居许东偏，使公孙获处许西偏，并对公孙获说：“凡而器用财贿，无寘于许，我死，乃亟去之。吾先君新邑于此。王室而既卑矣，周之子孙，日失其序。夫许，大岳之胤也，天而既厌周德矣，吾其能与许争乎?”当时“君子谓郑庄公于是乎有礼”，其理由是：“礼，经国家，定社稷，序民人，利后嗣者也。许无刑而伐之，服而舍之，度德而处之，量力而行之，相时而动，无累后人，可谓知礼矣。”[68]在这里，作为宗法政治的“礼”虽然仍被强调，但“德”已是决定是否执行“礼”和如何执行“礼”的标准了。桓公二年(前 710)，鲁取郜大鼎纳于太庙，是不合周礼的行为，鲁大夫臧哀伯说：“君人者，将昭德塞违，以临照百官，犹惧或失之，故昭令德以示子孙。……夫德俭而有度，登降有数，文物以纪之，声明以发之，以临照百官，百官于是乎戒惧，而不敢易纪律。今灭德立违，而寘其赂器于大庙，以明示百官，百官象之，其又何诛焉?”[69]在臧哀伯看来，“礼”必须以“德”为基础，“灭德”是不可能成“礼”的。这种有德才有礼的观念与周公制《周礼》所云“则以观德，德以处事，事以度功，功以食民”[70]的思维路径是大相径庭的。并且，《周礼》之“德”重在宗法关系，而春秋初期的“德”除了宗法关系外，还强调伦理和品德，如卫大夫石碏所云“君义、臣行、父慈、子孝、兄爱、弟敬”等“六顺”之类[71]。“礼”与“德”所维护的不仅是现实的秩序，也反映出现实的价值取向。而人们心目中的所谓文学，则要反映这样的秩序和取向，为后人提供借鉴。例如，庄公二十三年(前 671)曹刿便指出：“夫礼，所以整民也。故会以训上下之则，制财用之节，朝以正班爵之义，帅长幼之序，征伐以讨其不然……非是君不举矣。君举必书。书而不法，后嗣何观?”[72]这种既维持宗法等级秩序，又注重个人道德修养的文学观念，与春秋初期周室衰微、诸侯主政的政治格局是基本一致的。

春秋中期，礼制大坏，大夫专权，士登上政治舞台。据《左传》记载，文公元年(前 626)“闰三月，非礼也”；三年(前 624)“逆妇姜于齐，卿不行，非礼也”；六年(前 621)“闰月不告朔，非礼也”；七年(前 620)“取须句，寘文公子焉，非礼也”；九年(前 618)“毛伯卫来求金，非礼也”；十二年(前 615)“日有食之，鼓用牲于社，非礼也”[73]等。《左传》虽也记载过春秋前期不合礼制的行为，但绝没有这样频繁和集中，这反映出礼崩乐坏在这时已到了无可挽回的地步。而对于“礼”、“德”之关系，这一时段的理解与前期也有明显区别。例如，文公七年(前 620)晋郤缺言于赵宣子曰：“日卫不睦，故取其地。今已睦矣，可以归之。叛而不讨，何以示威?服而不柔，何以示怀?非威非怀，何以示德?无德何以主盟?子为正卿，以主诸侯，而不务德，将若之何？《夏书》曰：戒之用休，董之用威。劝之以九歌，勿使坏。九功之德，皆可歌也，谓之九歌。六府三事，谓之九功。水、火、金、木、土、谷，谓之六府；正德、利用、厚生，谓之三事。义而行之，谓之德礼。无礼不乐，所由叛也。若吾子之德，莫可歌也。”[74]郤缺所讲的“礼”即“德礼”，“德礼”指行“九功之德”，而“九功之德”所关注的社会物质生产和人民生活，与宗法等级秩序并无多少关联。宣公十二年(前 597)随武子所云“德立刑行，政成事时，典从礼顺，若之何敌之”[75]；襄公二十六年(前 547)晋声子所云“劝赏”、“畏刑”、“恤民”，“三者礼之大节也，有礼无败”[76]，也都不以“礼”为宗法秩序，而是指实际的行政作为。正是由于春秋中叶大夫势力膨胀，士也开始活跃于政治舞台，而宗法制度已然解体，人们把注意力集中于实际行政事务，更注重社会功能定位和个人品德修养，对“礼”和“德”的理解中宗法观念便十分淡薄，政治和道德的内涵则更加充实。在时人看来：“世之治也，君子尚能而让其下，小人农力以事其上，是以上下有礼，而谗慝黜远，由不争也，谓之懿德。及其乱也，君子称其功以加小人，小人伐其技以冯君子，是以上下无礼，乱虐并生，由争善也，谓之昏德。”[77]这样现实地理解“礼”与“德”的关系，与士大夫们专注于政治事务、积极谋求现实利益是一致的。所谓“体仁足以长人，嘉德足以合礼，利物足以和义，贞固足以干事”[78]，表达的也是同样的思想。在这样的思想背景下，出现“三不朽”的价值观是必然的，而文学的观念自然也会以体现现实政治事务和道德操守为指归。例如，魏绛在辞晋侯赐乐时说：“夫乐以安德，义以处之，礼以行之，信以守之，仁以厉之，而后可以殿邦国，同福禄，来远人，所谓乐也。”[79]赵文子倡弭兵对鲁穆叔说：“武也，知楚令尹，若敬行其礼，道之以文辞，以靖诸侯，兵可以弭。”[80]他们都自觉地把文学与道德和政务结合在一起，以期发挥其特殊的社会作用，文学之指向社会政治和伦理道德也就成为当时的主要观念。

春秋后期，士在社会政治生活中的作用日益突显，“德”(主要是个人道德)成为他们安身立命的法宝，德目愈来愈明确具体，而“礼”也与“德”相配合，成为个人道德修养和社会伦理秩序的表征，原有的礼仪则被排除在“礼”的核心价值之外，成为一种仪式。例如，昭公五年(前 537)鲁侯如晋，自郊劳至于赠贿无不符合礼节，晋侯赞扬鲁侯知礼，女叔齐却说：“是仪也，不可谓礼。礼所以守其国，行其政令，无失其民者也。今政令在家，不能取也；有子家羁，弗能用也；奸大国之盟，陵虐小国；利人之难，不知其私；公室四分，民食于他；思莫在公，不图其终；为国君，难将及身，不恤其所。礼之本末，将于此乎在？而屑屑焉习仪以亟，言善于礼，不亦远乎！”[81]昭公二十五年(前 517)子大叔如赵，赵简子行揖让周旋之礼，子大叔说："是仪也，非礼也。"他解释说："礼，上下之纪，天地之经纬也，民之所以生也。是以先王尚之。故人之能自曲直以赴礼者，谓之成人。大不亦宜乎！"[82]他还向赵简子谈到个人需要遵守的九项道德准则："无始乱，无怙富，无恃宠，无违同，无敖礼，无骄能，无复怒，无谋非德，无犯非义。"[83]凡此种种无不说明，春秋后期人们对礼仪形式有更多反省，"作为象征的礼仪制度本身和它所象征的意义被分开了，单纯的仪式不再拥有意义的权威，这意味着人们开始审视礼仪本身合理性的依据"[84]，他们不再重视单纯的礼仪形式，而更重视个人道德修养和实际政治作为。昭公二年(前540)晋叔向赞扬鲁叔弓知礼，理由是："忠信，礼之器也；卑让，礼之宗也。辞不忘国，忠信也；先国后己，卑让也。《诗》曰：敬慎威仪，以近有德。夫子近德矣。"[85]"近德"之人"知礼"，这是春秋晚期人们对"礼"、"德"关系的基本认识。在时人看来，"礼"的基础在个人道德，体现为社会伦理和政治行为，而并非《周礼》所强调的那些仪节。所谓"礼，人之干也。无礼，无以立"[86]；"君令臣共，父慈子孝，兄爱弟敬，夫和妻柔、姑慈妇听，礼也"[87]；"君子贵其身，而后能及人，是以有礼"[88]。士大夫不可能在宗法制度内与公子世卿们比较贵贱，却可以在自身道德修养和政治功业方面与公子世卿一争高下，如果文学能够反映出个人道德修养和政治功业，无疑就发挥了士大夫们所需要文学发挥的作用。例如，王孙圉在回答赵简子关于楚宝白珩的询问时说："未尝为宝。楚之所宝者曰观射父，能作训辞，以行事于诸侯，使无以寡君为口实。又有左史倚相，能道训典以叙百物，以朝夕献善败于寡君，使寡君无忘先王之业，又能上下说于鬼神，顺道其欲恶，使神无有怨痛于楚国。又有薮曰云连徒洲，金木竹箭之所生也。……若诸侯之好币具，而导之以训辞，有不虞之备，而皇神相之，寡君其可以免罪于诸侯，而国民保焉。此楚国之宝也。"[89]显然，楚人以为国宝的观射父和左史倚相，正是以文学来实现其政治作用和社会价值的代表性人物，而从他们身上也体现出春秋末期文学的社会功能和价值取向的变迁。

这里不妨以诗的生产和消费为例，来验证一下以上所述春秋时期文学观念的发展脉络。春秋初期，听政制度尚未绝迹，故献诗之风也未尽泯，作诗的君子依然活跃，《诗经》中的部分"变风"、"变雅"便是这一时代的产物。当然，"献诗只是公卿列士的事，轮不到庶人"[90]，而这些诗和尹吉甫的诵诗不同，大多为针对统治者的讽谏之诗，表达着公卿士大夫们对礼乐制度的焦虑及对执政者的不满，使文学承担起批评社会和改良政治的责任，文学出现了脱离礼乐制度而寻求独立的倾向。到了春秋中叶，礼乐大坏，听政制度不行于列国，献诗之风渐泯，而赋诗之风渐起，"列国君臣必赋诗以明志，其有不能知或不能答赋者则引为大怪"[91]，《左传》所记赋诗言志之事大都发生在这一时期，尤以襄公时期为多[92]。“献诗的诗都有定指，全篇意义明白。赋诗却往往断章取义，随心所欲，即景生情，没有定准。”[93]而无论是各国聘享盟会，还是私人宴请酬酢，赋诗言志都是重要关目，这就迫使公卿大夫们不能不学诗来提高自身素质，以适应社会需求，文学成为了个人政治能力和文化修养的表征，成为了实际政治活动和社会活动的工具。而到了春秋后期，“立德、立功、立言”成为士人们对生命价值的自觉追求，“文辞以行礼也”[94]，“言之无文，行而不远”[95]成为社会共识，“不学诗，无以言”[96]成为士人自身修养的基本要求，文学的独立地位进一步凸显。“诗可以兴，可以观，可以群，可以怨。迩之事父，远之事君；多识于鸟兽草木之名。”[97]士人心目中的诗，俨然是具有全方位社会功能的价值实体，是他们可以安身立命的生活场域，于是，一个真正属于个人的文学欣赏与文学创作的社会化活动便从此揭开了序幕。

综上所述，春秋时期的文学观念与社会发展一样，也处在不断地发展变化之中。西周时期，文学只是礼乐制度和礼乐文化的表征，它所依附和维护的是以血缘关系为纽带的宗法政治制度和氏族利益。文学并无独立地位，文学与礼乐教化在形式上和观念上也都是一致的。随着西周后期宗法政治制度的逐步解体，文学开始摆脱礼乐制度的束缚而成为政治活动和舆论宣传的工具；随着春秋中叶士人登上历史舞台，文学逐渐演变为反映其个人道德修养和政治事功的工具，“立言”与“立德、立功”一道成为使个人生命不朽的重要途径，文学取得了独立的社会地位，成为个人可以终身从事的职业，而文学的社会价值则成为士人的社会价值的直观反映。春秋时期文学观念的这些变化，不仅奠定了中国古代文学观念的价值基础，体现了中国古代文学的文化特色，而且开辟了中国古代文学的发展方向。

注释：

＊本文为国家社会科学基金项目“中国古代文学观念的发生学研究”(05BZW013)阶段性成果之一。原载《吉林大学哲学社会科学学报》2009 年第 3 期；《高等学校文科学术文摘》2009 年第 4 期转载，《新华文摘》2009 年第 17 期转摘。

[1]参见王齐洲《观乎天文：中国古代文学观念的滥觞》，《文艺研究》2007 年第 9 期。

[2]参见王齐洲《从“观乎天文”到“观乎人文”——中国古代文学观念的视角转换》，《华中师范大学学报(人文社会科学版)》2008 年第 4 期。

[3]“春秋”之名来自《春秋》一书，《春秋》记事起于鲁隐公元年(前 722 年)，终于鲁哀公十四年(前 481 年)；《左传》是解释《春秋》的，但其叙事却止于越灭吴(前 473 年)，于是就有了依据《春秋》或依据《左传》的两种春秋起止年代的划分。史学界有人将春秋始年定在周平王东迁之年(前 770 年)，下限则依《史记·六国年表》定在周敬王卒年(前 476 年)，以便于通史的叙述。还有人认为下限应定在韩、魏、赵灭智氏，齐、楚、燕、韩、

魏、赵、秦七国并存局面形成之年(前453年)，这样划分更容易把握时代特点。本文则依最后一说。

[4]朱熹：《诗集传》卷十一《小雅·十月之交》，上海古籍出版社1980年版，第132页。

[5]孔安国传、孔颖达疏：《尚书注疏》卷十六《周书·君奭》，阮元校刊《十三经注疏》本，中华书局1980年版，第223页。

[6]王国维：《殷周制度论》，《观堂集林》卷十，河北教育出版社2003年第2版，第232页。

[7]徐元诰：《国语集解·周语上第一》，中华书局2002年版，第11～12页。

[8]《国语·晋语》载范文子语云："吾闻古之言王者，政德既成，又听于民。于是乎使工诵谏于朝，在列者献诗，使勿兜，风听胪言于市，辨妖祥于谣，考百事于朝，问谤誉于路，有邪而正之，尽戒之术也。"所说与邵公所言略同，《左传·襄公十四年》载师旷也有类似说法，说明其确为西周制度。听政并不止于听诗观政，举凡曲、书、箴、赋、诵、谏、谣、胪言、传语、教诲等，均在听政之列。

[9]徐元诰：《国语集解·楚语上第十七》，中华书局2002年版，第500～502页。

[10]朱熹：《诗集传》卷首《诗集传序》，上海古籍出版社1980年版，第1页。

[11]徐元诰：《国语集解·周语上第一》，中华书局2002年版，第10～11页。

[12]朱熹：《诗集传》卷十七《大雅·板》，上海古籍出版社1980年版，第200～201页。

[13]朱熹：《诗集传》卷十八《大雅·荡》，上海古籍出版社1980年版，第203页。

[14]徐元诰：《国语集解·周语上第一》，中华书局2002年版，第13～14页。

[15]朱熹：《诗集传》卷十八《大雅·桑柔》，上海古籍出版社1980年版，第208～209页。

[16]朱熹：《诗集传》卷十一《小雅·十月之交》，上海古籍出版社1980年版，第132页。

[17]朱熹：《诗集传》卷十八《大雅·瞻印》，上海古籍出版社1980年版，第220页。

[18]郑玄笺、孔颖达疏：《毛诗注疏》卷十八《大雅·抑》，阮元校刊《十三经注疏》本，中华书局1980年版，第554页。

[19]朱熹：《诗集传》卷十八《大雅·抑》，上海古籍出版社1980年版，第207页。

[20]朱熹：《诗集传》卷十八《大雅·抑》，上海古籍出版社1980年版，第204～205页。

[21]朱熹：《诗集传》卷十八《大雅·抑》，上海古籍出版社1980年版，第206～207页。

[22]朱熹：《诗集传》卷十四《小雅·宾之初筵》，上海古籍出版社1980年版，第164页。朱熹解释此诗意旨说："毛氏《序》曰：卫武公刺幽王也。韩氏《序》曰：卫武公饮酒悔过也。今按此诗意，与《大雅·抑》戒相类，必武公自悔之作。当从韩义。"

[23]徐元诰：《国语集解·楚语上第十七》，中华书局2002年版，第502页。

[24]王樵：《尚书日记》卷十六《文侯之命》，《四库全书》本。

[25]郑玄笺、孔颖达疏:《毛诗注疏》卷十八，阮元校刊《十三经注疏》本，中华书局1980年版，第565页。

[26]朱熹:《诗集传》卷十八《大雅·崧高》，上海古籍出版社1980年版，第212页。

[27]郑玄笺、孔颖达疏:《毛诗注疏》卷十八，阮元校刊《十三经注疏》本，中华书局1980年版，第568页。

[28]朱熹:《诗集传》卷十八《大雅·烝民》，上海古籍出版社1980年版，第214页。

[29]郑玄笺、孔颖达疏:《毛诗注疏》卷十八，阮元校刊《十三经注疏》本，中华书局1980年版，第570页。

[30]朱熹:《诗集传》卷十八《大雅·韩奕》，上海古籍出版社1980年版，第216页。

[31]郑玄笺、孔颖达疏:《毛诗注疏》卷十八，阮元校刊《十三经注疏》本，中华书局1980年版，第573页。

[32]朱熹:《诗集传》卷十八《大雅·江汉》，上海古籍出版社1980年版，第217页。

[33]朱熹:《诗集传》卷十《小雅·六月》，上海古籍出版社1980年版，第114页。

[34]郑玄笺、孔颖达疏:《毛诗注疏》卷十，阮元校刊《十三经注疏》本，中华书局1980年版，第424页。

[35]徐元诰:《国语集解·周语上第一》，中华书局2002年版，第15～21页。

[36]徐元诰:《国语集解·周语上第一》，中华书局2002年版，第23～25页。

[37]侯外庐、赵纪彬、杜国庠:《中国思想通史》第一卷，人民出版社1957年版，第104页。

[38]朱熹:《诗集传》卷十一《小雅·祈父》，上海古籍出版社1980年版，第122页。

[39]郑玄笺、孔颖达疏:《毛诗注疏》卷十一，阮元校刊《十三经注疏》本，中华书局1980年版，第434页。

[40]郑玄笺、孔颖达疏:《毛诗注疏》卷十一，阮元校刊《十三经注疏》本，中华书局1980年版，第434页。

[41]郑玄笺、孔颖达疏:《毛诗注疏》卷十一，阮元校刊《十三经注疏》本，中华书局1980年版，第435页。

[42]朱熹:《诗集传》卷十《小雅·六月》，上海古籍出版社1980年版，第115页。

[43]朱熹:《诗集传》卷十一《小雅·节南山》，上海古籍出版社1980年版，第127～128页。

[44]杜预注、孔颖达疏:《春秋左传注疏》卷三十二《襄公十四年》，阮元校刊《十三经注疏》本，中华书局1980年版，第1958页。

[45]杜预注、孔颖达疏:《春秋左传注疏》卷三十五《襄公二十四年》，阮元校刊《十三经注疏》本，中华书局1980年版，第1979页。

[46]孔安国传、孔颖达疏:《尚书注疏》卷十四《周书·康诰》，阮元校刊《十三经注疏》本，中华书局1980年版，第204页。

[47]朱凤瀚:《西周家族形态研究》增订本，天津古籍出版社2004年版，第235页。

[48]朱凤瀚:《西周家族形态研究》增订本，天津古籍出版社2004年版，第285页。

[49]朱凤瀚:《西周家族形态研究》增订本，天津古籍出版社2004年版，第313页。

[50]徐复观：《中国人性论史(先秦篇)》，上海三联书店 2001 年版，第 49 页。

[51]参见王齐洲《从“观乎天文”到“观乎人文”——中国古代文学观念的视角转换》，《华中师范大学学报(人文社会科学版)》2008 年第 4 期。

[52]徐复观：《中国人性论史(先秦篇)》，上海三联书店 2001 年版，第 36 页。

[53]杜预注、孔颖达疏：《春秋左传注疏》卷十四《僖公二十一年》，阮元校刊《十三经注疏》本，中华书局 1980 年版，第 1811 页。

[54]杜预注、孔颖达疏：《春秋左传注疏》卷六《桓公六年》，阮元校刊《十三经注疏》本，中华书局 1980 年版，第 1750 页。

[55]杜预注、孔颖达疏：《春秋左传注疏》卷十《庄公三十二年》，阮元校刊《十三经注疏》本，中华书局 1980 年版，第 1783 页。

[56]杜预注、孔颖达疏：《春秋左传注疏》卷十四《僖公十六年》，阮元校刊《十三经注疏》本，中华书局 1980 年版，第 1808～1809 页。

[57]侯外庐、赵纪彬、杜国庠：《中国思想通史》第一卷，人民出版社 1957 年版，第 127 页。

[58]徐元诰：《国语集解·鲁语上第四》，中华书局 2002 年版，第 172 页。

[59]杜预注、孔颖达疏：《春秋左传注疏》卷五十三《昭公三十二年》，阮元校刊《十三经注疏》本，中华书局 1980 年版，第 2128 页。

[60]许倬云：《春秋战国间的社会变动》，《台湾学者中国史研究论丛·社会变迁》，中国大百科全书出版社 2005 年版，第 40 页。

[61]许倬云：《春秋战国间的社会变动》，《台湾学者中国史研究论丛·社会变迁》，中国大百科全书出版社 2005 年版，第 52 页，附表一《春秋社会层频率表》。原表每期有百分比，本文百分比由笔者根据表中提供的数据计算得出。

[62]许倬云：《春秋战国间的社会变动》，《台湾学者中国史研究论丛·社会变迁》，中国大百科全书出版社 2005 年版，第 41～46 页。

[63]许慎《说文解字》示部：“礼，履也，所以祀神致福也。从示从豊，豊亦声。”丰部：“豊，行礼之器也。从豆，象形。”甲骨文有“豊”字，王国维《释礼》云：“此诸字皆象二玉在器之形。古者行礼以玉，故《说文》曰：‘豊，行礼之器。’其说古矣。惟许君不知丰字即玨字，故但以从豆象形解之，实则豊从玨在凵中，从豆乃会意字，而非象形字也。盛玉以奉神人之器谓之𧯛，若豊，推之而奉神人之酒醴亦谓之醴，又推之而奉神人之事通谓之礼。”(《观堂集林》卷六《艺林》，河北教育出版社 2003 年第 2 版，第 144 页)

[64]前者见《甲骨文合集》，中华书局 1982 年版，第 6390 片、第 6739 片、第 7421 片，后者见同书第 6399 片、第 6737 片、第 7231 片。

[65]参见晁福林《先秦时期“德”观念的起源及其发展》，《中国社会科学》2005 年第 4 期。

[66]杜预注、孔颖达疏：《春秋左传注疏》卷五十四《定公四年》，阮元校刊《十三经注疏》本，中华书局 1980 年版，第 2134 页。

[67]孔安国传、孔颖达疏：《尚书注疏》卷十四《周书·康诰》，阮元校刊《十三经注疏》本，中华书局 1980 年版，第 203 页。

[68]杜预注、孔颖达疏：《春秋左传注疏》卷四《隐公十一年》，阮元校刊《十三经注疏》本，中华书局 1980 年版，第 1736 页。

[69]杜预注、孔颖达疏：《春秋左传注疏》卷五《桓公二年》，阮元校刊《十三经注疏》本，中华书局 1980 年版，第 1741～1743 页。

[70]杜预注、孔颖达疏：《春秋左传注疏》卷二十《文公十八年》，阮元校刊《十三经注疏》本，中华书局 1980 年版，第 1861 页。

[71]杜预注、孔颖达疏：《春秋左传注疏》卷三《隐公三年》，阮元校刊《十三经注疏》本，中华书局 1980 年版，第 1724 页。

[72]杜预注、孔颖达疏：《春秋左传注疏》卷十《宣公二十三年》，阮元校刊《十三经注疏》本，中华书局 1980 年版，第 1778～1779 页。

[73]分见《左传》文公各年，阮元校刊《十三经注疏》本，中华书局 1980 年版，第 1836～1851 页。

[74]杜预注、孔颖达疏：《春秋左传注疏》卷十九上《文公七年》，阮元校刊《十三经注疏》本，中华书局 1980 年版，第 1846 页。

[75]杜预注、孔颖达疏：《春秋左传注疏》卷二十三《宣公十二年》，阮元校刊《十三经注疏》本，中华书局 1980 年版，第 1879 页。

[76]杜预注、孔颖达疏：《春秋左传注疏》卷三十七《襄公二十六年》，阮元校刊《十三经注疏》本，中华书局 1980 年版，第 1991 页。

[77]杜预注、孔颖达疏：《春秋左传注疏》卷三十二《襄公十三年》，阮元校刊《十三经注疏》本，中华书局 1980 年版，第 1954 页。

[78]杜预注、孔颖达疏：《春秋左传注疏》卷三十《襄公九年》，阮元校刊《十三经注疏》本，中华书局 1980 年版，第 1942 页。

[79]杜预注、孔颖达疏：《春秋左传注疏》卷三十一《襄公十一年》，阮元校刊《十三经注疏》本，中华书局 1980 年版，第 1951 页。

[80]杜预注、孔颖达疏：《春秋左传注疏》卷三十六《襄公二十五年》，阮元校刊《十三经注疏》本，中华书局 1980 年版，第 1985 页。

[81]杜预注、孔颖达疏：《春秋左传注疏》卷四十三《昭公五年》，阮元校刊《十三经注疏》本，中华书局 1980 年版，第 2041 页。

[82]杜预注、孔颖达疏：《春秋左传注疏》卷五十一《昭公二十五年》，阮元校刊《十三经注疏》本，中华书局 1980 年版，第 2107～2108 页。

[83]杜预注、孔颖达疏：《春秋左传注疏》卷五十四《定公四年》，阮元校刊《十三经注疏》本，中华书局 1980 年版，第 2135～2136 页。

[84]葛兆光：《中国思想史》第一卷，复旦大学出版社 2001 年版，第 84 页。

[85]杜预注、孔颖达疏：《春秋左传注疏》卷四十二《昭公二年》，阮元校刊《十三经注疏》本，中华书局 1980 年版，第 2029 页。

[86]杜预注、孔颖达疏：《春秋左传注疏》卷四十四《昭公七年》，阮元校刊《十三经注疏》本，中华书局 1980 年版，第 2051 页。

[87]杜预注、孔颖达疏：《春秋左传注疏》卷五十二《昭公二十六年》，阮元校刊《十

三经注疏》本，中华书局 1980 年版，第 2115 页。

[88]杜预注、孔颖达疏：《春秋左传注疏》卷五十一《昭公二十五年》，阮元校刊《十三经注疏》本，中华书局 1980 年版，第 2106 页。

[89]徐元诰：《国语集解·楚语下第十八》，中华书局 2002 年版，第 526～527 页。

[90]朱自清：《诗言志辨》，华东师范大学出版社 1996 年版，第 7 页。

[91]朱东润：《诗三百篇探故》，云南人民出版社 2007 年版，第 76～77 页。

[92]例如，《左传》襄公四年、襄公八年、襄公十六年、襄公二十年、襄公二十六年、襄公二十七年、襄公二十九年都载有赋诗言志的情节，尤以襄公二十七年所载赵武观郑国七子赋诗言志为详。

[93]朱自清：《诗言志辨》，华东师范大学出版社 1996 年版，第 18 页。

[94]杜预注、孔颖达疏：《春秋左传注疏》卷五十二《昭公二十六年》，阮元校刊《十三经注疏》本，中华书局 1980 年版，第 2115 页。

[95]杜预注、孔颖达疏：《春秋左传注疏》卷三十六《襄公二十五年》引孔子语，阮元校刊《十三经注疏》本，中华书局 1980 年版，第 1985 页。

[96]何晏集解、邢昺疏：《论语注疏》卷十六《季氏》，阮元校刊《十三经注疏》本，中华书局 1980 年版，第 2522 页。

[97]何晏集解、邢昺疏：《论语注疏》卷十七《阳货》，阮元校刊《十三经注疏》本，中华书局 1980 年版，第 2525 页。

“诗言志”：中国古代文学观念发生的一个标本

中国古代文学观念发生于何时？要确定一个大家都能接受的时点，无疑是困难的。让·皮亚杰曾指出：“每一件事情，包括现代科学最新理论的建立在内，都有一个起源问题，或者必须说这样一些起源是无限地往回延伸的，因为一些最原始的阶段本身也总是以多少属于机体发生的一些阶段为其先导的，如此等等。所以，坚持需要一个发生学的探讨，并不意味我们给予这个或那个被认为是绝对起点的阶段以一种特权地位；这倒不如说是注意到存在着一个未经清楚界定的建构，并强调我们要了解这种建构的原因和机制就必须了解它的所有的或至少是尽可能多的阶段。”[1]因此，探讨中国古代文学观念的发生，也不应去寻找“那个被认为是绝对起点的阶段”，而是要去清理中国文学观念建构的过程、原因和机制。

诗是中国文学大家庭中最早最重要的成员。在中国古代文学观念发生的过程中，诗扮演着十分重要的角色。而在诗的发展中形成的“诗言志”观念被近代学者视为“千古诗教之源”[2]，又被现代学者视为中国诗论“开山的纲领”[3]，它不仅对先秦儒家诗歌理论有直接启发，而且对中国古代文学观念有重要影响。因此，清理由“诗言志”所引发的中国文学观念的建构过程，对于认识中国古代文学观念的文化渊源、基本内涵及表现形式，是十分必要和有益的。本文尝试着对“诗言志”内涵的演变进行宏观的动态描述，以期加强对中国古代文学观念发生史的认识。

一、“诗言志”与原始乐教

古往今来，在讨论中国古代文学观念或诗歌理论时，尽管人们十分重视“诗言志”这一观念，并做过许多研究，然而，这一观念究竟发生在何时，其具体含义是什么，却见仁见智，众说纷纭，至今仍然是一个没有完全解决的问题。

从文献学角度看，“诗言志”出于《尚书·尧典》，其有云：“帝曰：夔！命汝典乐，教胄子。直而温，宽而栗，刚而无虐，简而无傲；诗言志，歌永言，声依永，律和声；八音克谐，无相夺伦，神人以和。夔曰：於！予击石拊石，百兽率舞。”[4]尽管《尧典》在汉初伏胜所传《今文尚书》28篇之内，没有被清人定为伪书[5]。然而，以顾颉刚为代表的“古史辨派”以为，尧、舜是春秋以降所造假古史的一部分，“《尚书》上的《尧典》已是伪造，《孟子》上的引文更是因了《尧典》去踵事增华所做，可见那时自有一班专门造伪书的”[6]。至于《尧典》何时成书，则有春秋中期、后期、战国、秦汉等多种意见。既然《尧典》已是伪造，其所谓“诗言志”云云当然就不会是很早的观念。而考虑到《左传·襄公二十七年》载晋大夫赵孟有“诗以言志”及《国语·鲁语下》载师亥有“诗所以合意”之语，陈良运以为“《诗》与‘志’发生联系，当在前546年至前469年(《左传》记事终止之年)之间”[7]。然而，如果接受《尚书》研究专家刘起釪的意见，承认《尧典》中尚有“远古的素材”[8]，而“诗言志”属于这种材料，那么赵孟、师亥就可能是受了传统观念的影响。反之，则“诗言志”就是春秋战国时期的伪造者“拟作”的。如为前者，说它是“千古诗教之源”或中国诗论“开山的纲领”自然可以成立；如系后者，以上的说法就难以成立了。

笔者赞成“诗言志”观念发生甚早，它可以作为“千古诗教之源”或中国诗论“开山的纲领”。其理由如下：

第一，尧、舜时代属于传说时代，传说是历史的影子。先秦诸子对尧、舜虽有不同记述，但都没有否定他们作为历史的存在。现代考古证明，河南龙山文化陶寺类型可与尧、舜时代相对应，传为尧都的平阳(山西襄汾)发现的陶寺城址，碳14测定年代为公元前2500—前1900年，与传说的尧、舜时代的年代基本相当。这一城址由早期小城、中期大城和小城三部分组成，在中期小城中还发现了观象台，证明《尚书·尧典》所云“乃命羲和，钦若昊天，历象日月星辰，敬授人时”并非空穴来风。遗址墓葬分大、中、小三类，大墓不及1%，小墓则占90%左右，个别大墓用朱漆棺具，随葬的蟠龙纹彩绘陶盘、鼍鼓、特磬和各种玉器、漆器、石器等多达200来件，而小墓则多不见有随葬品，这说明当时已出现阶级分化，正在由原始社会向早期文明国家过渡[9]。遗址出土的一件陶扁壶器壁上还发现用毛笔朱书的“文尧”二字，“陶寺城址的发掘和研究，对于引导我们走出尧、舜、禹‘传说时代’具有历史学意义”[10]。种种迹象表明，尧、舜的传说确有根据，其文明程度并非如我们想象的那样低下，先秦有关尧、舜的传说不应被轻易否定。《尚书·尧典》即使是春秋以后史官据传说整理而成，也不应否定其历史价值。

第二，说尧、舜时代有“诗”，当然不会有直接证据，但后人的追记也值得重视。《尚书·益稷》所载《帝舜歌》和《皋陶歌》，为汉伏胜所传，其来有自，不应怀疑。而说舜与诗有些关系也并非夸张。传说舜父曰瞽叟(瞍)，《左传·昭公八年》：“自幕至于瞽瞍，无违命，舜重之以明德。”杜预注：“幕，舜之先；瞽瞍，舜父。从幕至瞽瞍间无违天命废绝者。”[11]《国语·郑语》史伯曰："夫成天地之大功者，其子孙未尝不章，虞、夏、商、周是也。虞幕能听协风，以成物乐生者也。夏禹能单平水土，以品处庶类者也。商契能和合五教，以保于百姓者也。周弃能播殖百谷蔬，以衣食民人者也。其后皆为王公侯伯。"韦昭注："协，和也。言能听知和风，因时顺气，以成育万物，使之乐生者也。"[12]《国语·周语上》记虢文公所述古代籍田制度云："先时五日，瞽告有协风至，王即斋宫，百官御事各即其斋三日……是日也，瞽帅音官以风土。"韦昭注："瞽，乐太师，知风声者也"；"音官，乐官。风土，以音律省土风，风气和则土气养也。"[13]依此，可知舜的先辈（从幕至瞽瞍）是乐官，并有"以音律省土风"的职责。同时，《左传·襄公十四年》师旷有"自王以下，各有父兄子弟以补察其政，史为书，瞽为诗，工诵箴谏，大夫规诲"[14]之说，《国语·周语上》邵公也有"故天子听政，使公卿至于列士献诗，瞽献曲，史献书，师箴，瞍赋，矇诵"[15]之谏，说明瞽瞍有"为诗"、"献曲"之职责，而诗在古代本要配乐演奏，且为乐官所掌。舜出身于乐官世家，如果当时的乐官与西周瞽瞍执掌确有历史联系的话，我们就可以推测，舜其实也是很懂乐的，他早期可能也是乐官，为帝以后命乐官夔典乐教胄子的一段话是他有可能说出的，因为他非常了解古乐教。而从夔典乐中可知，古乐教中本就包含有诗，诗的语言便于记诵和表达。《论语》载："尧曰：'咨！尔舜。天之历数在尔躬，允执其中。四海困穷，天禄永终。'舜亦以命禹。"[16]如此说可信，很难说尧、舜、禹相传的这四句话不是诗，并且这种传授一定是在十分慎重的场合通过一定的仪式来完成的，它也许正是古乐教的一部分。陶寺遗址出土的鼍鼓、特磬等乐器也印证了古乐教存在的可能。

第三，如果以上两点还是推测多于实证，那么，说殷商时期已经有诗仍然可以找到许多证据。今本《诗经》有《商颂》，《周语·鲁语下》载闵马父云："昔正考父校商之名《颂》十二篇于周大师，以《那》为首。"[17]《毛诗序》："微子至于戴公，其间礼乐废坏，有正考甫者，得《商颂》十二篇于周之大师，以《那》为首。"[18]《诗谱》："问曰：周大师何由得《商颂》？曰：周用六代之乐，故有之。"[19]正考父为宋大夫，是孔子七世祖，宋为殷商后裔，由于西周用六代之乐，故周太师得以保存殷商诗乐。依上述记载，《商颂》是正考父从周太师处所得殷商诗乐，则今本《诗经·商颂》自然应为商诗。不过，《史记·宋世家》云："襄公之时，修行仁义，欲为盟主，其大夫正考父美之，故追道契、汤、高宗、殷所以兴，作《商颂》。"明确提出《商颂》为正考父作，时间定在春秋初期。唐司马贞《索隐》驳云："考父佐戴、武、宣，则在襄公前且百许岁，安得述而美之？斯谬说尔。"[20]孔颖达作《毛诗正义》详加辨证，力主商诗说，商诗说几成定论。然近代以来，争论又起，至今仍无一致意见。而甲骨卜辞有"王其呼万奏"（《京人》2158）"呼万舞"（《甲》1585）等记载，与《商颂·那》"庸鼓有斁，万舞有奕"若合符节，说《商颂》是商诗顺理成章。退一步说，即使不承认《诗经》中确有商诗，我们也仍然能够搜寻到商诗的孑遗。众所周知，商人重视占卜，饶宗颐以为："占卜有繇词，亦是诗的性质。殷代《归藏》的繇辞已在湖北王家台的秦简中发现。繇是诗的一种，是占卜的副产品，诗言志指向神明昭告。"[21]章太炎《国故论衡·辨诗》亦云："《春官》瞽矇，掌九德六诗之歌，然则诗非独六义也，犹有九歌。其隆也，官箴占繇皆为诗。……扬搉道之，有韵者皆为诗，其容至博。"[22]他们都认识到，古人所理解的诗和今人是不一样的，繇词具有诗的性质。胡朴安曾力证"自屯卦至离卦是原始时代至商末之史"[23]，其中不少爻辞便类似于诗，如"屯如，邅如；乘马，班如。匪寇，婚媾"(《屯卦·六二》)；"无平不陂，无往不复。艰贞无咎，勿恤其孚，于食有福"(《泰卦·九三》)。直接的证据有出土甲骨卜辞，如"东方曰析，风曰劦。南方曰夹，风曰微。西方曰夷，风曰彝。北方曰宛，风曰役"；"贞呼田从西？贞呼田从北？贞呼田从东？贞呼田从南？"[24]等等，很难说这些不是诗。我们不能因为它们是应用文就否定是诗，因为早期的诗几乎都是和实用联系在一起的，并不存在后人所云纯审美的诗。

如果肯定殷商时期已经有诗，那么"诗言志"观念可能是殷商时期就有的观念。因为"诗"与"诗的观念"是同时发生的，讨论其孰先孰后就如讨论先有鸡还是先有蛋一样没有意义。而诗的这种观念，据《尚书·尧典》则应该是殷商之前就有的一种古老观念。且《左传·文公十八年》太史克所引《虞书》"慎徽五典"六句即《尚书·尧典》的内容，证明《尧典》成书不晚于文公十八年(前609)，其材料来源应更早。襄公二十七年(前546)赵孟所说"诗以言志"应该来自《尧典》。分析《尧典》关于"诗言志"的这段记载，大体可以判断这是对远古原始乐教的一种追忆，有相当高的可信度。

相传夔是舜帝的乐官，舜命夔典乐教胄子，正是古乐官之责。古代所谓乐，其范围甚广，所谓"天有日月星辰，地有山陵河海，岁有万物成熟，国有贤圣宫观周城官僚，人有言语衣服体貌端修，咸谓之乐"[25]。这当然是从最广泛的意义上说的。即使从一般意义上说，古代的乐也包括了音乐、诗歌、舞蹈。《礼记·乐记》云："诗，言其志也；歌，咏其声也；舞，动其容也。三者本于心，然后乐器从之。"[26]而乐的产生则十分古远，据《吕氏春秋·古乐》："昔古朱襄氏之治天下也，多风而阳气畜积，万物散解，果实不成。故士达作为五弦瑟，以来阴气，以定群生。昔葛天氏之乐，三人操牛尾投足以歌八阕……昔陶唐氏之始，阴多滞伏而湛积，水道壅塞，不行其原，民气郁阏而滞著，筋骨瑟缩不达，故作为舞以宣导之。……帝尧立，乃命质为乐。质乃效山林溪谷之音以歌。……瞽叟乃拌五弦之瑟作……以祭上帝。

舜立，命延乃拌瞽叟之所为瑟……帝舜乃令质修九招、六列、六英，以明帝德。”[27]考古界已经发现新石器时代就产生了乐器，如陶埙、陶角、骨笛、石磬等[28]；发掘出土的殷商乐器如磬、铃、庸、鼓等，更是不胜枚举，且它们多与祭祀活动相关。[29]由此可见，古乐其实是上古人类生产、生活的重要部分，也是他们交通天地神鬼的重要手段，其中隐含着原始人类“交感巫术”的信仰，故乐官亦与巫官相通。正如刘师培所说：“盖《周官》瞽矇、司巫二职，古代合为一官，乐舞之用，虽曰宣导其民，实则仍以降神为主也。”[30]这种以降神为主的乐舞中其实也包含有诗。如传为周公制作的《大武》，据考证，其舞有六成，即六段；诗有六篇，即今《诗经》所载《昊天有成命》、《武》、《酌》、《桓》、《赉》、《般》[31]。除降神乐舞之中有诗外，占卜祭祀中也有诗。据《周礼》所记，祝卜所作所掌之辞不仅内容丰富，分工细致，且多为与鬼神沟通之诗[32]。这虽然反映的可能是西周以来的情况，却仍然可以证明殷商时期的祭祀占卜和乐教活动中是有诗歌辞令等重要内容穿插其中的，因为西周的占卜和祭祀多因袭于殷礼。

依上所述，《尚书・尧典》关于舜帝命夔典乐所教胄子的记载是符合古乐教传统的。从《尧典》记载看，乐教内容包括“诗”、“歌”、“声”、“律”、“舞”，正在古乐的范围之内。而乐教目的是“八音克谐，无相夺伦，神人以和”，很好地说明了乐是人交通天地神鬼的重要手段。至于“直而温，宽而栗，刚而无虐，简而无傲”，则是对乐的风格的要求，因为只有这样风格的乐，才能达到“神人以和”的目的。若此，则“诗言志”就只是原始乐教的一个关目，沟通人神的一条途径，达致“神人以和”的一种手段，恰如饶宗颐所云：“诗言志指向神明昭告。”[33]因此，《尧典》所云“诗言志”还不是独立的文学观念，而是宗教观念，它只是“指向神明昭告”的一个环节、一项仪程。

如果以上分析可以成立，那么对“诗言志”概念的理解便应该限定在比较具体的范围之内，不能随意解释。闻一多说：“志字从㞢，卜辞㞢作止，从止下一，象人足停止在地上，所以㞢本训停止。……志从㞢从心，本义是停止在心上。停在心上亦可说是藏在心里。故《荀子・解蔽》篇曰‘志也者臧(藏)也’，注曰‘在心为志’，正谓藏在心。《诗序・疏》曰：‘蕴藏在心谓之为志’，最为确诂。”他因此提出：“志与诗原来是一个字。志有三个意义：一记忆，二记录，三怀抱，这三个意义正代表诗的发展途径上三个主要阶段。”[34]朱自清则认为：“到了‘诗言志’和‘诗以言志’这两句话，‘志’已经指‘怀抱’了。”[35]如果结合《尧典》和古乐教考察，则“诗言志”之“志”应该处于闻一多所云诗的发展途径的第一个阶段，即指“记忆”，不指记录和怀抱。因为夔典乐诉诸音声、歌咏、舞蹈，与“记录”无关；而“击石拊石，百兽率舞”是一种集体交流形式，即使把“志”理解为“怀抱”，对于参与者个体而言，表达的也只是群体(宗族)的愿望和要求，所以“诗”所言之“志”也只能是集体意志，而非个人“怀抱”。换句话说，在乐教中或者在祭祀活动中，乐官及参与者并不是通过诗表达个人怀抱，而是表达集体意愿；表达个人怀抱不必记忆，而表达集体意愿必须记忆，即要将集体意愿在此次活动中原原本本地向神灵表达，以期得到“神明昭告”，这种集体意愿也许在向神灵祷告之前先经集体讨论[36]。而所以用诗，是因为韵语之诗不仅便于记忆，而且能够与音乐相配合。而这种靠记忆转述集体意愿的“言志”活动正是闻一多所说中国诗歌发展史上的第一个阶段，即文字出现之前的诗歌发展阶段，也是诗歌观念史上的第一个阶段：这是在交感巫术影响下以乐教为核心的发展阶段，也是文学观念还没有能够脱离巫术而独立发展的一个阶段。当然，这个阶段发展到其后段的殷商时期，由于文字的逐渐成熟，巫史们便将在占卜祭祀中向神灵的告语或“神明昭告”记录下来以备查验，今见殷商甲骨卜辞便是这一实践的产物，于是“诗言志”之“志”也有了记录的涵义。

二、“献诗陈志”与西周礼教

“诗言志”观念由来已久，其本义“指向神明昭告”，它是原始宗教观念的一部分，不是独立的文学观念。然而，到了西周初期，周公在总结历史经验的基础上，根据现实社会的需要“制礼作乐”，建构起以礼乐为核心的政治制度和文化制度，诗则被纳入礼乐教化的体系之中[37]，从此，诗便具有了新的内涵和价值。

王国维指出：“周人制度之大异于商者，一曰立子立嫡之制，由是而生宗法及丧服之制，并由是而有封建子弟之制、君天子臣诸侯之制；二曰庙数之制；三曰同姓不婚之制。此数者，皆周之所以纲纪天下。其旨则在纳上下于道德，而合天子、诸侯、卿、大夫、士、庶民以成一道德之团体，周公制作之本意，实在于此。”[38]而从文学的角度来看，如果说在周初统治者们仍然惯性地继承殷人“观乎天文”的文化传统，诗在占卜祭祀场合“指向神明昭告”，那么，自周公“制礼作乐”以后，社会文化已从“神权史观”转向“行为史观”，文化观念也从“观乎天文”转向“观乎人文”，诗则更多地为现实社会世俗政治服务了。周人“以史为鉴”和“以民为鉴”的基本文化视点，使文学具有了与世俗政教和文化制度紧密联系的特点，而文学服务于政教并与社会文化制度和道德建设结合，便承担起社会上层建筑、意识形态以至政治教化和情感交流工具的多重任务，这一基本格局不仅奠定了中国古代文学的发展基础，也制约着中国古代文学后来的发展方向[39]。由于诗在这一文化转型中发挥着重要作用，人们对于诗的认识也就发生了重大变化。

这里我们不妨从诗的生产和消费两个维度对诗在西周社会中所发挥的作

用做一简要考察，以深化我们对于周人的诗的观念的认识。

从可靠文献来看，西周时期诗的生产主要是职务行为。邵公在谏西周厉王止谤时说："为川者决之使导，为民者宣之使言，故天子听政，使公卿至于列士献诗，瞽献曲，史献书，师箴，瞍赋，矇诵，百工谏，庶人传语，近臣尽规，亲戚补察，瞽史教诲，耆艾修之，而后王斟酌焉，是以事行而不悖。"[40]《左传·襄公十四年》载师旷语、《国语·晋语》载范文子语与之略同，说明"天子听政，使公卿至于列士献诗"的确是西周曾经实行过的政治文化制度。据《左传·昭公十二年》载："昔穆王欲肆其心，周行天下，将皆必有车辙马迹焉。祭公谋父作《祈招》之诗，以止王心，王是以获没于祗宫。"[41]这可算是公卿列士献诗以补王政的一个实证。现存《诗经》中西周诗歌有主名或能落实主名的诗歌都是贵族所作，则证实了"公卿至于列士献诗"的可信[42]。至于那些无主名的诗歌，也多是"贵族的歌谣"[43]。即使是那些来自民间的歌谣，也是由遒人采集并经乐官们整理后奏献给天子的。所谓"献诗陈志"，亦非陈述已志，而是公卿列士们按照其职务要求向天子陈献宗族的或封国的社会情绪和政治情感，当然也包括民间的风俗与情感，供天子行政参考。尽管这种陈献中也可能有献诗者个人的情绪与情感纠缠其中，然而它不是个人行为而是职务行为却是肯定的。

这里有一个学界聚讼纷纭的问题需要辨析，那就是"采诗"。明确提出采诗的是汉人。班固云："春秋之月，群居者将散，行人振木铎徇于路以采诗，献之大师，比其音律，以闻于天子。"[44]许慎云："迈，古之遒人，以木铎记诗言。"[45]《春秋公羊传》何休解诂："男女有所怨恨，相从而歌。饥者歌其食，劳者歌其事。男年六十、女年五十无子者，官衣食之，使之民间求诗。乡移于邑，邑移于国，国以闻于天子。"[46]由于汉人提到的采诗者说法不一，后人因此持怀疑态度。

其实，文献通过参互考校，是能够确定采诗之制在西周的存在的。《左传·襄公十四年》载师旷引《夏书》："遒人以木铎徇于路，官师相规，工执艺事以谏。"杜预注："遒人，行人之官也。木铎，木舌金铃，徇于路求歌谣之言。"[47]他明确将"遒人以木铎徇于路"解释为采诗。木铎、金铎乃因铃舌为木为金而区别。周人宣令，文事以木铎，武事以金铎。《周礼》、《礼记》多有记载[48]。因此，《夏书》所云"遒人以木铎徇于路"是符合西周的礼乐制度的。然而，遒人不见于《周礼》，而春秋时期行人大行其道。所谓行人，其实就是诸侯派往各国的使臣，其职位高低不等，而天子派往各地的使臣及诸侯朝见天子都可被视为行人，故《夏书》所云"遒人以木铎徇于路"在《汉书》中就成了"行人振木铎徇于路以采诗"。至于说"男年六十、女年五十无子者，官衣食之，使之民间求诗"，也有迹可寻。西周社会本有尊老的习俗，其所实行的

“乡饮酒之礼者，所以明长幼之序也”[49]，宗族老人是受到社会尊重和照顾的。让无子的老年男女领取国家衣食，使之民间(宗族下层)求诗，可谓一举两得。他们本来生活在民间，容易得到民间诗歌；而他们得到的诗歌可以通过遒人上闻于天子，以利王政。

如果上述论证成立，那么，诗在西周的生产是制度化的，没有进入体制的诗是不受重视也难以存留的。公卿列士有献诗之义务，为政目的十分明确。即使是民间诗歌，也是经遒人采集并经乐官瞽史(太师为乐官之长)整理后奏献给天子“听政”的，同样有很现实的政治目的。需要说明的是，这些进入体制文化的诗的形式十分复杂，可能与其来源和用途各不相同有关，其中也许还有祝诅之辞的影响。而这些诗都要配乐。因此，邵公所云和师旷所云表面虽不一致，实质却并无差别[50]。而“在列者献诗”与“采诗观风”也是有机统一的。正如唐人成伯玙所说：“古之王者，发言举事，左右书之，犹虑臣有曲从，史无直笔。于是省方巡狩，大明黜陟，诸侯之国，各使陈诗以观风。又置采诗之官，而主纳之，申命瞽史习其箴诵，广闻教谏之义也。人心之哀乐，王政之得失，备于此矣。”[51]

西周社会，官司学守，政教合一，因“听政”而进入体制的诗也自然成为社会文化教育的极好教材。人们在宗庙祭祀、朝会宴饮时用诗，使诗的文化教育作用进一步凸显，“诗言志”便从“指向神明昭告”转而主要指向社会政治伦理秩序。从今传本《诗经》看，西周早期的诗多为颂诗，尽管有些诗后来被用于宗庙祭祀，然而，其歌颂对象主要不是想象中掌控人间一切的神灵，而是曾经带领他们艰苦奋斗并创造过其宗族辉煌的先祖，如太王、王季、文王、武王等；歌颂的内容也主要不是这些先祖如何神异，而是他们的勤劳勇敢和敬德爱民。这样的宗庙祭祀，不仅能够加强宗族情感，增进宗族凝聚力，而且对宗族子孙也是传统教育，使他们认识到创业之艰难，守成之不易。而西周中后期的大量雅诗和风诗则被用于贵族宴饮、酬酢等日常生活场合，同样起到了沟通情感、增进团结的作用。当然，这时对君王的教谏之诗也仍然存在，且讽谏意味更浓。如《小雅·节南山》所云“天方荐瘥，丧乱弘多。民言无嘉，憯莫惩嗟。……家父作诵，以究王讻”之类。毫无疑问，这时的诗已渗透到社会生活的方方面面。它们不再是卜祝们占卜祭祀时祷告神灵的祷语祝辞，而主要是现实社会生活的记录和真实情感的表达。

在诗的生产和消费过程中，有一点需要特别指出，那就是诗是礼乐文化的一部分并为礼乐制度服务。这里不妨以春秋时期的一段故事作为参照以加深理解。据《左传·襄公四年》：“穆叔如晋，报知武子之聘也。晋侯享之，金奏《肆夏》之三，不拜；工歌《文王》之三，又不拜。歌《鹿鸣》之三，三拜。韩献子使行人子员问之，曰：‘子以君命辱于敝邑，先君之礼，藉之以乐，以辱吾子。吾子舍其大而重拜其细，敢问何礼也?’对曰：‘《三夏》，天子所以享元侯也，使臣弗敢与闻。《文王》，两君相见之乐也，臣不敢及。《鹿鸣》，君所以嘉寡君也，敢不拜嘉?《四牡》，君所以劳使臣也，敢不重拜?《皇皇者华》，君教使臣曰：必咨于周。臣闻之，访问于善为咨，咨亲为询，咨礼为度，咨事为诹，咨难为谋。臣获五善，敢不重拜?’”[52]这段春秋中期的故事说明了一段史实，即春秋时期像晋国这样的大国已经不大遵守西周礼乐制度的规定，竟然奏《肆夏》之三(天子享元侯用)、歌《文王》之三(诸侯相见用)来礼乐鲁国使臣，然而，鲁国使臣穆叔仍然遵守传统礼制规定，没有接受这样破坏西周礼制的“特殊礼遇”。穆叔的态度表明西周礼乐制度中确有对于诗乐的不能僭越的严格等级规定。从中还可以看出，西周时期的诗乐是从属于礼的，并且应用于正式场合。关于此点，《仪礼》有详细记载。

在西周，诗仍然属于乐教的范畴，它还没有取得独立地位。《周礼·地官·保氏》：“保氏掌谏王恶，而养国子以道。乃教之六艺：一曰五礼，二曰六乐，三曰五射，四曰五驭，五曰六书，六曰九数。”[53]其所记六艺之教学界均以为指西周教育，它以“五礼”为首，并无单独的诗教。《周礼·春官·太师》：“大师掌六律六同，以合阴阳之声。……皆文之以五声：宫、商、角、徵、羽；皆播之以八音：金、石、土、革、丝、木、匏、竹。教六诗：曰风、曰赋、曰比、曰兴、曰雅、曰颂。以六德为之本，以六律为之音。”[54]这里虽提到了六诗，但六诗由乐官大师所掌，这六诗其实“是西周乐教的六个项目，服务于仪式上的史诗唱诵和乐舞”[55]。郑玄释“以六德为之本”：“所教诗必有知、仁、圣、义、忠、和之道，乃后可教以乐歌。”释“以六律为之音”：“以律视其人为之音，知其宜何歌。”[56]可见大师所教六诗的确只是乐教的一部分，诗仍被包裹在乐教之中，而乐教是为礼教服务的。这样的教学安排是符合西周礼乐制度设计和礼乐教化需要的。在乐诗的实际应用中，诗也是乐的一部分，并且是为礼制服务的。上引“穆叔如晋”的故事已很好地证明了这一点。

从西周的诗歌生产和消费来理解西周之诗，可以得到一些基本的观念。其一，西周诗已不再是巫祝占卜祭祀之繇辞告语，而是公卿大夫列士所献颂美教谏之词或遒人采集并经乐官整理的民间之歌，这些诗均比于音律奏献给天子听政，使其“事行而不悖”。因此，诗不再只是占卜祭祀的一个关目，而是朝廷政教的组成部分，诗对世俗生活的关注逐渐超越了对鬼神世界的关注，成为社会生活的重要内容。其二，西周的诗都是乐歌，要配乐演唱，而西周六艺之教有礼、乐而无诗，故诗仍是乐教的一部分，它在乐的引导下并配合乐来实现其为礼制服务的目的。不过，西周的乐教与殷商之前的原始乐教已然有别，原始乐教是人神沟通的桥梁，而西周乐教则是宗族情感的纽带，因此，人们对于诗的理解，是它在礼乐教化中的作用，即在维护宗法等级制度中所扮演的角色和功能。其三，西周宗法等级制度是由许多仪式和规范来体现的，而诗乐作为贯彻这些仪式和规范的一种手段渗透到宗庙祭祀、朝会宴饮等日常生活之中，使其本身也成为一种仪式和规范。因此，诗的意义并不一定是此诗作者原来所表达的意义，而主要是此诗在作为仪式和规范时社会所赋予的意义。换句话说，作为仪式而配乐演唱的诗，其意义和价值不是诗作者赋予的，而是诗在礼乐制度中依据社会规范所赋予的。

理解了西周诗的特点，就能够理解为什么《毛诗序》要说："《关雎》，后妃之德也，风之始也，所以风天下而正夫妇也。故用之乡人焉，用之邦国焉。"[57]这并不是汉人的新观念，而是西周人的旧观念。因为《关雎》、《葛覃》、《卷耳》等为西周后妃"房中之乐"，并以之推及乡党邦国，"以是经夫妇，成孝敬，厚人伦，美教化，移风俗"[58]，它们并非今人所理解的爱情诗。在典礼仪式中，形式永远重于内容。人们主要考虑的是仪式的程序是否正确，乐诗的选用是否合制，乐工的配合是否和谐，对于歌词内容是不予深究的。同理，《小雅》中的《鹿鸣》、《四牡》、《皇皇者华》在西周主要被用于宴享，且为主宾之礼，凡君宴群臣、诸侯宴使臣、乡大夫宴宾，皆可以歌，故燕礼、君劳使臣礼、乡饮酒礼便歌《鹿鸣》之三，而不管《四牡》是否"劳使臣之诗"，《皇皇者华》是否"遣使臣之诗"。一句话，西周诗的意义是与乐配合着实现的，而其价值则是在维护礼制的仪式中实现的。如果西周有"诗言志"的观念，那么，这种"志"显然也不是个人怀抱，仍然还是集体意志；即使是那些公卿大夫列士所献之诗，也不是为了表达他们个人的思想情感，而是按照职务要求所提供的社会情绪和宗族情感。换句话说，即使在诗的表达中确有他们的个人情感，他们也是为了维护宗族利益并作为宗族情感的代言人而出现的。因此，诗属于公共产品："当时只有诗，无诗人。古人所作，今人可援为己诗；彼人之诗，此人可赓为自作，期于言志而止。人无定诗，诗无定指。以故可名不名，不作而作也。"[59]不过，这时诗的观念已与原始乐教对诗的理解有了很大不同，诗所言之"志"已不再"指向神明昭告"，而是指向世俗社会的政治伦理秩序，直接作用于现实政教。诗与政教的密切结合，其实已经孕育着诗的独立发展的需要与可能，而这种独立发展在春秋时期终于得以实现。

三、"赋诗言志"与春秋诗教

春秋时期是诗开始摆脱礼乐束缚而寻求独立发展的重要时期，也是诗的观念得以独立发展的重要时期。而诗的观念的独立发展既是文学观念发生的重要标志，也为文学观念的形成准备了丰富的思想文化资源。

春秋初期，献诗听政和教谏辅政仍然是诗的主要政治功能，而配合乐教为礼制服务仍然是诗的主要文化功能。卫武公在卫国的政治实践可以作为证明[60]。卫武公生活在西周末春秋初，活了 95 岁，在位 55 年，历周宣王、幽王，于平王十四年(前 757)去世，他在耄耋之年能够主动要求臣下交戒训导，并作诗以自儆，说明西周的献诗听政制度在春秋初年仍在延续，至少在卫国是如此。卫国的采诗制度这时也应仍在执行之中。今传本《诗经》不仅在《大雅》和《小雅》中收录有卫武公的诗，在《国风》的“二南”之后便列“三卫”(即《邶风》、《鄘风》、《卫风》)之诗，使之成为“变风”之首，反映出“卫诗”在《诗经》中的特殊地位，这应与卫国在西周末春秋初武公的上述政治实践有关。

然而，春秋时期毕竟是一个天翻地覆的时代，诸侯专征伐，陪臣执国命，以强凌弱，以众暴寡，王纲解纽，“礼崩乐坏”。即使在春秋初期，像卫武公这样真诚维护礼乐制度的国君已是凤毛麟角，他因此被后人尊为“睿圣”[61]。而更多的诸侯则通过强兵富国，扩张势力，争取成为霸主。西周礼乐制度严格的等级规定无疑限制了他们的发展，诗乐的典礼仪式也有碍于他们的价值追求。于是，他们开始突破礼乐制度等级规定来使用诗乐，如晋侯享穆叔用天子享元侯之礼，就是典型例证。诸侯们带头对礼乐制度的破坏和对诗乐的随意应用，为诗摆脱礼乐的束缚提供了强大动力，于是，诗便进入到独立发展的新阶段。

春秋时期，诗摆脱礼乐束缚而独立发展主要通过两个途径来实现。一是通过“赋诗言志”以摆脱乐教的束缚，从而凸显诗的独立“言志”功能；一是通过“礼”、“仪”之辨以摆脱典礼仪式的束缚，从而凸显诗的内在意义价值。二者相辅相成，形成了颇有特点的春秋诗教传统，为诗的观念解放和文学观念的形成奠定了基础。

何谓“赋诗言志”？《汉书・艺文志》云：“古者诸侯卿大夫交接邻国，以微言相感，当揖让之时，必称《诗》以喻其志。盖以别贤不肖而观盛衰焉。”[62]朱自清以为：“这也是‘观志’，《荀子》里称为‘观人’。春秋以来很注重观人，而‘观人以言’(《非相篇》)更多见于记载。‘言’自然不限于赋诗，但‘诗以言志’，‘志以定言’(《左传・昭公二十九年》)，以赋诗‘观人’也是顺理成章的。如此论诗，‘言志’便引申了表德一义，不止于献诗陈志那样简单了。再说春秋时的赋诗虽然有时也有献诗之义，如上文所论，但外交的赋诗却都非自作，只是借诗言志。”[63]即是说，春秋时期有代表性的“赋诗言志”，是指行人在外交场合的“借诗言志”，这里的诗并非赋诗者自作，而主要是原来与乐配合演唱的被作为礼乐文化教材的《诗》。换句话说，“赋诗言志”是在诗摆脱乐的束缚的情况下独立地执行“言志”功能的。这对于诗来说无疑是一种解放。并且，“赋诗言志”是要通过所赋之诗来观赋诗者之“志”，此“志”便引申了表德一义，诗本身具有的独立意义也被凸显出来。

关于春秋时期的“赋诗言志”，《左传》有详细记载。按《左传》记载，春秋前期并无“赋诗言志”事，“赋诗言志”始于僖公二十三年（前637），后延续百年之久[64]。而此时正是献诗采诗退出社会文化体制的时期，也是诸侯争霸最为激烈的时期。推动“赋诗言志”的都是世卿公族，他们在外交舞台上既叱咤风云，又温文尔雅，礼的旗号仍被高举，而诗的作用更被充分表达。正如朱东润所说：“春秋朝享盟会，列国君臣必赋《诗》以明志，其有不能知或不能答赋者则引为大怪。……由是以观，春秋列国之君臣，不得不知《诗》也。”[65]如为后人津津乐道的郑七子垂陇赋诗，各呈才情，尽显风流，然而，赵孟能够从郑国七子所赋之诗中看出其志向，并推测其未来，可见诗在个人政治生活中具有了多么重要的意义。这里的“诗以言志”，已经不是告语的记忆或生活的记录，同时也不是礼乐典礼仪式，而是用来直接抒发赋诗者的怀抱和展示他们的风采了。

需要注意的是，春秋时期朝享盟会，“赋诗言志”，许多重大决定都通过赋诗来表达，必然会形成一些基本原则，或说形成关于诗的共同观念，否则相互之间就难以沟通。从《左传》记载来看，至少有两条关于赋诗的观念是大家共同遵守的。一是“歌诗必类”，一是“赋诗断章”。

关于“歌诗必类”，《左传·襄公十六年》载：“晋侯与诸侯宴于温，使诸大夫舞，曰：‘歌诗必类。’齐高厚之诗不类。荀偃怒，且曰：‘诸侯有异志矣！’使诸大夫盟高厚，高厚逃归。”孔颖达疏：“歌古诗各从其恩好之义类，高厚所歌之诗，独不取恩好之义类，故云。”[66]前面说过，古诗之义类其实是配合乐来实现的，这种义类是靠西周典礼仪式固定下来的，祭祀、宴享、盟会，不同等级、不同场合，各取其义，各用其类，“歌诗必类”就是强调对古诗传统义类的继承，如此赋诗才便于秩序的维护、思想的沟通和情感的交流。

关于“赋诗断章”，《左传·襄公二十八年》载：“癸臣子之有宠，妻之。庆舍之士谓卢蒲癸曰：‘男女辨姓，子不辟宗，何也？’曰：‘宗不余辟，余独焉辟之，赋诗断章，余取所求焉，恶识宗！’”[67]卢蒲癸娶同姓庆舍之女为妻，本与赋诗之事无关，但他却以“赋诗断章”的流行观念来为自己辩护，说明这一观念已深入人心。“赋诗断章”就是赋诗时“断章取义”，即不管所赋之诗的整体意义，只取所用诗章的字面意义，以与自己要表达的意思关合。《左传》所载赋诗多为“断章取义”。例如，《左传·文公十三年》：“冬，公如晋朝，且寻盟。卫侯会公于沓，请平于晋。公还，郑伯会公于棐，亦请平于晋。公皆成之。郑伯与公宴于棐，子家赋《鸿雁》。季文子曰：‘寡君未免于此。'文子赋《四月》。子家赋《载驰》之四章，文子赋《采薇》之四章。郑伯拜，公答拜。"[68]这里所赋之诗全为"断章取义"，而一场艰苦的谈判在"赋诗断章"中完成了。诗之义和赋诗者之意因断章得以关合。"赋诗断章"不仅凸显了诗章字面的意义，而且是对典礼仪式所规定的乐诗义类的消解，从而使得诗能够摆脱乐的束缚而获得独立的价值。"歌诗必类"和"赋诗断章"看似矛盾，却真实反映出春秋时期人们在继承传统和把握现实之间寻求平衡的努力，这种平衡点便是通过承认诗与乐的分离和诗章的独立意义来实现的。

如果说"歌诗必类"和"赋诗断章"促进了诗乐的分离和诗义的独立，那么，春秋时期人们通过"礼"、"仪"之辨则使诗得以摆脱典礼仪式的束缚，从而进一步凸显出诗的独立价值。春秋中叶以前，"礼仪"在人们心目中似乎是不可分割的。而春秋中叶以后，"礼"与"仪"在人们心目中却被分割开来。例如，昭公五年(前537)鲁侯如晋，自郊劳至于赠贿无不符合礼节，晋侯赞扬鲁侯知礼，女叔齐却说："是仪也，不可谓礼。礼所以守其国，行其政令，无失其民者也。……礼之本末，将于此乎在？而屑屑焉习仪以亟，言善于礼，不亦远乎！"[69]昭公二十五年(前517)子大叔如赵，赵简子行揖让周旋之礼，子大叔说："是仪也，非礼也。"[70]于上二例可见，在春秋中后期"作为象征的礼仪制度本身和它所象征的意义被分开了，单纯的仪式不再拥有意义的权威，这意味着人们开始审视礼仪本身合理性的依据"[71]，他们不再重视单纯的礼仪形式，而更重视个人道德修养和实际政治作为，以此作为礼的依据。昭公二年(前540)晋叔向赞扬鲁叔弓知礼，理由是："忠信，礼之器也；卑让，礼之宗也。辞不忘国，忠信也；先国后己，卑让也。《诗》曰：敬慎威仪，以近有德。夫子近德矣。"[72]在时人看来，"礼"并非《仪礼》所强调的那些仪节，它的基础在个人道德，体现为社会伦理和政治行为，"近德"之人"知礼"；"君子贵其身，而后能及人，是以有礼"[73]。

"礼"与"仪"的区分以及对个人道德操守和政治绩效的强调，"赋诗言志"在列国外交和政治中的独特作用，使诗的独立价值得到凸显。僖公二十七年(前633)晋文公作三军，谋元帅，赵衰曰："郤縠可。臣亟闻其言矣，说礼乐而敦诗书。诗书，义之府也；礼乐，德之则也；德义，利之本也。《夏书》曰：'赋纳以言，明试以功，车服以庸。'君其试之。"孔颖达疏："说，谓爱乐之；敦，谓厚重之。"[74]厚重诗、书成为担任三军统帅的重要条件，诗的价值为世所重可见一斑。于是，被编辑整理的《诗》、《书》成为了士大夫们学习的文化典籍，《诗》被列为群籍之首。《礼记·王制》曰："乐正崇四术，立四教，顺先王《诗》、《书》、礼、乐以造士。"[75]秦缪(穆)公以为"中国以诗、书、礼、乐、法度为政"[76]，说明春秋中叶以后中原各国的政教确实发生了具有历史意义的重大变化。这种变化就是确认《诗》的独立价值，并形成了诗教传统。即使是被中原各国视为南蛮的楚国，也十分重视诗教，如申叔时论教育太子之事说：“……教之《诗》，而为之导广显德，以耀明其志；教之礼，使之上下之则；教之乐，以疏其秽而镇其浮；……若是而不济，不可为也。且夫诵诗以辅相之，威仪以先后之，体貌以左右之，明行以宣翼之，制节义以动行之，恭敬以临监之，勤勉以劝之，孝顺以纳之，忠信以发之，德音以扬之，教备而不从者，非人也。其可兴乎!”[77]《诗》被作为必备的教育与礼乐教育并列且置于其前，充分反映出诗教在春秋中叶已取得独立地位，诗的重要价值已为社会所公认。

按申叔时所论，教《诗》的目的是“导广显德，以耀明其志”。这种“明志”既与诗中颂美文、武、周公敬德保民的传统思想相关联，也与个人文化教育和道德修养相关联，甚至与个人安身立命的社会形象相关联。其尤可注意者是“威仪”二字。北宫文子论威仪云：“有威而可畏谓之威，有仪而可象谓之仪。……《卫诗》曰：‘威仪棣棣，不可选也。’言君臣上下、父子兄弟、内外大小，皆有威仪也。《周诗》曰：‘朋友攸摄，摄以威仪。’言朋友之道，必相教训以威仪也。《周书》数文王之德曰：‘大国畏其力，小国怀其德。’言畏而爱之也。《诗》云：‘不识不知，顺帝之则。’言则而象之也。……故君子在位可畏，施舍可爱，进退可度，周旋可则，容止可观，作事可法，德行可象，声气可乐，动作有文，言语有章，以临其下，谓之有威仪也。”[78]威仪可以理解为社会形象，也可理解为人格力量，人人都有自己的威仪。北宫文子以《诗》为据来讨论威仪，说明时人以为《诗》对于理解和建立威仪是有效的，而诗教的“导广显德，以耀明其志”，就是要建立这种威仪。申叔时所谓“诵诗以辅相之，威仪以先后之”，说的就是这个意思。如果不接受诗教，不只是能否建立威仪的问题，而且是能否为社会所接纳(即“人“与“非人”)的问题。这样，诗教亦即人教，诗学亦即人学；教诗所明之“志”就不仅是意志，是怀抱，也是形象，是人格，或者说是人的整个精神世界，是人之所以为人的全部内涵。这就把诗教(诗学)提到了前所未有的高度，让诗承担起规范社会意识形态和引导人的精神生活的双重责任，从而为文学观念的形成提供了坚实的思想文化基础，同时也为文学观念中浓厚的道德意识和政教色彩规定了方向，诗也从宗教的包裹和仪式的羁绊中被彻底解放出来。

春秋末期的孔子“以《诗》、《书》、礼、乐教弟子”[79]，开私人办学之先河，其教育思想和内容与春秋中叶以来的教育传统一脉相承。孔子教导学生：“小子何莫学夫《诗》？诗，可以兴，可以观，可以群，可以怨。迩之事父，远之事君；多识于鸟兽草木之名。”他要求学生：“兴于《诗》，立于礼，成于乐。”他告诫儿子孔鲤：“不学《诗》，无以言”；“人而不为《周南》、《召南》，其犹正墙面而立也与!”[80]这些思想，可以说是对春秋中叶以来诗学思想和诗教传统的继承和发展。孔子虽然以复兴西周礼乐制度和传播礼乐文化为己任，而事实上，他对《诗》和礼、乐关系的论述却并不完全符合西周礼教的传统，反倒是符合《诗》、礼、乐在春秋发展演进的实际。在孔子的观念中，诗已经成为社会政治活动、个人道德修养以致安身立命的重要工具。《论语·述而》载："子以四教：文，行，忠，信。"《诗》是孔子"四教"中"文教"的基本内容，且列"文教"之首，《论语》中孔子与其弟子讨论诗的内容也极为丰富。而孔子"四教"又与孔门"四科"相对应，从"文教"自然生发出"文学"的观念[81]。孔子之所以能够在春秋末期提出关于"文学"的观念，与他对春秋诗教的透彻了解以及对于诗在社会生活中独特作用的认识是密切相关的。当然，这种文学观念与今人的文学观念是有很大差别的。笔者曾有专文论孔子的文学观念以及游夏文学的内涵[82]，限于篇幅，这里就不赘述了。

四、"诗言志"与中国早期文学观念发生的路径

通过以上对"诗言志"内涵演变的分析，我们可以明了中国古代"诗"的观念是一个历史建构过程，它的独立发展与文学观念的发生若合符节，因此，从"诗言志"观念的演进中可以清理出中国早期文学观念发生的主要路径。

概括而言，《尚书·尧典》所载"诗言志"的观念发生甚早，它是原始乐教的一部分，表现为巫史集团在占卜祭祀过程中的祷辞告语，"指向神明昭告"。尽管它不是独立的文学观念而是宗教观念的一部分，但它为后来的诗学独立和诗教发生奠定了文化基础。因此，我们仍然可以视其为"千古诗教之源"或中国诗论"开山的纲领"。自西周初年周公"制礼作乐"以后，"诗"被纳入礼乐教化的体系之中，与世俗政教和文化制度紧密结合。"献诗"和"采诗"制度使"诗"成为表达宗族情绪和沟通政治情感的工具，完成了从"神明昭告"向"天子听政"的转变。而进入体制内的"诗"与乐配合，应用于宗庙祭祀、朝会宴饮，成为典礼仪式的重要环节，发挥着维护宗法秩序、交流思想感情的作用。社会礼乐制度规范和仪式运用规则赋予了诗乐的意义和价值。不过，这时的"诗"并未脱离礼乐而获得独立地位，单纯的文学观念也未能产生。"诗"所陈之"志"虽指向世俗政治伦理秩序，却仍然受制于乐而服务于礼，表达的是宗族的思想情感。春秋时期，"诗"逐渐摆脱礼乐束缚而获得独立发展，这种发展主要通过两个途径来实现。一是通过"赋诗言志"以摆脱乐教的束缚，从而凸显诗的独立"言志"功能；一是通过"礼"、"仪"之辨以摆脱典礼仪式的束缚，从而凸显诗的内在意义价值。二者相辅相成形成春秋诗教传统，为诗的观念解放和文学观念的形成奠定了基础，也使诗进入表达个体情感和培养独立人格的新的发展阶段。

大体说来，"诗言志"的宗教文化基础奠定了诗的神圣性特征，文学观念

的超越性内涵可以从这里找到发生学依据。“献诗陈志”的礼乐教化安排增强了诗的社会性功能，文学观念的伦理道德要求可以从这里获取实践理性经验。“赋诗言志”的春秋诗教赋予了诗的独立性价值，文学观念的私人化倾向可以从这里开放出个体人格和精神情感的奇葩。当诗获得独立价值并与个人精神生活和人格修养联系在一起，独立的文学观念也就同时发生了。因此，文学观念的正式提出发生在春秋末年绝不是偶然的。楬橥这一观念并赋予其特定内涵的是伟大的思想家、教育家、文学家孔子。尽管孔子楬橥的文学观念与现代文学观念的内涵相去甚远，但它是中国古代文学观念的源头却是毋庸置疑的。

需要进一步说明的是，“诗言志”观念虽然是“原始乐教”的组成部分，但它并没有因为“原始乐教”的退隐而退出历史舞台，而是在“西周礼教”、“春秋诗教”的文化变迁中不断地充实着内涵，改变着形式，将自己逐步发展成为独立的文学观念。与此相类似，作为一定时期内社会主流意识形态的“原始乐教”、“西周礼教”、“春秋诗教”，虽然因社会的进步和文化的发展而发生着相互递嬗的关系，但是，任何主流意识形态都是在与其他意识形态的共存和比较中确立其地位的，而后起的主流意识形态总是或多或少地吸收和包容了以前的思想和观念，任何将它们截然分开的理解都是不符合历史事实的。且不说“西周礼教”中“乐教”的地位十分重要[83]，内容也十分丰富[84]，人们常常将“礼乐”并提，称西周文化为“礼乐文化”；即使在儒家的“六艺”教育中，“乐教”、“礼教”、“诗教”也都有其独特的地位和作用，并不必然相互排斥。例如，《礼记·经解》引孔子语云：“入其国，其教可知也。其为人也，温柔敦厚，《诗》教也；疏通知远，《书》教也；广博易良，《乐》教也；洁静精微，《易》教也；恭俭庄敬，《礼》教也；属辞比事，《春秋》教也。故《诗》之失愚，《书》之失诬，《乐》之失奢，《易》之失贼，《礼》之失烦，《春秋》之失乱。”[85]当然，这里所说的“乐教”、“礼教”等，与“原始乐教”、“西周礼教”的内涵判然有别，但是，并不能因此就说它们之间已经没有了精神上的相通和文化上的关联，甚至也不能说“六艺”之教的内涵中完全过滤掉了“原始乐教”、“西周礼教”所积淀的思想和观念的所有元素，而应该也只能说是对它们的继承、发展、超越和扬弃。

本文讨论“诗”与“原始乐教”、“西周礼教”、“春秋诗教”的关系，是为了探寻中国文学观念发生的路径，并不一定要对“原始乐教”、“西周礼教”、“春秋诗教”是否可以用来作为一定时期内社会主流意识形态的概括的问题进行回答。然而，如果真的能够对这一问题作出肯定性回答，那么，“诗言志”和文学观念的发生就会具有更为重要的思想文化史意义，人们对文学观念发生的路径也会理解得更加准确和清晰。由于受论题和篇幅限制，笔者这里只能提出一些初步意见，供读者批评参考，也作为对前文论述的一个补充。

其一，西周之前虽然已有“诗”、“礼”、“乐”，但“乐”统其绪，故以“乐教”为中心。《吕氏春秋·古乐》在历数从朱襄氏到周文王制乐作乐以治天下的“历史”之后云：“乐之所由来者尚矣，非独为一世之所造也。”[86]因为“对原始人来说，音乐不是一种艺术，而是一种力量，人通过音乐去获得神赐的本质，使自己和神联系在一起，并通过音乐去控制各种神灵”[87]。既然“乐”是沟通天地神鬼、达致“神人以和”的重要手段和最佳途径，“乐教”自然为社会所重视，尤其是在“民神杂糅”的时代更是如此。即使在巫觋集团控制宗教信仰以后，他们也仍然以歌舞致神娱神以期“神人以和”为职守，“乐教”始终是社会意识形态的核心。因此，刘师培以为：“古代教育之法，则有虞之学，名曰成均；均字即韵字之古文。古代教民，口耳相传，故重声教。而以声感人，莫善于乐。……古人以礼为教民之本，列于六艺之首。岂知上古教民，六艺之中乐为最崇，固以乐教为教民之本哉。”[88]其实，“以乐教为教民之本”，一直延续到殷商时期。《礼记·表记》云：“殷人尊神，率民以事神，先鬼而后礼。”[89]《郊特牲》云：“殷人尚声，臭味未成，涤荡其声，乐三阕，然后出迎牲。声音之号，所以诏告于天地之间也。”[90]《诗经·商颂·那》云：“鞉鼓渊渊，嘒嘒管声。既和且平，依我磬声。於赫汤孙，穆穆厥声。庸鼓有斁，万舞有奕。”[91]饶宗颐认为：“由磬声以致和平，可致神人以和的境界。殷人迎牲必先奏乐，卜辞之中‘万舞’及用鼓乐的记载，多不胜数。”[92]可见殷人“先鬼而后礼”也可以理解为“先乐而后礼”，“乐”先于“礼”也重于“礼”，“礼”是在“乐”的引导下并通过“乐”来实现的。因此，说西周前“原始乐教”是社会主流意识形态显然是可以成立的。

其二，周公“制礼作乐”以降，社会关注宗法政治和世俗生活，“乐”为“礼”所统摄并为“礼”服务，“礼教”成为社会主流意识形态，学界已有定论，不必辞费。问题是春秋时期社会主流意识形态是否已为“诗教”所代替，却并未形成共识。应该承认，春秋前期“礼教”仍然有着巨大市场，还可被视为社会主流意识形态，但春秋中后期，士人阶层登上历史舞台，以“立德、立功、立言”为“三不朽”的新价值观代替了以“世卿世禄”为“不朽”的传统价值观[93]，将“集体行为史观”改换成为“个体行为观”，通过“礼”、“仪”之辨，“德”、“礼”之辨，他们认识到“君子贵其身，而后能及人，是以有礼”[94]，于是个体修养和文化学习被提到前所未有的高度，而“礼教”仅成具文或改换了原有形式，“诗教”则被现实地排到了“礼教”之先。《礼记·王制》云：“乐正崇四术，立四教，顺先王诗、书、礼、乐以造士。”[95]秦穆公(前659—前620年在位)指出：“中国(指中原各国——引者)以诗、书、礼、乐、法度为政。”[96]同样将“诗”置于“礼”之前。“孔子以《诗》、《书》、《礼》、《乐》教弟子"[97]，则是人所尽知的。而他关于"克己复礼"[98]、"兴灭国，继绝世，举逸民"[99]的呼吁，正是对"礼制"被彻底破坏、"礼教"被束之高阁的社会思潮的反拨。而到了战国时期，则已无复"礼教"之可言[100]。因此，春秋中后期兴起的"诗教"已然成为主流社会意识形态也是可以成立的。"诗言志"和文学的观念正是在这社会思想文化的大变局中发生着根本性的改变，实现了质的飞跃。关于这一过程，笔者在《春秋时期文学观念的发展》一文中已有细致讨论[101]，读者可以参看。

注释：

＊本文为国家社会科学基金"中国古代文学观念的发生学研究"(05BZW013)阶段性成果之一。原载《清华大学学报(哲学社会科学版)》2010 年第 1 期；《新华文摘》2010 年第 8 期转载，《高等学校文科学术文摘》2010 年第 2 期转载。2011 年 4 月清华大学百年校庆获"百盛—清华学报优秀论文奖"一等奖；2013 年 1 月获教育部第六届"高等学校科学研究优秀成果奖(人文社会科学)"三等奖。

[1]皮亚杰：《发生认识论原理》，商务印书馆 1997 年版，第 18～19 页。

[2]刘毓崧：《古谣谚序》，杜文澜辑《古谣谚》卷首，中华书局 1958 年版，第 1 页。

[3]朱自清：《诗言志辨·序》，华东师范大学出版社 1996 年版，第 4 页。

[4]孔安国传、孔颖达疏：《尚书正义》卷三《舜典》，阮元校刊《十三经注疏》本，中华书局 1980 年版，第 131 页。

[5]《尚书》经秦始皇"焚书"之后在社会上失传，汉初由济南伏生口授而晁错面受之，得 28 篇，用汉代通行的隶书书写，称《今文尚书》，有《尧典》；东晋梅赜献孔安国传《尚书》于元帝，用先秦古文书写，是为《古文尚书》，将《今文尚书》中的《尧典》分为《尧典》和《舜典》二篇，有"诗言志"的部分在《舜典》中。《古文尚书》经唐孔颖达奉旨正义，作为《五经正义》之一，颁行天下，清阮元校刊《十三经注疏》收入，影响深远。然清阎若璩《尚书古文疏证》已证明《古文尚书》为伪书。

[6]顾颉刚：《论孔子删述〈六经〉说及战国著作伪书书》，《古史辨》第一册，上海古籍出版社 1982 年版，第 42 页。

[7]陈良运：《中国诗学体系论》，中国社会科学出版社 1992 年版，第 34 页、第 36 页。

[8]刘起钎认为《尧典》包括三方面材料：一是远古的素材，二是儒家的思想或理想的材料，三是汉代整理者带入的东西。(见氏著《尚书学史》，中华书局 1989 年版，第 511～512 页)

[9]参见高炜、高天麟、张岱海《关于陶寺墓地的几个问题》，《考古》1983 年第 6 期；王克林《陶寺文化与唐尧虞舜——论华夏文明的起源》(上、下)，《文物世界》2001 年第 1、2 期。

[10]何驽：《陶寺文化遗址：走出尧、舜、禹"传说时代"的探索》，《中国文化遗产》2004 年创刊号。

[11]杜预注、孔颖达疏：《春秋左传正义》卷四十四《昭公八年》，阮元校刊《十三经

注疏》本，中华书局1980年版，第2053页。

[12]徐元诰：《国语集解·鲁语下第五》，中华书局2002年版，第466页。

[13]徐元诰：《国语集解·周语上第一》，中华书局2002年版，第17～19页。

[14]杜预注、孔颖达疏：《春秋左传正义》卷三十二《襄公十四年》，阮元校刊《十三经注疏》本，中华书局1980年版，第1958页。

[15]徐元诰：《国语集解·周语上第一》，中华书局2002年版，第11页。

[16]何晏集解、邢昺疏：《论语注疏》卷二十《尧曰》，阮元校刊《十三经注疏》本，中华书局1980年版，第2535页。

[17]徐元诰：《国语集解·鲁语下第五》，中华书局2002年版，第205页。

[18]郑玄笺、孔颖达疏：《毛诗正义》卷二十，阮元校刊《十三经注疏》本，中华书局1980年版，第620页。

[19]郑玄笺、孔颖达疏：《毛诗正义》卷二十《商颂谱》，阮元校刊《十三经注疏》本，中华书局1980年版，第620页。

[20]司马迁：《史记》卷三十八《宋微子世家》，《二十五史》本，上海古籍出版社、上海书店1986年版，第197页。

[21]饶宗颐：《文化的馈赠·哲学卷》，北京大学出版社2000年版，第47页。

[22]章太炎：《国故论衡·辨诗》，、上海古籍出版社2006年版，第70～71页。

[23]胡朴安：《周易古史观》，上海古籍出版社2006年版，第7页。

[24]郭沫若：《甲骨文合集》，中华书局1978—1982年版，第14294、第10903片。

[25]张守节：《史记正义》卷二十四《乐书第二》，《四库全书》本。

[26]郑玄注、孔颖达疏：《礼记正义》卷三十八《乐记》，阮元校刊《十三经注疏》本，中华书局1980年版，第1536页。

[27]《吕氏春秋》卷六《仲夏纪·古乐》，《二十二子》本，上海古籍出版社1986年版，第643～644页。

[28]例如，距今8000年前的河南舞阳贾湖新石器时代遗址出土有竖吹骨笛，距今6000年前的浙江杭州河姆渡遗址出土有陶埙、骨笛，距今6000年前的陕西临潼姜寨出土有陶埙、陶响器，距今5000年前的青海大通上孙家寨遗址出土有彩陶盆乐舞图，距今4000年前的甘肃玉门火烧沟遗址出土有蛙形陶埙，距今4000年前的山西襄汾陶寺遗址出土的鼍鼓、特磬，还有考古界认为是夏代都城的河南偃师二里头遗址出土有陶埙、陶角等。

[29]参见方建军《从商周乐器的出土情况看其与祭祀活动之关系》，《中央音乐学院学报》2006年第3期。

[30]刘师培：《刘师培辛亥前文选·舞法起于祀神考》，生活·读书·新知三联书店1998年版，第437页。

[31]参见王国维《观堂集林》卷二《周〈大武〉乐章考》，河北教育出版社2003年版，第48～50页。

[32]《周礼·春官宗伯》："大卜掌三兆之法……以邦事作龟之八命：一曰征，二曰象，三曰与，四曰谋，五曰果，六曰至，七曰雨，八曰瘳"，郑玄注："国之大事待蓍龟而决者有八，定作其辞于将卜以命龟也。"又"太祝掌六祝之辞，以事鬼神示，祈福祥，

求永贞……作六辞以通上下亲疏远近：一曰祠，二曰命，三曰诰，四曰会，五曰祷，六曰诔”，郑众云：“祠当为辞，谓辞令也。”又“诅祝掌盟、诅、类、造、攻、说、禬、禜之祝号，作盟诅之载辞，以叙国之信用，以质邦国之剂信”，郑玄注：“八者之辞，皆所以告神明也。……载辞，为辞而载之于策，坎用牲，加书于其上也。”

[33]饶宗颐：《文化的馈赠·贞的哲学》(哲学卷)，北京大学出版社 2000 年版，第 47 页。

[34]闻一多：《神话与诗》，上海人民出版社 2006 年版，第 151 页。

[35]朱自清：《诗言志辨》，华东师范大学出版社 1996 年版，第 3 页。

[36]饶宗颐《诗言志再辨——以郭店楚简资料为中心》云：“古代枚卜，要先‘蔽志’，再‘昆命于元龟’。其志先定，然后通过占卜的手续，询谋佥同，天人共同认可(见《尚书·大禹谟》)。‘蔽’训决断。事先作好决定，然后问卜，打定主意，亦是‘定志’的事。”(《饶宗颐新出土文献论证》(二)《楚辞与诗乐》，上海古籍出版社 2005 年版，第 149 页)

[37]郑玄注《仪礼·乡饮酒礼》“乐《南陔》、《白华》、《华黍》”云：“昔周之兴也，周公制礼作乐，采时世之诗以为乐歌，所以通情相风切也。”(阮元校刊《十三经注疏》本，中华书局 1980 年版，第 986 页)说明了诗与礼乐的关系。

[38]王国维：《观堂集林》卷十《殷周制度论》，河北教育出版社 2003 年第 2 版，第 232 页。

[39]参见拙作《从“观乎天文”到“观乎人文”——中国古代文学观念的视角转换》，《华中师范大学学报(人文社会科学版)》2008 年第 4 期。

[40]徐元诰：《国语集解·周语上第一》，中华书局 2002 年版，第 11～12 页。

[41]杜预注、孔颖达疏：《春秋左传正义》卷三十二《昭公十二年》，阮元校刊《十三经注疏》本，中华书局 1980 年版，第 2064 页。

[42]如旧说《周颂》中的《武》、《酌》、《桓》、《赉》、《般》、《时迈》等为周公缅怀文王功德、颂扬武王克殷而作，《大雅》中的《文王》、《大明》、《绵》、《皇矣》、《文王有声》等为周公颂文王及先祖之德以戒成王而作，《公刘》为召康公戒成王而作，《民劳》为召穆公刺厉王而作，《板》为周大夫凡伯刺厉王而作，《桑柔》为周大夫芮良夫刺厉王而作，《云汉》为周大夫仍叔美宣王之作，《崧高》、《烝民》、《韩奕》、《江汉》等为周大夫尹吉甫美宣王之作，《常武》为召穆公美宣王之作；《小雅·小弁》为幽王太子宜臼所作，《何人斯》为苏公所作，《大东》为谭大夫所作，《宾之初筵》为卫武公所作，《白华》为申后所作。

[43]朱自清：《诗言志辨》，华东师范大学出版社 1996 年版，第 70 页。

[44]班固：《汉书》卷二十四上《食货志》，《二十五史》本，上海古籍出版社、上海书店 1986 年版，第 476 页。“春秋”一作“暮春”。

[45]许慎：《说文解字》(注音版)卷五上《丌部》，岳麓书社 2006 年版，第 99 页。

[46]何休解诂、徐彦疏：《春秋公羊传注疏》卷十六《宣公十五年》，阮元校刊《十三经注疏》本，中华书局 1980 年版，第 2287 页。此言求诗显然也有采诗之意。

[47]杜预注、孔颖达疏：《春秋左传正义》卷三十二《襄公十四年》，阮元校刊《十三经注疏》本，中华书局 1980 年版，第 1958 页。

[48]明陈士元《论语类考·木铎》云：“夫《檀弓》之木铎徇于宫，所以示祔礼也；《明堂位》之木铎振于朝，所以示禘礼也；《月令》之仲春奋木铎，所以儆婚礼也；《胤征》之

遒人，宣令之官，所以敷治教者也；《周礼》之小宰、宫正，治官之属也，小司徒、乡师，教官之属也，小司寇、士师、司烜，刑官之属也，刑以弼教，教以明礼，礼以出治，此之谓文事也，故皆用木铎焉。”

[49]郑玄注、孔颖达疏：《礼记正义》卷六十二《射义》，阮元校刊《十三经注疏》本，中华书局1980年版，第1686页。

[50]章太炎《国故论衡·辨诗》：“《春官》瞽矇，掌九德六诗之歌，然则诗非独六义也，犹有九歌。其隆也，官箴占繇皆为诗。故《诗序·庭燎》称箴，《沔水》称规，《鹤鸣》称诲，《祈父》称刺，明诗外无官箴，《辛甲》诸篇，悉在古诗三千之数矣。……扬搉道之，有韵者皆为诗，其容至博。”

[51]成伯玙：《毛诗指说·兴述第一》，《四库全书》本。

[52]杜预注、孔颖达疏：《春秋左传正义》卷二十九《襄公四年》，阮元校刊《十三经注疏》本，中华书局1980年版，第1931～1932页。

[53]杜预注、孔颖达疏：《春秋左传正义》卷十四《保氏》，阮元校刊《十三经注疏》本，中华书局1980年版，第731页。

[54]杜预注、孔颖达疏：《春秋左传正义》卷二十三《大师》，阮元校刊《十三经注疏》本，中华书局1980年版，第795～796页。

[55]王昆仑：《中国早期艺术与宗教·诗六义原始》，东方出版中心1998年版，第213页。氏著认为：六诗的“‘风’与‘赋’是用言语传述诗的两种方式，分别指方音诵和雅言诵；‘比’与‘兴’是用歌唱传述诗的两种方式，分别指赓歌与和歌；‘雅’和‘颂’则是加入器乐因素来传述诗的方式，分别指乐歌与舞歌。”这样，六诗为太师所掌，以六律为之音便得到了合理解释。

[56]郑玄注、贾公彦疏：《周礼注疏》卷二十三《大师》，阮元校刊《十三经注疏》本，中华书局1980年版，第796页。

[57]郑玄笺、孔颖达疏：《毛诗正义》卷一《周南·关雎》，阮元校刊《十三经注疏》本，中华书局1980年版，第269页。

[58]郑玄笺、孔颖达疏：《毛诗正义》卷一《周南·关雎》，阮元校刊《十三经注疏》本，中华书局1980年版，第270页。

[59]劳孝舆：《春秋诗话》卷一，《丛书集成初编》本，商务印书馆1922年版，第1页。

[60]《国语·楚语上》载左史倚相云：“昔卫武公年数九十有五矣，犹箴儆于国，曰：‘自卿以下至于师长士，苟在朝者，无谓我老耄而舍我，必恭恪于朝，朝夕以交戒我，闻一二之言，必诵志而纳之，以训导我。’在舆有旅贲之规，位宁有官师之典，倚几有诵训之谏，居寝有亵御之箴，临事有瞽史之导，宴居有师工之诵。史不失书，矇不失诵，以训御之。于是乎作《懿》诗以自儆也。”

[61]徐元诰：《国语集解·楚语上第十七》，中华书局2002年版，第500～502页。

[62]班固：《汉书》卷三十《艺文志》，《二十五史》本，上海古籍出版社、上海书店1986年版，第531页。

[63]朱自清：《诗言志辨》，华东师范大学出版社1996年版，第17页。

[64]清梁履绳《左通补释》云：“《左传》记赋《诗》者，始于僖公二十三年，秦伯享晋

公子重耳，公子赋《河水》，公赋《六月》。公子历诸国，未尝赋《诗》，乃特见于秦，非衰之文也，安能使公子为此！自此至文四年宁武子聘鲁，公与之宴，赋《湛露》、《彤弓》，以为肄业及之，婉其辞以规鲁之僭也。至定四年申包胥乞师，秦哀公赋《无衣》，《左传》终所赋之《诗》……自隐公元年至僖二十三年，凡八十五年，遂不复有赋《诗》者。惟襄、昭之间，一时能歌《诗》：晋有范、韩、赵三卿，鲁季孙氏有文子、武子、平子，叔孙氏有穆子、昭子，郑有七穆子孙。是皆世卿公族，风流文雅，聚在百年之间。僖、文之前既无闻，昭、定之后复绝响。”

[65]朱东润：《诗三百篇探故·古诗说摭遗》，云南人民出版社 2007 年版，第 76～77 页。

[66]杜预注、孔颖达疏：《春秋左传正义》卷三十三《襄公十六年》，阮元校刊《十三经注疏》本，中华书局 1980 年版，第 1963 页。

[67]杜预注、孔颖达疏：《春秋左传正义》卷三十八《襄公二十八年》，阮元校刊《十三经注疏》本，中华书局 1980 年版，第 2000 页。

[68]杜预注、孔颖达疏：《春秋左传正义》卷十九《文公十三年》，阮元校刊《十三经注疏》本，中华书局 1980 年版，第 1853 页。《左传》记赋诗只称诗名不记章次者均为赋首章。

[69]杜预注、孔颖达疏：《春秋左传正义》卷四十三《昭公五年》，阮元校刊《十三经注疏》本，中华书局 1980 年版，第 2041 页。

[70]杜预注、孔颖达疏：《春秋左传正义》卷五十一《昭公二十五年》，阮元校刊《十三经注疏》本，中华书局 1980 年版，第 2107 页。

[71]葛兆光：《中国思想史》第一卷，复旦大学出版社 2001 年版，第 84 页。

[72]杜预注、孔颖达疏：《春秋左传正义》卷四十二《昭公二年》，阮元校刊《十三经注疏》本，中华书局 1980 年版，第 2029 页。

[73]杜预注、孔颖达疏：《春秋左传正义》卷五十一《昭公二十五年》，阮元校刊《十三经注疏》本，中华书局 1980 年版，第 2106 页。

[74]杜预注、孔颖达疏：《春秋左传正义》卷十六《僖公二十七年》，阮元校刊《十三经注疏》本，中华书局 1980 年版，第 1822 页。

[75]郑玄注、孔颖达疏：《礼记正义》卷十三《王制》，阮元校刊《十三经注疏》本，中华书局 1980 年版，第 1342 页。

[76]司马迁：《史记》卷五《秦本纪》，《二十五史》本，上海古籍出版社、上海书店 1986 年版，第 24 页。

[77]徐元诰：《国语集解·楚语上第十七》，中华书局 2002 年版，第 485～487 页。

[78]杜预注、孔颖达疏：《春秋左传正义》卷四十《襄公三十一年》，阮元校刊《十三经注疏》本，中华书局 1980 年版，第 2016 页。

[79]司马迁：《史记》卷四十七《孔子世家》，《二十五史》本，上海古籍出版社、上海书店 1986 年版，第 227 页。

[80]以上所引分见《论语·阳货》、《泰伯》、《季氏》等篇。

[81]《论语·先进》载孔子曰：“从我于陈蔡者，皆不及门也。德行：颜渊，闵子骞，冉伯牛，仲弓；言语：宰我，子贡；政事：冉有，季路；文学：子游，子夏。”

[82]参见拙作《论孔子的文学观念——兼论孔门四教和孔门四科》，《孔子研究》1998年第1期；《游夏文学发微》，《北京大学学报(哲学社会科学版)》2003年第4期。

[83]《周礼·地官·保氏》："保氏掌谏王恶，而养国子以道。乃教之六艺：一曰五礼，二曰六乐，三曰五射，四曰五驭，五曰六书，六曰九数。""乐教"次于"礼教"，居"六艺"第二位。

[84]《周礼·春官·大司乐》："大司乐掌成均之法，以治建国之学政，而合国之子弟焉。凡有道者，有德者，使教焉。……以乐德教国子：中、和、祗、庸、孝、友；以乐语教国子：兴、道、讽、诵、言、语；以乐舞教国子：舞云门、大卷、大咸、大磬、大夏、大濩、大武。"

[85]郑玄注、孔颖达疏：《礼记正义》卷五十《经解》，阮元校刊《十三经注疏》本，中华书局1980年版，第1609页。

[86]《吕氏春秋》卷六《仲夏纪·古乐》，《二十二子》本，上海古籍出版社、上海书店1986年版，第644页。

[87]朱狄：《原始文化研究》，生活·读书·新知三联书店1988年版，第521页。

[88]刘师培：《刘师培全集》第2册《古政原始论》，中共中央党校出版社1997年版，第48页。

[89]郑玄注、孔颖达疏：《礼记正义》卷五十四《表记》，阮元校刊《十三经注疏》本，中华书局1980年版，第1642页。

[90]郑玄注、孔颖达疏：《礼记正义》卷二十六《郊特牲》，阮元校刊《十三经注疏》本，中华书局1980年版，第1457页。

[91]郑玄笺、孔颖达疏：《毛诗正义》卷二十《商颂·那》，阮元校刊《十三经注疏》本，中华书局1980年版，第269页。

[92]饶宗颐：《从郭店楚简谈古代乐教》，《饶宗颐新出土文献论证》(二)《楚辞与诗乐》，第158～159页。

[93]见《左传·襄公二十四年》所载范宣子和叔孙豹关于"不朽"问题的讨论。

[94]杜预注、孔颖达疏：《春秋左传正义》卷五十一《昭公二十五年》，阮元校刊《十三经注疏》本，中华书局1980年版，第2106页。

[95]郑玄注、孔颖达疏：《礼记正义》卷十三《王制》，阮元校刊《十三经注疏》本，中华书局1980年版，第1342页。

[96]司马迁：《史记》卷五《秦本纪》，《二十五史》本，上海古籍出版社、上海书店1986年版，第24页。

[97]司马迁：《史记》卷四十七《孔子世家》，第227页。

[98]何晏集解、邢昺疏：《论语注疏》卷十二《颜渊》，阮元校刊《十三经注疏》本，中华书局1980年版，第2502页。

[99]何晏集解、邢昺疏：《论语注疏》卷二十《尧曰》，阮元校刊《十三经注疏》本，中华书局1980年版，第2535页。

[100]参见顾炎武《日知录》卷十三《周末风俗》，岳麓书社1994年版，第467～468页。

[101]参见拙作《春秋时期文学观念的发展》，《吉林大学社会科学报》2009年第3期。

“修辞立其诚”本义探微

“修辞立其诚”作为一种传统观念，对中国人的文化思想特别是文学思想的影响巨大而深远。因此，古往今来人们对它的讨论也较多。撇开研究它的单篇论文不讲，仅当下通行的中国文学思想史、理论史、批评史，就没有不提到它并对它加以论述的。中国修辞学史也都对它加以讨论，尽管在是否视其为中国最早的修辞概念的问题上存在争议，但都重视它对中国传统修辞学的影响[1]。然而，这并不是说，“修辞立其诚”的内涵已经明了，讨论可以结束。恰恰相反，直到今天，人们对它的理解仍然存在很大分歧，有些分歧甚至是带根本性的[2]。

大体而言，有关“修辞立其诚”的讨论一直在两个层面展开，一个是对这一观念的本义的讨论，一个是对这一观念所衍生的各种思想的讨论。按照西方解释学的说法，前者是作者的解释学，后者是读者的解释学，而解释学的重心应在前者。道理其实很简单，只有真正理解了某一观念提出者的本意，这一观念的本义才能得到相对准确的解释，从而为进一步清理这一观念的发展演变奠定坚实的基础。至于后人对这一观念的发挥，则并不代表观念提出者的本意，只是表明了这一观念的可能发展方向。有鉴如此，本文试图对“修辞立其诚”的本义做一番细致探讨，以促进对这一观念认识的深入。不妥之处，敬请批评。

一

众所周知，“修辞立其诚”出于《周易》的《文言传》，是用来解释《周易》的《乾》卦“九三”爻辞的。原文为：

> 九三曰“君子终日乾乾，夕惕若厉，无咎”，何谓也？子曰：君子进德修业。忠信，所以进德也；修辞立其诚，所以居业也。知至至之，可与幾也；知终终之，可与存义也。是故居上位而不骄，在下位而不忧，故乾乾因其时而惕，虽危无咎矣。[3]

要准确理解“修辞立其诚”，必须对上面这段话正确解读。而要正确解读，则必须“知人论世”。也就是说，先要弄清楚这段话的言说者是谁，他是在什么语境下这样言说，以及为什么要这样言说。

按照上引文献字面的意思和传统的说法，这段话出自孔子。据《史记·孔子世家》记载：“孔子晚而喜《易》，序《彖》、系《象》、《说卦》、《文言》。读《易》，韦编三绝，曰：假我数年，若是，我于《易》则彬彬矣。”[4]司马迁的父亲司马谈从孔子九传弟子杨何受《易》，而杨何是汉初著名《易》学传人田何的再传弟子，司马迁习闻父说，其记载应该是有充分依据的。《汉书·艺文志》亦云：“孔氏为之《彖》、《象》、《系辞》、《文言》、《序卦》之属十篇。”[5]也以为包括《文言传》在内的解释《周易》的十传(也称“十翼”，通称《易传》)是孔子所作。汉唐人对此均无异议[6]。宋欧阳修《易童子问》首先表示怀疑，以为《易传》自《系辞》以下非孔子作，“其言繁衍丛脞而乖戾”，“《说卦》、《杂卦》者，筮人之书也”，文中“子曰”系“讲师之言”，显非孔子所作[7]。后人多有附和。清崔述《洙泗考信录》则大张其说，近人钱玄同、顾颉刚、李镜池、郭沫若等均赞同崔说并进一步推演，不仅认为“十翼”全非孔子所作，甚至对《论语·述而》所记孔子云“加我数年，五十以学《易》，可以无大过矣”作出新的解释，连孔子是否晚年喜《易》也成了问题[8]，孔子《易传》的著作权因此动摇。然而，自宋以来，释疑者也大有人在，如朱熹不同意欧阳修的意见，以为“他所谓‘子曰’者，往往是弟子后来旋添入，亦不可知”[9]。顾实则认为：“孔子作十翼称‘子曰’者，犹司马迁作《史记》亦自称‘太史公’也。”他进一步解释：“此是古人著书通例，有因此疑十翼非孔子作者，不思之过也。”[10]日本学者泷川资言历引《战国策·秦策》蔡泽语、宋玉《小言赋》、《荀子·大略篇》、《韩非子·外储说》、《新语·道基》、《淮南子·缪称》等，证明《易传》在战国以迄秦汉流传甚广[11]。高亨则考定《彖传》成于战国人所作《礼记·深衣》之前，《系辞》成于公孙尼子所作《礼记·乐记》之前[12]。李学勤更指出：《荀子·大略篇》所论，引用了十翼的《彖传》、《说卦》、《序卦》；汉初的淮南九师著《淮南道训》十二篇兼解十翼，《淮南子》内篇所引也有《彖传》、《象传》、《文言》和《序卦》。而1973年长沙马王堆汉墓出土的《周易》“帛书《系辞》上篇，包含今本上篇的绝大部分，还有今本下篇的大部分。用《周易正义》的分章来说，帛书此篇包括今本《系辞上》第一至七章，第九至十二章；今本《系辞下》第一至三章，第四章第一至四节及第七节，第七章‘若夫杂物撰德’以下，第九章。……今本《说卦》第一至三章；今本《系辞》第五至第六章，第七章‘若夫杂物撰德’以前，第八章。今本《系辞下》第四章的第五、六、七、八、九节，存在于帛书《周易》的另一篇《要》之中”[13]。这证明《系辞》“其年代不会晚到战国中叶”[14]。帛书《要》篇更有“夫子老而好《易》，居则在席，行则在囊”的记载，并有孔子与子贡的对话标明“子曰”，证明《论语·述而》所述准确无误，“易”不应读为“亦”。而孔子所云《易》“有古之遗言焉，予非安其用，而乐其辞”，并感叹：“后世之士疑丘者，或以《易》乎！”[15]诚如李学勤所言：

> 这暗示，孔子之于《周易》不只是读者，而是一定意义上的作者。他所撰作的，自然不是他所“乐”的“辞”，只能是解释“辞”的《易传》。[16]

因此，我们大体可以肯定，包括《文言》在内的《易传》源于孔子，尽管《易传》的某些思想在孔子前即已存在，孔子是继承和发展这些思想并进行系统传授者，虽最初只是口传，其记录整理者可能是孔子的弟子或再传弟子，其中也羼入了整理者和传抄者的一些言论[17]，但其基本思想应该是孔子的，其“子曰”部分则肯定是孔子的[18]。并且，这些言说围绕着解释《周易》的卦爻辞而展开，绝非泛泛之论。

既然《文言传》源于孔子，其“修辞立其诚”云云是用来解释《周易》的《乾》卦“九三”爻辞的，因此要理解这段话的准确含义必先了解孔子解释《周易》的立场和方法。帛书《要》篇载子贡问孔子：“夫子亦信其筮乎?”孔子回答：“我观其德义耳。吾与史巫同途而殊归。”[19]这就告诉我们，孔子喜《易》并不是笃信卜筮，而是关注《周易》卦爻辞中所体现的思想(德义)，而他对《周易》卦爻辞的解释并不脱离卜筮的语境，但也不宥于卜筮的范围，他不是教人们如何去卜筮，而是提醒人们如何正确运用卜筮之辞来理解社会与人生。孔子的这些“与史巫同途而殊归”的学《易》立场和方法及其对《周易》卦爻辞的阐释，被儒学后辈传流下来，就成为《易传》。

这里我们不可能对《易传》的思想作全面描述，只打算就其对《周易》的基本认识谈几点看法，以便于我们进一步讨论“修辞立其诚”的本义。

首先，孔子以为《周易》是特定历史时期的产物，必须把它放在殷周之交特定的时代去理解，特别要注意其中的忧患意识。他说：“《易》之兴也，其于中古乎？作《易》者，其有忧患乎?”“《易》之兴也，其当殷之末世、周之盛德耶？当文王与纣之世耶？是故其辞危。危者使平，易者使倾。其道甚大，百物不废，惧以终始，其要无咎。此之谓《易》之道也。”[20]《易》有《连山》、《归藏》、《周易》，这里所说的《易》，即通常所说的《周易》。孔子并未明言《周易》是谁所作，但字里行间强烈暗示作《易》者为周初圣人。故传统说法是文王演《易》，即周文王作《周易》，包括排演卦序并作卦辞和爻辞[21]。在春秋时期，不少人视《周易》为卜筮之书，巫史们也以其为卜筮的指南。然而，孔子认为《周易》所总结的是殷周之际社会兴衰的历史经验，反映了以文王为代表的圣人对治乱兴废、吉凶休咎的认识，这就把《周易》当做了一部政治历史学著作。《易传》也常常是从这一角度对卦爻辞进行解释。

其次，孔子以为《周易》是圣人的德业，它象征了天地万物的广泛联系，概括了天地万物的运动规律，也体现了圣人沟通天地神人的作用。他说："易有太极，是生两仪。两仪生四象，四象生八卦。八卦定吉凶，吉凶生大业。是故法象莫大乎天地，变通莫大乎四时，悬象著明莫大乎日月，崇高莫大乎富贵。备物致用，立成器以为天下利，莫大乎圣人。探赜索隐，钩深致远，以定天下之吉凶，成天下之亹亹者，莫大乎蓍龟。是故天生神物，圣人则之。天地变化，圣人效之。"[22]这里所总结的，实际上是上古以来掌握在巫觋集团手中的"通天"之术，是圣人根据"天文"的启示而进行着的人间活动。八卦是他们的创造，蓍龟是他们的工具，定天下吉凶则是他们的大业。而所谓圣人云云，不过是控制着人为宗教的巫觋集团的领袖如禹、汤之流，他们掌握占卜祭祀，沟通天地鬼神，实际上就是大巫。当然，作《周易》的文王也是圣人。"圣人有以见天下之赜，而拟诸其形容，象其物宜，是故谓之象。圣人有以见天下之动，观其会通，以行其典礼，系辞焉以断其吉凶，是故谓之爻。……化而裁之存乎变，推而行之存乎通，神而明之存乎其人，默而成之，不言而信，存乎德行。"[23]文王拘羑里而演《周易》，周原出土的甲骨卜辞证明西周贵族也信巫，文王自然也属巫觋集团成员。不过，他与商代统治者有所不同，他将自己对卜筮的吉凶休咎的理解存乎辞，让人们据辞以定吉凶，这实际上是将卜筮从商王贵族的垄断中解放出来，并把它与人之德行联系起来，使吉凶的判断不再只是职业，而是成为德业，这是宗教思想的一次解放，也是《周易》的价值之所在。

再次，孔子以为《周易》是圣人对天下事物的认识，可以用来指导人们的思想和行为，不同的人可以从中得到不同的启发。他说："夫《易》何为者也？夫《易》开物成务，冒天下之道，如斯而已者也。是故圣人以通天下之志，以定天下之业，以断天下之疑。是故蓍之德圆而神，卦之德方以知，六爻之义易以贡。圣人以此洗心，退藏于密，吉凶与民同患。神以知来，知以藏往，其孰能与于此哉？古之聪明睿智神武而不杀者乎！是以明于天之道而察于民之故，是兴神物，以前民用。圣人以此斋戒以神明其德夫！"[24]这就是说，《周易》能够帮助人们了解过去，预知未来，明于天道，察于民故。它不仅是卜筮之书而且能够通天下之志，成天下之务，定天下之业，断天下之疑，一句话，就是能够"冒天下之道"即覆盖天地万物之理的哲学著作了。当然，这里所说的哲学著作是以"神道设教"的形式表现出来的。《周易·观·象传》云："观天之神道而四时不忒，圣人以神道设教而天下服焉。"[25]很清楚地说明了《周易》的这一特点。人们可以从中获得对天地万物规律的认识，用来指导自己的行动；也可以按照各自的需要，从中吸收对自己有用的东西。即如

《系辞传》所云："《易》有圣人之道四焉：以言者尚其辞，以动者尚其变，以制器者尚其象，以卜筮者尚其占。"[26]这样，人们对待《周易》就具有了多种可能性：包括立场的多元性，理解的多歧性，应用的多样性，选择的多向性。

有了以上对《易传》的立场和方法的基本了解，再来讨论"修辞立其诚"，我们就可以有的放矢了。

二

对于"修辞立其诚"的理解，后人歧异颇多。我们的讨论可以从众说纷纭的"修辞"一词开始。

何为"修辞"？唐孔颖达说："修辞立其诚，所以居业者，辞谓文教，诚谓诚实也；外则修理文教，内则立其诚实，内外相成，则有功业可居，故云居业也。"[27]显然，他是从"居业"的角度来解释"修辞"的，故将修辞释为"修理文教"。宋人的理解则有不同，程颢说："能修省言辞，便是要立诚；若只是修饰言辞，为心只是为伪也。"[28]朱熹说："修省言辞，诚所以立也；修饰言辞，伪所以增也。"[29]王应麟也说："修辞立其诚，修其内则为诚，修其外则为巧言。"[30]可见宋人对"修辞"有"修省言辞"和"修饰言辞"两种理解，"修省"有修身省察己过之意，而"修饰"则只指语言表达技巧，一注重内省，一注重外饰，故理学家们都强调"修省言辞"而否定"修饰言辞"。清傅以渐、曹本荣则认为："修辞立其诚，以实言为实行，精神更无走作，不至业而始修，直图所以居业者。"[31]这显然将修辞理解为"立言"。近人尚秉和也说："修辞者，立言也。"[32]这些理解，如果就字面来讨论，自然各有各的道理，也各有文字学和语义学的依据，但若放在《易传》的大背景下，放在《文言》解释《乾》卦爻辞的语境中，就不应该有这许多理解，而应该有最适合作者本意的真解。

事实上，《易传》是解释《周易》的卦爻辞的，所以"辞"在《易传》中有其特定的含义。《周易·系辞上》云："子曰：书不尽言，言不尽意，然则圣人之意其不可见乎？子曰：圣人立象以尽意，设卦以尽情伪，系辞焉以尽其言，变而通之以尽利，鼓之舞之以尽神。"[33]又云："《易》有四象，所以示也。系辞焉，所以告也。定之以吉凶，所以断也。"[34]这里所谈到的辞都是指圣人所作卦爻辞。所谓"系辞"，即将辞联系到卦爻之下，系者，系属也[35]。《周易》的卦爻虽然象征了天地万物的性状、联系、发展、变化和吉凶休咎，但它太抽象，不容易为普通人所理解和把握，于是圣人将辞系属于卦爻，将卦爻所显示的信息明确地告诉人们，使人们能够准确地辨别吉凶，从而更好地指导他们的行动。所谓“极天下之赜者存乎卦，鼓天下之动者存乎辞”[36]。“八卦成列，象在其中矣。因而重之，爻在其中矣。刚柔相推，变在其中矣。系辞焉而命之，动在其中矣。”[37]“是故君子所居而安者《易》之序也，所乐而玩者爻之辞也。是故君子居则观其象而玩其辞，动则观其变而玩其占。”[38]因此，辞不是一般的言语，而是圣人用来揭示卦爻的特定含义的语言，它不仅包含着圣人对卦爻的深刻理解，而且反映出圣人关注社会与民生的思想情感。并且，辞也是圣人职守之内的事业。所以《易传》说：“是故列贵贱者存乎位，齐大小者存乎卦，辨吉凶者存乎辞，忧悔吝者存乎介，震无咎者存乎悔。是故卦有小大，辞有险易。辞也者，各指其所之。”[39]“爻象动乎内，吉凶见乎外，功业见乎变，圣人之情见乎辞。圣人之大宝曰位，何以守位曰仁，何以聚人曰财，理财正辞、禁民为非曰义。”[40]

这里值得注意的是“圣人之大宝曰位，何以守位曰仁，何以聚人曰财，理财正辞、禁民为非曰义”之说。前人在解释这句话时多在字面上打转，其实这句话揭示了“辞”是圣人的职务行为这一历史事实，也是《文言传》所云“居业”的依据。依《易传》所述，八卦是上古圣人所创，《周易》是中古圣人在殷周之际所制。而从今天的考古学和文化学的观点看，这些所谓上古、中古圣人都垄断着当时的占卜祭祀等宗教信仰，他们既是政治领袖，也是宗教领袖，围绕在他们周围的是巫、史、祝、卜等神职人员，所以无论是八卦还是卦爻辞的创制，都是一种职务行为，也即是“圣人之大宝”，他们要利用这些卦和辞来团结部族、凝聚人心、统一行动、规范行为，所谓“理财正辞、禁民为非”。在出土的十几万片殷商甲骨卜辞中，贞人虽然不少，但判断吉凶的占辞几乎都是商王作出的[41]，“王占曰”随处可见，而越到后期贞人署名的卜辞越少，这表明商王是紧紧抓住“理财正辞”的权力不放的。在周初，卜筮也仍然是统治者们的职务活动，文王、周公既是政治领袖，同时也是大巫。按照周人的说法，文王是通过占卜确认上帝把天命降给他的[42]，他生前常与上帝沟通，死后也常在上帝左右[43]。《诗经·大雅·皇矣》所载文王受命的内容(所谓“帝谓文王”云云)自然是文王占卜的验辞，此辞只能是文王所拟，巫史所记。1977年陕西岐山凤雏村南西周甲组宫殿遗址出土的甲骨卜辞“绝大部分都是文王时代遗物”[44]，一些重要卜辞“都是周文王被囚居于殷时所贞卜，在周原卜辞中有一部分是随同文王归周时，从殷带回周原的”[45]。这些都证明传世文献的记载是可信的。周公则继承了文王作为大巫的职掌，用他自己的话说就是“文王遗我大宝龟，绍天明即命”[46]，“予仁若考(指文王)，能多材多艺，能事鬼神”[47]，因此有人认为他本为巫祝[48]。周初的许多重大活动都要占卜，如武王经营镐京、周公镇压三监之乱和经营洛邑等，都是由他们亲自占卜来决定的[49]。当然，我们说辞是圣人的职务行为，并不是说《周易》中的这些卦爻辞就一定是文王个人的创作，而应当理解为以文王为代表的西周巫史集团对殷商以来巫史卜筮经验和成果的归纳和总结。这有出土的殷商存留的大量甲骨卜辞作为实物证明，西周早期的甲骨卜辞也是很好的证明。

其实，从字源学的角度也可以得出同样的结论。许慎云：“辭(辞)，讼也。从𤔔，𤔔犹理辜也。𤔔，理也。[illegible]，籀文辭从司。”[50]甲骨文有辭字，写法不太固定，专家们的解说也不尽一致。余永梁云：“[illegible](《书契》卷五四十五叶)，此殆即辭字，从[illegible]省，从辛，兮甲盘辭字作[illegible]，与此略同。古金文辭与𤔲为一字。”[51]王若愚则认为：“甲骨文中有[illegible]字(《师友》一·一八二)，从㝵从𤔔，《说文》所无。在金文里[illegible]即𤔔，容庚《金文编》作[illegible]，像以手理丝于[illegible]形的收丝具上。……𤔔字训治。‘周有亂臣十人’，这里的亂臣就是指有治理国家才能者。在金文中屡见训治理的𤔔旁的𤔲字。其中心结构是[illegible]，像收丝于轩架之上。”[52]金文辭字多作𤔲，如《谏簋》作[illegible]，《散盘》作[illegible]，《司工丁爵》作[illegible]，《师酉簋》作[illegible]，《盂鼎》作[illegible]，均从𤔔从司，且多作有司之司解。高田忠周云：“盖讼争，必有司理之，从司，当兼声与意也。《书·吕刑》：‘明清于单辞，民之乱，罔不中听狱之两辞，无或私家于狱之两辞。’又《礼记·大学》：‘无情者不得尽其辞。’皆本义之一转也。”[53]按照文字学家们的分析，辞字的构形取治丝之具之象形。从纺织技术的观点看，治丝是将缠绕不清的蚕茧理成一根600～1000米的长丝，以便于纺织。而生活中的矛盾纷争也需要有司来治理，诉讼双方要表达各自的意思，而有司治理的结果是要理清其中的曲直，同时也需要用恰当的语言表达意见，这一用于诉讼和治理的语言就是辞，所以辞从治丝之具引申为治狱之具，再引申为有司发表意见之具。故辞字和司字常相混用。王国维云：“[illegible]，古金文司字多作𤔲。又案古辭辤殆一字。理辜以辭，辤谢亦以辭，故引申为辤受之辤。受辛之辤疑本𤔔辛之讹。齐侯鎛钟‘女敬共辝命’，辝命即辭命。子仲姜镈‘大仆是辝’即大仆是𤔲。辭有𤔲意而辤无之，是辝乃辭之异文，非辤之异文。疑古无辤字。兮甲盘‘政[illegible]成周四方责’，政[illegible]即正辭，亦即政𤔲，[illegible]与辛同意，足知辭𤔲辝三字之为一字矣。”[54]吴大澂也认为：“[illegible]，辝即嗣，《说文》辤籀文作辝，辭籀文作[illegible]，凡彝器司寇司马之司、继嗣之嗣皆作𤔲，辝与𤔲古通。”[55]如果说人间之诉讼靠有司来治理，那么人与神鬼的诉讼则要靠沟通人神的巫史来治理，而占卜祭祀的过程正是巫史们沟通人神的过程，占卜之辞和祭祀之辞就是巫史们履行他们职务的证明，也是他们治理人神“两辞”的结论性判决，于是辞就成了占卜祭祀和施行政教的重要工具，也即他们“居业”的本领。

我们这样推断辞的含义不仅是基于《周易》经、传和出土甲骨卜辞所反映的史实，以及字源学所提供的佐证，而且还有大量先秦文献作为证明。例如，《尚书·金縢》载武王有疾，于是“为坛于南方北面，周公立焉，植璧秉珪，乃告大王、王季、文王。史乃册祝曰(以下祝辞太长，从略)。乃卜三龟，一习吉，启籥见书，乃并是吉”，孔传：“告，谓祝辞。史为册书祝辞也……三兆既同吉，开籥见占兆书，乃亦并是吉。”[56]即是说，周公祝辞，史则记载周公祝辞于册，并利用龟卜和占兆书验其吉凶。这是一次完整的祷祝活动，证明作辞和记载这些辞是由制度规定的职务行为。《左传》也提供了有力的旁证。据《左传》载，桓公六年(前706)，季梁劝阻随侯追赶楚国诱敌的军队时曾说：“臣闻小之能敌大也，小道大淫。所谓道，忠于民而信于神也。上思利民，忠也；祝史正辞，信也。今民馁而君逞欲，祝史矫举以祭，臣不知其可也。”[57]显然，祝史正辞在春秋时期仍然是国家政治生活的大事，而这些辞是取信于鬼神的。成公五年(前586)梁山崩，晋侯派传车召宗伯，宗伯对来人说：“国主山川，故山崩川竭，君为之不举，降服，乘缦，彻乐，出次，祝币，史辞，以礼焉。”[58]昭公十七年(前525)夏六月甲戌朔日食，“太史曰：‘日过分未至，三辰有灾。’于是百官降物，君不举，辟移时，乐奏鼓，祝用币，史用辞”[59]。这些事例说明祝史作辞、正辞、用辞是他们的职责，辞也是用来沟通天地神鬼的。正因为如此，昭公二十年(前522)齐侯害疟疾，有人建议齐侯杀掉祝史以谢诸侯，理由是祝史不能荐美鬼神以祐国君，虽然此事被晏婴劝止，却说明春秋时期祝史仍然承担着沟通人神的任务，而作辞、正辞仍然是他们的职掌，他们并为此承担责任。《诗经》中也有不少祝史用辞的篇什，如《诗经·大雅》之《既醉》所言“公尸嘉告”以下“皆述尸告之辞”[60]；《凫鹥》言“公尸燕饮，福禄来成”，《假乐》“疑此即公尸之所以答凫鹥者也”[61]，也为祝史之辞。《诗经》中的《颂》多为祝史之辞。据《周礼·春官宗伯》载，“大卜掌三兆之法……以邦事作龟之八命：一曰征，二曰象，三曰与，四曰谋，五曰果，六曰至，七曰雨，八曰瘳”，郑玄注：“国之大事待蓍龟而决者有八，定作其辞于将卜以命龟也。”[62]“占人掌占筮……凡卜筮，既事，则系币以比其命；岁终，则计其占之中否”，杜预云：“系币者，以帛书其占，系之于龟也。”[63]“太祝掌六祝之辞，以事鬼神示，祈福祥，求永贞……作六辞以通上下亲疏远近：一曰祠，二曰命，三曰诰，四曰会，五曰祷，六曰诔”，郑众云：“祠当为辞，谓辞令也。”[64]“诅祝掌盟、诅、类、造、攻、说、禬、禜之祝号，作盟诅之载辞，以叙国之信用，以质邦国之剂信”，郑玄注：“八者之辞，皆所以告神明也。……载辞，为辞而载之于策，坎用牲，加书于其上也。”[65]如果这些记载和解说可信，那么巫史祝卜所作所掌之辞不仅内容丰富，分工细致，且主要是与鬼神的沟通。这虽然反映的可能是春秋时期的情况[66]，却仍然可以作为参照，以证明巫史们在沟通天地人神的活动中，有作辞、正辞、用辞之职掌。

当然，春秋时期的祝史作辞、正辞已经与文王为代表的圣人的系辞有很大不同。圣人们系辞是上天垂示，他们就代表着天，因为他们是精神领袖同时也是政治领袖，他们的判决就是权威，就是法则，所以其系辞具有神圣性、神秘性、权威性和指导性。如《周易·系辞下》所云："夫《易》彰往而察来，而微显阐幽，开而当名，辨物正言，断辞则备矣。其称名也小，其取类也大，其指远，其辞文，其言曲而中，其事肆而隐，因贰以济民行，以明失得之报。"[67]春秋时期情况就不同了，祝史们只是诸侯的臣子，即使是诸侯也丧失了作为当然的精神领袖的资格，他们都要接受天地神鬼和人民的裁判，而祝史们所掌之六辞有些也由其他人员和部门分担了。由于诸侯交往频繁，各种政治、外交辞令兴盛起来，也超出了祝史的职务范围。《左传》所记载的大量辞令已不全是祝史所掌，有革新思想的执政者更是依其才能而用之。如"子产之从政也，择能而使之。冯简子能断大事；子大叔美秀而文；公孙挥能知四国之为，而辨于其大夫之族姓、班位、贵贱、能否，而又善为辞令；裨谌能谋，谋于野则获，谋于邑则否。郑国将有诸侯之事，子产乃问四国之为于子羽，且使多为辞令。与裨谌乘以适野，使谋可否，而告冯简子使断之。事成，乃授子大叔使行之，以应对宾客。是以鲜有败事"[68]。《论语·宪问》也说："为命，裨谌草创之，世叔讨论之，行人子羽修饰之，东里子产润色之。"[69]由此可见，那些原来由祝史所掌的辞命(令)，而现在有一些已由士大夫们来完成了，修辞成了士大夫们从事政教的手段和工具，也是他们职业活动的重要内容。善于辞令可以提高他们的声望，造福于国家。不善辞令会影响他们的政治前途，有时还会给国家带来灾难[70]。所以孔子说："君子进德修业。忠信，所以进德也；修辞立其诚，所以居业也。"这样看来，唐孔颖达解释修辞为"修理文教"是较为符合孔子所谓"修辞"的原意的，这里的"文教"应理解为"文治教化"，含有政、教两方面的含义，不是一般的语言修饰，而是一种职务活动。只是这一解释未能说明"辞"原来所具有的沟通人神的宗教内涵，以及从祝史作辞向士大夫修辞的官守职业的演变，不利于人们认识修辞行为的文化内涵及其发展，以便对修辞行为作更深入的探讨。

三

理解了"修辞"的真义，再来讨论"立其诚"就相对来说比较容易了。

何谓"诚"？孔颖达说："诚谓诚实也，外则修理文教，内则立其诚实，内外相成，则有功业可居，故云居业也。"[71]这似乎是将"修辞立其诚"理解成了儒家提倡的"内圣外王"之道，"修辞"和"立诚"虽有联系，但却是可以相对独立相互区别的两件事情。而宋林栗则认为："忠信，言行之本也。言行，忠信之表也。言出乎身，加乎民，故修其辞。行发乎迩，见乎远，故立其诚。君子之德盛矣而不忘于进业，广矣而不忘于修，是以日新而富有也，是之谓居业也。”[72]明蔡清说：“闲邪存其诚与修辞立其诚同一句法，闲邪即所以存其诚，修辞亦即所以立其诚。……闲邪之外再无存诚功夫，故承之曰存其诚；修辞之外再无立诚工夫，故承之曰立其诚。诚即忠信，向也诚存于心，而今则见于事，而诚有立也。”[73]他们又将“修辞”和“立诚”当作了一事之两面，以为“修辞”即是言行，“立诚”即是忠信，言行是忠信之表，忠信是言行之常，立诚工夫不在修辞之外。因此，有学者提出“修辞”和“立诚”究竟是一事还是二事的问题[74]。我以为这一问提得很好，因为能促进我们的思考。从语法结构来看，“修辞立其诚”与“闲邪存其诚”的确是同一句法，“立诚”是针对“修辞”而言，绝非“修辞”之外再讲“立诚”，“立其诚”之“其”便是指修辞而言，若是并列关系，应该说“修其辞立其诚”才对。然而，我们并不同意将“修辞”解释为“言行”，前面已有详细说明，此处不赘。同时我们也不赞成将“诚”理解为“忠信”，尽管我们可以在先秦文献找到许多“诚”用为“忠信”的文例，但在《周易·文言传》中，孔子说“君子进德修业”，已用“忠信”解释了“进德”，如果“修辞”所立之“诚”仍然是“忠信”，并用以解释“修业”，不仅语意重复，而且也没有能够与“修辞”密切联系起来，因为“忠信”为普遍性道德要求，并非仅针对“修辞”而言。

既然修辞是从巫史的作辞、正辞、用辞发展而来，并且《易传》所云之辞主要指卦爻辞，那么，对修辞“立其诚”的要求也应该从《易传》对卦爻辞的认识中求得真解，因为只有这种了解才是弄清作者的本意的最佳途径。

前已说明辞的本义与诉讼有关。《周易·讼》的《彖传》在解释讼的卦辞时说：“讼，上刚下险，险而健，讼。讼有孚，窒惕中吉，刚来而得中也。终凶，讼不可成也。利见大人，尚中正也。不利涉大川，入于渊也。”王弼注：“无善听者，虽有其实，何由得明？而令有信塞惧者得其中吉，必有善听之主焉，其在二乎？以刚而来，正夫群小，断不失中，应斯任也。”[75]诉讼只有遇见善听之主才能有公正的判决，故讼的卦辞有“利见大人”之语，之所以“利见大人”，按照《彖传》的理解是“尚中正也”，《象传》亦云：“讼元吉，尚中正也。”[76]而“中则听不偏，正则断合理”[77]。断讼之主司中正，断讼之辞自然中正，由此引申，作为沟通人神的巫史必须中正，其作辞、用辞只有中正，才能得吉避凶。从另一方面来说，诉讼双方要想得吉避凶，其诉讼之辞也须中正。在古代诉讼中，神判是经常采用的一种方法，如《墨子·明鬼下》载：“昔者齐庄君之臣，有所谓王里国、中里徼者，此二子者，讼三年而狱不断。其君由(欲)谦(兼)杀之，恐不辜；犹(欲)谦(兼)释之，恐失有罪。乃使人共一羊，盟齐之神社，二子许诺，于是泏洫，摆羊而漉其血。读王里国之辞，既已终矣；读中里徼之辞，未半也，羊起而触之，折其脚，祧神之而槁之，殪之盟所。”[78]在古人看来，神鬼是能够听到所诉之辞的，不中正之辞为神鬼所不受。因此，“修辞立其诚”的第一要义就是“中正”，“诚”的正解也应该是“中正”。其实，对卦爻辞中“中正”思想的阐发在《易传》中俯拾即是。例如，解释《同人》卦辞的《彖传》云：“文明以健，中正而应，君子正也。唯君子能通天下之志。”[79]解释《晋》爻辞的《象传》云：“受兹介福，以中正也。”[80]解释《益》卦辞的《彖传》云：“利有攸往，中正有庆。”[81]解释《姤》卦辞的《彖传》云：“刚遇中正，天下大行也。”[82]解释《姤》爻辞的《象传》亦云：“九五含章，中正也。”[83]《易传》有时也用“中”或“中道”来表示相同或相近的意思。如解释《小过》卦辞的《彖传》云：“柔得中，是以小事吉也。刚失位而不中，是以不可大事也。”[84]解释《夬》爻辞的《象传》云：“有戎勿恤，得中道也。”[85]有些地方虽没有使用“中正”一词，但仍然包含有“中正”的观念。例如，解释《观》卦辞的《彖传》云：“观天之神道而四时不忒，圣人以神道设教而天下服焉。”[86]傅以渐、曹本荣注：“中正即上之神，化即下之神，而皆圣人之真诚鼓荡以出。”[87]他们同样把“中正”作为沟通天地神鬼的基础，这也成为作辞、正辞、用辞的内在要求。

从字源学的角度考察，“诚”有“中正”义是可以成立的。甲骨文有“成”字，无“诚”字，“诚”是“成”的孳乳字。先秦古籍二字通用，如《诗经·小雅·我行其野》“成不以富，亦祇以异”，《论语·颜渊》孔子引作“诚不以富，亦祇以异”。对于甲骨文“成”字的造意，专家们的意见分歧，而“清代小学家于成字亦无佳说”[88]，我们在这里尝试做些分析。许慎《说文解字》云：“成，就也，从戊，丁声。”徐锴曰：“戊，中宫，成于中也。”[89]中宫指北极星所处之地，古人以为是天的中央，而心则居人之中，故可借喻为人心。《周易·巽》爻辞《象传》：“纷若之吉，得中也。”傅以渐、曹本荣注谓“本于中心之诚”[90]。以“诚”来释“中”，应该是恰切的，也符合《易传》的基本思想。徐复观说：“《乾文言》中有六个子曰，《系辞》上、下中，有二十二个子曰；不仅没有阴阳的观念，并且也没有刚柔的观念，而仅稍有‘时位’的观念。所谓时位的观念，即是中正、或不中正的观念；这是‘中’的观念的应用；而中的观念，在《论语》里面是可以清楚看出的。”[91]《周礼·地官·大司徒》：“以五礼防万民之伪，而教之中。”[92]贾公彦疏：“使得中正也。”“中正”即不伪，不伪就是诚。可见“诚”确有中正义。中正者，不偏不倚、合情合理也。如《左传·昭公十二年》载：“昭子朝而命吏曰：‘婼将与季氏讼，书辞无颇。’”[93]无颇就是不偏不倚，“书辞无颇”与“修辞立其诚”含义略近。而能够做到断讼不偏不倚、合情合理，就一定要诚实守信。这样，“诚”也就可以解释为诚实、诚信。《说文解字》：“诚，信也，从言，成声。”从这个角度看，孔颖达释“诚谓诚实也”也是可以成立的。不过，如果仅把诚实理解为个人品德，则不太符合这里的语意，因为“修辞”是职务行为，而“立诚”为职业操守，所关注的不仅是诉讼双方，还包括断讼者一方，非单指个人德行，所以释为“中正”更为妥当。

从文化心理而言，“修辞立其诚”含有深厚的历史积淀，必须予以注意才能透辟理解这一观念的深刻内涵。而此点前人却绝少论及。在甲骨文中，“成”用为人名，专指商汤王。陈梦家说：“大乙、成、唐并是一人，即汤。大乙是庙号而唐是私名，成则可能是生称的美名，成唐犹云武汤。上甲与大乙在商王中为最重要者，因此周祭从上甲开始而他兼为大宗之首，大乙则为小宗之首……卜辞中只有上帝受又(授佑)，但有两例外：一即成受又，一即上子受又。”[94]由于“上子”并不具体指某一先王，则“成”的地位之高就可想而知了。姚孝遂认为：“殷商先王均以天干为庙号，由于商汤始有天下，地位独尊。如根据张光直《商王庙号新考》之理论，可能是不同之世系争以为宗主。故或称‘大乙’，或称‘成’，或称‘唐’。‘成’为丁系，‘唐’为庚系。自祖甲卜辞以后统称为‘大乙’。”[95]文字学家们解释“成”字，一说“夫成者地道之功果也，转为凡毕功成就之义也”[96]，一说“成之本义应为休兵言和也”[97]，二者都符合商汤王的特点，因为他成就了天下大业，使部落的纷争平定下来。所以“成”有成功义、成全义、和解义、平定义等等。这些义项其实与中正义并不矛盾，因为中正，故能成功、成全、和解、平定。在祭祀成汤时这些义项可能都在祭祀者考虑之列，由此形成了商人祭祀成汤时诚惶诚恐的特有文化心态。《诗经·商颂·那》旧说为祭祀成汤之乐，其辞有云：“猗与那与，置我鞉鼓。奏鼓简简，衎我烈祖。汤孙奏假，绥我思成。”郑玄笺释“思成”云：“以金奏堂下诸悬，其声和大，简简然，以乐我功烈之祖成汤、汤孙太甲。又奏升堂之乐，弦歌之，乃安我心所思而成之，谓神明来格也。《礼记》曰：齐之日，思其居处，思其笑语，思其志意，思其所乐，思其所嗜；齐三日乃见其所为齐者。祭之日，入室，僾然必有见乎其位。周旋出户，肃然必有闻乎其容声。出户而听，忾然必有闻乎其叹息之声。此之为思成。”[98]《礼记》所言后人祭祀先祖的心态不能说没有商人祭祀成汤的文化心理积淀。《诗经》另一首《商颂·烈祖》也是祀成汤之乐，其有云：“嗟嗟烈祖，有秩肆祜。申锡无疆，及尔肆所。既载清酤，赉我思成。”这里也同样提到“思成”。因此，我疑心商人“思成”的文化心理正是孔子强调修辞“立其诚”的历史渊源和文化依据。思想成汤的丰功伟业，思想成汤的中正平和，思想能在成汤的护佑下平安幸福，于是施之以祭祀，出之以辞令，这应该是商代巫觋们要反复进行的活动。而后来的修辞者们同样也只有秉承这样的心态和情感，才能恪尽职守，处事公正，促进和平，达致成功。既然《易传》是总结继承卜筮文化的产物，又希望能够对人们的现实生活有所指导，先秦“成”、

"诚"二字本就相通，那我们说"修辞立其诚"也有这样的文化心理内涵，应该不是牵强附会[99]。

说"修辞立其诚"与殷商传留的卜筮文化心态及巫史们的职业操守有很强的关联，还可以从孔子的文化传承得到进一步说明。孔子先祖本为宋人，宋是殷商遗民组成的周的封国，第一代国君微子启是商纣王的庶兄，所以宋国保留着殷商的文化。微子启死后由他的弟弟微仲继位，而微仲是孔子第十四世祖。孔子的十世祖弗父何不愿为君，世为宋大夫[100]。孔子的七世祖正考父更是博学多才，他曾"得《商颂》十二篇于周之太师"[101]，这些作品大概经其整理后成为了宋的宗庙祭祀乐歌，今传《诗经·商颂》五篇即其残留。而孔子对殷商文化也有深入了解，他说："殷因于夏礼，所损益，可知也；周因于殷礼，所损益，可知也。"[102]又说："夏礼，吾能言之，杞不足征也；殷礼，吾能言之，宋不足征也。文献不足故也，足，则吾能征之矣。"[103]"周监于二代，郁郁乎文哉！吾从周。"[104]可见他对殷商文化是做过深入研究并有相当深入了解的。而鲁国又是保存西周礼乐文化和殷商卜筮文化最为丰富的诸侯国家，周初分封时，殷民六族"是使之职事于鲁，以昭周公之德。分之土田陪敦，祝、宗、卜、史，备物、典策、官司、彝器，因商奄之民，命以伯禽而封于少皞之虚"[105]。因此，他在解释《周易》时将商人"思成"的文化心理和殷商以来卜筮文化传统相结合，提出"修辞立其诚"的主张，是顺理成章的事。我们说孔子提出"修辞立其诚"有对殷商文化的继承和发展，应该离事实不会太远。

明白了"修辞立其诚"是要求修辞者持中正之心，怀敬畏之情，对自己的言辞切实承担责任，采用最好的方式予以表达，并预期达致成功，就能更好地理解《周易·文言传》所云"知至至之，可与幾也；知终终之，可与存义也。是故居上位而不骄，在下位而不忧，故乾乾因其时而惕，虽危无咎矣"。而由此产生的中国人对立言的重视和"敬言"、"谨言"、"慎言"的传统也就可以理解了。有人说"修辞立其诚"强调的是语言美和内心美的和谐统一，这是今人的理解，并不符合作者原意，因为作者不是从审美的角度在谈问题，而是从社会政教实践的角度在谈问题，他希望当时的君子慎言谨行，"言出乎身，加乎民；行发乎迩，见乎远。言行君子之枢机。枢机之发，荣辱之主也。言行，君子之所以动天地也，可不慎乎！"[106]"庸德之行，庸言之谨，有所不足，不敢不勉。言顾行，行顾言，君子胡不慥慥尔！"[107]然而，仅仅把"修辞立其诚"理解为社会政教实践又显然是不够的，因为作者把"立诚"作为修辞的出发点与归宿，而"立诚"与道德人格紧密相关，所谓"苟非其人，道不虚行"[108]，道德人格不同，修辞效果迥异，"将叛者其辞惭，中心疑者其辞枝，吉人之辞寡，躁人之辞多，诬善之人其辞游，失其守者其辞屈"[109]。

如果因此说“修辞立其诚”谈的是道德问题而不是语言问题，与我们今天的修辞学搭不上界，这同样不符合作者的原意，作者曾说：“《志》有之，言以足志，文以足言。不言，谁知其志？言之无文，行而不远。晋为伯，郑入陈，非文辞不为功。慎辞哉！”[110]他强调“以言者尚其辞”也是《周易》所具有的“圣人之道”之一。显然，作者是重视语言修饰所达致的社会实践效果的，这不能说与中国的修辞学发展没有任何联系。此外，作者对修辞中情感的强调也是不容忽视的，《易传》多处提到“圣人之情见乎辞”，并认为“变动以利言，吉凶以情迁，是故爱恶相攻而吉凶生，远近相取而悔吝生，情伪相感而利害生，凡《易》之情，近而不相得则凶”[111]。有人因此提出修辞的情感问题，也不是全无道理。总之，《易传》的“修辞立其诚”虽然有其特定的文化内涵，但也包含有许多可供进一步引申发展的思想资源，需要我们细心分辨，以便清理出这一观念发展的历史轨迹，重建中国文学思想的知识谱系。

注释：

*本文是国家社会科学基金项目“中国古代文学观念的发生学研究”(05BZW013)的阶段性研究成果之一。原载《文史哲》2009年第6期；《新华文摘》2010年第3期摘载，中国人民大学书报资料中心《中国古代近代文学研究》2010年第3期全文复印。原文发表时因甲骨文排版困难而有所删节，今予恢复。

[1]例如，陈望道《修辞学发凡》(1932)视“修辞立其诚”为中国修辞学的源头，郑子瑜《中国修辞学史稿》(1984)则不同意这一意见，以为“修辞立其诚”指前人修业而言，与今之“修辞”含义迥别。

[2]例如，王廷贤以为“修辞立其诚”即为“修饰言辞”，为今日修辞学之源头(《“修辞”考源》，《天水师范学院学报》2003年第1期)，丁秀菊以为“‘修辞立其诚’是指以‘诚’为前提并以‘诚’为主导的‘修辞’”(《“修辞立其诚”的语义学诠释》，《周易研究》2007年第1期)，朱玲也以为“修辞立其诚”是“中国早期修辞理论的核心”(《“修辞立其诚”：中国早期修辞理论的核心》，《福建师范大学学报(哲学社会科学版)》2004年第6期)。姜飞则认为“所谓‘修辞立其诚’，就是以文辞之修饰或者‘修省’而实现对内心之经验或者宇宙、人间的真理性的表达”(《“修辞立其诚”新解》，《内江师范学院学报》2004年第1期)，韩国良认为“‘修辞立其诚’之‘诚’的提出，完全是针对‘辞’的假物取类，注重修饰的语体特征讲的”(《“修辞立诚”解》，《阜阳师范学院学报(社会科学版)》2006年第2期)。

[3]王弼、韩康伯注，孔颖达疏：《周易正义》卷一《乾》，阮元校刊《十三经注疏》本，中华书局1980年版，第15页。

[4]司马迁：《史记》卷四十七《宋微子世家》，《二十五史》本，上海古籍出版社、上海书店1986年版，第227页。

[5]班固：《汉书》卷三十《艺文志》，《二十五史》本，上海古籍出版社、上海书店1986年版，第163页。

[6]除司马迁、班固外，汉王充亦云：“孔子作《彖》、《象》、《系辞》。”(《论衡·谢

短》)唐陆德明、颜师古、孔颖达均持此说，故孔颖达《周易正义》云：“其《彖》、《象》等‘十翼’之辞，以为孔子所作，先儒更无异论。”

[7]欧阳修：《易童子问》，《四库全书》本，上海古籍出版社1987年版，第1～8页。

[8]陆德明《经典释文》有“《鲁论》读‘易’为‘亦’”语，于是有人推断“加我数年，五十以学《易》，可以无大过矣”是《鲁论》语，应读为“加我数年，五十以学，易(读为‘亦’)可以无大过矣”，从而断言《论语》中无涉及《易》的文字。

[9]《朱子语类》卷一，中华书局1986年版，第1675页。

[10]顾实：《汉书艺文志讲疏》二，上海古籍出版社1987年版，第13页。

[11]泷川资言：《史记会注考证》卷四十七，上海古籍出版社1986年版。

[12]高亨：《周易大传今注》，齐鲁书社1983年版，第7～8页。

[13]李学勤：《周易经传溯源》，长春出版社1991年版，第102页、第123页、第231页。

[14]李学勤：《简帛佚籍与学术史》，江西教育出版社2001年版，第251页。

[15]韩仲民《帛书〈系辞〉浅说》引《要》，《孔子研究》1988年第4期。

[16]李学勤：《简帛佚籍与学术史》，江西教育出版社2001年版，第262页。

[17]吕绍纲虽然指出：“《易传》的文字构成的确复杂，有的是孔子自作，有的是弟子记录，有的是采取前人旧说，有的是后人窜入，错简讹夺之处也不少。”但仍坚持“《易传》是孔子作，《易传》的思想属于孔子。”(吕绍纲《周易阐微》第七章《周易的作者问题》，上海古籍出版社2005年版，第2271页、第267页)

[18]徐复观虽然以为“《易传》各篇的作者，既非一人，一时；而一篇之中，虽以类相从，但也如《礼记》各篇一样，亦多由编纂而成”，但他仍然肯定：“《易传》中所引的‘子曰’，可信其是出于孔子。”(徐复观《中国人性论史(先秦篇)》附录二，上海三联书店2001年版，第493页)

[19]韩仲民《帛书〈系辞〉浅说》引《要》，《孔子研究》1988年第4期。

[20]王弼、韩康伯注，孔颖达疏：《周易正义》卷八《系辞下》，阮元校刊《十三经注疏》本，中华书局1980年版，第89页、第90页。

[21]因爻辞有文王身后事及卦辞与爻辞有不一致处，于是又有文王作卦辞、周公作爻辞之说，本书以卦爻辞为文王、周公为代表的周初统治者所为，故不做细致分别。

[22]王弼、韩康伯注，孔颖达疏：《周易正义》卷七《系辞上》，阮元校刊《十三经注疏》本，中华书局1980年版，第82页。

[23]王弼、韩康伯注，孔颖达疏：《周易正义》卷七《系辞上》，阮元校刊《十三经注疏》本，中华书局1980年版，第83页。

[24]王弼、韩康伯注，孔颖达疏：《周易正义》卷七《系辞上》，阮元校刊《十三经注疏》本，中华书局1980年版，第82～83页。

[25]王弼、韩康伯注，孔颖达疏：《周易正义》卷三《观》，阮元校刊《十三经注疏》本，中华书局1980年版，第36页。

[26]王弼、韩康伯注，孔颖达疏：《周易正义》卷七《系辞上》，阮元校刊《十三经注疏》本，中华书局1980年版，第81页。

[27]王弼、韩康伯注，孔颖达疏：《周易正义》卷一《乾》，阮元校刊《十三经注疏》

本，中华书局 1980 年版，第 15～16 页。

[28]程颢、程颐：《二程遗书》卷一，《四库全书》本。

[29]朱熹：《晦庵先生朱文公文集》卷四十七《答吕子约》，《四部丛刊初编》本，商务印书馆 1922 年版。

[30]王应麟：《困学纪闻》卷一，《四部丛刊三编》本，商务印书馆 1936 年版。

[31]傅以渐、曹本荣：《易经通注》卷一，《四库全书》本。

[32]尚秉和：《周易尚氏学》，中华书局 1980 年版，第 24 页。

[33]王弼、韩康伯注，孔颖达疏：《周易正义》卷七《系辞上》，阮元校刊《十三经注疏》本，中华书局 1980 年版，第 82 页。

[34]王弼、韩康伯注，孔颖达疏：《周易正义》卷七《系辞上》，阮元校刊《十三经注疏》本，中华书局 1980 年版，第 82 页。

[35]张守节："《易正义》云：'系辞者，圣人系属此辞于爻卦之下。"这里虽是解释《系辞传》，也可以作为我们理解"系辞"的参考。

[36]王弼、韩康伯注，孔颖达疏：《周易正义》卷七《系辞上》，阮元校刊《十三经注疏》本，中华书局 1980 年版，第 83 页。

[37]王弼、韩康伯注，孔颖达疏：《周易正义》卷八《系辞下》，阮元校刊《十三经注疏》本，中华书局 1980 年版，第 85 页。

[38]王弼、韩康伯注，孔颖达疏：《周易正义》卷七《系辞上》，阮元校刊《十三经注疏》本，中华书局 1980 年版，第 77 页。

[39]王弼、韩康伯注，孔颖达疏：《周易正义》卷七《系辞上》，阮元校刊《十三经注疏》本，中华书局 1980 年版，第 77 页。

[40]王弼、韩康伯注，孔颖达疏：《周易正义》卷八《系辞下》，阮元校刊《十三经注疏》本，中华书局 1980 年版，第 86 页。

[41]参见杨升南《商代的王权和对王权的神化》，《中国史研究》1997 年第 4 期。

[42]如《尚书·周书·大诰》云："天休于文王，与我小邦周，文王惟卜用，克绥受兹命。"《太平御览》卷五百三十三引《逸周书》称："文王乃召太子发占于明堂，王及太子发并拜吉梦，受商之大命于皇天上帝。"

[43]例如《诗经·大雅·文王》有云："文王在上，于昭于天。周虽旧邦，其命维新。有周不显，帝命不时。文王陟降，在帝左右。"《大明》亦云："维此文王，小心翼翼。昭事上帝，聿怀多福。"

[44]徐仲舒：《周原甲骨初论》，《古文字研究论文集》1982 年 5 月。

[45]高明：《略论周原甲骨文的族属》，《考古与文物》1984 年第 5 期。

[46]孔安国传、孔颖达疏：《尚书正义》卷十三《周书·大诰》，阮元校刊《十三经注疏》本，中华书局 1980 年版，第 198 页。

[47]孔安国传、孔颖达疏：《尚书正义》卷十三《周书·金縢》，阮元校刊《十三经注疏》本，中华书局 1980 年版，第 196 页。

[48]见郝铁川《周公本为巫祝考》，《人文杂志》1987 年第 5 期。

[49]如《诗经·大雅·文王有声》云："考卜维王，宅是镐京，维龟正之，武王成之。"《尚书·周书·大诰》记周公语云："天惟丧殷……天亦惟休于前宁(文)人，予害其

极卜？敢弗于从！率宁人有指疆土，矧今卜并吉。肆朕诞以尔东征！天命不僭，卜陈惟若兹!”《尚书·周书·洛诰》记周公语云：“我卜河朔黎水，我乃卜涧水东，瀍水西，惟洛食。我又卜瀍水东，亦惟洛食。”

[50]许慎：《说文解字》(注音版)十四下，岳麓书社2006年版，第309页。

[51]余永梁：《殷虚文字考》,《古文字诂林》第十册，上海教育出版社2004年版，第1043页。

[52]王若愚：《从台西村出土的商代织物和纺织工具谈当时的纺织》,《文物》1979年第6期。

[53]高田忠周：《古籀篇》十六，《古文字诂林》第十册，上海教育出版社2004年版，第1043页。

[54]王国维：《史籀篇疏证》,《古文字诂林》第十册，上海教育出版社2004年版，第1043页。

[55]吴大澂：《齐侯鎛窸集古录》第二册，《古文字诂林》第十册，上海教育出版社2004年版，第1039页。

[56]孔安国传、孔颖达疏：《尚书正义》卷十三《周书·金縢》,阮元校刊《十三经注疏》本，中华书局1980年版，第196页。

[57]杜预注、孔颖达疏：《春秋左传正义》卷六《桓公六年》,阮元校刊《十三经注疏》本，中华书局1980年版，第1749页。

[58]杜预注、孔颖达疏：《春秋左传正义》卷二十六《成公五年》,阮元校刊《十三经注疏》本，中华书局1980年版，第1901～1902页。

[59]杜预注、孔颖达疏：《春秋左传正义》卷四十八《昭公十七年》,阮元校刊《十三经注疏》本，中华书局1980年版，第2082页。

[60]朱熹：《诗集传》卷十七，上海古籍出版社1980年版，第194页。

[61]朱熹：《诗集传》卷十七，上海古籍出版社1980年版，第195页。

[62]郑玄注、贾公彦疏：《周礼注疏》卷二十四《大卜》,阮元校刊《十三经注疏》本，中华书局1980年版，第803页。

[63]郑玄注、贾公彦疏：《周礼注疏》卷二十四《占人》,阮元校刊《十三经注疏》本，中华书局1980年版，第805页。

[64]郑玄注、贾公彦疏：《周礼注疏》卷二十五《太祝》,阮元校刊《十三经注疏》本，中华书局1980年版，第808页。

[65]郑玄注、贾公彦疏：《周礼注疏》卷二十六《诅祝》,阮元校刊《十三经注疏》本，中华书局1980年版，第816页。

[66]西周以前作辞和正辞的层次可能更高些，大概是大巫的职掌。

[67]王弼、韩康伯注、孔颖达疏：《周易正义》卷八《系辞下》,阮元校刊《十三经注疏》本，中华书局1980年版，第89页。

[68]杜预注、孔颖达疏：《春秋左传正义》卷四十《襄公三十一年》,阮元校刊《十三经注疏》本，中华书局1980年版，第2015页。

[69]何晏集解、邢昺疏：《论语注疏》卷十四《宪问》,阮元校刊《十三经注疏》本，中华书局1980年版，第2510页。

[70]例如，郑子产献入陈之功于晋，因善于辞令，为晋国所接受(见《左传·襄公二

十五年》)。卫孙文子聘鲁，因不善辞令，为叔孙穆子所辱(见《左传·襄公七年》)。

[71]王弼、韩康伯注，孔颖达疏：《周易正义》卷一《文言》，阮元校刊《十三经注疏》本，中华书局1980年版，第15～16页。

[72]林栗：《周易经传集解》卷一，《四库全书》本。

[73]蔡清：《易经蒙引》卷一中，《四库全书》本。“闲邪存其诚”一语亦见《易·文言传》：“子曰：龙，德而正中者也。庸言之信，庸行之谨，闲邪存其诚，善世而不伐，德博而化。”

[74]参见姜飞《“修辞立其诚”新解》，《内江师范学院学报》2004年第1期。

[75]孔颖达：《周易正义》卷二《讼》，阮元校刊《十三经注疏》本，中华书局1980年版，第24页。

[76]孔颖达：《周易正义》卷二《讼》，阮元校刊《十三经注疏》本，中华书局1980年版，第24页。

[77]傅以渐、曹本荣：《易经通注》卷一，《四库全书》本。

[78]孙诒让：《墨子间诂》卷八，《诸子集成》本，上海书店1986年版，第144页。

[79]孔颖达：《周易正义》卷二《同人》，阮元校刊《十三经注疏》本，中华书局1980年版，第29页。

[80]孔颖达：《周易正义》卷四《晋》，阮元校刊《十三经注疏》本，中华书局1980年版，第49页。

[81]孔颖达：《周易正义》卷四《益》，阮元校刊《十三经注疏》本，中华书局1980年版，第53页。

[82]孔颖达：《周易正义》卷五《姤》，阮元校刊《十三经注疏》本，中华书局1980年版，第57页。

[83]孔颖达：《周易正义》卷五《姤》，阮元校刊《十三经注疏》本，中华书局1980年版，第57页。

[84]孔颖达：《周易正义》卷六《小过》，阮元校刊《十三经注疏》本，中华书局1980年版，第72页。

[85]孔颖达：《周易正义》卷三《夬》，阮元校刊《十三经注疏》本，中华书局1980年版，第37页。

[86]孔颖达：《周易正义》卷三《观》，阮元校刊《十三经注疏》本，中华书局1980年版，第36页。

[87]傅以渐、曹本荣：《易经通注》卷三，《四库全书》本。

[88]李孝定：《金文诂林读后记》卷十四，《古文字诂林》第十册，上海教育出版社2004年版，第992页。

[89]许慎：《说文解字》(注音版)，岳麓书社2006年版，第309页。

[90]傅以渐、曹本荣：《易经通注》卷六，《四库全书》本。

[91]徐复观：《中国人性论史(先秦篇)》附录二，上海三联书店2001年版，第493页。

[92]郑玄注、孔颖达疏：《周礼注疏》卷十《大司徒》，阮元校刊《十三经注疏》本，中华书局1980年版，第708页。

[93]杜预注、孔颖达疏：《春秋左传正义》卷四十五《昭公十二年》，阮元校刊《十三

经注疏》本，中华书局1980年版，第2063页。

[94]陈梦家：《殷虚卜辞综述》，中华书局1998年版，第412页。

[95]于省吾主编：《甲骨文字诂林》三，中华书局1996年版，第2413页。

[96]高田忠周：《古籀篇》八七，《古文字诂林》第十册，上海教育出版社2004年版，第986页。

[97]高鸿缙：《中国字例三篇》，《古文字诂林》第十册，上海教育出版社2004年版，第988页。

[98]郑玄笺、孔颖达疏：《毛诗正义》卷二十，阮元校刊《十三经注疏》本，中华书局1980年版，第620页。

[99]《礼记·中庸》谓："诚者，天之道也。诚之者，人之道也。诚者不勉而中，不思而得，从容中道，圣人也。诚之者，择善而固执者也。"朱熹释云："诚者真实无妄之谓，天理之本然也；诚之者，未能真实无妄而欲其真实无妄之谓，人事之当然也。圣人之德，浑然天理，真实无妄，不待思勉而从容中道，则亦天之道也。"这种对于"诚"的理解，以及《礼记·大学》"八条目"所云"诚意正心"之"诚"，都受到了孔子有关"诚"的思想影响(《大学》为孔子弟子曾参所作，《中庸》为孔子孙子子思所作)，但与"修辞立其诚"之"诚"的内涵已有差别。

[100]参见胡仔《孔子编年》卷一，《四库全书》本。

[101]郑玄笺、孔颖达疏：《毛诗正义》卷二十，阮元校刊《十三经注疏》本，中华书局1980年版，第620页。

[102]何晏集解、邢昺疏：《论语注疏》卷二《为政》，阮元校刊《十三经注疏》本，中华书局1980年版，第2463页。

[103]何晏集解、邢昺疏：《论语注疏》卷三《八佾》，阮元校刊《十三经注疏》本，中华书局1980年版，第2466页。

[104]何晏集解、邢昺疏：《论语注疏》卷三《八佾》，阮元校刊《十三经注疏》本，中华书局1980年版，第2467页。

[105]杜预注、孔颖达疏：《春秋左传正义》卷五十四《定公四年》，阮元校刊《十三经注疏》本，中华书局1980年版，第2134页。

[106]孔颖达：《周易正义》卷七《系辞上》，阮元校刊《十三经注疏》本，中华书局1980年版，第79页。

[107]郑玄注、孔颖达疏：《礼记正义》卷五十二《中庸》，阮元校刊《十三经注疏》本，中华书局1980年版，第1627页。

[108]孔颖达：《周易正义》卷八《系辞下》，阮元校刊《十三经注疏》本，中华书局1980年版，第90页。

[109]孔颖达：《周易正义》卷八《系辞下》，阮元校刊《十三经注疏》本，中华书局1980年版，第91页。

[110]杜预注、孔颖达疏：《春秋左传正义》卷三十六《襄公二十五年》，阮元校刊《十三经注疏》本，中华书局1980年版，第1985页。

[111]孔颖达：《周易正义》卷八《系辞下》，阮元校刊《十三经注疏》本，中华书局1980年版，第91页。

“威仪”与“气志”：孔子《诗》教的人格取向

孔子生活的时代，正是“赋诗言志”的春秋《诗》教由鼎盛走向衰微的时代[1]。孔子以《诗》、《书》、《礼》、《乐》教弟子，他对《诗》教的重视是世人皆知的。孔子《诗》教是由春秋《诗》教发展而来的，对中国思想文化的影响涉及方方面面，而对中国文学思想的影响尤其直接和深远。前人讨论孔子《诗》教主要集中在对诗歌功用和价值的认识，如对“兴、观、群、怨”的辨析，对“思无邪”的理解，等等，而对孔子《诗》教的人格取向却很少有人关注。然而，孔子教育学生首先注意人格培养，他说：“弟子入则孝，出则悌，谨而信，泛爱众，而亲仁；行有余力，则以学文。”[2]又说：“人而不为《周南》、《召南》，其犹正墙面而立也与！”[3]因此，明确孔子《诗》教的人格取向，对于全面理解孔子《诗》教是十分重要的，对于澄清许多有争议的问题定会有所帮助，对当下的文学思想建设也不无借鉴意义。

需要说明的是，人格的概念可以在不同学术领域使用：伦理学用来指称人的道德品质；法学用来指称人能够作为权利义务主体的资格；心理学用来指称个人所独有的不同于别人的心理特征的总和，或指称各个个人不同于任何其他动物的心理特征的总和，前者即“个性”，后者即“人性”。本文探讨孔子《诗》教的人格取向不预设畛域，而是从孔子的有关论述中，去概括他对这一问题的认识，在历史语境中还原其真实思想。

一

以前讨论孔子《诗》教，主要以《论语》为依据，其他材料多不敢用，至多作为辅证。例如《礼记》、《孔子家语》所记孔子《诗》教，或以为出于汉人之手，或以为是后人伪作，故都不予重视。新近出土的一批战国楚竹书，使我们有可能改变对上述文献的看法，重新认识孔子《诗》教。

上海博物馆藏战国楚竹书为新出土战国中晚期文献，有《民之父母》一篇，记载了子夏向孔子请教“何如而可谓民之父母”以及孔子对这一问题的回答。其内容见于今传本《礼记·孔子闲居》、《孔子家语·论礼》而略有差异，证明这些传统文献是真实可信的。子夏的问题是从《诗·大雅·泂酌》“凯悌君子，民之父母”[4]诗句引发，孔子的回答虽然围绕子夏所提问题展开，却层层深入，涉及对《诗》的学习、理解和应用，反映出孔子《诗》教的主要精神。孔子赞扬子夏：“善哉！商也，将可教《诗》矣。”[5]这说明子夏学《诗》的方法以及对诗的理解是符合孔子《诗》教精神的。《论语》中虽然也有孔子与子夏等讨论《诗》的记载，但吉光片羽，难以给人完整印象，而《礼记》、《孔子家语》等记载的孔子《诗》教材料，学术界又长期以其为汉及以后人编撰而不承认其原始史料价值，影响了对孔子《诗》教的认识。战国楚竹书《民之父母》的发现与发表，激活了传统文献，使我们能够对孔子《诗》教作更为深入的研究，实在值得庆幸。

据战国楚竹书《民之父母》载，当子夏提出“《诗》曰‘凯俤君子，民之父母’，何如而可谓民之父母”的问题后，孔子回答：“必达于礼乐之洍，以致‘五至’，以行‘三无’，以横于天下。四方有败，必先知之，其(之)谓民之父母矣。”[6]旧说《诗·泂酌》为“召康公戒成王也。言皇天亲有德，飨有道也”[7]。而孔子的回答则是从“民之父母”的人格要求着眼(说详下文)。《礼记·表记》载：“《诗》云：‘凯弟君子，民之父母。’凯以强教之，弟以说(悦)安之。乐而毋荒，有礼而亲；威庄而安，孝慈而敬。使民有父之尊，有母之亲。如此而后可以为民父母矣。”[8]这也是从人格修养的角度定义“民之父母”，与孔子之意正合。而“五至”、“三无”之说，在《礼记·孔子闲居》、《孔子家语·论礼》的相关内容中已经明确提出，与楚竹书《民之父母》大体相同而略有差异，说明这些文献基本可信。

关于“五至”，《礼记·孔子闲居》、《孔子家语·论礼》均为“志之所至，诗亦至焉；诗之所至，礼亦至焉；礼之所至，乐亦至焉；乐之所至，哀亦至焉”，而楚竹书《民之父母》则为：“勿之所至者，志亦至安；志之所至者，豊亦至安；豊之所至者，乐亦至安；乐之所至者，哀亦至安。”[9]前人已经指出传世文献的“五至”不合逻辑[10]，而《民之父母》可为解决这些矛盾提供帮助。竹书整理者将“勿之所至者，志亦至安”隶定为“志之所至，诗亦至焉”，并指出：“‘勿’，疑‘志’之误写，但‘勿’读作‘物’，似亦通。”[11]其实，竹书整理者受传世文献影响对简书的改读并不可信，简书原文倒是准确地反映了孔子思想。“勿”即“物”，二字古文通用，如《尚书·立政》“时则勿有间之”[12]，《论衡·明雩篇》引作“时则物有间之”[13]；传世本《老子·四十二章》“故物或损之而益”[14]，汉墓帛书《老子》甲本为“故勿或损之而益”[15]，可见“勿”、“物”不分乃古书通例。因此，《民之父母》“五至”按今文应为“物之所至者，志亦至焉；志之所至者，礼亦至焉；礼之所至者，乐亦至焉；乐之所至者，哀亦至焉”。这里的“物”指物色。如《周礼·保章氏》：“以五云之物，辨吉凶，水旱降丰荒之祲象。”郑玄注：“物，色也。视日旁云气之色降下也，知水旱所下之国。”[16]孔子提出“五至”时强调：“四方有败，必先知之，其之谓民之父母。”而“四方有败”，定有物色灾变之象；即使四方无败，也要善观物色之象以为政鉴。如果“五至”中没有了“物之所至者，志亦至焉”，那么“四方有败，必先知之”就没了着落。同时，物象也是引发人的思想情感的外界触媒，因此个人人格修养与物象密切相关。《礼记·大学》中关于君子修养的“八条目”第一条便是“格物”，也证明了这一点。正因为“物至”是“五至”的基础和起始，君子人格修养也就有了现实社会依据，能够感物而动。因此，“物之所至者，志亦至焉”是不能改换为“志之所至，诗亦至焉”的[17]。

那么，《民之父母》为何没有“志之所至，诗亦至焉”呢？这要结合“三无”来理解。孔子所谈致“五至”行“三无”是一个整体，而“三无”指的是“无体之礼，无声之乐，无服之丧”[18]，强调人的内在修养对于“礼至”、“乐至”、“哀至”的重要意义。因为在孔子看来，“礼至”、“乐至”、“哀至”不在形式，而在人的内心。如果有“诗”存在，也就有“可得而闻”的东西存在，那就不能达到“三无”，何况古者“诗”、“乐”一体，孔子既强调“无声之乐”，自然也包括与音乐相伴的“诗”在内。既然孔子认为“礼至”不在“体”，“乐至”不在“声”，“哀至”不在“服”，那么“志至”当然也不在“诗”。因为“体”、“声”、“服”只是“礼”、“乐”、“哀”的外在形式，而“诗”也只是“志”的语言表达，它们都不是“志”、“礼”、“乐”、“哀”本身。孔子以为要作为“民之父母”，就必须透过物象去寻觅人的内心的伦理道德依据，正心、诚意、修身，以自己的君子人格影响他人和社会，即楚竹书所云“君子以正”，“得气而塞于四海”，或传世文献所说“志气塞乎天地”，这样才能真正成为“民之父母”[19]。《论语·颜渊》记载孔子所云“政者正也。子帅以正，孰敢不正？”以及“君子之德风，小人之德草。草上之风必偃”[20]，说的就是这个意思。这也证明“五至”、“三无”的确有着比较鲜明的人格取向。

对于“三无”，孔子还结合《诗》做了说明。他说：“‘成王不敢康，夙夜基命宥密’，无声之乐也；‘威仪逮逮，不可选也’，无体之礼也；‘凡民有丧，匍匐救之’，无服之丧也。”[20]“成王不敢康，夙夜基命宥密”，语出《诗·周颂·昊天有成命》，郑玄注：“言文、武早暮始信顺天命，行宽弘仁静之化。今此言以基为谋，言早夜谋为政教于国民，得宽和宁静，民喜乐之，于是无钟鼓之声而民乐，故为无声之乐也。”[21]“威仪逮逮，不可选也”，语出《诗·邶风·柏舟》，郑玄注：“言仁人不遇其威仪逮逮，然安和不可选数，有威可畏，有仪可象，民则效之，此非有升降揖让之礼，故为无体之礼也。”[22]“凡民有丧，匍匐救之”，语出《诗·邶风·谷风》，郑玄注：“言凡人之家有死丧，邻里匍匐往救助之。此记谓人君见民有死丧，则匍匐往赐救之，民皆仿效之，此非有衰绖之服，故云无服之丧也。”[23]孔子对《诗》的理解在后人看来也许不合诗义。按《毛诗序》:“《昊天有成命》,郊祀天地也”;“《柏舟》,言仁而不遇也。卫顷公之时,仁人不遇,小人在侧”;“《谷风》,刺夫妇失道也。卫人化其上,淫于新昏(婚)而弃其旧室,夫妇离绝,国俗伤败焉”。显然,这是从美刺的角度解《诗》。然而,孔子并不从美刺的角度去解诗,而是从政教德化和人格修养的角度去解诗,其结论自然与《毛诗》不同。从美刺的角度解《诗》,就会关注《诗》与社会现象的直接联系。从政教德化和人格修养的角度解《诗》,就会注重《诗》对于个人品德培养的可能意义。而个人品德培养既是作为“民之父母”的人格基础,也是孔子《诗》教的核心内容,所以孔子才不厌其烦地对子夏予以谆谆教导。

如果说从“三无”中已经可以感受到孔子《诗》教对人格培养的重视,那么,在孔子接着谈到的“五起”中,这种倾向就更加鲜明了。当子夏赞美“五至”、“三无”之说已臻极致的时候,孔子却说:“何为其然也,君子之服之也,犹有五起焉。”所谓“五起”,就是:“无声之乐,气志不违;无体之礼,威仪迟迟;无服之丧,内恕巽悲。无声之乐,塞于四方;无体之礼,日逑月相;无服之丧,纯德同明。无声之乐,施及孙子;无体之礼,塞于四海;无服之丧,为民父母。无声之乐,气志既得;无体之礼,威仪翼翼;无服之丧,施及四国。无声之乐,气志既从;无体之礼,上下和同;无服之丧,以畜万邦。”[24]不难看出,孔子希望君子“服之”(即修习)的“五起”,正是孔子《诗》教的人格取向路径,其方法则是致“五至”行“三无”。“五起”是由个体展开而推向群体的人格修养过程,有一个由内到外的明显轨迹。作为“一起”的“无声之乐,气志不违;无体之礼,威仪迟迟;无服之丧,内恕巽悲”,反映的是致“五至”行“三无”状态下的“气志”和“威仪”,主要涉及个体本身。而作为“二起”的“无声之乐,塞于四方;无体之礼,日逑月相;无服之丧,纯德同明”,已经由个体的充实而扩展到“四方”(含天地日月),并要求“纯德同明”,尽管它还是内美的扩充,但已有外发之势。从“三起”开始,内圣之德便发展为外王之道。从“施及孙子”到“施及四国”、“以畜万邦”,由“一家”(“孙子”)到“四国”到“万邦”,内圣转化为德治与教化,“无声之乐,气志既从;无体之礼,上下和同;无服之丧,以畜万邦”,这该是多么理想多么美好的社会政治图景!到此为止,才真正达到了孔子《诗》教的全部目的,完成了孔子《诗》教的整个过程,也才真正回答了“何如而可谓民之父母”的问题。

应该指出,在孔子提出的“五起”中,需要首先注意的是第一起,因为它是“五起”的基础,是首发,此“一起”不能成立,后四起就不能发生。而在“一起”中,与“乐”和“礼”相配的是“气志”和“威仪”,并且,此“气志”和“威仪”也贯穿到后面的几起中[25],说明它们是“五起”的核心概念,其中蕴涵着极其丰富的思想文化内涵。“气志”和“威仪”的提出,不仅反映出孔子《诗》教的思想文化特点，而且体现了孔子《诗》教的人格取向。前人多不及此，故有必要进行深入细致的分析。

二

先说“威仪”。

“威仪”是西周礼乐制度的人格显现。王国维在《殷周制度论》中曾指出：“周人制度之大异于商者，一曰立子立嫡之制，由是而生宗法及丧服之制，并由是而有封建子弟之制、君天子臣诸侯之制；二曰庙数之制；三曰同姓不婚之制。此数者，皆周之所以纲纪天下。其旨则在纳上下于道德，而合天子、诸侯、卿、大夫、士、庶民以成一道德之团体，周公制作之本意，实在于此。”[26]因此，西周统治者所提倡的人格是合于这一道德团体结构和秩序的人格，因为人格本来就体现在人与他生存的环境尤其是社会环境之间的各种关系之中，何况西周时期的这种人格是由社会制度所规定的。

在今传本《诗经》中，我们仍然能够看到西周以至春秋时期的统治者们重视和歌咏“威仪”的诗篇。例如，周人在祭祀先王时歌唱“降福简简，威仪反反。既醉既饱，福禄来反”(《周颂·执竞》)；鲁人在泮宫颂祷时祝愿“穆穆鲁侯，敬明其德。敬慎威仪，维民之则”(《鲁颂·泮水》)；嘉美成王则称“威仪抑抑，德音秩秩。无怨无恶，率由群匹”(《大雅·假乐》)；讽刺厉王则云“式遏寇虐，无俾作慝。敬慎威仪，以近有德”(《大雅·民劳》)；赞扬仲山甫则称“令仪令色，小心翼翼。古训是式，威仪是力”(《大雅·烝民》)；控诉幽王则云“不吊不祥，威仪不类。人之云亡，邦国殄瘁”(《大雅·瞻卬》)。以上都是西周的诗篇。即使到了春秋初年，人们对“威仪”的重视也未衰减。卫武公(前 812—前 758 年在位)晚年不仅要求臣下随时谏诫他，还作《抑》(又名《懿》)、《宾之初筵》等诗自我反省，而“敬慎威仪”是其中心话语。如谓：“抑抑威仪，维德之隅。人亦有言，靡哲不愚”；“讦谟定命，远犹辰告。敬慎威仪，维民之则”；“质尔人民，谨尔侯度，用戒不虞。慎尔出话，敬尔威仪，无不柔嘉”(《大雅·抑》)；“宾之初筵，温温其恭。其未醉止，威仪反反。曰既醉止，威仪幡幡。舍其作迁，屡舞仙仙。其未醉止，威仪抑抑。曰既醉止，威仪怭怭。是曰既醉，不知其秩”(《小雅·宾之初筵》)。卫武公对威仪的重视以及“敬慎威仪”的诚恳态度，也说明了“威仪”在人们心目中有着不同寻常的地位。

那么，“威仪”究竟指称什么呢？郑玄释为“有威可畏，有仪可象”，“此非有升降揖让之礼”，虽说抓住了问题的要害，但毕竟过于笼统。《左传》记鲁隐公五年(前 718)臧僖伯谏鲁隐公时提到“昭文章、明贵贱、辨等列、顺少长，习威仪也”[27]，也说明威仪不等于“升降揖让之礼”，而是包括“昭文章、明贵贱、辨等列、顺少长”等众多内容，“升降揖让之礼”只是这众多内容的表达形式之一。《左传》记鲁襄公三十一年(前 542)北宫文子在回答卫襄公“何谓威仪”时说：“有威而可畏谓之威，有仪而可象谓之仪。君有君之威仪，其臣畏而爱之，则而象之，故能有其国家，令闻长世。臣有臣之威仪，其下畏而爱之，故能守其官职，保族宜家。顺是以下皆如是，是以上下能相固也。《卫诗》曰：‘威仪棣棣，不可选也。’言君臣、上下、父子、兄弟、内外、大小皆有威仪也。《周诗》曰：‘朋友攸摄，摄以威仪。’言朋友之道，必相教训以威仪也。《周书》数文王之德曰：‘大国畏其力，小国怀其德。’言畏而爱之也。《诗》云：‘不识不知，顺帝之则。’言则而象之也。纣囚文王七年，诸侯皆从之囚。纣于是乎惧而归之。可谓爱之。文王伐崇，再驾而降为臣，蛮夷帅服。可谓畏之。文王之功，天下诵而歌舞之。可谓则之。文王之行，至今为法。可谓象之。有威仪也。故君子在位可畏，施舍可爱，进退有度，周旋可则，容止可观，作事可法，德行可象，声气可乐，动作有文，言语有章，以临其下，谓之有威仪也。”[28]这是春秋时人对“威仪”所作的最为全面而深刻的解说。依此，“威仪”实际上是指个人按照社会结构和秩序的要求而做出的行为及其所获得的社会认可，既包含外在的形式，如仪容、仪貌、动作、言语，也包括内在的修养，如德行、声气、名望、威信，而总和则为人格。不过，此“威仪”所体现的人格，不是指每个个体的人格，而是指社会结构和秩序中每类社会群体的人格，如君、臣、父、子、兄、弟等。所谓“君臣、上下、父子、兄弟、内外、大小皆有威仪”，就是说他们各自都有社会所规范的人格，符合其人格规范要求的便能为社会所认可，否则便会为社会所鄙弃。

上引北宫文子论“威仪”时孔子避乱在齐，已届中年，他对“威仪”的感受和领悟应该不下于文子。先一年齐景公向他问政，他还提出过“君君、臣臣、父父、子子”[29]的理念，其中便有“威仪”在。理解了“威仪”的内涵，就可以进一步讨论孔子何以要将“威仪”作为其《诗》教的一个起点了。

应该看到，《诗》与“威仪”有密切的关系，春秋《诗》教强化了这种关系，孔子不能不有所继承。众所周知，春秋时期尽管“礼崩乐坏”，然犹宗周王、严祭祀、重聘享、告策书，其间颇重“威仪”，而朝会宴享“赋诗言志”便成为体现其“威仪”的重要手段或途径。这里不妨举两个实例。

鲁文公三年(前 624)，“晋人惧其无礼于公也，请改盟。公如晋，及晋侯盟。晋侯飨公，赋《菁菁者莪》。庄叔以公降拜，曰：‘小国受命于大国，敢不慎仪？君贶之以大礼，何乐如之。抑小国之乐，大国之惠也。’晋侯降辞，登，成拜”[30]。晋人先一年使大夫阳处父与鲁文公会盟，这种不对等的行为属小视鲁国的无礼之举。本年晋因伐楚救江，想到此事不妥，请求与鲁改盟。于是鲁文公赴晋，重新与晋襄公订盟。晋襄公宴飨鲁文公，并赋《菁菁者莪》之诗，其有云："既见君子，乐且有仪。"鲁国君臣很感动，双方愉快改盟。整个改盟的过程，包括降辞登拜、宴飨赋诗，在在都体现了双方的"威仪"。

鲁昭公元年(前 541)，"夏四月，赵孟、叔孙豹、曹大夫入于郑，郑伯兼享之。子皮戒赵孟，礼终，赵孟赋《瓠叶》。子皮遂戒穆叔，且告之。穆叔曰：'赵孟欲一献，子其从之！'子皮曰：'敢乎?'穆叔曰：'夫人之所欲也，又何不敢。'及享，具五献之笾豆于幕下。赵孟辞，私于子产曰：'武请于冢宰矣。'乃用一献。赵孟为客，礼终乃宴。穆叔赋《鹊巢》。赵孟曰：'武不堪也。'又赋《采蘩》，曰：'小国为蘩，大国省穑而用之，其何实非命。'子皮赋《野有死麕》之卒章。赵孟赋《常棣》，且曰：'吾兄弟比以安，尨也可使无吠。'宣子曰：'城濮之役，我先君文公献功于衡雍，受彤弓于襄王，以为子孙藏。'穆叔、子皮及曹大夫兴，拜，举兕爵曰：'小国赖子，知免于戾也。'饮酒乐。赵孟出，曰：'吾不复此矣。'"[31]晋赵孟、鲁叔孙豹及曹大夫经过郑国，郑简公宴享他们，郑大夫子皮负责具体接待，他们之间的互动体现了国家之间的关系，而各方的态度、愿望、情感，都是通过赋诗来传达的，其间所体现的同样是他们的"威仪"。

值得注意的是，对上述事例人们往往容易从礼仪上去理解，以为这是繁文缛节。事实上，当时人们在朝会盟誓宴享时利用"赋诗言志"谈政治、办外交、通款曲、观志向，"诗"是他们人格的组成部分，体现着他们的身份、教养、知识、能力、智慧、风采，亦即他们的"威仪"。因此，善于"赋诗言志"的人会得到大家的尊重，反之则会被耻笑，或者会给自己和国家带来灾难。

然而，到了春秋中后期，人们已经认识到完善的仪节并不表示真正知礼，美好的容颜、举止、言辞也不能反映人的威仪，只有近德之人才能知礼，才有威仪。例如，公元前 537 年，鲁昭公如晋，自郊劳至于赠贿无不符合礼节，晋平公赞扬鲁昭公知礼，女叔齐却说："是仪也，不可谓礼。礼所以守其国，行其政令，无失其民者也。今政令在家，不能取也；有子家羁，弗能用也；奸大国之盟，陵虐小国；利人之难，不知其私；公室四分，民食于他；思莫在公，不图其终；为国君，难将及身，不恤其所。礼之本末，将于此乎在？而屑屑焉习仪以亟，言善于礼，不亦远乎！"[32]昭公二十五年(前517)，子太叔如赵，赵简子行揖让周旋之礼，子太叔说："是仪也，非礼也。"他还解释说："礼，上下之纪，天地之经纬也，民之所以生也。是以先王尚之。故人之能自曲直以赴礼者，谓之成人。大不亦宜乎！"[33]由此可见，在春秋中后期"作为象征的礼仪制度本身和它所象征的意义被分开了，单纯的仪式不再拥有意义的权威，这意味着人们开始审视礼仪本身合理性的依据”[34]，他们不再重视单纯的礼仪形式，而更重视个人道德修养和实际行政作为，以此作为礼的依据。与此相关联，对“威仪”的要求也就不仅是外在的形式了。例如，鲁襄公二十七年(前 546)“齐庆封来聘，其车美。孟孙谓叔孙曰：‘庆季之车，不亦美乎?’叔孙曰：‘豹闻之：“服美不称，必以恶终。”美车何为?’叔孙与庆封食，不敬。为赋《相鼠》，亦不知也”[35]。试想，一个连别人赋“相鼠有皮，人而无仪。人而无仪，不死何为”(《相鼠》首章)都不知的大国大夫，即使有再美的车马服饰，又有何“威仪”之可言呢?

以上例子均发生在孔子青少年时期，孔子耳濡目染在所难免。孔子正是在继承春秋《诗》教传统和“礼”、“仪”分疏思想的同时，将“威仪”的重点转向个体人格修养，形成了自己的《诗》教特色。他所提出致“五至”行“三无”的“五起”，便将“威仪”纳入其中，作为人格修养的范畴。所谓“‘威仪逮逮，不可选也’，无体之礼也”；“无体之礼，威仪迟迟”；“无体之礼，威仪翼翼”，可见他是从礼乐文化中继承了“威仪”概念，并将它引申到“无体之礼”之中的。孔子曾说：“无体之礼，敬也；无服之丧，忧也；无声之乐，懽也。不言而信，不动而威，不施而仁，志也。钟鼓之声，怒而击之则武，忧而击之则悲，喜而击之则乐，其志变，其声亦变。其志诚，通乎金石，而况人乎?”[36]这就是说，“无体之礼”所关注的不是形式，而是人的内心，这便将人们的视野从外在的礼仪引向内心对礼的理解和遵从。既然“威仪”应该体现“无体之礼”，那么，就不应该过于关注外在的礼仪形式，而应更注重内在的人格修养。孔子所云“礼云礼云，玉帛云乎哉?乐云乐云，钟鼓云乎哉?”[37]说的就是这样的意思。学《诗》亦复如是，学者不必拘泥于诗中的那些字句，而是要努力领会其中有利于人格修养的精神。《论语・学而》载：“子贡曰：‘贫而无谄，富而无骄，何如?’子曰：‘可也；未若贫而乐，富而好礼者也。’子贡曰：‘《诗》云：“如切如磋，如琢如磨。”其斯之谓与?’子曰：‘赐也，始可与言诗已矣，告诸往而知来者。’”[38]显然，子贡和孔子都是在人格修养层面来理解《诗》义的。再如《论语・八佾》载：“子夏问曰：‘“巧笑倩兮，美目盼兮，素以为绚兮。”何谓也?’子曰：‘绘事后素。’曰：‘礼后乎?’子曰：‘起予者商也！始可与言诗已矣。’”[39]这也同样是在人格修养层面来理解《诗》义。上海博物馆藏战国楚竹书《孔子诗论》中也保存有许多这样的材料，如孔子曰：“吾以《甘棠》得宗庙之敬，民性固然。甚贵其人，必敬其位。悦其人，必好其所为。恶其人者亦然。”[40]又曰：“《鹿鸣》以乐词而会，以道交见善而效，终乎不厌人。”[41]又曰：“《雨亡政》、《节南山》，皆言上之衰也，王公耻之。”[42]这样从人格修养方面来理解诗，从人格价值取向来评价诗，正体现出孔子《诗》教的特点，与战国以降以“美刺”说诗大异其趣。以“美刺”说诗，只能将诗落实到某一时期某一人物某一事件，反而会限制读者对诗的多角度理解和多方面需求，并且疏离了诗与学诗者的关系。而以人格解诗，则是将诗提升到道德修养和精神境界的层面，使诗具有象征的意味，这种象征不仅与中国人连类取譬的具象思维特点相契合，也与不同学诗者的不同社会需要和精神需求相适应。孔子借用“威仪”这个传统概念，融入了他对《诗》的独特理解，同时创新“气志”概念，并提出致“五至”行“三无”的特殊要求，创立了自己的《诗》教。

三

如果说“威仪”是孔子继承春秋《诗》教的传统而借用的一个概念，那么，“气志”则是孔子在吸收前人思想的基础上创造的一个新概念。因此，弄清楚“气志”的内涵对于理解孔子《诗》教也就具有特别重要的意义。

在孔子之前，我们虽未发现有人使用“气志”的概念，但“气”、“志”作为两个独立的概念都已存在，人们对它们已经作了相当深入的思考。在孔子之前，“气”和“诗”似乎还没有发生关联，而“志”和“诗”却早就发生了关联。《尚书·虞书·尧典》有“诗言志”之语，即使有人不承认这是很早就有的观念，至少《左传》记鲁襄公二十七年(前546)晋大夫赵孟云“诗以言志”[43]，证明“诗言志”的观念至迟在春秋中后期即已产生。且《左传》所记鲁文公十八年(前609)太史克引“《虞书》数舜之功”的“慎徽五典”六句即今文《尚书·虞书·尧典》的内容[44]，证明《尚书·虞书·尧典》成书不晚于春秋中期，其材料来源应该更早。不过应该注意，“诗言志”在不同历史阶段是有不同文化内涵的。闻一多指出：“志与诗原来是一个字。志有三个意义：一记忆，二记录，三怀抱，这三个意义正代表诗的发展途径上三个主要阶段。”[45]而春秋时期的“赋诗言志”，便主要是通过赋诗来抒发怀抱，已经是诗的发展的第三个阶段。这一话题笔者已有专文讨论，这里不拟重复。而孔子所谓“气志”究竟何义，是需要结合“气”的概念来探讨的，所以我们重点讨论“气”。

关于“气”，1970年代，日本东京一批研究中国哲学的学者用了三年时间来讨论这个概念，最后形成了《气的思想：中国自然观和人的观念的发展》一书。由于研究者对材料的使用非常审慎，许多传世文献因受到怀疑而被忽视或放在不甚重要的位置，而大量重要的战国楚竹书如湖北荆门郭店楚简、上海博物馆藏楚竹书当时尚未面世，故他们认为“气”在孔子那儿“几乎就未成为一个问题”，“作为正式的议题则是从《孟子》的‘浩然之气’开始”[46]。应该说，这一看法多少有些保守，特别是在大量重要战国楚竹书出土后的今天，这一看法理应得到修正。

其实，在孔子之前，不仅有关于“气”的思想，而且已较为丰富。《尚书·

君陈》有“我闻曰：至治馨香，感于神明；黍稷非馨，明德惟馨”，孔安国传：“所闻之古圣贤之言，政治之至者，芬芳馨气，动于神明；所谓芬芳，非黍稷之气，乃明德之馨，励之以德。”[47]这是说馨香即“芬芳馨气”，只有“明德”才有，非黍稷之气可比。此篇虽为古文，一些学者不承认它是早期文献，但这里将“明德”与“黍稷”之气联系比对的思想，正与中国早期“气”的思想密切相关。许慎《说文解字·米部》：“氣，馈客刍米也。从米，气声。《春秋传》曰：齐人来氣诸侯。”[48]《说文解字·气部》：“气，云气也，象形。凡气之属皆从气。”段玉裁注：“气、氣，古今字。自以氣为云气字，乃又作餼为廩氣字矣。”[49]而《说文解字·气部》除“气”外，仅列一“氛”字。甲骨文、金文均无“氣”字，字当后起。甲骨文虽有“气”字，但均不作云气解，也不是名词，“气训乞求、迄至、讫终，验之于文义词例，无不吻合”[50]。因此，作为概念名词的“氣”其实来自“馈客刍米”，即是说，古人是从食物中产生“氣”(今简化为“气”)的观念，并将它引入人生与社会，推及自然物候，来阐发他们的思想的。

例如，鲁庄公十年(前 684)曹刿论战时指出：“夫战，勇气也，一鼓作气，再而衰，三而竭。”[51]此所云“气”，无疑指人身上的一种能量，它来自何处，曹刿未说。鲁文公三年(前 624)展禽谈到夏父弗忌必有殃时说：“若血气强固，将寿宠得没。虽寿而没，不为无殃。”[52]此所云“血气”同样是人自身的能量，它来自何处，展禽也未说。周定王(前 606—前 586 在位)在回答晋景公使臣提问时谈到“威仪有则，五味实气，五色精心，五声昭德，五义纪宜；饮食可飨，和同可观，财用可嘉，则顺而德建”[53]，不仅将“威仪”与“气”联系起来，而且以为食物“五味”能够充实人之“气”，这即是说“气”乃从食物而来。的确，人的生存依赖食物，人的血气、力气等也都来自食物，这是一般的生活经验。试想，人如果没有食物，哪来的勇气、精力。而食物所散发的五味之气也最易为人们所知悉，因此，将“气”与人生和社会联系起来也就容易理解了。然而，食物出于自然，于是人们又将“自然”与“气”联系起来，如鲁昭公元年(前 541)秦医和对晋平公说：“天有六气，降生五味，发为五色，征为五声，淫为六疾。六气曰阴、阳、风、雨、晦、明也。分为四时，序为五节。过则为菑，阴淫寒疾，阳淫热疾，风淫末疾，雨淫腹疾，晦淫惑疾，明淫心疾。”[54]他认为“五味”之“气”来自“天”，而这个天并不神秘，就是“阴、阳、风、雨、晦、明”“六气”，此“六气”实即自然。事实上，食物的生长是离不开天之“六气”的，这样，医和就把五味之气与自然之气联系起来，丰富了前人关于“气”的思想。

孔子生于鲁襄公二十二年(前 551)，上述思想材料早的在其生前百余年，最晚也在其 10 岁左右，说明“气”的思想已经为学者们所注意，并进行了相当深入的思考。而在孔子生活的时代，“气”已经成为人们思想的一种观念，并自觉地将其与人生和社会联系在一起。例如，周景王二十三年(前522)，单穆公谏景王铸无射大钟时便指出：“口内味而耳内声，声味生气。气在口为言，在目为明。言以信名，明以时动。名以成政，动以殖生。政成生殖，乐之至也。若视听不和，而有震眩，则味入不精；不精则气佚，气佚则不和。于是乎有狂悖之言，有眩惑之明，有转易之名，有过慝之度。出令不信，刑政放纷，动不顺时，民无据依，不知所力，各有离心。上失其民，作则不济，求则不获，其何以能乐?”[55]由于是讨论“声乐”的问题，所以这里突出了“声”，但论者却不忘首先提出“味”，以便得出“声味生气”的结论，这说明“五味实气”仍然是其立论的根据。不仅如此，论者更进一步将“气”作为言、视、名、动、行政、生殖的基础。这样，“气”的概念内涵便被极大地扩充了。

更为重要的是，在孔子同时而稍前，人们已经开始关注“气”与“志”的关系，提出了颇有启发性的思想。例如，鲁昭公九年(前533)，晋膳宰屠蒯谏晋平公时说：“味以行气，气以实志，志以定言，言以出令。臣实司味，二御失官，而君弗命，臣之罪也。”[56]这里不仅仍然把“气”与“味”联系在一起，而且提出了“味”、“气”、“志”、“言”、“令”的关系，说明这些问题已经为人们所关注。而郑国执政子产则说：“则天之明，因地之性，生其六气，用其五行。气为五味，发为五色，章为五声，淫则昏乱，民失其性。是故为礼以奉之。为六畜、五牲、三牺，以奉五味。为九文、六采、五章，以奉五色。为九歌、八风、七音、六律，以奉五声。为君臣上下，以则地义。为夫妇外内，以经二物。为父子兄弟、姑姊甥舅、昏媾姻亚，以象天明。为政事庸力行务，以从四时。为刑罚威狱，使民畏忌，以类其震曜杀戮。为温慈惠和，以效天之生殖长育。民有好恶喜怒哀乐，生于六气。是故审则宜类，以制六志。”[57]这里的“六气”之说显然与前引医和之说相类，杜预注“谓阴阳风雨晦明”，无疑是正确的。其尤可注意者，是子产谈到民性时，仍然以“气为五味”入题，推导出五色、五声，以至政教、伦理、情性，并且提出了“气”与“志”的关系问题，主张以“六气”制“六志”，直接启发了孔子的“气志”理论。子产之语虽然是由子太叔转述，但子产死于郑定公八年(前522)，其思想的提出必定更早，且鲁昭公元年(前541)子产曾对晋平公说过：“侨闻之，君子有四时：朝以听政，昼以访问，夕以修令，夜以安身。于是乎节宣其气，勿使有所壅闭湫底，以露其体，兹心不爽，而昏乱百度。今无乃一之，则生疾矣。”[58]这证明他的确十分重视“气”的调养、运用和宣导，因此才对“气”有上面那样深刻的思考。

孔子受到春秋以来关于“气”的思想影响，在《论语》中有所记载。例如，

《论语·季氏》载："孔子曰：君子有三戒：少之时，血气未定，戒之在色；及其壮也，血气方刚，戒之在斗；及其老也，血气既衰，戒之在得。"[59]显然，孔子接受了前人以"血气"为人的身体能量的观念，并把它引入人生修养的轨道，提出了人应该如何根据"血气"的运动规律来锻炼自己的品格，从而提升了对于"血气"的认识。而"君子有三戒"思想的提出，也昭示着他将"血气"的调整控制与人格修养自觉联系在一起，"气志"概念也就呼之欲出了。孔子还说："同声相应，同气相求。水就湿，火就燥。云从龙，风从虎。圣人作，而万物覩。本乎天者亲上，本乎地者亲下，则各从其类也。"[60]这里的"气"对于人来说实际上指的是人格类型，也与"气志"有关。在孔子看来，人格修养是做人的根本，丢掉了人格也就丢掉了一切。他说："不学而好思，虽知，不广矣。学而慢其身，虽学，不尊矣。不以诚立，虽立，不久矣。诚未著而好言，虽言，不信矣。美材也而不闻君子之道，隐小物以害大物者，灾必及身矣。"[61]孔子的思想，深刻教育和影响了他的弟子。他的弟子也能够从修养君子人格的角度来理解"气"，如曾子就说："君子所贵乎道者三：动容貌，斯远暴慢矣；正颜色，斯近信矣；出辞气，斯远鄙倍矣。"[62]他还说："君子虑胜气，思而后动，论而后行，行必思言之，言之必思复之，思复之必思无悔言，亦可谓慎矣。"[63]可以看出，"气"的思想在孔子及弟子这里绝非"几乎就未成为一个问题"，而是一个重要的问题。当然，孔子关于"气"的思想，最有创新的不是"血气"之说而是"气志"之论。

四

孔子在接受前人思想成果的基础上，提出"气志"概念，并改造传统的"威仪"概念与之配合，以作为其《诗》教理论的核心概念，确实具有创新意义。

让我们再回到孔子回答子夏问诗的语境中。子夏据《诗》"凯俤君子，民之父母"请教"何如斯可谓民之父母"，孔子回答："必达于礼乐之漽，以致'五至'，以行'三无'，以横于天下。四方有败，必先知之，其之谓民之父母矣。"[64]这里提出的其实主要是作为"民之父母"的人格修养要求。"必达于礼乐之漽"是修养目标，"漽"今本作"原"或"源"，义为本原，即达致礼乐所要求人达到的那种境界，这种境界自然是以人格修养为基础的。"以致'五至'，以行'三无'"既是修养手段，也是修养方法，致"五至"是要求内外兼至即内外兼修，行"三无"是要求由外转内以获得礼乐的真精神。"以横于天下"，则是修养效果。这种获得礼乐真精神的人格修养在人身上体现的是"气"或"气志"，而这种"气志"却是看不见听不到的，但它又是可以充实个体生命乃至充满整个宇宙而发挥巨大作用的。正因为如此，孔子才接着说："君子以此横于天下，系耳而听之，不可得而闻也，明目而见之，不可得而见也；而得气塞于四海，此之谓三无。”[65]这说明致“五至”行“三无”的人可以获得这种“气志”，反之，有了这种“气志”也就能够致“五至”行“三无”。由此可见，上文提到的“以横于天下”指的也是这“塞于四海”的“气志”。正因为“气志”“横于天下”、“塞于四海”，所以“四方有败，必先知之”，能够乐民之生，哀民之死，替民造福，为民除害——“此之谓民之父母矣”。显然，这种“气志”既是一种精神状态，也是一种生活态度，还是一种社会责任，更是一种人生理念，其总和则为人格。

在这里，孔子为弟子同时也是为自己树立了一个理想道德人格的标高，这种人格其实就是孔子所反复宣传的君子人格，《论语》中多有记载，这里不拟赘述。自然，达到这一人格标准是很难的，却也绝非没有进修的路径。于是孔子又提出了“五起”，为弟子指点迷津。“五起”可以视为君子人格的进修路径，前文已经作了分析。这里需要强调的是，“五起”中的“气志”和“威仪”在孔子的论述中尽管对应于“无声之乐”和“无体之礼”，然而，它们却是相互联系的，因为“礼”、“乐”本来也是相互联系的。孔子这里所说的“威仪”，已经不是传统礼仪中的“威仪”，而是“无体之礼”中的“威仪”，这就将“威仪”引入人格修养的内在领悟上来，但人格修养的内在领悟又必然会有外在呈现，这种外在呈现自然不排斥礼仪，却并非就是礼仪，而是要和内在“气志”相结合，互为表里。这样，北宫文子所论“威仪”中提到的“德行”、“声气”等就被“气志”所代替，并充实为一个人格内化的概念，以与传统“威仪”概念相分疏。因此，孔子《诗》教的“气志”，就是个体人格修养所锻炼的君子“气志”；孔子《诗》教的“威仪”，就是君子“气志”所呈现的个体“威仪”。“气志”内聚，可以外发也必须外发；“威仪”外显，可以内验也必须内验。“气志”和“威仪”，正是孔子《诗》教人格取向的一体两面。也就是说，在孔子心目中，民之父母需要君子人格，而君子人格应该内外兼修，但基础是内；“气志”和“威仪”可以并重，但关键是“气志”；《诗》的学习不仅要体现君子“威仪”，更要彰显君子“气志”。而孔子本人正是具有这种“气志”和“威仪”的实践者，韩婴对孔子的描述或可作为参考：“孔子抱圣人之心，彷徨乎道德之域，逍遥乎无形之乡，倚天理，观人情，明终始，知得失。故兴仁义，厌势利，以持养之。于时周室微，王道绝，诸侯力政，强劫弱，众暴寡，百姓靡安，莫之纪纲，礼义废坏，人伦不理；于是孔子自东自西，自南自北，匍匐救之。”[66]这样，孔子《诗》教就从西周时期“诗言志”偏重“威仪”和春秋时期“赋诗言志”偏重应用，而转向更加注重“气志”也即更加重视君子人格培养的轨道上来。

据《礼记·孔子闲居》所记，在“五起”之后，孔子又提出了“三无私”。这一要求与孔子《诗》教确有关联，可以作为竹书《民之父母》的补充。“五起”涉及“气志”与“威仪”的关系，上面已做分析，而“三无私”则是直接说明“气志”内涵的。“三无私”即“天无私覆，地无私载，日月无私照”[67]。照孔子的说法，人的“气志”只有达到像天地日月一样无私关照万物，他就会成为民众拥戴的道德高尚的君子。为了强调这一思想，孔子指出：“天有四时，春夏秋冬，风雨霜露，无非教也。地载神气，神气风霆，风霆流行，庶物露生，无非教也。清明在躬，气志如神，嗜欲将至，有开必先，天降时雨，山川出云。其在《诗》曰：‘嵩高惟岳，峻极于天。惟岳降神，生甫及申。惟申及甫，惟周之翰。四国于蕃，四方于宣。’此文武之德也。”[68]这就等于告诉子夏，周文王、周武王就是这种具有“三无私”之“气志”的“凯俤君子”，他们的“气志”仿如天地日月，泽被子孙四海，有了这种君子人格，才可谓“民之父母”。这就把理想道德人格具体化了，更便于弟子把握，也易于后人理解。

孔子不仅有自己的《诗》教理论，而且还用切切实实的行动来实践自己的理论，使我们能够进一步理解“气志”与“威仪”的关系。据《论语·乡党》所记：“孔子于乡党，恂恂如也，似不能言者。在宗庙朝廷，便便言，唯谨耳。朝与下大夫言，侃侃如也。与上大夫言，訚訚如也。君在，踧踖如也，与与如也。君招使摈，色勃如也，足躩如也。揖所以立，左右手，衣前后，襜如也。趋进，翼如也。宾退，必复命曰：宾不顾矣。入公门，鞠躬如也，如不容。立不中门，行不履阈，过位，色勃如也，足躩如也，其言似不足者。摄齐升堂，鞠躬如也，屏气似不息者。出，降一等，逞颜色，恰恰如也。没阶趋进，翼如也。复其位，踧踖如也。执圭，鞠躬如也，如不胜。上如揖，下如授，勃如战色，足缩缩如有循。享礼，有容色。私觌，愉愉如也。”[69]在这里，孔子所表现的似乎只是礼仪所要求的容色、举止、言语等。其实，孔子的容色、举止、言语，已经融入了他对君子“威仪”的理解，或者说是君子“威仪”的呈现。然而，仅仅将其视为“威仪”，又显然是不够的，因为在孔子的时代，作为礼仪的“威仪”观念已经淡化，所以孔子更偏重于“无体之礼”。因此，孔子的行为所体现的正是他所提倡的“气志”，或者说是“气志”与“威仪”的有机结合，是理想君子人格的内在体验与外在呈现。

孔子《诗》教的这种人格取向具有重要意义，对中国文学思想的影响巨大而深远，在今天仍然有其现实价值，值得我们重视。

首先，孔子《诗》教将学《诗》者的关注点从礼仪应用引向人格培养，使文学得以从集体仪式转向个体表征，这一转变具有划时代意义。《诗经》之重视“威仪”，已如前说。如果说西周时与“诗”相联系的“威仪”主要呈现在配合礼乐制度的礼仪程序中，物化的成分较多(这只要读读《诗经》的雅、颂和《仪礼》就不难明白)，那么，春秋时期的“威仪”则已与个人情志怀抱发生联系，并具有了道德人格指向，尽管这种人格偏重于集体人格而非个体人格。例如，楚庄王(前 613—前 590 在位)时申叔时论教太子事说：“且夫诵诗以辅相之，威仪以先后之，体貌以左右之，明行以宣翼之，制节义以动行之，恭敬以临监之，勤勉以劝之，孝顺以纳之，忠信以发之，德音以扬之，教备而不从者，非人也。”[70]可以证明这一点。而孔子从“无体之礼”论“威仪”，则完成了“威仪”作为个体人格表征的理论建构。尤其是孔子新创“气志”概念，使其作为“威仪”的人格依据，并提出“五至”、“三无”、“五起”、“三无私”一系列主张，全面阐述君子人格的具体要求和进修路径，形成了独具特色的《诗》教，其思想理论价值应该得到充分肯定。不过，进入战国以后，礼乐已不行于列国[71]，“威仪”也因无所依托而失去应有的价值。《墨子》放言：“威仪之礼，圣王弗为。”[72]诸子均不论“威仪”，仅荀子在行文中引《诗》涉及。这一思想的隐退无疑影响了人们对于孔子《诗》教的全面理解，甚至连带对其“气志”思想的认识也发生模糊，不能不说是极大的遗憾。

其次，孔子《诗》教完成了“诗言志”观念的文学转型，促进了独立文学观念的诞生。“诗言志”观念发生甚早，它是原始乐教的一部分，表现为巫史集团在占卜祭祀过程的祷辞告语，“指向神明昭告”。它不是独立的文学观念而是宗教观念的一部分。西周初年，“诗”被纳入礼乐教化的体系之中，与世俗政教和文化制度紧密结合，使“诗”成为表达民族情感和沟通政治情绪的工具，完成了从“神明昭告”向“天子听政”的转变。而进入体制内的“诗”与乐配合，应用于宗庙祭祀、朝会宴饮，成为典礼仪式的重要环节，发挥着维护宗法秩序、交流思想感情的作用。社会礼乐制度规范和仪式运用规则赋予了诗乐的意义和价值。不过，这时的“诗”并未脱离礼乐而获得独立地位，单纯的文学观念也未能产生。“诗”所言之“志”虽指向世俗政治伦理秩序，却仍然受制于“乐”而服务于“礼”，表达的是民族的思想情感。春秋时期，“诗”逐渐摆脱礼乐束缚而获得独立发展，这种发展主要通过两个途径来实现。一是通过“赋诗言志”以摆脱乐教的束缚，从而凸显诗的独立“言志”功能；一是通过“礼”、“仪”之辨以摆脱典礼仪式的束缚，从而凸显诗的内在意义价值。二者相辅相成形成春秋诗教传统，为诗的观念解放和文学观念的形成奠定了基础[73]。而孔子《诗》教则完成了使诗进入到表达个体情感和培养君子人格的历史新阶段，实现了“诗言志”观念的文学转型。同时，孔子首次提出独立的文学观念，为中国文学思想的发展开辟了道路[74]。

第三，孔子《诗》教中的“气志”概念对中国文学思想发展产生了重要影响，同样不能忽视。《韩诗外传》多有以“气志”说《诗》的例子，如云：“目者心之符也，言者行之指也。夫知者之于人也，未尝求知而后能知也。观容貌，察气志，定取舍，而人情毕矣。《诗》曰：‘他人有心，予忖度之。’”[75]

“故使者必矜文辞，喻诚信，明气志，解结申屈，然后可使也。《诗》曰：‘辞之怿矣。’”[76]新近出土的战国楚竹书中也有关于“气志”的文献[77]。而最值得重视的自然是孟子关于“气”、“志”关系的论述和“养气”的思想。如孟子批评告子“不得于言，勿求于心，不得于心，勿求于气”的主张说：“不得于心，勿求于气，可。不得于言，勿求于心，不可。夫志，气之帅也。气，体之充也。夫志至焉，气次焉，故曰：持其志，无暴其气。”[78]对于“志至焉，气次焉”，前人有不同理解。赵岐释为：“志为至要之本，气为其次。”[79]而毛奇龄则以为：“此次字如《毛诗传》‘主人入次’、《周礼》‘宫正掌次’之次，言舍止也。”焦循本毛说进一步指出：“若然，则至为来至之至，志之所至，气即随之而止。正与赵氏下注‘志向气随’之意合。”[80]赵岐将“志”、“气”强分“本”、“次”，的确不太符合孟子原意，因为孟子接着提出了“养气”之说：“吾知言，吾善养吾浩然之气。”并说：“其为气也，至大则刚，以直养而无害，则塞于天地之间。”[81]如果“气”是“次”而非“本”，孟子又为何要舍“本”而逐“次”？然而，说“气”、“志”本无主从，似亦不符孟子原意，因为孟子明明说“夫志，气之帅也”。这里的矛盾难以解决。如果将孟子思想与孔子联系，这一矛盾就可以得到解释。孔子提出“气志”概念，是将“气”、“志”合一，并未分别主从。而孟子将“气”、“志”分提，强调“夫志，气之帅也”，似乎区分了主从。不过，这种“主从”不是“本”、“次”，而是类例。正如焦循所云：“人有志而物无志，故人物皆有是性皆有是气，而人能以志帅，则能度其可否。”[82]也就是说，“志”是“人”与“物”(动物)区别的标志，即“人性”之所在，而“气”则是生命表达的基础，即“人性”之依托。为了充实、光辉人的生命，首先自然要夯实基础，即“养气”，否则“人性”将失去依托。这就是孟子之所以既强调“夫志，气之帅也”，而又要“养吾浩然之气”的原因。其实，孟子所养“塞于天地之间”的“浩然之气”与孔子所云“塞乎四海”、“横于天下”的“气志”一脉相传，其人格指向完全一致。而他将“养气”与“知言”联系起来，更可见其与孔子《诗》教的联系。孟子之后，“气志”思想在文学领域仍然深有影响，如荀子的“治气养心”说，曹丕的“文气”说，刘勰的“养气”说，钟嵘的“气动物感”说，都是例证。这一思想，也启发了宋代学者的“理气”之辨，为中国思想史写下了辉煌一页。

第四，孔子《诗》教提出的“气志”、“威仪”等思想，在今天仍有借鉴意义。也许有人会说：孔子所说的“五至”、“三无”、“五起”等，都与礼乐文化有关，而礼乐文化早已是历史陈迹；孔子所提倡的“横于天下”、“塞乎四海”的君子“气志”，不过是一个无可企及的心造幻影，在注重现实物质利益的今天，没有必要再去提它，提了也可能没人理睬它。然而，“艺术、科学和哲学，最终殊途同归，都与世俗功利和个人物欲分道扬镳，而科学家、哲学家和艺术家一样，最终都通过这种超然物外的态度，获得了同样的心灵的宁静”[83]。孔子的“气志”论，孟子的“养气”说，无非表明他们对于君子人格的向往和追求，虽然现实社会对人格的要求与孔孟时代相去甚远，但那种对自我品格修养的严格要求和对全社会全人类的真切关怀却是不应被忘记的，“清明在躬，气志如神”是令人神往的，“富贵不能淫，贫贱不能移，威武不能屈”[84]也是需要提倡的。如果没有“气志”，没有“三无私”情怀，不养“浩然之气”，不关心民生疾苦，只视文学为个人的消遣之物，文学的衰微也就在所难免了，而个人的猥琐也同样在所难免了。即使对于“威仪”，我们也不应完全否定，因为“威仪”并非仅是仪容、仪貌、仪言、仪行，更在于个人对其社会角色的理解与践履，当然也包括对其社会认可度的期待与追求。而这一切，同样是现代人所需要的，其具体内涵当然要随着社会发展而不断变化。孔子关于君子人格的论述，古人关于要学文先做人的告诫，在今天仍然是有现实价值的。人自尊而人尊之，人自爱而人爱之，“知者不惑，仁者不忧，勇者不惧”，“三军可夺帅也，匹夫不可夺志也”[85]，人格问题在今天其实是一个重大现实问题。如果我们敬仰孔子“知其不可为而为之”的精神，赞赏文学的建安风骨和魏晋风度，钦慕英伦三岛所保留的绅士风度，那么，我们就应该重视孔子《诗》教。如果能够将孔子《诗》教的“气志”和“威仪”转化为现代人的“气志”和“威仪”，则文学幸甚，社会幸甚，天下幸甚！

注释：

*原载《清华大学学报(哲学社会科学版)》2013 年第 1 期；《高等学校文科学术文摘》2013 年第 2 期转载，《中国社会科学文摘》2013 年第 7 期转载，《新华文摘》2013 年第 11 期转摘。

[1]《左传》所记诸侯卿大夫盟会宴飨聘问交接时“赋诗言志”，起于鲁僖公二十三年(前 637)，迄于鲁定公四年(前 506)，尤以鲁襄公时为多，而孔子生于鲁襄公二十二年(前 551)，显然受到这一时代风习的濡染。而定公四年后《左传》未记诸侯卿大夫赋诗事，并非“诗教”已经中绝，而是《诗》已经传播到民间，成为普通士民所学习的教材，孔子以《诗》、《书》、《礼》、《乐》教弟子便是明证。

[2]何晏集解、邢昺疏：《论语注疏》卷一《学而》，阮元校刊《十三经注疏》本，中华书局 1980 年版，第 2458 页。

[3]何晏集解、邢昺疏：《论语注疏》卷十七《阳货》，阮元校刊《十三经注疏》本，中华书局 1980 年版，第 2525 页。

[4]“凱悌”，《礼记·孔子闲居》为“凱弟”，今传本《诗经》为“岂弟”。凯，又作“恺”；悌，通“弟”、“悌”。

[5]马承源主编：《上海博物馆藏战国楚竹书》(二)，上海古籍出版社 2002 年版，第 166 页。

[6]马承源主编:《上海博物馆藏战国楚竹书》(二),上海古籍出版社 2002 年版,第 156～158 页。原文用整理者拟定的通行字。括号内字原简缺损,为整理者所补。下引此类补字不再用括号,以减少阅读障碍。

[7]郑玄笺、孔颖达疏:《毛诗正义》卷十七《大雅·泂酌》,阮元校刊《十三经注疏》本,中华书局 1980 年版,第 544 页。

[8]郑玄注、孔颖达疏:《礼记正义》卷五十四《表记》,阮元校刊《十三经注疏》本,中华书局 1980 年版,第 1641 页。

[9]马承源主编:《上海博物馆藏战国楚竹书》(二),上海古籍出版社 2002 年版,第 158～159 页。

[10]清姚际恒指出:"《书》曰:'诗言志。'故曰'志之所至,诗亦至焉'。则志即在诗内,不得分为二至。且章首是言民之父母,则五至皆谓至于民也。至志于诗,何与于民?其不得以志为第一至,审矣!郑氏以其不可通,故曰:'凡言至者,至于民也。志谓恩意也。言君恩意至于民,则其诗亦至也。'以志为恩意,曲解显然,即作者之意,亦岂尝如是?或乐亦至焉之乐,音岳;乐之所至之乐,音洛,欲取哀至之义,忽以乐(岳)字脱换作乐(洛)字,甚奇!(注与疏以三乐字皆音洛,则礼乐不相接。陈氏《集说》上二乐字皆音岳,则乐哀又不相接也。)《诗》、《礼》、《乐》属经,哀属人情,又何得并《诗》、《礼》、《乐》为一至乎?至于哀乐相生,又别一义,竟与'民之父母'章全不照顾矣!'视之不见、听之不闻',本《老子》'希夷'之说;'志气塞乎天地',袭《孟子》'其为气也,则塞乎天地之间',然气可言塞,志不可塞也!"(杭世骏:《续礼记集说》引,台北:明文出版社 1992 年版,第 4868～4869 页)

[11]马承源主编:《上海博物馆藏战国楚竹书》(二),上海古籍出版社 2002 年版,第 159 页。

[12]孔安国传、孔颖达疏:《尚书正义》卷十七《周书·立政》,阮元校刊《十三经注疏》本,中华书局 1980 年版,第 232 页。

[13]王充:《论衡·明雩篇》,《诸子集成》本,上海书店 1986 年版,第 151 页。

[14]王弼注:《老子道德经》四十二章,《诸子集成》本,上海书店 1986 年版,第 27 页。

[15]高明:《帛书老子校注》,中华书局 1996 年版,第 32 页。

[16]郑玄注、贾公彦疏:《周礼注疏》卷二十六,阮元校刊《十三经注疏》本,中华书局 1980 年版,第 819 页。

[17]详细讨论参见王齐洲《中国文学观念论稿》之《从〈民之父母〉看孔子〈诗〉教》,湖北教育出版社 2003 年版。

[18]马承源主编:《上海博物馆藏战国楚竹书》(二),上海古籍出版社 2002 年版,第 161～163 页。

[19]《论语·宪问》的一段记载有助于我们对孔子思想的理解:"子路问君子。子曰:'修己以敬。'曰:'如斯而已乎?'曰:'修己以安人。'曰:'如斯而已乎?'曰:'修己以安百姓。——修己以安百姓,尧舜其犹病诸。'"

[20]何晏集解、邢昺疏:《论语注疏》卷十二《颜渊》,阮元校刊《十三经注疏》本,中

华书局1980年版，第2504页。

[20]楚竹书此段断简，这里用《礼记·孔子闲居》文，据简文补充“成王不敢康”一句。

[21]郑玄笺、孔颖达疏：《毛诗正义》卷十九《周颂·昊天有成命》，阮元校刊《十三经注疏》本，中华书局1980年版，第587页。

[22]郑玄笺、孔颖达疏：《毛诗正义》卷二《邶风·柏舟》，阮元校刊《十三经注疏》本，中华书局1980年版，第296页。

[23]郑玄笺、孔颖达疏：《毛诗正义》卷二《邶风·谷风》，阮元校刊《十三经注疏》本，中华书局1980年版，第303页。

[24]马承源主编：《上海博物馆藏战国楚竹书》(二)，上海古籍出版社2002年版，第169～175页。此“五起”的顺序与《礼记·孔子闲居》略有不同，而此文逻辑性更强。详细讨论参见王齐洲《中国文学观念论稿》之《从〈民之父母〉看孔子〈诗〉教》。

[25]楚竹书《民之父母》“五起”中明确提到“气志”和“威仪”的有：“无声之乐，气志不违；无体之礼，威仪迟迟”(一起)；“无声之乐，气志既得；无体之礼，威仪翼翼”(四起)；“无声之乐，气志既从”(五起)。《礼记·孔子闲居》则有“无声之乐，气志不违；无体之礼，威仪逮逮”(一起)；“无声之乐，气志既得；无体之礼，威仪翼翼”(二起)；“无声之乐，气志既从”(三起)；“无声之乐，气志既起”(五起)。

[26]王国维：《观堂集林》卷十《殷周制度论》，河北教育出版社2003年第2版，第232页。

[27]杜预注、孔颖达疏：《春秋左传正义》卷三《隐公五年》，阮元校刊《十三经注疏》本，中华书局1980年版，第1727页。

[28]杜预注、孔颖达疏：《春秋左传正义》卷四十《襄公三十一年》，阮元校刊《十三经注疏》本，中华书局1980年版，第2016页。

[29]何晏集解、邢昺疏：《论语注疏》卷十二《颜渊》，阮元校刊《十三经注疏》本，中华书局1980年版，第2503～2504页。

[30]杜预注、孔颖达疏：《春秋左传正义》卷十八《文公三年》，阮元校刊《十三经注疏》本，中华书局1980年版，第1840页。

[31]杜预注、孔颖达疏：《春秋左传正义》卷四十一《昭公元年》，阮元校刊《十三经注疏》本，中华书局1980年版，第2020页。

[32]杜预注、孔颖达疏：《春秋左传正义》卷四十三《昭公五年》，阮元校刊《十三经注疏》本，中华书局1980年版，第2041页。

[33]杜预注、孔颖达疏：《春秋左传正义》卷五十一《昭公二十五年》，阮元校刊《十三经注疏》本，中华书局1980年版，第2107～2108页。

[34]葛兆光：《中国思想史》第一卷，复旦大学出版社2001年版，第84页。

[35]杜预注、孔颖达疏：《春秋左传正义》卷三十八《襄公二十七年》，阮元校刊《十三经注疏》本，中华书局1980年版，第1994页。

[36]刘向撰、向宗鲁校证：《说苑校证》卷十九《修文》，中华书局1987年版，第497页。

[37]何晏集解、邢昺疏：《论语注疏》卷十七《阳货》，阮元校刊《十三经注疏》本，中华书局 1980 年版，第 2525 页。

[38]何晏集解、邢昺疏：《论语注疏》卷一《学而》，阮元校刊《十三经注疏》本，中华书局 1980 年版，第 2458 页。

[39]何晏集解、邢昺疏：《论语注疏》卷三《八佾》，阮元校刊《十三经注疏》本，中华书局 1980 年版，第 2466 页。

[40]马承源主编：《上海博物馆藏战国楚竹书》(一)，上海古籍出版社 2001 年版，第 139 页。

[41]马承源主编：《上海博物馆藏战国楚竹书》(一)，上海古籍出版社 2001 年版，第 152 页。

[42]马承源主编：《上海博物馆藏战国楚竹书》(一)，上海古籍出版社 2001 年版，第 136 页。

[43]杜预注、孔颖达疏：《春秋左传正义》卷三十八《襄公二十七年》，阮元校刊《十三经注疏》本，中华书局 1980 年版，第 1997 页。

[44]杜预注、孔颖达疏：《春秋左传正义》卷二十《文公十八年》，阮元校刊《十三经注疏》本，中华书局 1980 年版，第 1863 页。

[45]闻一多：《神话与诗》，上海人民出版社 2006 年版，第 151 页。

[46]小野泽精一、福永光司、山井涌：《气的思想：中国自然观和人的观念的发展》，上海人民出版社 1990 年版，第 35 页、第 56 页。

[47]孔安国传、孔颖达疏：《尚书正义》卷十八《周书·君陈》，阮元校刊《十三经注疏》本，中华书局 1980 年版，第 237 页。

[48]许慎：《说文解字》七篇上《米部》，岳麓书社 2006 年版，第 148 页。

[49]段玉裁：《说文解字注》一篇上，上海古籍出版社 1981 年版，第 20 页。

[50]于省吾：《释气》，于省吾主编《甲骨文字诂林》第四册，中华书局 1996 年版，第 3375 页。

[51]杜预注、孔颖达疏：《春秋左传正义》卷八《庄公十年》，阮元校刊《十三经注疏》本，中华书局 1980 年版，第 1767 页。

[52]徐元诰：《国语集解·鲁语上第四》，中华书局 2002 年版，第 166 页。

[53]徐元诰：《国语集解·周语中第二》，中华书局 2002 年版，第 60～61 页。

[54]杜预注、孔颖达疏：《春秋左传正义》卷四十一《昭公元年》，阮元校刊《十三经注疏》本，中华书局 1980 年版，第 2025 页。

[55]徐元诰：《国语集解·周语下第三》，中华书局 2002 年版，第 109～110 页。

[56]杜预注、孔颖达疏：《春秋左传正义》卷四十五《昭公九年》，阮元校刊《十三经注疏》本，中华书局 1980 年版，第 2057～2058 页。

[57]杜预注、孔颖达疏：《春秋左传正义》卷五十一《昭公二十五年》，阮元校刊《十三经注疏》本，中华书局 1980 年版，第 2107～2108 页。

[58]杜预注、孔颖达疏：《春秋左传正义》卷四十一《昭公元年》，阮元校刊《十三经注疏》本，中华书局 1980 年版，第 2024 页。

[59]何晏集解、邢昺疏：《论语注疏》卷十六《季氏》，阮元校刊《十三经注疏》本，中华书局1980年版，第2522页。

[60]王弼、韩康伯注、孔颖达疏：《周易正义》卷一《文言》，阮元校刊《十三经注疏》本，中华书局1980年版，第16页。

[61]韩婴：《韩诗外传》引，《四部丛刊初编》本，商务印书馆1922年版。

[62]何晏集解、邢昺疏：《论语注疏》卷八《泰伯》，阮元校刊《十三经注疏》本，中华书局1980年版，第2486页。

[63]王聘珍：《大戴礼记解诂·曾子立事》，中华书局1983年版，第71页。

[64]马承源主编：《上海博物馆藏战国楚竹书》(二)，上海古籍出版社2002年版，第156～158页。

[65]马承源主编：《上海博物馆藏战国楚竹书》(二)，上海古籍出版社2002年版，第163～164页。此段《孔子闲居》文略异，末句为“志气塞乎天地，此之谓五至”，虽无简文合乎逻辑(应是“三无”，不应是“五至”)，但以塞乎天地的为“气”或“气志”则一。《孔子闲居》文中的“志气“根据上下文应为“气志”。

[66]韩婴：《韩诗外传》卷五，《四部丛刊初编》本，商务印书馆1922年版。

[67]郑玄注、孔颖达疏：《礼记正义》卷五十一，阮元校刊《十三经注疏》本，中华书局1980年版，第1617页。

[68]郑玄注、孔颖达疏：《礼记正义》卷五十一，阮元校刊《十三经注疏》本，中华书局1980年版，第1617页。

[69]何晏集解、邢昺疏：《论语注疏》卷十《乡党》，阮元校刊《十三经注疏》本，中华书局1980年版，第2493～2494页。

[70]徐元诰：《国语集解·楚语上第十七》，中华书局2002年版，第485～487页。

[71]清顾炎武在论“周末风俗”时说：“如春秋时，犹尊礼重信，而七国则决不言礼与信矣。春秋时，犹宗周王，而七国则决不言王矣。春秋时，犹严祭祀，重聘享，而七国则无其事矣。春秋时，犹论宗姓氏族，而七国则无一言及之矣。春秋时，犹宴会赋诗，而七国则不闻矣。春秋时，犹有赴告策书，而七国则无有矣。邦无定交，士无定主，此皆变于一百三十三年之间。史无阙文，而后人可以意推者也。不待始皇之并天下，而文武之道尽矣。”(《日知录集释》卷十三，岳麓书社1994年版，第467页)

[72]孙诒让：《墨子间诂》卷六《节用中》，《诸子集成》本，上海书店1986年版，第103页。

[73]参见王齐洲《“诗言志”：中国古代文学观念发生的一个标本》，《清华大学学报(哲学社会科学版)》2010年第1期。

[74]参见王齐洲《游夏文学发微》，《北京大学学报(哲学社会科学版)》2003年第4期；《论孔子的文学观念》，《孔子研究》1998年第1期。

[75]韩婴：《韩诗外传》卷四，《四部丛刊初编》本，商务印书馆1922年版。

[76]韩婴：《韩诗外传》卷十，《四部丛刊初编》本，商务印书馆1922年版。

[77]如湖北荆门郭店楚简《物由望生》(一作《语丛一》)：“察天道以化民气，凡有血气者，皆有喜有怒，有慎有庄，有体有容，有色有声，有嗅有味，有气有志。”(李零《郭

店楚简校读记》，北京大学出版社 2002 年版，第 160 页）

[78]赵岐注、孙奭疏：《孟子注疏》卷三上《公孙丑章句上》，阮元校刊《十三经注疏》本，中华书局 1980 年版，第 2685 页。

[79]赵岐注、孙奭疏：《孟子注疏》卷三上《公孙丑章句上》，阮元校刊《十三经注疏》本，中华书局 1980 年版，第 2685 页。

[80]焦循：《孟子正义》卷三，《诸子集成》本，上海书店 1986 年版，第 116 页。

[81]焦循：《孟子正义》卷三，《诸子集成》本，上海书店 1986 年版，第 116 页。

[82]焦循：《孟子正义》卷三，《诸子集成》本，上海书店 1986 年版，第 116 页。

[83]简·艾伦·哈里森：《古代艺术与仪式》，生活·读书·新知三联书店 2008 年版，第 144 页。

[84]赵岐注、孙奭疏：《孟子注疏》卷六上《滕文公章句下》，阮元校刊《十三经注疏》本，中华书局 1980 年版，第 2710 页。

[85]何晏集解、邢昺疏：《论语注疏》卷九《子罕》，阮元校刊《十三经注疏》本，中华书局 1980 年版，第 2491 页。

“君子谋道”：中国古代文学观念的主体意识
——兼论中国早期知识分子的来历和特点

知识分子是现代的概念，一般认为起源于19世纪下半叶的俄国。知识分子属于“中产阶级的一部分”[1]。“根据西方学术界的一般理解，所谓‘知识分子’，除了献身于专业工作以外，同时还必须深切地关怀着国家、社会，以至世界上一切有关公共利害之事，而且这种关怀又必须是超越于个人(包括个人所属的小团体)的私利之上的。”[2]即是说，仅有知识并不就是知识分子，只有同时具有现实关怀和个体超越的人才能称为知识分子。西方自古就有两个世界的划分，古希腊哲学家们关注真理世界而忽视现实世界，中世纪教士们则崇拜信仰世界而鄙弃世俗世界，他们与现代知识分子都有精神上的隔膜，所以西方学术界并不把古希腊哲学家和中世纪教士作为现代知识分子的渊薮。真正作为西方知识分子精神之源的是启蒙运动推动下的文化俗世化所体现的一种崭新的现代精神。“和基督教的传统不同，他们的理想世界在人间不在天上；和希腊的哲学传统也不同，他们所关怀的不但是如何‘解释世界’，而且更是如何‘改变世界’。从伏尔泰到马克思都是这一现代精神的体现。”然而，“如果根据西方的标准，‘士’作为一个承担着文化使命的特殊阶层，自始便在中国历史上发挥着‘知识分子’的作用”[3]。学术界一般认为，中国古代知识分子诞生于春秋战国之际，以孔子为代表的儒家学者是其杰出代表，而中国古代文学观念也在此时被正式提出。既然中国知识分子的诞生与中国文学观念的发生若合符节，而孔子楬櫫的文学观念有着十分明确的人文内涵[4]，从知识分子角度来探讨中国传统文学观念的发生显然是合理和必要的。

一、“士”与“儒”：中国早期知识分子的身份来历

在讨论中国知识分子与中国古代文学观念的关系之前，有必要对中国知识分子的身份来历作一初步清理，以便对这一群体的基本特征有一个总体的把握，从而能够更准确地理解他们的主体意识和思想观念。

顾颉刚关于中国古代知识分子的来历有一个著名的观点，即文士由武士蜕化而来。他认为，“吾国古代之士，皆武士也。士为低级之贵族，居于国

中(即都城中)，有统驭平民之权利，亦有执干戈以卫社稷之义务”；士所习之六艺，礼、乐、射、御均为武事，惟书与数二者乃治民之专具；孔子时代，文、武人才尚未界而为二，孔子逝后，“门弟子辗转相传，渐倾向于内心之修养而不以习武事为急”，而士之好武者“自成一集团，不与文士混。以两集团之对立而有新名词出焉，文者谓之‘儒’，武者谓之‘侠’，儒重名誉，侠重义气”，“古代文武兼包之士至是分歧为二”[5]。余英时虽然肯定“士为低级之贵族”的判断，却不赞成文士由武士蜕化而来的结论，尤其不赞成把士的转化原因归结为孔门弟子“渐倾向于内心之修养”。他认为，“周代贵族子弟的教育是文武兼备的”，“所以，严格地说，文士并不是从武士蜕化而来的，他们自有其礼乐诗书的文化渊源”；古代知识分子的思想背景“必须从古代学术思想的发展上来讨论”，官师政教合一的古代王官之学至春秋末年出现分裂，《庄子》称之为“道术将为天下裂”，也即西方所谓“哲学的突破”(“philosophic breakthrough”)，“‘哲学的突破’为古代知识阶层兴起的一大历史关键，文化系统(cultural system)从此与社会系统(social system)分化而具有相对的独立性”，“分化后的知识阶层主要成为新教义的创建者和传衍者，而不是官方宗教的代表”；士阶层在春秋战国之际所发生的变化“最重要的方面是起于当时社会阶级的流动，即上层贵族的下降和下层庶民的上升”，而春秋晚期“‘士民’的出现是中国知识阶层兴起的一个最清楚的标帜”[6]；“从社会背景来说，‘士’从固定的封建身份中获得解放，变成可以自由流动的四民之首，严格意义知识分子才能出现于古代中国。所以‘士’虽然是知识分子的一个最重要的历史来源，我们却不能把古代文献中所有的‘士’都单纯地理解为知识分子，以历史断代而言，中国知识分子之形成一自觉的社会集团是在春秋战国之际才正式开始的”[7]。

顾、余二先生的意见虽有歧异，但他们都用社会分层理论从社会阶层的分化中来探讨知识分子的源流并都认定知识分子兴起于春秋战国之际，却是异中之同。应该说，他们的结论都有比较充分的文献依据和相当敏锐的历史眼光，因而受到了学术界的高度重视。不过，从他们的歧异中，也能发现他们作出的结论还有不尽完善之处。

顾颉刚从贵族的分化论证文士乃由武士蜕化而来，于史虽然有征，但春秋战国之际被人们视为知识分子的那些人却并非由武士蜕化而来，且多不是贵族(哪怕最低级的贵族)。以儒、墨二家而言，儒家创始人孔子作为没落贵族子弟，自然可以视为低级贵族之士，然而季孙氏宴士却拒绝孔子参加，可见当时社会也不承认孔子具有士的身份，至于孔门弟子中仅孟懿子、南宫敬叔、司马牛等极少数几个人是贵族子弟，其余则多为庶人子弟，显然与作为低级贵族的士并无多大关系，但他们正是中国历史上首批兴起的知识分子。

墨子虽然身份不明，但据《吕氏春秋·爱类》篇记载，墨子为了阻止楚国攻宋，亲自到楚国去见楚王，自称“北方之鄙人”[8]，鄙人即野人，显然不是贵族。墨子善制作，重工艺，以致被时人讥为“贱人之所为”[9]。学术界公认“墨盖刑徒役夫之称”[10]，墨子弟子“多以裘褐为衣，以跂跻为服，日夜不休，以自苦为极”[11]，荀子曾批评墨家为“役夫之道”[12]，因而学术界多以墨家学说为平民阶级思想，墨家也非源于低级贵族之士当无疑问。何况作为西周的低级贵族的士并非只谙武事，其六艺教育中的确包含文的内容，特别是自成康“偃武修文”以后更是如此。余氏不同意顾氏“文士由武士蜕化而来”的结论，确有其道理。他从春秋战国时期由于社会变动引起“上层贵族下降和下层庶民上升”整合而成士民阶层来解释中国古代知识分子的崛起，显然是为了弥补顾氏结论的不足。

由于余英时基本上是循着顾颉刚的思路来探讨中国知识分子的来历，尽管他将“阶级的流动”作为知识分子形成的身份来源，将“哲学的突破”作为中国知识分子兴起的关键性的思想文化背景，也仍然无法完全说清楚中国早期知识分子的特点。其根本原因在于，仅从士的角度来考察，还不足以解决中国知识分子的来历等一系列问题。

这里，有必要对“士”的能指和所指作一番简明扼要的考察，以帮助我们对这一问题的认识。

中国“士”之称谓，其源甚古，甲骨文中有见。对于“士”之初义，学者们从文字训诂入手有过多种解释：一说士字从一从十，推十合一为士[13]；一说士通事，男子以耕作为事，士字甲骨文⊥，象苗插入地中之形[14]；一说士、王同字，均为人端拱而坐像，故王为帝王士为官长[15]；一说士象阳物，用以指代男子[16]；一说士象斧钺之形，斧钺既为战士之武器，又为王权之象征[17]；孰是孰非，实难定论。不过，学者们尽管对“士”之初义歧见迭出，但多数意见中都包含有“男子”和“职事”两个要素，这便为问题的初步解决提供了基础。在父系社会取代母系社会使男子占据社会中心位置之后，社会职事均为男子所担任，“士”在指代男子的同时也指代社会权力是很正常的事。从这一点来看，各家之说正可互补。由于经济发展和社会进步，社会阶层也不断分化，“士”的所指也随之变化。阎步克总结“士”所指称对象的历史发展是：

> 为一切成年男子之称；为氏族正式男性成员之称；为统治部族成员之称；为封建贵族阶级之称；为贵族官员的最低等级之称。[18]

而“为贵族官员的最低等级之称”的“士”正是顾颉刚探讨中国知识分子问

题的起点。不过，需要指出的是，上述士所指称的对象使用的只是性别或等级的分类标准，而不是社会职业分工的分类标准，更没有涉及与知识分子密切相关的知识和文化的分类标准，这便清楚地表明，仅从士的演化来探讨知识分子问题是不够的，还必须有另外的途径。

顾颉刚在探讨知识分子问题时，提到春秋战国时人们称文士为“儒”，后人也的确把知识分子称为“儒”和“儒生”，而“士”特别是秦汉以后的“士大夫”几乎就是官僚阶级的同义语。因此，从“儒”的角度来探讨知识分子的来历，也是不可忽视的重要方面。并且，“儒”的分类正是以社会职业和文化知识为标准，这便为解决知识分子来历问题提供了线索。

不过，“儒”的问题也是一个棘手的问题。两千年来，学术界对“儒”之来历虽有探讨，却始终没有为大家公认的结论。

20 世纪初，章太炎撰《原儒》，企图解决这一问题。30 年代，胡适撰《说儒》，引发了一场不小的争论，郭沫若的《驳说儒》和《论儒家的发生》便直接针对胡氏之说，但问题并没解决。尽管如此，这些讨论对我们还是富有启发的。特别是章太炎提出：“儒之名盖出于需。需者，云上于天，而儒亦知天文，识旱潦。……庄周言儒者冠圜冠者知天地，履句屦者知地形，缓佩玦者事至而断，明灵星舞子吁嗟以求雨者谓之儒，故曾皙之狂而志舞雩，原宪之狷而服华冠，皆以忿世为巫，辟易放志于鬼道。”[19]他将儒与求雨的巫联系在一起，并断定“儒”是“需”的后起字，“需”即是“儒”，从而为解决“儒”的来历提供了很好的思路。

20 世纪 70 年代中期，徐中舒在甲骨文中发现了“需”字，并论证了“需”是原始的“儒”字，“儒在殷商时代已经存在了”[20]。徐中舒认为，“需”在甲骨文中像沐浴濡身之状，与《礼记·儒行》所云“儒有澡身而浴德”正合，表明“儒”之最初身份与需要沐浴斋戒的祭祀活动有关；从祭祀对象来看，儒与巫有明显分工，儒事祖先，巫事上帝。这与章太炎据《庄子》提示而得出的“灵星舞子吁嗟以求雨者谓之儒”略有不同。

从“需”之字形字义及现存相关文献分析，章氏之说似乎更有说服力。

“需”，甲骨文作(一期，《乙》七七五一)、(一期，《京》二〇六九)、(一期，《佚》七〇四)，从从。“”，象人正立之形，即今“大”之初形。“”或“”，可有两种解释：一为“水”之省文，这样“需”即“濡”之初文，象沐浴濡身之状；一为“雨”之省文[21]，这样“需”与“吁嗟以求雨”之“儒”就有了语源上的联系，同时也与金文(《盂簋》)、(《白公父簠》)的字形相一致[22]。

许慎《说文》云：“需，须也，遇雨不进止须也，从雨，而声。《易》曰‘云上于天，需’。”[23]“需”从“雨”，《说文》释“雨”为“水从云下”，“凡雨之属皆从雨"[24]，因此章太炎以求雨之巫释需是极有道理的。《论语·先进》载孔子弟子各抒已志，孔子对曾皙向往的"暮春者，春服既成，冠者五六人，童子六七人，浴乎沂，风乎舞雩，咏而归"[25]深表赞许，而"舞雩"乃鲁国求雨之坛，在今曲阜东南，"浴乎沂"也与祭祀求雨之前的沐浴暗合。"雩"，《说文》释云："夏祭乐于赤帝以祈甘雨也。"[26]《周礼·春官·司巫》："司巫掌群巫之政令，若国大旱，则帅巫而舞雩。"注曰："雩，旱祭也。"[27]《礼记·祭法》："雩宗，祭水旱也。"注曰："雩之言吁嗟也。"[28]《春秋公羊传·桓公五年》："大雩者何？旱祭也。"注曰："雩，旱请雨祭名。……使童男女各八人舞而呼雩，故谓之雩。"[29]《尔雅·释训》："舞号，雩也。"郭璞注："雩之祭，舞者吁嗟以求雨。"[30]上述文献都以吁嗟求雨解释雩祭。因此，陈梦家认为：

巫之所事乃舞号以降神求雨，名其舞者曰巫，名其动作曰舞，名其求雨之祭祀行乐曰雩。《说文》"雩，夏祭乐于赤帝以祈甘雨也"；《月令》"大雩帝，用盛乐"，郑注云"雩，吁嗟求雨之祭也"；《尔雅·释训》"舞，号雩也"，郭注云"雩之祭，舞者吁嗟而请雨"，《释文》引孙炎云"雩之祭者舞有号"；《周礼·司巫》"若国大旱则帅巫而舞雩"，注云"雩，旱祭也"。凡此所说祈甘雨、求雨、请雨、旱祭等，皆是雩的行为，而吁嗟与号则舞时之歌。巫、舞、雩、吁都是同音的，都是从求雨之祭而分衍出来的。[31]

其实，不仅巫、舞、雩、吁同音，雩、需上古音也同，在中古仍同为虞部上平声，故此二字义必相通。如果说"雩"为"旱请雨祭名"，那么，"需"则应为"灵星舞子吁嗟以求雨者"。按照《周礼》的记载："女巫掌岁时祓除衅浴，旱暵则舞雩。"[32]即是说，旱祭舞雩者为女巫。所以如此，按古人的观念，"使女巫舞旱祭，崇阴也"[33]。春秋时鲁僖公、战国时鲁缪公均有使女巫舞雩求雨不成而企图焚巫的记载[34]，可以视为这一原始祭祀之礼的残余[35]。

这样看来，旱请雨祭舞雩是女巫的职责[36]，或者还应加上那些伴舞的童男童女们。而无论是女巫，还是童男童女，都是柔弱者，因而从"需"的"儒"、"濡"、"孺"、"蠕"、"懦"、"糯"等字都有软弱柔顺的涵义。胡适正是有鉴于此，于是根据《说文》对儒的解释(《说文解字》："儒，柔也，术士之称。")，提出大胆假设，认为儒是殷民族的教士，周灭殷后，沦为遗民，仍以治丧相礼为职业，因此，儒的人生观是"亡国遗民的柔逊的人生观"。而孔子的最大贡献则在于把这种作为殷遗民的柔逊的儒扩大到"仁以为已任"的儒，根本改变了儒的性格[37]。因为这一结论主要是建立在通过孔子与耶稣作用对比的基础上依靠假设推理作出的，因而没能为学术界所接受。然而，他假设殷商已经有儒存在，春秋时期以孔子为代表的儒来自殷民族的儒，儒的发展有一个人生观的变化，这些意见却是值得我们特别加以重视的。郭沫若不同意胡适的意见，指出“秦以前术士称儒的证据是没有的”，“儒应当本来是‘邹鲁之士缙绅先生’们的专号。那在孔子以前已经是有的，但是是春秋时代的历史产物，是西周的奴隶制逐渐崩溃中所产生出来的成果”，“儒之本意诚然是柔，但不是由于他们本是奴隶而习于服从的精神的柔，而是由于本是贵族而不事生产的筋骨的柔”[38]。郭氏的结论尽管可以商榷，但他将儒放在社会历史文化发展的大背景下进行考察的正确方法却是值得我们汲取的。

总之，从“士”和“儒”的身份演变来探讨中国早期知识分子的身份来历是一种正确的思路，但还未能充分说明中国早期知识分子的诞生的必要条件，因此，还需要另外的研究作为补充。

二、“祀”与“教”：中国早期知识分子的职业操守

如果说“士”与中国知识分子的发生有着较多的身份上的联系，那么，“儒”与中国知识分子的发生则有着更多的精神上的联系。对于这一问题，必须把它放在社会历史文化发展的大背景下来考察才能理解。

在古人眼中，“国之大事，在祀与戎”[39]，这至少概括了商代至西周很长一段历史的社会状况。在原始宗教转变为人为宗教之后，自由信仰变为有组织的信仰，“祀”于是就成为一种权利，一种交通天地鬼神的权利，谁拥有了这种权利，谁就获得了统治社会的合法地位。统治者们自然要视“祀”为国家大事。商王对祭祀的重视足以说明这一点。另一方面，在氏族社会尚未充分解体，社会制度尚未健全的条件下，武力征服是控制社会最为有效的方法，“戎”当然也就成了国家大事。商代尚武之风甚盛，这是大家都很熟悉的。即使到了西周，统治者仍然十分重视对贵族子弟的军事教育，正如顾颉刚所言，西周的“六艺”教育多系武事，而担任教官的师氏、保氏也都是军事将领，因为贵族们不仅有管理国家事务的权利，而且也有执干戈以卫社稷的义务，贵族子弟如果没有军事才能，就会失去他们的政治地位。从这个意义上说，顾氏所云中国古代作为低级贵族的士均系武士是完全正确的[40]。不过，西周自周公“制礼作乐”逐步完善宗法政治制度之后，特别是康王“偃武修文”重视礼乐文化建设之后，“文之以礼乐”的现实需要日益迫切，社会对士的文化要求不断提高，贵族子弟教育中的文化因素也因此而得到明显加强，所谓“乐正崇四术，立四教，顺先王诗、书、礼、乐以造士。春秋教以礼、乐，冬夏教以诗、书”[41]，就是这种变化的反映。因此，余英时指出“周代贵族子弟的教育是文武兼备的”[42]，也就具有充分的历史根据。从社会对士的要求以及士阶层素质的变化着眼来探讨中国知识分子的来历，得出

文士由武士蜕化而来的结论，应该说是顺理成章的事。

不过，就中国古代文化传统而言，“祀”比“戎”也许更为重要，因为“祀”不仅是中国古代文化的渊薮，也是人们社会信仰的缩影。任何一个社会，一旦基本形成，它就不可能只靠武力来维持，而必须同时对社会成员进行精神控制，否则就很难有长期稳定的局面。在远古时代，人们群居而处，没有人身依附，可以自由信仰，所谓天地相通，民神杂糅，宗教祭祀只是个人的精神寄托。而进入阶级社会以后，统治阶级不仅垄断了社会财富，而且垄断了社会信仰，祭祀活动既是宗教活动也是政治活动，祭祀谁和谁来祭祀便成了地位和权利的象征，这只要看看殷墟卜辞所记载的商王十分频繁的祭祀活动和周灭商后继续祭祀殷先王并“使诸侯分其祭”[43]，就不难明白这一点。如果说军事征服是统治者获取政治权威性的物质基础，那么，祭祀垄断则是他们获取政治合法性的精神武器。在夺取政权的过程中，前者自然显得重要；而在巩固政权、建设政权的过程中，后者则更不容忽视。所谓“天子祀上帝，诸侯会之受命焉；诸侯祀先王先公，卿大夫佐之受事焉”[44]，说的就是这个意思。所以商周统治者们便把“祀”放在比“戎”更为重要的位置，负责祭祀的官员也相应具有很高的社会地位。

国家对祭祀的重视也可以从官署设置上反映出来。据《礼记·曲礼》记载：

> 天子建天官，先六大：曰大宰、大宗、大史、大祝、大士、大卜，典司六典。天子之五官：曰司徒、司马、司空、司士、司寇，典司五众。天子之六府：曰司土、司木、司草、司器、司货，典司六职。天子之六工：曰土工、金工、石工、木工、兽工、草工，典制六材。[45]

这里所说的天子优先设置的天官六大，正与祭祀有关。宗、史、祝、卜不用说，所谓“大士”，孔颖达解释说：“知大士非司士及士师卿士之等者，以其下别有司士、司寇，故知非士师卿士也。与大祝、大卜相连，皆主神之士，故知神仕也。”[46]大宰为天官六大之首，其主要职责当然是交通天地神鬼，掌祭祀之事。而天子五官之职掌则显为武事，如司徒主教其徒众，司马主征伐，司寇主除贼寇。殷商官制充分体现了重“祀”与“戎”的特点。

随着社会的发展进步，周初统治者认识到“天命靡常”而将注意力更多地转向人事，宗、史、祝、卜的地位便逐渐下降，天官大宰的职掌也慢慢发生变化。据《周礼·天官》记载：

> 大宰之职，掌建邦之六典，以佐王治邦国：一曰治典，以经邦国，

以治官府，以纪万民；二曰教典，以安邦国，以教官府，以扰万民；三曰礼典，以和邦国，以统百官，以谐万民；四曰政典，以平邦国，以正百官，以均万民；五曰刑典，以诘邦国，以刑百官，以纠万民；六曰事典，以富邦国，以任百官，以生万民。[47]

天官中已无大宗、大史、大祝、大士、大卜，它们多半被作为春官保留下来。自郑玄以来，历代学者普遍认为，上述《礼记·曲礼》所云官制是殷商之制，而《周礼·天官》所云则是周官之制。《周礼》所云天官大宰所掌“建邦之六典”与《礼记》所云天官六大所典司的“六典”显然不是同样的内容，正如顾颉刚所说：“即此‘天官’一词，《曲礼》上讲的是神职，而《周官》上讲的却是皇帝宫中的执事之官，两者在‘神’和‘人’的思想上迥然不同。”尽管顾氏并不赞同《曲礼》所云即是殷商之制，但他仍然认为“那部丛杂无绪的《曲礼》倒保存了真实的古史遗文，胜于《周官》的表面上似乎很有系统而实际上则是拼凑加伪造”[48]。

这里，我们不拟讨论《周官》(即《周礼》)有多少符合西周史实，多少是后人的伪造，仅从《曲礼》天官为神职到《周官》天官转向人事而言，应该说它们都有一部分真实的历史根据，都反映了一部分历史的事实。天子职官由重神事向重人事转化以及宗、史、祝、卜地位的下降，反映着社会生产力的发展和人类控制自然的能力的增强，也表现为社会政治的进步。至于司马迁在《报任安书》中提到“文史星历近乎卜祝之间，固主上所戏弄，倡优所畜，流俗之所轻也”[49]，说的当然是西汉的情况，然而，宗、史、祝、卜从殷商时天子优先考虑设置的“天官六大”演变为“主上所戏弄，倡优所畜，流俗之所轻”，却不是一朝一夕的事。

前面我们已经说过，“需”为旱请雨祭之巫。殷商时代是一个尊神敬鬼的时代，商王以祭祀活动为国家的根本大事，事事都要求神问卜，顾颉刚称之为“鬼治主义”[50]，丁山称之为“神权政治”[51]。正如孔子所说：“殷人尊神，率民以事神，先鬼而后礼，先罚而后赏，尊而不亲。”[52]因而，负责祭祀的巫祝卜史在社会上具有很高的地位。《尚书·君奭》载周公语云：“我闻在昔成汤既受命，时则有若伊尹，格于皇天。在太甲，时则有若保衡。在大戊，时则有若伊陟、臣扈，格于上帝。巫咸乂王家。在祖乙，时则有若巫贤。在武丁，时则有若甘盘。率惟兹有陈，保乂有殷。”[53]这里提到的辅佐殷王的名臣，多“格于皇天”，“格于上帝”，伊尹、巫咸、巫贤等都是有名的大巫。事实上，上古时代，“君及官吏皆出于巫”[54]，“殷代的社会，王与巫史既操政治的大权，又兼为占卜的主持者，所以这些卜辞也可以视作政事的决定记录”[55]。从某种意义上说，商王“虽为政治领袖，同时仍为群巫之长”[56]。

在社会生产力还十分落后的殷商时代，农业收成主要靠大自然的恩赐，遇天大旱，司巫要率群巫舞雩以求雨，有时商王还亲自主持求雨仪式，担当起“群巫之长”的职责，汤王以身祷于桑林以求雨的故事便是明证[57]。尽管旱请雨祭是巫的一项十分重要的活动，但巫的职责远不止此，举巫可以涵盖需，而举需则不能涵盖巫，这也是上古文献中多有巫的活动记载而少有需的活动记载的重要原因。

巫在商代社会中的地位，印证了《礼记·曲礼》中有关天子建天官先六大的记载。劳贞一认为：“古代祭司应当是三种人掌管的，即是巫、祝和史，但依礼是统于太史的。巫祝两字并见于甲骨文，巫象在神幄中奉玉之形，祝象在祭桌前跪拜之形，史象占龟之形。”[58]其实，无论是巫，还是祝、史、卜、宗，在宗教祭祀方面的职掌并没有十分严格的分工，常出现巫史不分、卜史不分的现象，因此陈梦家指出：“卜辞卜、史、祝三者权分尚混合，而卜史预测风雨休咎，又为王占梦，其事皆巫事而皆掌之于史。”[59]对于殷商时期的史的认识，学术界还没有完全一致的意见。《尚书·多士》云：“惟殷先人有册有典。”[60]甲骨卜辞记载有“作册”(铭文为“乍册”)参加商王活动，殷商彝器《乍册般鼎》、《乍册般甗》铭文也记载了商王对作册的赏赐，根据陈梦家的意见，这作册便是掌册的史官。甲骨卜辞经常出现“工典”一词，据于省吾考证：“其言工(贡)典，是就祭祀时献其典册，以致祝告之词也。”[61]《国语·鲁语上》亦云：“故工史书世，祝宗书昭穆，犹恐其逾也。”韦昭注云：“工，瞽师官也；史，太史也；世，世次先后也。工诵其德，史书其言也。”[62]显然，太史掌有先王世次典籍并负责纪录祭祀活动的内容。这样看来，巫掌管着祭祀的全过程，史则负责记录和保管有关祭祀的典册，从一定意义上说，巫史本来就是负责天人相通的宗教事务的一个集团。所以陈梦家指出：“祝即是巫，故‘祝史’、‘巫史’皆是巫也，而史亦巫也。”[63]徐中舒也说：“巫是古代社会中的一个集团，他们掌握祭祀、跳舞、医疗、文字等等宗教仪式和科学技术，他们是古代的有知识的人，卜就是由他们掌管着。”“中国文字出于殷代的巫史集团，殷代帝王崇尚占卜，需要文字记录以检验其吉凶休咎。”“夏代尚无巫史集团，所以至今未发现夏代文字。”[64]正是由于巫史集团是商王垄断宗教与文化的工具，所以他们在当时享有很高的社会地位，同时也是当时社会中最有知识的一个群体，而儒正是他们中的一员。

殷商的灭亡，极大地动摇了人们让天地鬼神主宰人间一切事务的信念。小邦周打败大邦殷，使西周统治者认识到“天命靡常”[65]、“天畏棐忱，民情大可见”[66]的道理，甚至认为：“天不可信，我道惟宁(文)王德延”[67]；“人无于水监，当于民监”[68]。尽管西周统治者们也常常谈论天命，但他们更关注的还是人事，是世俗社会的方方面面，是“敬德”、“保民”。《尚书》保存了西周统治者们的许多诰语，傅斯年总结《尚书》周诰12篇的思想是："凡求固守天命者，在敬，在明明德，在保人民，在慎刑，在勤治，在毋忘前人艰难，在有贤辅，在远憸人，在秉遗训，在察有司；毋康逸，毋酣于酒，事事托命于天，而无一事舍人事而言天，祈天永命，而以为惟德之用。"[69]西周初年的这些思想，显然不可能凭空创造，除了社会现实深刻变动的启发外，应该还有前人的思想成果可资借鉴。徐中舒认为，"祖甲改制，是商代社会的转折点"[70]。所谓改制，就是变兄终弟及为父死子继，占卜祭祀活动也因此发生了许多变化。从现存甲骨卜辞来看，祖甲之前，祭祀对象极为庞杂，卜问事项无所不包；从祖甲开始，祭祀对象限于先王，卜问大都例行公事，卜事活动也明显减少。"卜事的稀少表示鬼神的影响力减少了，相对的当然较重视人事。祀典只剩了井然有序的五种，轮流的奉祀先王先妣。礼仪性的增加毋宁反映咒术的减低。若干先公先臣的隐退，则划分了人鬼与神灵的界限，在在可见重人事的态度取代了由于对鬼神的畏惧而起的崇拜，这是'新派'祭祀代表的一种人道精神。"[71]这种精神对西周统治者减少对天命鬼神的迷信转而重视人事无疑有着直接的影响，而殷商后期的这些新派思想的传播显然离不开主持祭祀活动和保存有关资料(即所谓"典册")的巫史集团。

当西周统治者注重人事，建立起一套比较完善的宗法制度后，人们对世俗伦理的关注便超过了对鬼神的关注，祭祀文化也就发展而为礼乐文化[72]。"周代的礼乐体系就是在相当程度上已'脱巫'了的文化体系。在礼乐文化中不仅价值理性得到建立，价值理性的建立本身就是理性化的表现。从此，高最存在(原文如此——引者)不再是非理性的冲动，而人的行为更为关注的是能否合乎人间性的文化规范—礼，神秘或交感的因素在大传统中被人文规范所压倒。"[73]当然，这不是说西周统治者不再需要祭祀占卜等神事活动，而是说这些活动已经退居到服从和服务于礼乐文化的建设与维系的次要地位，对世俗政治的重视超过了对鬼神的依赖与迷信，这只要比较一下《周礼·天官》与《礼记·曲礼》的天官职掌的差别就不难明白。在这样的文化背景下，巫史的地位也随着发生变化。据张亚初、刘雨对西周官制的研究，西周协助周王处理政务的有两大部门，即"卿事寮"和"太史寮"，可称"两寮执政"。太史寮由太史及其僚属组成，包括大祝、大卜等。太史兼管神事与人事，即一方面掌管国家典章文书，一方面管理祭祀、天象、历法等。太史属下的史为记事之官，早期史官记事都与占卜有关，随着世俗政治的发展，人事记录便逐渐占据主要内容，所谓天子"动则左史书之，言则右史书之"[74]。太史寮显然是由巫史集团转化而来的，这一转化反映出了祭祀文化向礼乐文化的发展[75]。太史在殷商时期除了进行祭祀占卜活动外，本来就有记录整理典册的任务，在西周重视人文知识的环境下，他们自然承担起礼乐文化的记录整理保管传承的职责，是很容易理解的。正是由于太史实际上掌握了西周礼乐文化的典章文书，后人常常将先秦诸子的思想来源追溯到“史官文化”，自然有着相当充足的理由。不过，巫史集团中并非所有的人都能够适应这种转变，也有一些人跟不上时代潮流，固守原来的职事，只能继续做一些祭祀相礼的工作。

如果将《周礼・天官》所述大宰的职掌与《礼记・曲礼》所述天官的职掌相对照，不难看出，原先天子所优先考虑设置的奉祀神鬼的“天官六大”已被“佐王治邦国”的“天官大宰”所代替，而大宰的属官肯定有不少是由原“天官六大”演变而来，也即由祝宗卜史演变而来。殷商时期的文化教育主要是学习祭祀占卜[76]，而《周礼》大宰所掌“建邦之六典”(治典、教典、礼典、政典、刑典、事典)却重在礼乐教化，其具体职责是：“以八法治官府”，“以八则治都鄙”，“以八柄诏王御群臣”，“以八统诏王驭万民”，“以九职任万民”，“以九赋敛财贿”，“以九式均节财用”，“以九贡致邦国之用”，“以九两系邦国之民”。这些职责，基本上都是世俗政治事务，其中“九两”主要涉及牧民教化之责，具体内容是：

> 一曰牧，以地得民；二曰长，以贵得民；三曰师，以贤得民；四曰儒，以道得民；五曰宗，以族得民；六曰主，以利得民；七曰吏，以治得民；八曰友，以任得民；九曰薮，以富得民。[77]

关于“师”、“儒”，郑玄注云：“师，诸侯师氏，有德行以教民者。儒，诸侯保氏，有六艺以教民者。”[78]《周礼・地官》有师氏教三德三行，保氏教六艺六仪的记载。不过，从事教化民众的绝不只是“师儒”、“师保”的职责，《周礼・地官》的大司徒有所谓“十二教”[79]，承担着养民、安民、教民的职责，其安民的六条旧俗是：“一曰媺宫室，二曰族坟墓，三曰联兄弟，四曰联师儒，五曰联朋友，六曰同衣服。”[80]“师儒”郑玄注：“乡里教以道艺者。”贾公彦疏：“云师儒乡里教以道艺者，以其乡立庠，州党及遂皆立序，致仕贤者使教乡闾子弟，乡闾子弟皆相连合，同就师儒，故云连师儒也。”[81]乡师、乡老、乡大夫、州长、党正、族师、闾胥、比长等均有教化之责，师保只是大司徒的属官，掌教国子而已。无论是师保还是师儒，他们所教六艺均为礼、乐、射、御、书、数，这与商代学校教国子以祭祀占卜是很不一样的。而商代从事教育活动的除了商王以外，便是巫史集团的其他成员。而当祭祀文化转变为礼乐文化之后，学校教育自然以礼乐教育为核心。原来的巫史祝卜开始分化，一部分人适应了这种变化，迅速掌握了礼乐文化知识，成为新文化的建设者和传播者，周初太史寮的成员便代表了这种趋势；另一部分人不能适应这种变化，仍然只操祭祀占卜之业，或仅以治丧相礼为职业，其社会地位便慢慢下降。如果这种分析不错，那么西周的儒就是已经掌握了礼乐文化知识的巫史祝卜在新制度下的角色转型。章太炎的“达名”之儒[82]，可以概括殷代的旱请雨祭之儒，而他所说的“类名”之儒[83]，则可以概括西周之儒。胡适从孔子、公孟子“冠章甫之冠”并根据《士冠礼》所云“章甫，殷道也”而断定儒是殷的遗民，是从殷的祝宗卜史转化而来[84]，也可以加强我们的论断。

总之，伴随西周礼乐文化成长起来的具有人文知识的师儒成了春秋战国时期中国知识分子生长的坯胎。如果说士是中国早期知识分子所依托的社会阶层，那么，儒则是中国早期知识分子所孕育的职业流品，正是在一系列相关因素的作用下，才诞生了中国早期的知识分子。

三、“乐道忘势”：中国早期知识分子的文化精神

按照现代知识分子的概念，无论是孔子之前的士还是孔子之前的儒都不能称作知识分子，因为他们都没有自由的身份，都没有超越个人私利的社会和人类关怀，都没能成为社会文化精神的代表。只有以孔子为代表的儒家和老子为代表的道家，才是中国历史上最早出现的知识分子。

西周以前，政教合一，政治领袖同时也是精神领袖。然而，春秋以降，随着社会的发展，诸侯崛起，王室衰微，王纲解纽，文化下移，官师政教分离，统治者们实际上已经失去了精神领袖的资格。于是，一部分从巫觋集团分化出来的中国早期知识分子便抓住这一历史机遇，以知识代替信仰，以礼乐文化打压巫觋文化[85]，俨然以社会文化精神的代言人活跃于历史舞台。他们在政治上、经济上、军事上均无优势可言，唯一具有优势的是他们掌握了比较丰富的文化知识，而当时的社会正处在信仰失范和制度创新的历史转型期，这便为他们宣传各自主张、引导社会舆论、重建文化规范、树立精神权威提供了最佳的时机和最为广阔的用武之地。于是他们便自觉地承担起教化民众引导舆论的社会责任，以历史文化的传承者自居，以社会精神的代表者自励。然而，在强权政治时代，他们又不可能仅以文化优势来达到上述目的，必须树立一个能令社会信服特别是令那些乱世诸侯信服的权威来震慑诸侯，引导社会，收拾人心。于是，他们便纷纷托古而言“道”：孔子托尧舜而言“道”，老子托黄帝而言“道”，墨子托夏禹而言“道”。“道”是他们用以抗衡乱世诸侯政治权力和军事经济实力的最有力的思想武器和精神武器，也是他们整合其思想学说的最简洁明了的理论旗帜[86]。因此，维护“道”就是维护西周以来不断发展壮大起来的人道精神和价值理性，维护春秋以来慢慢形成的知识分子的文化地位和人格尊严。如果丢掉了“道”，也就丢掉了知识分子

的理想和灵魂，丢掉了知识分子所赖以在社会立足的根基，他们也将不再是有自由思想的知识分子。从这个意义上说，“道”就是他们的理想，就是他们的价值，就是他们的武器，就是他们的生命。

春秋末期出现的儒家和道家鼻祖孔子和老子，都不约而同地举起了“道”的旗帜。老子的著作大谈其道，所谓“道可道，非常道；名可名，非常名”[87]；“孔德之容，惟道是从”[88]；“有物混成，先天地生。寂兮寥兮，独立而不改，周行而不殆。可以为天地母，吾不知其名，字之曰道，强为之名曰大。大曰逝，逝曰远，远曰反。故道大，天大，地大，人亦大。域中有四大，而人居一焉。人法地，地法天，天法道，道法自然”[89]；“道生之，德畜之，物形之，势成之。是以万物莫不尊道而贵德”[90]。正因为他“尊道而贵德”，以至其著作被后人称为《道德经》。孔子则说：“士志于道，而耻恶衣恶食者，未足与议也”[91]；“笃信好学，守死善道，危邦不入，乱邦不居。天下有道则见，无道则隐”[92]；“富与贵，是人之所欲也；不以其道得之，不处也。贫与贱，是人之所恶也，不以其道得之，不去也”[93]。甚至宣称：“道不行，乘桴浮于海。”[94]

虽然先秦儒道两家都谈“道”，但他们对“道”的理解却存在差异，其思路也不完全一样：道家更注重对“道”的本原性和超越性的描述，儒家更注重对“道”的俗世性和实践性的阐释。尽管他们的思想有出世与入世的差别，但他们对“道”的尊崇却是一致的，以“道”来阐述各自的政治观点的方法也是一致的。这是因为，“道”不是命运，不是鬼神，不是天子手中的权力，不是诸侯麾下的军队，而是知识分子所阐释的价值理性、人道精神、社会理想、道德规范。正因为“道”对于知识分子如此重要，所以孔子要说：“朝闻道，夕死可矣。”[95]孟子要说：“天下有道，以道殉身；天下无道，以身殉道。未闻以道殉乎人者也。”[96]他们毫不犹豫地视“道”为生命。即使像庄周、韩非那些不赞成儒家仁义学说的知识分子，也同样不否认道的崇高价值，其原因即在于此。

由于中国早期知识分子所依托的历史条件和思想资源的限制，他们对“道”的理解难免有这样或那样的局限，例如儒家崇奉“周公之礼”，道家向往“小国寡民”，墨家“背周道而用夏政”[97]，都是对已经逝去的岁月的理想化追忆，以及对传说中的某一时期的思想文化信息的当代性提升，因此，他们的学说几乎都有明显的保守倾向，都与当时社会有一定隔膜。春秋战国时代的统治者们也大都不赞赏他们的理论，他们中的代表人物如孔子、老子、墨子、孟子、庄子等在政治上也都无所作为。然而，我们又不能不看到，尽管儒、道、墨各家思想并不适合当时社会变革的需要，但以老子和孔子为代表的中国早期知识分子对“道”的提倡，实际上是对价值理性和人道精神的弘扬，同时也是刚刚登上历史中心舞台的知识分子对社会发出的文化宣言，他们的思想给予后来社会的意识形态以异常深远的影响，特别是儒道两家对中国文学和文学观念的影响更是全面而深刻。

特别值得重视的是，中国早期知识分子高举"道"的旗帜，积极宣传自己的主张，以与社会政治强权相抗衡，他们大都有一种独立意识和殉道精神，都自觉地承担起改造社会的责任并身体力行，甚至表现为"舍我其谁"的孤独情怀和不屈不挠的顽强品格。

孔子以文化的传承者自居，他在被匡人包围后自信地说："文王既没，文不在兹乎？天之将丧斯文也，后死者不得与于斯文也。天之未丧斯文也，匡人其如予何！"[98]他认为只有他才是周文王开创的文化传统的真正继承者和传播者。尽管他在政治上并无多少作为，但他毫不怀疑自己的行政能力，他说："苟有用我者，期月而已可也，三年有成。"[99]他坚持自己的人格操守，绝不动摇自己的意志信念，他说："三军可夺帅也，匹夫不可夺志也。"[100]他愿意用生命来维护他所提倡的尧、舜、禹、汤、文、武之道，他提出："无求生以害仁，有杀身以存仁。"[101]

孟子同样以天下为己任，他对自己的自信甚至超过孔子，他说："五百年必有王者兴，其间必有名世者。由周以来七百有余岁矣。以其数，则过矣；以其时考之，则可矣。夫天未欲平治天下也，如欲平治天下，当今之世，舍我其谁也？吾何为不豫哉？"[102]孟子提倡大丈夫人格，反对自暴自弃，他说："居天下之广居，立天下之正位，行天下之大道，得志与民由之，不得志独行其道。富贵不能淫，贫贱不能移，威武不能屈，此之谓大丈夫。"[103]又说："自暴者，不可与有言也；自弃者，不可与有为也。"[104]他主张成大事业者去忍受一切痛苦，经受一切磨难，他说："天将降大任于是人也，必先苦其心志，劳其筋骨，饿其体肤，空乏其身，行拂乱其所为，所以动心忍性，曾益其所不能。"[105]他甚至鼓励人们"舍生而取义"[106]，来实行儒家的理想。

即使是以"自隐无名为务"的老子，对自己的人格和学说也充满着高度的自信，他说："众人熙熙，如享太牢，如春登台。我独泊兮，其未兆，如婴儿之未孩，儽儽兮若无所归。众人皆有余，而我独若遗。我愚人之心也哉！沌沌兮，俗人昭昭，我独昏昏；俗人察察，我独闷闷。澹兮，其若海；飂兮，若无止。众人皆有以，而我独顽似鄙。我独异于人，而贵食母。"[107]这里所说的"食母"，就是他所宣传的"道"。这种"万人皆醉唯我独醒"的孤独情怀是中国早期知识分子的普遍心态，它既来源于知识分子开始登上历史舞台的孤独感，也来源于社会转型时期人们对社会发展前途的迷茫感。更值得注意的是，在这种孤独感的背后，是中国早期知识分子对自己追求的文化价值理性的忠诚和执着。这种忠诚和执着绝不是从琐碎的个人欲望中产生的，而是从知识分子的历史使命和文化传统中被现实激发出来的，因而它对此后的中国知识分子的文化心理和文化性格产生了深远的影响，也对中国文学观念和文学创作的发展产生了深远的影响。

“道”既然是中国早期知识分子用以树立文化优势和精神权威的一面旗帜，而以儒家为代表的这些知识分子又有积极用世的情怀，这就必然会造成对实际掌握国家政治权力的统治者们的挑战，从而形成政治权威与精神(文化)权威的矛盾冲突。战国时期的“道”、“势”之争正是这种矛盾冲突的反映。这种矛盾冲突同样对中国文学观念产生了重大影响。

首先揭示“道”、“势”矛盾的是孟子，他说：

> 古之贤王好善而忘势，古之贤士何独不然？乐其道而忘人之势，故王公不致敬尽礼，则不得亟见之。见且犹不得亟，而况得而臣之乎？[108]

孟子提出“道”与“势”的关系，他是把“道”放在“势”之上，要求贤士“乐其道而忘人之势”。孟子明确提出“道”与“势”的问题，说明在孟子的时代，“道”与“势”已经存在着紧张状态，知识分子必须对他们表明态度。其实，孟子所提出的“贤士”(实际上指符合理想标准的真正的知识分子)应该“乐道忘势”，并不完全是孟子的发明，而是孟子对春秋以来知识分子处世态度的一种总结。

儒家重道忘势，本来就有传统。孔子本人便十分注意出处去就，主张“天下有道则见，无道则隐。邦有道，贫且贱焉，耻也；邦无道，富且贵焉，耻也”[109]；“邦有道，谷；邦无道，谷，耻也”[110]。孔子弟子子夏公然宣称：“诸侯之骄我者，吾不为臣；大夫之骄我者，吾不复见。”[111]孔子孙子子思甚至不与鲁缪公为友[112]。不独儒家，墨家同样主张尊道忘势，《墨子·亲士》云：“入国而不存其士，则亡国矣；见贤而不急，则缓其君矣。”[113]他要求国君对这些贤士“富之、贵之、敬之、誉之，然后国之良士亦将可得而众也”[114]。老子则主张“见素抱朴，少私寡欲”[115]，更不以世俗权势为念，提倡“贵以身为天下，若可寄天下；爱以身为天下，若可托天下”[116]。总之，“乐道忘势”是中国早期知识分子比较普遍的一种文化精神，它反映了知识分子对自己的历史使命和社会承担的一种自觉。

当然，孟子对知识分子提出“乐道忘势”的要求，也是因为当时的社会存在着知识分子可以“乐道忘势”的条件。春秋战国时期是一个大动荡的时期，诸侯之间的竞争不仅是军事和经济实力的竞争，也是人才与道义的竞争，要在列国诸侯中树立威信，国君的礼贤下士显然是必不可少的。这一时期就有不少国君礼贤下士的生动事例。《史记·魏世家》记载，魏文侯“受子夏经艺，客段干木，过其闾未尝不轼也。秦尝欲伐魏，或曰：魏君贤人是礼，国人称仁，上下和合，未可图也。文侯由此得誉于诸侯”[117]。鲁缪公尊礼子思前文已经提到，费惠公亦说：“吾于子思，则师之矣；吾于颜般，则友之矣。”[118]据《战国策·燕策》记载，燕昭王收破燕后即位，卑身厚币，以招贤者，往见郭隗请教如何能得贤士与共国，以雪先王之耻，郭隗回答：

> 帝者与师处，王者与友处，霸者与臣处，亡国与役处。诎指而事之，北面而受学，则百己者至；先趋而后息，先问而后嘿，则什己者至；人趋己趋，则若己者至；冯(凭)几据杖，眄视指使，则厮役之人至。若恣睢奋击，呴籍叱咄，则徒隶之人至矣。此古服道致士之法也。王诚博选国中之贤者而朝其门下，天下闻王朝其贤臣，天下之士，必趋于燕矣。[119]

郭隗不仅明确提出贤士可与帝王为师友的问题，认为贤士的能力可以十倍百倍于帝王，而且要求燕昭王“朝其贤臣”，燕昭王不仅接受郭隗的意见，并且为郭隗筑宫，拜之为师，于是吸引来一批贤士，“乐毅自魏往，邹衍自齐往，剧辛自赵往，士争凑燕”[120]。燕昭王礼贤之事极好地说明了当时社会存在礼贤下士的特殊环境[121]。齐国的稷下之学的兴盛更是诸侯礼敬贤士的集中体现，《史记·田敬仲完世家》载云：“宣王喜文学游说之士，自如驺(邹)衍、淳于髡、田骈、接予、慎到、环渊之徒七十六人，皆赐列第为上大夫，不治而议论。是以齐稷下学士复盛，且数百千人。”[122]这些事例说明，当时的统治者们已经认识到知识分子的文化优势及其代表社会精神的特殊地位，都希望借重知识分子提高他们在列国的竞争力。

然而，话得说回来，知识分子的文化优势和代表社会精神的特殊地位，在当时的社会里并不具有决定性的力量。当统治者还不够强大，还需要知识分子的帮助和需要借助知识分子的影响的时候，知识分子固然可以以道自居。而一旦统治者们感觉到地位已经巩固，可以操纵局势，不再需要知识分子为他们装潢门面的时候，他们对知识分子的态度就会发生变化，因为他们不愿意有任何力量来挑战他们的权威。在这样的情况下，当然还会有一些“守死善道”的知识分子来为理想抗争，继续“乐道忘势”，但更多的人恐怕会正视现实，向强权屈服，或者为了生活而委曲求全。孟子之后，荀子虽有“从道不从君”[123]的呼吁，但他自己也只能“怀将圣之心，蒙佯狂之色，视(示)天下以愚”[124]了。荀子的学生韩非则主张尊人主之势，所谓“事在四方，要在中央，圣人(实指“人主”——引者)执要，四方来效”[125]，“威势者，人主之筋力也”[126]。他甚至公开主张：“明主之国，无书简之文，以法为教；无先王之语，以吏为师；无私剑之悍，以斩首为勇。”[127]这些意见，显然是站在人主即权势者角度来考虑的。荀子的另一学生李斯决定赴秦面辞荀子时曾直言不讳地说：

> 斯闻得时无怠，今万乘方争时，游者主事；今秦王欲吞天下，称帝而治，此布衣驰骛之时，而游说者之秋也。处卑贱之位，而计不为者，此禽鹿视肉人面而能强行者耳。故诟莫大于卑贱，而悲莫甚于穷困，久处卑贱之位，困苦之地，非世而恶利，自托于无为，此非士之情也。故斯将西说秦王矣。[128]

不管这些话是否真是李斯所言，它反映了战国末年一大批知识分子的心态却是不争的事实。

“道”、“势”之争以“势”的增长和“道”的萎缩作为结果或者趋势，恐怕是中国早期知识分子和真正的儒家学者所不愿看到又不得不正视的现实，采取避世立场的道家学者也许还能在虚静的精神世界里保留那一份“乐道忘势”的超然态度，而积极入世的儒家学者则很难继续“乐道忘势”，即使他们大力提倡“道”，而这种“道”已经不完全是可以与“势”相抗衡的精神力量，而是服从和维护“势”的道德说教了。除非“势”恶性膨胀到不给“道”以任何地位，社会文化价值系统到了可能彻底崩溃的地步，知识分子才会以“道”来抗争“势”，以生命来捍卫“道”。而在一般情况下谈论“道”，总容易给人以虚假之感，不少正直知识分子猛烈抨击假道学，与此不无关系。然而，如果因此否定中国早期知识分子“乐道忘势”的文化精神的积极意义，显然不是实事求是的态度；而如果因此丢掉中国早期知识分子以“道”抗“势”的优良传统，那就更是数典忘祖了。

四、“君子谋道”：中国古代文学观念的主体意识

前面说过，中国早期知识分子来源于“士”与“儒”。不过，春秋末期的孔子对于“士”、“儒”并未当作一个整体一律看待，所论颇有分疏。孔子曾对他的学生提到过“儒”，他要求子夏：“女(汝)为君子儒，无为小人儒”[129]，他所肯定的显然只是“君子儒”，并未肯定一切“儒”。孔子也谈“士”，如说：“士而怀居，不足以为士矣”[130]；“士志于道，而耻恶衣恶食者，未足与议也”[131]等等，多从批评的角度立论，可见他对士也有分疏，并不肯定一切士。孔子更多的是谈论“君子”，他说：“君子义以为质，礼以行之，孙(逊)

以出之，信以成之”；“君子病无能焉，不病人之不己知也”；“君子疾没世而名不称焉”；“君子求诸己，小人求诸人”；“君子矜而不争，群而不党”；“君子不以言举人，不以人废言”；“君子谋道不谋食，耕也，馁在其中矣；学也，禄在其中矣，君子忧道不忧贫”；“君子不可小知，而可大受也。小人不可大受，而可小知也”；“君子贞而不谅”[132]；“君子喻于义，小人喻于利”[133]；“君子周而不比，小人比而不周”[134]；“君子周急不继富”[135]；“君子和而不同，小人同而不和”[136]；以及“君子有三戒”、“君子有三畏”、“君子有九思”[137]等等。毫无疑问，君子才是孔子肯定的对象，君子人格才是孔子的理想人格。如果一定要说他肯定士，也只能说他肯定“士君子”，而非一般士。而孔子所说的“士君子”、“君子儒”或者更简洁地说就是“君子”，正是中国古代历史上最早出现的知识分子，或者说是中国早期知识分子的典型代表。

毫无疑问，孔子希望他的学生成为君子，他自己也是以君子的要求来要求自己的。虽然他的学生们推崇他是圣人，但他自己并不以圣人自居。正是以孔子为代表的包括他的弟子们在内的这批以君子人格为皈依的早期儒家学者，成为了中国最早的知识分子，他们的文化精神奠定了中国文学精神的坚实基础，也成为了中国古代文学观念的主体意识。需要说明的是，由于“君子”是儒家的理想人格，因而中国这批早期知识分子不敢以君子自居，常常以“士”自况，如孔子弟子曾参云：“士不可以不弘毅，任重而道远。仁以为己任，不亦重乎？死而后已，不亦远乎？”[138]这种“士”显然具有“君子”品格；加之战国以降，人们都习称以孔子为代表的学派为“儒家”，称孔门弟子为“儒”，故“士”与“儒”常相混称，后人也就以“士”、“儒”为中国早期知识分子的代名词。然而，在孔子那儿，“士”、“儒”与“君子”是有明显区别的，而只有“君子”才符合以孔子为代表的中国早期知识分子的特征。从本质上看，中国早期知识分子正是具有君子人格和向往具有君子人格的一批新人。

如前所述，孔子所论列的君子的文化精神和文化性格是多方面的，集中到一点就是：“君子谋道不谋食”，“君子忧道不忧贫”[139]。“道”是君子即中国早期知识分子的最基本的文化理念，也是他们的价值目标，因此，“君子谋道”便成为他们的主体意识。不仅儒家学者论“道”，先秦诸子无不论“道”，以老庄为代表的道家更是以“道”为其中心话语。那么，“道”是什么呢？尽管先秦诸子对道的解说不尽一致，我们仍然可以从他们的一些有代表性的言论中找到基本答案，从而正确理解中国早期知识分子的崇道精神。

首先，“道”是中国知识分子的价值理性，也是他们的价值目标。

就现有文献和文物资料来看，“道”在西周还没有成为重要的思想范畴，更没有形成有系统的思想，统治者们思考得最多的是“敬德”与“保民”，而早期的“德”大都与政治有关[140]，说明“敬德”、“保民”主要是一种为了安定天下的现实的考虑，是世俗政治的需要。就其超越现实的信仰领域而言，西周统治者对“天”或“天命”的宗教性情结并没有完全消失，虽然他们也有“天不可信”[141]、“惟命不于常”[142]的理性主义倾向，但周公在作重大决策时仍然要用大宝龟进行占卜，仍然“不敢替上帝命”[143]，他们对天命的信仰在形态上仍具有神学特征。与商人所不同的是，周人的天命信仰中加入了道德和民意的成分，即“敬德”和“保民”，这就使得周人天命信仰中的神性因素渐趋淡化而人性因素不断增强。正是人性的不断增强促进着中华民族价值理性的觉醒，这种觉醒成为人们的信仰从天道转向人道的枢纽，成为中国知识分子诞生的思想文化背景[144]。

中国早期知识分子在西周以来价值理性发展的基础上，把“道”作为一个核心概念，赋予它超越一切的地位，用以消除天命观念的影响。孔子“不语怪、力、乱、神”[145]，“罕言利与命”[146]，“敬鬼神而远之”[147]，将一些宣扬神性的神话作出具有人性的历史化的阐释，如解释“黄帝四面”、“夔一足”等，表明中国早期知识分子是以理性主义的姿态登上历史舞台的。既然他们已经悬置了上帝与天命，那么，“道”就成了他们终极的价值目标，成了他们理想的精神家园。在他们看来，天地万物不是由上帝和天命来主宰，而是按照“道”来安排的。“道”不是宗教信仰，而是价值理性，是万事万物之源，也是万事万物之理。前面我们已经引用了儒家和道家关于“道”的论述，这里不再重复。儒、道之外的先秦诸子也都高举“道”的旗帜，例如法家集大成者韩非便说：

> 道者，万物之所然也，万理之所稽也。理者，成物之文也；道者，万物之所以成也。……万物各异理，万物各异理而道尽稽万物之理，故不得不化；不得不化，故无常操。无常操，是以死生气禀焉，万智斟酌焉，万事废兴焉。天得之以高，地得之以藏，维斗得之以成其威，日月得之以恒其光，五常得之以常其位，列星得之以端其行，四时得之以御其气，轩辕得之以擅四方，赤松得之与天地统，圣人得之以成文章。道，与尧舜俱智，与接舆俱狂，与桀纣俱灭，与汤武俱昌。以为近乎，游于四极；以为远乎，常在吾侧；以为暗乎，其光昭昭；以为明乎，其物冥冥。而功成天地，和化雷霆，宇宙之物，恃之以成。凡道之情，不制不行，柔弱随时，与理相应。万物得之以死，得之以生；万事得之以败，得之以成。[148]

正是因为“道”具有本原性、超越性，无所不在性，所以任何事物都不可能离开“道”。这样说来，“道”似乎很神秘，其实不然。《易·系辞上》云：“形而上者谓之道，形而下者谓之器。”[149]将“道”与“器”联系在一起，说明“道”不能离“器”，“器”也不能离“道”，他们只有“形而上”和“形而下”之分而已。以形上形下区分道器，道可以通过形来获得一种把握，这就避免了神秘性，体现了一种价值理性。中国早期知识分子对“道”的这种理性主义态度，便与殷商以来的巫觋对鬼神的盲目信仰区别开来。对“道”的维护也就成了对理性的维护，成了知识分子对自身价值的维护，成了知识分子寻求独立与尊严的一面旗帜，体现了他们的文化主体意识。后人谈论文学，总爱原“道”，其根本原因就在这里。

其次，“道”是中国知识分子的人文理想，也是他们的道德追求。

“道”是万事万物之原，也是万事万物之理。循此可有两种思路：一是像古希腊哲学家们那样去探讨这些普遍原理，作纯粹形而上的思考；一是让这种探讨不脱离具体的事物，在对事物的分理中去寻找事物之“道”。中国古代的知识分子选择了后一种思维方式。

《易·系辞下》云：“《易》之为书也，广大悉备，有天道焉，有人道焉，有地道焉，兼三材而两之。”[150]而在天、地、人三材中，中国早期知识分子普遍重视人道。以孔子为代表的儒家便更多地将“道”理解为社会政治秩序和伦理道德规范，即“君君、臣臣、父父、子子”和“仁、义、礼、智、信”等基本信条，他们以为只要遵守了这些规范，社会就能安定，人民就能幸福。他们认为，尧、舜、禹、汤、文、武、周公时期便很好地实行了这些规范，符合“德治”和“仁政”的社会理想。其实，孔子所提出的政治人物及其社会样板也并不完全符合他的理想标准。尧、舜且不论，武王有伐纣之举，周公曾镇压三监之乱，并非都是德治与仁政。然而，孔子所提倡的社会理想却是直接针对当时社会“礼崩乐坏”的政治现实的，明显具有对当时社会的批判意识，而这正是中国早期知识分子的可贵之处；所谓理想社会，不过是用来批判当时社会的思想武器而已。孔子指出：“天下有道，则礼乐征伐自天子出；天下无道，则礼乐征伐自诸侯出。自诸侯出，盖十世希不失矣；自大夫出，五世希不失矣；陪臣执国命，三世希不失矣。天下有道，则政不在大夫；天下有道，则庶人不议。”[151]在孔子看来，天下有道，则有安宁；天下无道，则动荡不已。解决的办法是“学道”，是“克己复礼”。孔子说：“君子学道则爱人，小人学道则易使也。”[152]“克己复礼为仁，一日克己复礼，天下归仁焉。为仁由己，而由人乎哉？”[153]他要求学生们能够做到：“笃信好学，守死善道，危邦不入，乱邦不居。天下有道则见，无道则隐。”[154]以为“君子博学于文，约之以礼，亦可以弗畔矣夫”[155]，也就是说，君子只要广泛地学习礼乐文化，自觉地遵守礼乐规范，就不会违背“道”。孔子似乎不愿意过多地去讨论关于“道”的定义，而是将注意力转向去探寻“道”对于社会和人生的意义，这与孔子的人道思想和实践理性精神是完全一致的。

孟子继承了孔子的思想，更加关注君子的心性修养和人格锻炼。他以“性善论”为理论依据，认为人有“良知”、“良能”，不虑而知，不学而能，只要不失去本心，就能恪守儒家之道。他说：“人之所不学而能者，其良能也；所不虑而知者，其良知也。孩提之童，无不知爱其亲也；及其长也，无不知敬其兄也。亲亲，仁也；敬长，义也。无他，达之天下也。”[156]又说：“万物皆备于我，反身而诚，乐莫大焉。强恕而行，求仁莫近焉。”[157]“爱人不亲反其仁，治人不治反其智，礼人不答反其敬。行有不得者，皆反求诸己，其身正，而天下归之。”[158]“老吾老，以及人之老；幼吾幼，以及人之幼，天下可运于掌。”[159]正因为孟子把社会政治问题归结为道德问题，所以他常常以“德”来释“道”。“德者，得也，谓内得于心外得于物。”[160]有德就能有道，这是孟子的一贯思想，孟子说：“民为贵，社稷次之，君为轻。是故得乎丘民而为天子，得乎天子而为诸侯，得乎诸侯而为大夫。”[161]对民的重视既是对孔子思想的发展，也反映了社会的巨大进步，得民心者得天下，成为孔孟之道的重要内容。外得于物固然重要，但更重要的是内得于心，回复自己善良的本心，即“反身而诚”，这样，“道”的问题归根结底是一个道德修养问题。孟子说：“居下位而不获于上，民不可得而治也。获于上有道，不信于友，弗获于上矣。信于友有道，事亲弗悦，弗信于友矣。悦亲有道，反身不诚，不悦于亲矣。诚身有道，不明乎善，不诚其身矣。是故诚者，天之道也。思诚者，人之道也。至诚而不动者，未之有也。不诚，未有能动者也。”[162]孟子之所以把政治问题道德化，是与他所处的社会环境分不开的。当时的社会，统治者们见利忘义，尔虞我诈，“争地以战，杀人盈野；争城以战，杀人盈城”[163]，而要解决这一问题，除了对他们进行道德约束，实在没有别的办法。当然，统治者们并不喜欢孟子的这些说教，更没有人去遵照执行。因此，孟子的思想也就只有儒家的信徒躬身践履了。

应该说，孔孟之道代表了儒家对“道”的基本认识和主要价值取向，然而，真正把“道”与“文”联系起来的还是荀子。荀子说：

> 学恶乎始？恶乎终？曰：其数则始乎诵经，终乎读礼；其义则始乎为士，终乎为圣人。真积力久则入，学至乎没而后止也。故学数有终，若其义则不可须臾舍也。为之，人也；舍之，禽兽也。故《书》者，政事之纪也；《诗》者，中声之所止也；《礼》者，法之大分，类之纲纪也，故学至乎《礼》而止也。夫是之为道德之极。[164]

这是就“学”而言。荀子是一个“性恶”论者，他认为，要改变人“恶”的本性，必须积学循礼，以达至圣人之道。而所谓积学，在荀子那里，其实就是“积文学”。荀子所说的文学，实际上就是经过孔子整理并阐述的儒家经典《诗》、《书》、《礼》、《乐》、《春秋》，这样，文学就有了具体的形式。在荀子看来，道就体现在文学的具体形式之中，而圣人则将文与道完美地统一在一起。他说：

> 圣人也者，道之管也。天下之道管是矣，百王之道一是矣；故《诗》、《书》、《礼》、《乐》之道归是矣。《诗》言是，其志也；《书》言是，其事也；《礼》言是，其行也；《乐》言是，其和也；《春秋》言是，其微也。故“风”之所以为不逐者，取是以节之也；“小雅”之所以为小雅者，取是而文之也，“大雅”之所以为大雅者，取是而光之也；“颂”之所以为至者，取是而通之也。天下之道毕是矣。[165]
>
> 辨说也者，心之象道也；心也者，道之工宰也；道也者，治之经理也。心合于道，说合于心，辞合于说，正名而期，质请而喻，辨异而不过，推类而不悖，听则合文，辨则尽故，以正道而辨奸，犹引绳以持曲直。是故邪说不能乱，百家无所窜。[166]

荀子在将儒家之道与积文学联系在一起的基础上，提出了圣人为“道”之管(即汇总天下之道)，六经为“道”之归(即具体体现“道”)，并将辞文辨说全部统摄在“道”的监控之下，这样，荀子实际上已经阐明了“原道”、“征圣”、“宗经”的基本思想。

从“文”与“道”的关系来看，孟子以为“道”之在“德”，“德”之根本在得“仁义”之本心，循此以进，也就不愁文不合“道”了，所谓“流水之为物也，不盈科不行；君子之志于道也，不成章不达”[167]，也就是孔子所说的“有德者必有言”[168]的意思，这样，“文”与“道”的问题主要是一个道德人格的修养问题。荀子并不反对道德人格的培养，但他认为道德人格的培养是一个“锲而不舍”的过程，它不是本性的自觉，而是礼法的磨砺和约束，学习文学知识则是一个重要途径，这样，他便将“文”与“道”的关系主要理解为“形而下”与“形而上”的关系，后人所说的“文章者道之器也”[169]便主要受他的思想影响。应该说，在荀子之前，“文”与“道”是不可分的，孔子便从来不主张将“道”的问题形式化，他虽然十分注重礼节仪式，但他并不认为这些礼节仪式就是“道”，他说：“礼云礼云，玉帛云乎哉？乐云乐云，钟鼓云乎哉？”[170]礼乐问题，并不就是玉帛钟鼓的问题，关键是对它们的认识、理解、接受的问题，即是否“心悦诚服”。与孔、孟将内外本末打成一片不同，荀子实际上已将内外本末分开，认为通过外在的规范可以影响内在的品格，通过外在的形式可以把握内在的本质。这样，“文”与“道”的问题就演变为形式与内容的关系问题，文学问题也就成为一个可以在形式上加以讨论的问题，甚至儒家经典也就可以作为一种文学形式被肯定和被模仿了。这不能不说是文学观念的巨大进步，也是对文道关系的巨大推进。

由于“道”实际上代表了中国古代知识分子的价值理性和社会理想，而其具体体现是“先王之遗文”，而这些“先王之遗文”主要掌握在知识分子手中，其基本精神也由知识分子来阐发，因此，在“道”受到社会普遍尊崇的时候，不仅知识分子的地位相对较高，“文”(文学)也受到特别的重视。《淮南子·俶真训》云：“周室衰而王道废，儒、墨乃始列道而议，分徒而讼。于是博学以疑(拟)圣，华诬以胁众，弦歌鼓舞，缘饰诗书，以买名誉于天下。”[171]孟子则说：“圣王不作，诸侯放恣，处士横议，杨朱、墨翟之言盈天下。”[172]从这种批判性言论中，不难发现当时社会对言论著述的重视。《史记·孟子荀卿列传》说齐宣王时稷下学者滋盛，这些人“各著书言治乱之事，以干世主”[173]，可见这时的重“道”与重“文”是一致的，人们没有必要提出“文以载道”的问题，因为这一问题并不存在。只是到了势尊而道卑的秦代以后，“文”与“道”才成为知识分子关注的一个问题，对“文”与“道”关系的不同理解也就成了区别不同类型文人的一把标尺。

从以上分析可以看出，中国早期知识分子提出“道”的概念以及对“道”的维护，是对价值理性和人文精神的一种维护，是对他们各自提出的理论学说的一种维护，也是对知识分子集团意识的一种维护。先秦知识分子所形成的这种卫道立场和原道精神，对秦汉以后中国知识分子的文化心理和文化性格产生了异常深刻的影响，也形成了文学领域根深蒂固的“文以载道”的思想传统。从积极方面来看，“文以载道”能够提升知识分子的思想境界，加重他们的社会责任，使文学不能远离国计民生，充分发挥文学改良社会与人生的作用。从消极方面来看，“文以载道”限制了文学家自身情感的表达，影响了文学除教育功能以外的其他功能的发挥，也不利于人的全面发展；并且，文所载之“道”也并非人类理想的圣境，无论是就伦理道德而言，还是就社会制度而言，先秦诸子所言之“道”都有十分明显的时代局限和思想局限，因此“文以载道”就容易成为维护旧制度反对新思想的便利武器。即使是那些并不保守的人，也会将这一观念变为陈陈相因的迂腐说教。正是在这一点上，郭绍虞先生所说“中国文学批评中的主要问题，不是乌烟瘴气的什么‘文以载道’的说法，便是玄之又玄玩一些论神论气的把戏，前者是儒家思想之发挥，后者是道家思想之影响。这两家思想在中国文学批评史上竟产生了这样大的影响”[174]，可谓一语中的。

的确，秦汉以后，特别是汉武帝接受董仲舒建议“罢黜百家，独尊儒术”以后，儒家思想占据了思想统治的中心位置，孔、孟所楬橥的君子人格和“君子谋道”的主体意识和人文精神给予中国古代知识分子以无比强烈的影响，人们论文作文，无不把文与道联系在一起，以道为准绳，以道为指归，形成了中国古代特有的文学景观。这里，我们不妨列举一些代表性言论以见一斑。

唐柳冕说：“昔尧、舜殁，《雅》《颂》作；《雅》《颂》寝，夫子作。未有不因于教化为文章，以成国风。是以君子之儒，学而为道，言而为经，行而为教，声而为律，和而为音。如日月丽乎天，无不照也；如草木丽乎地，无不章也；如圣人丽乎文，无不明也。”[175]

韩愈说：“君子居其位，则思死其官；未得位，则思修其辞，以明其道。我将以明道也，非以为直而加人也。”[176]

柳宗元说：“圣人之言，期以明道，学者务求诸道而遣其辞。辞之传于世者，必由于书。道假辞而明，辞假书而传，要之之道而已耳。道之及，及乎物而已耳，斯取道之内者也。”[177]

李汉说：“文者，贯道之器也。不深于斯道，有至焉者，不也？”[178]

宋石介说：“圣人职文者也，君子章之，庶人由之。具两仪之体，布三纲之象，全五常之质，叙九畴之数。道德以本之，礼乐以饰之，孝悌以美之，功业以容之，教化以明之，刑政以纲之，号令以声之。灿然其君臣之道也，昭然其夫妇之顺也。尊卑有法，上下有纪，贵贱有乱，内外不渎，风俗归厚，人伦既正，而王道成矣。”[179]

欧阳修说：“君子之于学也务为道，为道必求知古，知古明道而后履之以身，施之于事，而又见于文章，而发之以信后世。其道，周公、孔子、孟轲之徒常履而行之者是也；其文章，则六经所载至今而取信者是也。”[180]

朱熹说：“夫文与道果同耶异耶？若道外有物，则为文者可以肆意妄言而无害于道。惟夫道外无物，则言而一有不合于道者，则于道为有害，但其害有深浅耳。”[181]

明方孝儒说：“文所以明道也，文不足以明道，犹不文也。”[182]

茅坤说：“文以载道，道也者，伏羲氏以来不易之旨也。孔孟没而圣学微，于是六艺之旨散而不传。”[183]

类似的论述，俯拾即是，说明“君子谋道”的思想已经深入中国知识分子的骨髓，渗透到他们的文学观念和整个文学活动中。尽管唐人的文道观与宋人的文道观并不完全相同，宋代道学家的文道观与古文家的文道观也有许多差异，然而，他们都以文道关系为论述中心却是一致的，“在中国全部文学批评史上彻头彻尾，都不外文与道关系之讨论”[184]。这种讨论弥漫整个文学界，先秦时期所形成的中国古代文学观念的影响不断被强化，使得中国古代文学具有浓厚的泛道德倾向，因为人们所理解的“道”主要是指孔孟之道，这必然形成中国古代文学以礼节情和偏重说教的传统，阻碍文学的发展进步。当然，事物都是具有两面性的，重道的传统加强了文学家的社会责任感，使得文学能够更多地关注社会和人生，提高了文学的社会影响力。中国古代文学在古代中国似乎一直是社会关注的热点，很少被边缘化和冷漠化，重道的传统观念不能不说是一个重要原因。这种传统在今天是否还可以批判地继承、改造和发扬呢？学术界应该有所讨论，社会终将会作出选择。

注释：

＊本文为国家社会科学基金项目“中国古代文学观念的发生学研究”(05BZW013)阶段性成果之一。原载《中山大学学报(社会科学版)》2009 年第 1 期；《新华文摘》2009 年第 8 期转载，《中国社会科学文摘》2009 年第 5 期转载，《高等学校文科学术文摘》2009 年第 2 期摘载。

[1]《简明不列颠百科全书》第 9 卷，中国大百科全书出版社 1986 年版，第 423 页。

[2]余英时：《士与中国文化》自序，上海人民出版社 1987 年版，第 2 页。

[3]余英时：《士与中国文化》自序，上海人民出版社 1987 年版，第 7 页、第 3 页。

[4]参见拙作《论孔子的文学观念》，《孔子研究》1998 年第 1 期。《游夏文学发微》，《北京大学学报(哲学社会科学版)》2003 年第 4 期。

[5]顾颉刚：《史林杂识初编》，中华书局 1963 年版，第 85～91 页。

[6]余英时：《士与中国文化》，上海人民出版社 1987 年版，第 12～31 页。

[7]余英时：《士与中国文化》，上海人民出版社 1987 年版，第 87 页。

[8]《吕氏春秋》卷二十一《开春论·爱类》，《二十二子》本，上海古籍出版社 1986 年版，第 711 页。

[9]《墨子》卷十二《贵义》，《二十二子》本，上海古籍出版社 1986 年版，第 265 页。

[10]钱穆：《国学概论》，中华书局 1997 年版，第 44 页。

[11]《庄子》卷十《天下》，《二十二子》本，上海古籍出版社 1986 年版，第 85 页。

[12]《荀子》卷七《王霸》，《二十二子》本，上海古籍出版社 1986 年版，第 313 页。

[13]许慎《说文解字》：“士，事也。数始于一，终是十，从一从十。孔子曰：‘推十合一为士。’”王国维《释牡》：“卜辞牡字皆从⊥，⊥古士字。孔子曰：‘推十合一为士。’⊥字正丨(古文十字)一之合矣。”(见《观堂集林》卷六，中华书局 1959 年版，第 287～288 页)

[14]杨树达《释士》转引吴承仕意见云：“士事　古音并同，男字从力田，依形得义，士则以声得义也。事今为职事事业之义者，人生莫大于食，事莫重于耕，故亩物地中之事引申为一切之事也。”并补充说：“士字甲骨文作⊥，一象地，丨象苗插入地中之形。”(见《积微居小学述林》，中华书局 1983 年版，第 72 页)

[15]见徐中舒《士王皇三字之探源》，《中央研究院历史语言研究所集刊》，1934 年；

严一萍《王皇士集释》在分析并补充徐说后以为：“王皇士三字之象人正面端拱而坐之形，至此已成定论矣。”(《中国文字》第七册，台湾大学文学院古文字研究室，1962 年编印)

[16]郭沫若《释祖妣》：“余谓士、且、王、土同系牡器之象形。”(《甲骨文字研究》，科学出版社 1962 年版，第 72 页)

[17]见吴其昌《金文名象疏证·兵器篇》，《国立武汉大学文哲季刊》1936 年第五卷第三期。

[18]阎步克：《士大夫政治演生史稿》，北京大学出版社 1996 年版，第 44 页。

[19]章太炎：《章太炎学术史论集》，中国社会科学出版社 1997 年版，第 192 页。

[20]徐中舒：《甲骨文所见的儒》，《四川大学学报》1975 年第 4 期；此文收入《先秦史论稿》，巴蜀书社 1992 年版。

[21]甲骨文“雨”作(一期，《粹》666)、(一期，《乙》9104)、(一期，《佚》247)，“象雨点自天而降之形，一表天，或省一而为、。”(徐中舒主编《甲骨文字典》卷十一，四川辞书出版社 1988 年版，第 1240 页)徐山认为：“由于徐中舒先生认定的‘需’的甲骨文，同金文相对照后，两者区别较大，这样，甲骨文所认定的字形是否真是‘需’字？对此，笔者认为尚可存疑。我们认为‘需’的字形原型即金文所示的那样上为雨下为人状。即便是像徐中舒先生认定的那样‘需’有甲骨文字体，亦为一种简体，且人形周围的三点或四点的原义为雨点义。《说文》所列的篆文‘需’，其形体上为雨下为而，篆文下面的‘而’为金文下面的‘天(人形)’的讹变。”(《儒的起源》，《江海学刊》1998 年第 4 期)

[22]从某种意义上说，金文字形更能体现造字的特点。裘锡圭认为：“我们可以把甲骨文看作当时的一种比较特殊的俗体字，而金文大体上可以看作当时的正体字。所谓正体就是在比较郑重的场合使用的正规字体，所谓俗体就是日常使用的比较简便的字体。”(《文字学概要》，商务印书馆 1988 年版，第 42～43 页)

[23]许慎：《说文解字》(注音版)卷十一下《雨部》，岳麓书社 2006 年版，第 242 页。“从雨，而声”，段玉裁注云“从雨而”。

[24]许慎：《说文解字》(注音版)卷十一下《雨部》，岳麓书社 2006 年版，第 241 页。

[25]何晏集解、邢昺疏：《论语注疏》卷十一《先进》，阮元校刊《十三经注疏》本，中华书局 1980 年版，第 2500 页。

[26]许慎：《说文解字》(注音版)卷十一下《雨部》，岳麓书社 2006 年版，第 242 页。

[27]郑玄注、贾公彦疏：《周礼注疏》卷二十六《春官·司巫》，阮元校刊《十三经注疏》本，中华书局 1980 年版，第 816 页。

[28]郑玄注、孔颖达疏：《礼记注疏》卷四十六《祭法》，阮元校刊《十三经注疏》本，中华书局 1980 年版，第 1588 页。

[29]何休解诂、徐彦疏：《春秋公羊注疏》卷四《桓公五年》，阮元校刊《十三经注疏》本，中华书局 1980 年版，第 2216 页。

[30]邢昺：《尔雅注疏》卷四《释训》，阮元校刊《十三经注疏》本，中华书局 1980 年版，第 2591 页。

[31]陈梦家：《殷虚卜辞综述》，科学出版社 1956 年版，第 600～601 页。

[32]郑玄注、贾公彦疏：《周礼注疏》卷二十六《春官·女巫》，阮元校刊《十三经注

疏》本，中华书局 1980 年版，第 816 页。

[33]郑玄注、贾公彦疏：《周礼注疏》卷二十六，阮元校刊《十三经注疏》本，中华书局 1980 年版，第 816 页。

[34]例如，《左传．僖公二十一年》：“夏大旱，公欲焚巫。”《礼记．檀弓下》：“岁旱，穆公召县子而问然，曰：‘天久不雨，吾欲暴巫尪而奚若？’”

[35]殷商时期有舞雨的记载，如郭沫若主编《甲骨文合集》(中华书局 1976—1983 年版)12819：“庚寅卜，甲午奏，舞雨。庚寅卜，癸巳奏，舞雨。庚寅卜，辛卯奏，舞雨。”

[36]陈梦家认为：“商代的女巫已仅为求雨舞雩的技艺人才，不复掌握宗教巫术的大权。”(《商代的神话与巫术》，《燕京学报》第 20 期，1936 年)

[37]见胡适《说儒》，《中央研究院历史语言研究所集刊》，1934 年。

[38]郭沫若：《驳〈说儒〉》，《郭沫若全集》历史编第一卷，人民出版社 1982 年版，第 456～458 页。

[39]杜预注、孔颖达疏：《春秋左传注疏》卷二十七《成公十三年》，阮元校刊《十三经注疏》本，中华书局 1980 年版，第 1911 页。

[40]徐中舒也认为：“早期的士是职业军人，平时警卫宫廷，战时从军出征，是车战的主力。”(《先秦史论稿》六，巴蜀书社 1992 年版，第 114 页)

[41]郑玄注、孔颖达疏：《礼记注疏》卷十三《王制》，阮元校刊《十三经注疏》本，中华书局 1980 年版，第 1342 页。

[42]余英时：《士与中国文化·古代知识阶层的兴起与发展》，上海人民出版社 1987 年版，第 23 页。

[43]《墨子》卷八《明鬼下》，《二十二子》本，上海古籍出版社 1986 年版，第 249 页。

[44]徐元诰：《国语集解·鲁语上》，中华书局 2002 年版，第 146 页。

[45]郑玄注、孔颖达疏：《礼记注疏》卷四《曲礼》，阮元校刊《十三经注疏》本，中华书局 1980 年版，第 1261 页。

[46]郑玄注、孔颖达疏：《礼记注疏》卷四《曲礼》，阮元校刊《十三经注疏》本，中华书局 1980 年版，第 1261 页。

[47]郑玄注、贾公彦疏：《周礼注疏》卷二，阮元校刊《十三经注疏》本，中华书局 1980 年版，第 645 页。

[48]顾颉刚《“周公制礼”的传说和〈周官〉一书的出现》，《文史》第六辑，中华书局 1979 年，第 23 页。近代学者对《周礼》多持怀疑态度，但近来考古发现却增加了《周礼》的可信度，李学勤认为：“《周礼》和《左传》一样，长期蒙受怀疑的厄运，其内容也在文物研究中得到越来越多的证明，也许不久会为学术界多数所承认。”(《李学勤集》，黑龙江教育出版社 1989 年版，第 4 页)因此，笔者认为应该大胆而谨慎地使用这些资料。

[49]班固：《汉书》卷六十二《司马迁传》，《二十五史》本，上海古籍出版社、上海书店 1986 年版，第 618 页。

[50]顾颉刚：《盘庚中篇今译》，《古史辨》第二册，上海古籍出版社 1982 年版，第 44 页。

[51]丁山：《商周史料考证》，中华书局 1988 年版，第 64 页。

[52]郑玄注、孔颖达疏：《礼记注疏》卷五十四《表记》，阮元校刊《十三经注疏》本，中华书局1980年版，第1642页。

[53]孔安国传、孔颖达疏：《尚书注疏》卷十六《君奭》，阮元校刊《十三经注疏》本，中华书局1980年版，第224页。

[54]李宗侗：《中国古典社会史》，华冈出版社1954年版，第118页。

[55]陈梦家：《殷虚卜辞综述》，中华书局1988年版，第46页。

[56]陈梦家：《商代的神话与巫术》，《燕京学报》第20期，1936年。

[57]《吕氏春秋·顺民篇》载云："昔者汤克夏而正天下，天下大旱，五年不收，汤乃以身祷于桑林，曰：'余一人有罪，无及万方；万夫有罪，在余一人。无以一人之不敏，使上帝鬼神伤民之命。'于是剪其发，磨其手，以身为牺牲，用祈福于上帝，民乃甚悦，雨乃大至。"与此类似的记载还有《尚书大传》、《淮南子》、《尸子》、《说苑》等。

[58]劳贞一：《古代思想与宗教的一个方面》，《学原》第1卷第10期，1948年。

[59]陈梦家：《商代的神话与巫术》，《燕京学报》第20期，1936年。

[60]孔安国传、孔颖达疏：《尚书注疏》卷十六《多士》，阮元校刊《十三经注疏》本，中华书局1980年版，第220页。

[61]于省吾：《甲骨文字释林》第四册，中华书局1979年版，第2912页。

[62]徐元诰：《国语集解·鲁语上》，中华书局2002年版，第165页。

[63]陈梦家：《商代的神话与巫术》，《燕京学报》第20期，1936年。

[64]徐中舒：《先秦史论稿》，巴蜀书社1992年版，第61页，第129页。

[65]郑玄注、孔颖达疏：《毛诗注疏》卷十六《大雅·文王》，阮元校刊《十三经注疏》本，中华书局1980年版，第503页。

[66]孔安国传、孔颖达疏：《尚书注疏》卷十四《康诰》，阮元校刊《十三经注疏》本，中华书局1980年版，第203页。

[67]孔安国传、孔颖达疏：《尚书注疏》卷十六《君奭》，阮元校刊《十三经注疏》本，中华书局1980年版，第223页。

[68]孔安国传、孔颖达疏：《尚书注疏》卷十四《酒诰》，阮元校刊《十三经注疏》本，中华书局1980年版，第207页。

[69]转引自许倬云《西周史》，生活·读书·新知三联书店1994年版，第107～108页。

[70]徐中舒：《先秦史论稿》，巴蜀书社1992年版，第67页。

[71]许倬云：《西周史》，生活·读书·新知三联书店1994年版，第109页。

[72]陈来认为夏以前是巫觋文化，商代是祭祀文化，而周代是礼乐文化。参见氏著《古代宗教与伦理——儒家思想的根源》，生活·读书·新知三联书店1996年版，第8～12页。

[73]陈来：《古代宗教与伦理——儒家思想的根源》，生活·读书·新知三联书店1996年版，第11页。

[74]郑玄注、孔颖达疏：《礼记注疏》卷二十九《玉藻》，阮元校刊《十三经注疏》本，中华书局1980年版，第1473～1474页。

[75]参见张亚初、刘雨《西周金文官制研究》，中华书局1986年版。

[76]殷商学校的职能从甲骨文“学”字的形义即可看出。参见拙作《中国文学观念的符号学探原》，《中国社会科学》1999年第1期。

[77]孔安国传、孔颖达疏：《尚书注疏》卷二《大宰》，阮元校刊《十三经注疏》本，中华书局1980年版，第648页。

[78]孔安国传、孔颖达疏：《尚书注疏》卷二《大宰》，阮元校刊《十三经注疏》本，中华书局1980年版，第648页。

[79]“十二教”为：“一曰以祀礼教敬，则民不苟；二曰以阳礼教让，则民不争；三曰以阴礼教亲，则民不怨；四曰以乐礼教和，则民不不乖；五曰以仪辨等，则民不越；六曰以俗教安，则民不偷；七曰以刑教中，则民不虣；八曰以誓教恤，则民不怠；九曰以度教节，则民知足；十曰以世事教能，则民不失职；十有一曰以贤制爵，则民慎德；十有二曰以庸制禄，则民兴功。”（《周礼注疏》卷十二，阮元校刊《十三经注疏》本，中华书局1980年版，第703页）

[80]郑玄注、孔颖达疏：《周礼注疏》卷十《大司徒》，阮元校刊《十三经注疏》本，中华书局1980年版，第706页。

[81]郑玄注、孔颖达疏：《周礼注疏》卷十《大司徒》，阮元校刊《十三经注疏》本，中华书局1980年版，第706页。

[82]章太炎《原儒》：“儒者，术士也……灵星舞子吁嗟以求雨者谓之儒。”

[83]章太炎《原儒》：“儒者，知礼乐射御书数。《天官》曰儒以道得民，说曰：儒。诸侯保氏，有六艺以教民者。《地官》曰联师儒，说曰：儒，乡里教以道艺者。此则躬备德行为师，效其材艺为儒。”

[84]见胡适《说儒》，《中央研究院历史语言研究所集刊》，1934年。

[85]陈来认为：“周代的文化，下至春秋战国，都可以看到一条明显的线索，即人本理性与巫觋文化的斗争。周文化的历史就是在礼乐文化中不断扬弃乃至压挤巫觋文化的历史，是在大传统中不断剔除巫觋文化的原始性而保留其神圣性的历史。”（《古代宗教与伦理——儒家思想的根源》，生活·读书·新知三联书店1996年版，第146页）

[86]《淮南子·修务训》云：“世俗之人多尊古而贱今，故为道者必托之于神农、黄帝，而后能入说。乱世暗主，高远其所从来，因而贵之。”这种分析有一定道理。不过，乱世暗主尊奉某一学说，常常是从他们自身利益出发，同时也是为了在理论上寻找自己的合法性，并不能完全归结为尊古贱今。

[87]《老子》一章，《二十二子》本，上海古籍出版社1986年版，第1页。

[88]《老子》二十一章，《二十二子》本，上海古籍出版社1986年版，第3页。

[89]《老子》二十五章，《二十二子》本，上海古籍出版社1986年版，第3页。

[90]《老子》五十一章，《二十二子》本，上海古籍出版社1986年版，第6页。

[91]何晏集解、邢昺疏：《论语注疏》卷四《里仁》，阮元校刊《十三经注疏》本，中华书局1980年版，第2471页。

[92]何晏集解、邢昺疏：《论语注疏》卷八《泰伯》，阮元校刊《十三经注疏》本，中华书局1980年版，第2487页。

[93]何晏集解、邢昺疏:《论语注疏》卷四《里仁》,阮元校刊《十三经注疏》本,中华书局 1980 年版,第 2471 页。

[94]何晏集解、邢昺疏:《论语注疏》卷五《公冶长》,阮元校刊《十三经注疏》本,中华书局 1980 年版,第 2473 页。

[95]何晏集解、邢昺疏:《论语注疏》卷四《里仁》,阮元校刊《十三经注疏》本,中华书局 1980 年版,第 2471 页。

[96]赵岐注、孙奭疏:《孟子注疏》卷十三下《尽心上》,阮元校刊《十三经注疏》本,中华书局 1980 年版,第 2770 页。

[97]《韩非子·显学》云:“孔子、墨子俱道尧舜,而取舍不同,皆自谓真尧舜。”《淮南子·要略》云:“墨子学儒者之业,受孔子之术,以为其礼烦扰而不说,厚葬靡财而贫民,(久)服伤生而害事,故背周道而用夏政。”两说颇不一致。据《墨子·公孟》载墨子语于儒者公孟曰:“且子法周而不法夏也,子之古非古也。”清人毕沅注云:“墨氏之学出于夏。”据此,近代学者均谓儒道出于周,墨道出于夏。

[98]何晏集解、邢昺疏:《论语注疏》卷九《子罕》,阮元校刊《十三经注疏》本,中华书局 1980 年版,第 2490 页。

[99]何晏集解、邢昺疏:《论语注疏》卷十三《子路》,阮元校刊《十三经注疏》本,中华书局 1980 年版,第 2507 页。

[100]何晏集解、邢昺疏:《论语注疏》卷九《子罕》,阮元校刊《十三经注疏》本,中华书局 1980 年版,第 2491 页。

[101]何晏集解、邢昺疏:《论语注疏》卷十五《卫灵公》,阮元校刊《十三经注疏》本,中华书局 1980 年版,第 2517 页。

[102]赵岐注、孙奭疏:《孟子注疏》卷四下《公孙丑下》,阮元校刊《十三经注疏》本,中华书局 1980 年版,第 2699 页。

[103]何晏集解、邢昺疏:《论语注疏》卷六上《滕文公下》,阮元校刊《十三经注疏》本,中华书局 1980 年版,第 2710 页。

[104]何晏集解、邢昺疏:《论语注疏》卷七下《孟子·离娄上》,阮元校刊《十三经注疏》本,中华书局 1980 年版,第 2721 页。

[105]何晏集解、邢昺疏:《论语注疏》卷十二下《告子下》,阮元校刊《十三经注疏》本,中华书局 1980 年版,第 2762 页。

[106]何晏集解、邢昺疏:《论语注疏》卷十一下《告子上》,阮元校刊《十三经注疏》本,中华书局 1980 年版,第 2752 页。

[107]《老子》二十章,《二十二子》本,上海古籍出版社 1986 年版,第 2 页。

[108]赵岐注、孙奭疏:《孟子注疏》卷十三上《尽心上》,阮元校刊《十三经注疏》本,中华书局 1980 年版,第 2764 页。

[109]何晏集解、邢昺疏:《论语注疏》卷八《泰伯》,阮元校刊《十三经注疏》本,中华书局 1980 年版,第 2487 页。

[110]何晏集解、邢昺疏:《论语注疏》卷十四《宪问》,阮元校刊《十三经注疏》本,中华书局 1980 年版,第 2510 页。

[111]王先谦：《荀子集释》第十九卷《大略》，《诸子集成》本，上海书店 1986 年版，第 337 页。

[112]《孟子·万章上》云："缪公亟见于子思曰：'古千乘之国以友士，何如?'子思不悦，曰：'古之人有言，曰事之云乎，岂曰友之云乎?'"

[113]《墨子》卷一《亲士》，《二十二子》本，上海古籍出版社 1986 年版，第 225 页。

[114]《墨子》卷二《尚贤上》，《二十二子》本，上海古籍出版社 1986 年版，第 229 页。

[115]《老子》十九章，《二十二子》本，上海古籍出版社 1986 年版，第 2 页。

[116]《老子》十三章，《二十二子》本，上海古籍出版社 1986 年版，第 2 页。

[117]《史记·魏世家》载李克言，谓魏文侯"东得卜子夏、田子方、段干木，此三人者君皆师之"，《吕氏春秋·举难》载白圭语，谓"文侯师子夏，友田子方，敬段干木，此名之所以过桓公也"，二说虽略有差异，但君主礼贤之意则一。

[118]赵岐注、孙奭疏：《孟子注疏》卷十上《万章下》，阮元校刊《十三经注疏》本，中华书局 1980 年版，第 2742 页。

[119]鲍彪校注、吴师道重校：《战国策》卷九《燕策》，《四部丛刊初编》本，商务印书馆 1922 年版。

[120]鲍彪校注、吴师道重校：《战国策》卷九《燕策》，《四部丛刊初编》本，商务印书馆 1922 年版。

[121]例如，据《史记·孟子荀卿列传》记载，邹衍"适梁，惠王郊迎，执宾主之礼；适赵，平原君侧行撇席；如燕，昭王拥篲先驱，请列弟子之座而受业。筑碣石宫，身亲往师之"。

[122]司马迁：《史记》卷四十六《田敬仲完世家》，《二十五史》本，上海古籍出版社、上海书店 1986 年版，第 224 页。

[123]《荀子》卷九《臣道》，《二十二子》本，上海古籍出版社 1986 年版，第 319 页。

[124]《荀子》卷二十《尧问》，《二十二子》本，上海古籍出版社 1986 年版，第 361 页。

[125]《韩非子》卷二《扬权》，《二十二子》本，上海古籍出版社 1986 年版，第 1123 页。

[126]《韩非子》卷二十《人主》，《二十二子》本，上海古籍出版社 1986 年版，第 1188 页。

[127]《韩非子》卷十九《五蠹》，《二十二子》本，上海古籍出版社 1986 年版，第 1185 页。

[128]司马迁：《史记》卷八十七《李斯列传》，《二十五史》本，上海古籍出版社、上海书店 1986 年版，第 285 页。

[129]何晏集解、邢昺疏：《论语注疏》卷六《雍也》，阮元校刊《十三经注疏》本，中华书局 1980 年版，第 2478 页。

[130]何晏集解、邢昺疏：《论语注疏》卷十四《宪问》，阮元校刊《十三经注疏》本，中华书局 1980 年版，第 2510 页。

[131]何晏集解、邢昺疏：《论语注疏》卷四《里仁》，阮元校刊《十三经注疏》本，中华书局 1980 年版，第 2471 页。

[132]何晏集解、邢昺疏：《论语注疏》卷十五《卫灵公》，阮元校刊《十三经注疏》本，中华书局1980年版，第2518页。

[133]何晏集解、邢昺疏：《论语注疏》卷四《里仁》，阮元校刊《十三经注疏》本，中华书局1980年版，第2471页。

[134]何晏集解、邢昺疏：《论语注疏》卷二《为政》，阮元校刊《十三经注疏》本，中华书局1980年版，第2462页。

[135]何晏集解、邢昺疏：《论语注疏》卷六《雍也》，阮元校刊《十三经注疏》本，中华书局1980年版，第2478页。

[136]何晏集解、邢昺疏：《论语注疏》卷十三《子路》，阮元校刊《十三经注疏》本，中华书局1980年版，第2508页。

[137]何晏集解、邢昺疏：《论语注疏》卷十六《季氏》，阮元校刊《十三经注疏》本，中华书局1980年版，第2522页。

[138]何晏集解、邢昺疏：《论语注疏》卷十五《卫灵公》，阮元校刊《十三经注疏》本，中华书局1980年版，第2518页。

[139]何晏集解、邢昺疏：《论语注疏》卷十五《卫灵公》，阮元校刊《十三经注疏》本，中华书局1980年版，第2518页。

[140]陈来认为："考察德的意义时，可以发现，早期文献中肯定的德及具体德目，大都体现于政治领域，或者说，早期的'德'大都与政治道德(political verture)有关。在君主制下，政治道德当然首先是君主个人的道德品行和规范。君主的个人品德在政治实践中展现为政治道德。"见《古代宗教与伦理——儒家思想的根源》，生活·读书·新知三联书店1996年版，第296页。

[141]孔安国传、孔颖达疏：《尚书注疏》卷十六《君奭》，阮元校刊《十三经注疏》本，中华书局1980年版，第223页。

[142]孔安国传、孔颖达疏：《尚书注疏》卷十四《康诰》，阮元校刊《十三经注疏》本，中华书局1980年版，第205页。

[143]孔安国传、孔颖达疏：《尚书注疏》卷十三《大诰》，阮元校刊《十三经注疏》本，中华书局1980年版，第199页。

[144]参见拙作《从"观乎天文"到"观乎人文"：中国古代文学观念的视角转换》，《华中师范大学学报(人文社会科学版)》2008年第4期。

[145]何晏集解、邢昺疏：《论语注疏》卷七《述而》，阮元校刊《十三经注疏》本，中华书局1980年版，第2483页。

[146]何晏集解、邢昺疏：《论语注疏》卷九《子罕》，阮元校刊《十三经注疏》本，中华书局1980年版，第2489页。

[147]何晏集解、邢昺疏：《论语注疏》卷六《雍也》，阮元校刊《十三经注疏》本，中华书局1980年版，第2479页。

[148]《韩非子》卷六《解老》，《二十二子》本，上海古籍出版社1986年版，第1138页。

[149]孔颖达：《周易正义》卷七《系辞上》，阮元校刊《十三经注疏》本，中华书局

1980 年版，第 83 页。

[150]孔颖达：《周易正义》卷八《系辞下》，阮元校刊《十三经注疏》本，中华书局 1980 年版，第 90 页。

[151]何晏集解、邢昺疏：《论语注疏》卷十六《季氏》，阮元校刊《十三经注疏》本，中华书局 1980 年版，第 2521 页。

[152]何晏集解、邢昺疏：《论语注疏》卷十七《阳货》，阮元校刊《十三经注疏》本，中华书局 1980 年版，第 2524 页。

[153]何晏集解、邢昺疏：《论语注疏》卷十二《颜渊》，阮元校刊《十三经注疏》本，中华书局 1980 年版，第 2502 页。

[154]何晏集解、邢昺疏：《论语注疏》卷八《泰伯》，阮元校刊《十三经注疏》本，中华书局 1980 年版，第 2487 页。

[155]何晏集解、邢昺疏：《论语注疏》卷六《雍也》)，阮元校刊《十三经注疏》本，中华书局 1980 年版，第 2479 页。

[156]赵岐注、孙奭疏：《孟子注疏》卷十三上《尽心上》，阮元校刊《十三经注疏》本，中华书局 1980 年版，第 2765 页。

[157]赵岐注、孙奭疏：《孟子注疏》卷十三上《尽心上》，阮元校刊《十三经注疏》本，中华书局 1980 年版，第 2764 页。

[158]赵岐注、孙奭疏：《孟子注疏》卷七上《离娄上》，阮元校刊《十三经注疏》本，中华书局 1980 年版，第 2718 页。

[159]赵岐注、孙奭疏：《孟子注疏》卷一下《梁惠王上》，阮元校刊《十三经注疏》本，中华书局 1980 年版，第 2670 页。

[160]《左传·桓公二年》传："故昭令德以示子孙。"孔颖达疏云："德者，得也，谓内得于心外得于物；在心为德，施之为行，德是行之未发者也。"

[161]赵岐注、孙奭疏：《孟子注疏》卷十四上《尽心下》，阮元校刊《十三经注疏》本，中华书局 1980 年版，第 2774 页。

[162]赵岐注、孙奭疏：《孟子注疏》卷七下《孟子·离娄上》，阮元校刊《十三经注疏》本，中华书局 1980 年版，第 2721 页。

[163]赵岐注、孙奭疏：《孟子注疏》，阮元校刊《十三经注疏》本，中华书局 1980 年版，第 2722 页。

[164]《荀子》卷一《劝学》，《二十二子》本，上海古籍出版社 1986 年版，第 288 页。

[165]《荀子》卷四《儒效》，《二十二子》本，上海古籍出版社 1986 年版，第 302 页。

[166]《荀子》卷十六《正名》，《二十二子》本，上海古籍出版社 1986 年版，第 344 页。

[167]赵岐注、孙奭疏：《孟子注疏》卷十三下《尽心上》，阮元校刊《十三经注疏》本，中华书局 1980 年版，第 2768 页。

[168]何晏集解、邢昺疏：《论语注疏》卷十四《宪问》，阮元校刊《十三经注疏》本，中华书局 1980 年版，第 2510 页。

[169]黄庭坚：《豫章黄先生文集》卷六《次韵杨明叔四首序》，《四部丛刊初编》本，商务印书馆 1922 年版。

[170]何晏集解、邢昺疏：《论语注疏》卷十七《阳货》，阮元校刊《十三经注疏》本，中华书局1980年版，第2523页。

[171]《淮南子》卷二《俶真训》，《二十二子》本，上海古籍出版社1986年版，第1213页。

[172]赵岐注、孙奭疏：《孟子注疏》卷六下《滕文公下》，阮元校刊《十三经注疏》本，中华书局1980年版，第2714页。

[173]司马迁：《史记》卷七十四《孟子荀卿列传》，《二十五史》本，上海古籍出版社、上海书店1986年版，第266页。

[174]郭绍虞：《中国文学批评史上之"神""气"说》，《照隅室古典文学论集》上编，上海古籍出版社1983年版，第46页。

[175]董诰：《全唐文》卷五百二十七《答荆南裴尚书论文书》，中华书局1983年版，第5357页。

[176]韩愈：《昌黎先生集》卷十四《争臣论》，《四部丛刊初编》本，商务印书馆1922年版。

[177]柳宗元：《柳宗元集》卷三十四《报崔黯秀才论为文书》，中华书局1979年版，第886页。

[178]朱熹：《朱文公校昌黎先生集》卷首《昌黎先生集序》，《四部丛刊初编》本，商务印书馆1922年版。

[179]石介：《徂徕石先生文集》卷十三《上蔡副枢密书》，中华书局1984年版，第144页。

[180]欧阳修：《欧阳文忠公文集》卷六十六《与张秀才第二书》，《四部丛刊初编》本，商务印书馆1922年版。

[181]朱熹：《朱文公文集》卷三十五《答吕伯恭》，《四部丛刊初编》本，商务印书馆1922年版。

[182]方孝孺：《逊志斋集》卷十四《送牟元亮赵士贤归省序》，《四部丛刊初编》本，商务印书馆1922年版。

[183]茅坤：《茅鹿门先生文集》卷五《与王敬所少司寇书》，《续修四库全书》本，上海古籍出版社1995年版。

[184]郭绍虞：《照隅堂古典文学论集》上编《中国文学批评史上文与道的问题》，上海古籍出版社1983年版，第170页。

论文学的进化与退化

——20世纪的一种文学史观的检讨

具有现代意义的中国文学学科是在20世纪初中国实行大学分科教育的教学实践中成长起来的，而中国文学史的教学和研究则是中国文学学科的催生素和助产士[1]。在中国文学史的教学和研究中，最核心的问题是文学史观念问题，正是它构筑了中国文学史的基本框架和整体面貌。在数以千计的中国文学史著作中，虽然有不少缺乏创新的粗制滥造之作，但凡是好的和比较好的文学史著作，却都有自己对文学发展的真知灼见，反映出编著者的文学史观。检讨20世纪的中国文学史观，对于总结学术经验，促进学科发展，无疑具有重要理论价值和现实意义。

20世纪最有影响且最具代表性的文学史观主要有三种。一种是“一代有一代之文学”的文体代嬗史观。这种文学史观是在古代“穷则变，变则通，通则久”[2]的“通变论”和“一代之兴必有一代之绝艺”[3]的“代兴论”的基础上，按照现代人对文学本质的理解和对文学演进规律的认识发展而来的，具有鲜明的时代色彩和现代意义，但它却未能清楚解释文体代嬗的内在逻辑。一种是“文学的历史进化论”的文学进化史观。这种文学史观接受了西方现代生物进化论和社会进化论的思想，将进化论渗透到对文学发展的认识和理解之中，构建起中国文学史的逻辑结构和理论模型，对中国文学史的教学与研究产生了持续而深远的影响。还有一种是以历史唯物主义即唯物史观为指导的文学史观，它是1950年代以来最正统的文学史观。对于“一代有一代之文学”的文体代嬗史观，笔者曾撰文加以讨论[4]。而对于“文学的历史进化论”的文学史观，大家的讨论还不够充分[5]。本文拟进一步加以检讨，以促进讨论的深入。

一

1897年，严复、夏曾佑、王修植等于天津创办《国闻报》，在其每旬增刊《国闻汇编》上刊载严复所译赫胥黎著《天演论》[6]，以“物竞天择，适者生存”的生物进化论思想阐发保种保群救亡图存的主张，影响甚大。学者们普遍视进化论为西方最进步的思想，相信它是一切学科的公理，是拯救中国的一剂良药。章太炎曾指出："今人以为神圣不可干者，一曰公理，二曰进化，三曰惟物，四曰自然。"[7]陈独秀也指出："近代文明之特征最足以变古之道，而使人心划然一新者，厥有三事：一曰人权说，二曰生物进化论，三曰社会主义是也。"[8]胡适则以为："今日吾国之急需，不在新奇之学说，高深之哲理，而在所以求学论事观物经国之术。以吾所见言之，有三术焉，皆起死之神丹也：一曰归纳的理论，二曰历史的眼光，三曰进化的观念。"[9]

在文学界，人们很自然地接受了进化论，并把文学与保种救亡联系起来。1901年，蔡元培在《文变序》中说："先儒有言，'文以载道'，道不变也；而见道之识，随世界之进化而屡变；则载道之言，与夫载道之言之法，皆不得不随之而变。譬之于人，自少而壮，其服食，其语言，其执业，莫不随之而变也。"[10]强调了文学随世界进化而变化。黄遵宪在《梅水诗传序》中则说："自物竞天择、优胜劣败之说行，种族之存亡，关系益大。凡亚细亚洲古所称声明文物之邦，均为他族所逼处。微特蒙古族、鲜卑族、突厥族苶然不振，即轰轰然以文化著于五洲，如吾辈华夏之族，亦叹式微矣！文章小技，于道未尊，是不足以争胜。凡我客人，诚念我祖若宗，悉出于神明之胄，当益骛其远者大者，以恢我先绪，以保我邦族，此则愿与吾党共勉之者也。"[11]明确声明进化论适用于民族、社会、文化以至文学。

中国文学学科是在20世纪初中国实行大学分科教育的过程中成长起来的，因而不可能不受进化论思想的影响[12]。尤其是在五四运动前后，以陈独秀、胡适、钱玄同、刘半农为代表的一批新文化健将，为了宣传"文学革命"或"文学改良"的主张，也将进化论作为他们宣传新思想的武器，使进化论更加深入人心，成为了人们认识中国文学、探讨新文学发展的理论基础。陈独秀在《敬告青年》中说："不进则退，中国之恒言也。自宇宙之根本大法言之，森罗万象，无日不在演进之途，万无保守现状之理；特以俗见拘牵，谓有二境，此法兰西当代大哲柏格森（H. Borgson）之创造进化论(L'Evolution Creatrice)所以风靡一世也。以人事之进化言之，笃古不变之族，日就衰亡；日新求进之民，方兴未已，存亡之数，可以逆睹。"[13]在《孔子之道与现代生活》中他又说："宇宙间精神物质，无时不在变迁即进化之途。道德彝伦，又焉能外？'顺之者昌，逆之者亡'，史例具在，不可谓诬。"[14]胡适则将进化论引入文学领域，他在《文学改良刍议》中宣称："文学者，随时代而变迁者也。一时代有一时代之文学：周秦有周秦之文学，汉魏有汉魏之文学，唐宋元明有唐宋元明之文学。此非吾一人之私言，乃文明进化之公理也。……因时进化，不能自止。唐人不当作商周之诗，宋人不当作相如子云之赋，——即令作之，亦必不工。逆天背时，违进化之迹，故不能工也。……以今世历史进化的眼光观之，则白话文学之为中国文学之正宗，又为将来文学必用之利器，可断言也。”[15]陈独秀完全赞成胡适的主张，为了推动文学的进步，他提出《文学革命论》，主张“推倒雕琢的阿谀的贵族文学，建设平易的抒情的国民文学”；“推倒陈腐的铺张的古典文学，建设新鲜的立诚的写实文学”；“推倒迂晦的艰涩的山林文学，建设明了的通俗的社会文学”。他说：“欧语所谓革命者，为革故更新之义，与中土所谓朝代鼎革，绝不相类；故自文艺复兴以来，政治界有革命，宗教界亦有革命，伦理道德亦有革命，文学艺术，亦莫不有革命，莫不因革命而新兴而进化。”[16]他希望通过“文学革命”来促进文学的发展和社会的进化。尽管有人并不赞成文学进化的观念，然而，随着新文化运动的展开，文学进化观终究成为了社会主流思想和文学界的基本共识。

胡适不仅倡导文学进化的观念，而且对文学进化观念的内涵做了深入探讨，揭示了它的四层含义：第一层，“文学乃是人类生活状态的一种记载，人类生活随时代变迁，故文学也随时代变迁，故一代有一代的文学”；第二层，“每一类文学不是三年两载就可以发达完备的，须是从极低微的起原，慢慢的，渐渐的，进化到完全发达的地位”；第三层，“一种文学的进化，每经过一个时代，往往带着前一个时代留下的许多无用的纪念品：这种纪念品在早先的幼稚时代本来是很有用的，后来渐渐的可以用不着他们了，但是因为人类守旧的惰性，故仍旧保存这些过去时代的纪念品”；第四层，“是一种文学有时进化到一个地位，便停住不进步了；直到他与别种文学相接触，有了比较，无形之中受了影响，或是有意的吸收人的长处，方才再继续有进步”[17]。胡适对进化观念的条分缕析，表明了他的文学进化观念是十分自觉的。

总之，新文化健将们不仅相信人类社会是进化的，而且认为“人类进化恒有轨辙可循”[18]，文学的进化也不例外。不过，需要指出的是，在持有文学进化观念的新文化学者中，每个人对文学进化的理解和对中国文学如何进化的认识并不一致，这种不一致不仅反映出学者们对中国文学的认识分歧，同时也反映出他们的文学进化观念上的差异。

在文学与社会时代的关系的问题上，人们一般是赞成胡适所说“文学者，随时代而变迁者也”的观点的。然而，这里所说的时代究竟是指时代生活还是指时代精神，大家的看法并不一致。胡适以为“文学乃是人类生活状态的一种记载，人类生活随时代变迁，故文学也随时代变迁”[19]，随社会进化。张厚载也认为：“文学之有变迁，乃因人类社会而转移，决无社会生活变迁，而文学能墨守迹象，且古不变者。……则文学改良为社会固有之思想，为进化自然之现象，可以想见。”[20]而傅斯年则认为：“文学者，群类精神上之出产品，而表以文字者也。”“以群类精神为总纲，而文学与政治社会风俗学术等为其支流；以群类精神为原因，而文学与政治社会风俗学术等为其结果。文学既与政治社会风俗学术等同探本于一源，则文学必与政治风俗社会学术等交互之间有相联之关系。……今知政治社会风俗学术等性质本为变迁者，则文学可因旁证以审其必为变迁者。……且文学之用，在所以宣达心意。心意者，一人对于政治社会风俗学术等一切心外景象所起之心识作用也。政治社会风俗学术等一切心外景象俱随时变迁，则今人之心意自不能与古人同，而以古人之文学达之，其应必至于穷，无可疑者。"[21]这就是说，文学所反映的是一种时代精神，它与政治社会风俗学术等有着密切的关系，它的进化是随着时代精神的进化而进化的。方孝岳却以为文学与道德学术相关，与政治并没有直接的关系，而要促进民族的进化，则要从文学入手，改良道德学术。他说："改良政治，人民所以图生存。改良道德学术，人民所以求进化。政治之改良，责成于宪法。道德学术之改良，则赖思想家鼓励于政治范围之外而已。文学与道德学术有密切关系，谋一群之进化，首当从事。"[22]

如果说在文学与社会时代的关系的问题上，文学进化论者的看法大同而小异，那么，在文学如何进化的问题上，他们的看法就有较大差别了。概而言之，一以为进化主要在形式，一以为进化主要在内容。前者以胡适为代表，后者以钱玄同为代表。

胡适以为"一整部中国文学史，便是一部中国文学工具变迁史——一个文学或语言上的工具去替代另一个工具"[23]。他所说的工具主要指语言文字。他认为文言是死的文字，白话是活的文字，"这二千年的文人所做的文学都是死的，都是用已经死了的语言文字做的。死文字决不能产生活文学。……简单说来，自从《三百篇》到于今，中国的文学凡是有一些价值，有一些儿生命的，都是白话的，或是近于白话的"[24]。因此，他提倡白话文反对文言文，主张"国语的文学，文学的国语"[25]，以为"一千多年中国文学史是古文文学的末路史，是白话文学的发达史"[26]。他甚至认为："文学革命，至元代而登峰造极。其时，词也，曲也，剧本也，小说也，皆第一流之文学，而皆以俚语为之。其时吾国真可谓有一种'活文学'出世。倘此革命潮流(革命潮流即天演进化之迹。自其异者言之，谓之'革命'。自其循序渐进之迹言之，即谓之'进化'可也。——原注)不遭明代八股之劫，不受明初七子诸文人复古之劫，则吾国之文学必已为俚语的文学，而吾国之语言早成为言文一致之语言，无可疑也。"[27]显然，胡适是从文学形式——语言文字的角度来清理文学进化的轨迹的。

其实，在胡适之前，梁启超和刘师培都提出过类似的看法，只是没有把文学进化论与文学革命联系起来，因而没有引起人们的重视。梁启超说："文学之进化有一大关键，即由古语之文学变为俗语之文学是也。各国文学史之开展，靡不循此轨道。”[28]刘师培则说：“天演之例，莫不由简趋繁，何独于文学而不然？故世之讨论古今文字者，以为有浅深文质之殊，岂知此正进化之公理哉？故就文字之进化之公理言之，则中国自近代以来，必经俗语入文之一级。”[29]陈独秀十分赞成胡适的主张，认为从贵族文学向国民文学即由文言向白话发展体现了文学的进化。他说：“《国风》多里巷猥辞，《楚辞》盛用土语方言，非不斐然可观。承其流者，两汉赋家，颂声大作，雕琢阿谀，词多而意寡，此贵族之文古典之文之始作俑也。魏晋以下之五言，抒情写事，一变前代板滞堆砌之风，在当时可谓为文学一大革命，即文学一大进化；然希托高古，言简意晦，社会现象，非所取材，是犹贵族之风，未足以语通俗的国民文学也。”[30]而明之前后七子及八大家文派的归、方、刘、姚等“十八妖魔”的文学，“作者既非创造才，胸中又无物，其伎俩惟在仿古欺人，直无一字有存在之价值，虽著作等身，与其时之社会文明进化无丝毫关系”[31]。方孝岳也赞成胡适的主张，他说：“历代文字，虽以互相摹仿为能，然比较观之，其出简入繁，由深入浅、由隐入显之迹，亦颇可寻。秦汉文学异于三代文学，魏晋文学异于秦汉文学，隋唐文学异于魏晋文学，宋以后文学异于隋唐文学。苟无时时复古之声，则顺日进之势，言文相距日近，国民文学必发达而无疑。”[32]在他们看来，从言文分离到言文合一，从文言到白话，是中国文学发展进化的基本线索。

钱玄同虽然也同意语言是文学进化的重要因素，例如他说：“语录以白话说理，词曲以白话为美文，此为文章之进化，实今后言文一致之起点。”[33]然而，他以为“文学之真价值，本在内容，不在形式”，“其文之内容而有文学真价值也，则形式为《诗经》，为楚辞，为汉魏乐府，为杜、白之诗，为周、辛之词，为关、马之曲，为施、曹之小说，为胡先生之白话诗，无乎不可。其形式之异，只是古人用古语，今人用今语耳”[34]。对于文学的内容，钱玄同所强调的主要是“思想”和“情感”，并将其视为判断作品价值的客观标准。例如，他在比较几部小说时说：“《燕山外史》一书，专用恶滥之笔，叙一件肉麻之事，文笔亦极下劣，更无丝毫‘思想’‘情感’之可言，最不足道。王韬《淞隐漫录》，全是套《聊斋志异》笔法，文笔更为恶劣，亦无‘思想’‘情感’可言。若《聊斋志异》，似尚不能尽斥为‘见识鄙陋’。十数年前，有人说《聊斋志异》一书寓有排满之意，书中之‘狐’系指‘胡人’。此说确否，虽未可知，然通观前后，似非绝无此意。又其对于当时龌龊社会，颇具愤慨之念，于肉食者流，鄙夷讪笑者甚至。故玄同以为就作意而言，此书尚有可取之处。惟专用典故，堆砌成文，专从字面上弄巧，则实欲令人作恶，故斥之为‘全篇不通’。”[35]然而，对于文学内容究竟如何进化，他并没有像胡适那样拟出一条线索，给予明确的解答。

也有人从文学的表达和文学的功用来理解文学的进化。如傅斯年在对造成言文分离的原因进行分析后指出："自思想转为言语，经一度之翻译，思想之失者不知其几何矣。文辞本以代言语，其用乃不能恰如言语之情。自言语专为文辞，经二度之翻译，思想之失者更不知其几何矣。苟以存真为贵，即应以言代文，一转所失犹少，再转所失遂钜也。且唐宋诗人，多用市语，词曲之体，几尽白话，固为其切合人情。以之形容，恰得其宜；以之达意，毕肖心情。"他提出判断文学是否进化的标准，要看其是否本于性情，抒写胸臆，革新变古。按照这一标准，他认为，建安黄初之间，"诚文学界中一大革新，亦是文学一大进化"；开元元和之间，"又为文学界一大革新，亦是文学一大进化"[36]。曾毅则认为文学贵于通达，以适时用，"知文之贵于通，散可也，骈可也，骈散兼行亦可也。知文之要于用，法古可也，用典可也，二者并斥亦无不可也"[37]。不过，他们给出的标准是文学的标准而非文学进化的标准，文学究竟如何在进化，他们其实也未能理出线索。

二

应该承认，20世纪初年的新文化运动对于文学进化观念的讨论是不够充分的。这一方面是因为当时的政治文化诉求遮蔽了对文学自身的关注，另一方面也是由于文学如何进化问题十分复杂，不太容易讨论清楚。加之进化论思想深入人心，文学进化观念也就被作为一个不证自明的公理悬置起来。文学史家们只要在理论上承认文学进化观念即可，而在文学史的实际写作中是否真正贯彻了文学进化的观念，倒很少有人去追问。例如，黄人在其编撰的《中国文学史》中说："文治之进化非直线形，而为不规则之螺旋形。盖一线之进行，遇有阻力，或退而下移，或折而旁出，或仍寻原轨。故历史之所演，有似前往者，有似后却者，有中止者，有循环者。及细审之，其范围必扩大一层，其为进化一也。以中国文学言之，其理尤明确。"[38]这其实只是承认进化论的一种理论上的表述，而在文学史的实际叙述中，我们很难发现作者所清理出来的文学进化的线索究竟是什么。谭正璧倒是以文学进化史观作指导，编写了《中国文学史大纲》(1924年泰东图书局出版)，但其线索仍然是按照朝代平铺直叙的，后来他又干脆写了一本《中国文学进化史》(1929年开明书局出版)，强调文学进化的历史，但在文学史的实际叙述中，似乎仍然不能厘清文学如何在进化。

真正将自己的文学进化思想贯彻于文学史叙述中的是胡适。胡适的《白话文学史》[39]是按照"一千多年中国文学史是古文文学的末路史，是白话文学发达史"的文学进化史观编撰的一部文学史。他直言不讳地说："老实说罢，我要大家都知道白话文学史就是中国文学史的中心部分。中国文学史若去掉了白话文学的进化史，就不成中国文学史了。”[40]他认为白话文是文言文的进化，“中国文学史也就是一个文学上的语言工具变迁史”[41]。在文学史的叙述中，胡适坚定不移地贯彻了他的主张，他选取“旧文学中那些明白清楚近于说话的作品”作为文学史的描述对象，的确构造出了文学发展的逻辑结构和历史框架。然而，他对中国文学发展的事实描述以及所得出的文学史的基本结论却并不被人们普遍接受。究其原因，主要有两点：

首先，白话是否优于文言，是否是文言的进化，是一个需要证明而难以证明的问题。刘半农就认为白话不一定优于文言：“文言白话可暂处于对待的地位。何以故？曰：以二者各有所长，各有不相及处，未能偏废故。……但就平日译述之经验言之，往往同一语句，用文言则一语即明，用白话则二三句犹不能了解，是白话不如文言也。然亦有同是一句，文言竭力做之，终觉其呆板无趣，一改白话，即有神情流露‘呼之欲出’之妙，则又文言不如白话也。”[42]这恐怕不是刘半农一个人的经验。张厚载更指出：“中国旧诗虽有窒碍性灵之处，然亦可以自由变化于一定范围之中，何必定欲作此西洋式的诗始得为进化耶？”[43]熟悉中国诗歌的人，是很难否定这样的意见的。事实上，上古文章的诘屈聱牙和后来的言文分离并不表现为进化或退化，而是由各种原因造成的。傅斯年认为：“太古文言固合而不离也。周诰殷盘，诘屈聱牙，正由以语入文。古今语异，乃不可解耳。古人竹简繁重，流传端赖口耳。欲口耳之易传，必巧饰其词，杂以骈句，润以声节，浸成修整之文，渐远天然之语，不观《尚书》之多韵语偶辞乎？斯文言分离第一步也。周承二代之后，郁乎其文。大夫行人，多闻博古，自能吐辞温润，遂为文章之宗。农牧之言仍质，乃成市语之体。斯文言分离第二步也。秦汉以还，动多师古，不敢如晚周之世以当时语言为文章，而文言分离之象大定。斯其第三步也。”[44]如果以为由文言到白话是文学的进化，那么，从文言相合到文言相离是否是文学的退化呢？其实，文诉诸视觉，言诉诸听觉，各有其表达的形式和适用的范围。《尚书》原靠口耳相传，故多口语，为便记忆，故多韵语偶辞，西周以后经学者记录整理，受文字词汇和书写材料限制，免不了会有加工，很难说就是口语原貌。这说明文与言既不可能清晰区分，也不可能完全合一。在秦汉文言分离大定之后，文言并非不关心白话，优秀的文言作品，常常将生动形象的白话转化为文言，使文言保持旺盛的生命力。诚如傅斯年所言：“《史记》、《汉书》，多载彼时市语；学者诂经，好引当代方言。二陆往来之书，竟通篇为白话焉。魏晋以降，文章典丽，语言称是，《晋书》、《博物志》、《世说新语》等所载当时口语，少因笔削，概由直录。”[45]这些事实说明白话并非市井的专利，也是文言作家的创作源泉，而白话作品之所以出现在魏晋以后，与纸张的普及和纸质文本的传播大有关系，仅从文言或白话来描述文学的进化或退化显然是不科学的。

其次，文学作品的优劣并不完全取决于是否采用白话，是否不受拘束。本来，文言并非凭空产生，它是白话的提炼和修饰，如果一部作品因为没有采用白话就判定它是“死的文学”，那么，中国文学史上许多优秀作品就会被排斥在文学史之外，这样的文学史显然是不能被大家完全接受的，也是不符合中国文学的历史事实的。《白话文学史》不从《诗经》、《楚辞》说起，就不能算是一部完整的中国文学史。没有古文和古诗的文学史也不会是一部完整的中国文学史，至多只是某一类别的文学史。“学衡派”对此有过尖锐的批评。吴芳吉便指出：“文之奇者，莫过于周秦；诗之雅者，莫高于唐宋。周秦以后未尝无文，要皆祖述于彼也。唐宋以后未尝无诗，要当取则于此也。果有进化，胡为至是而称极耶?”[46]易峻也指出：“又如谓古诗变而为律诗，夫律诗之义法，较古诗大拘束，既谓文学趋解放，而何以此处又认‘开倒车’为进化也？其理论矛盾类如此。”[47]不仅如此，胡适所说的白话是书面的白话文，而不是口耳相传的白话。如何确定文言文或白话文，胡适并没有客观的标准，只以自认为“明白清楚”的就是白话文，主观的色彩太强。周作人当时就指出：“即在胡适先生，他从唐代的诗中提出一部分认为是白话文学，而其取舍却没有很分明的一条线。即此可知，古文白话很难分，其死活更难定。”[48]可谓一针见血。既然文言白话难有清晰的划界标准，胡适所清理的白话文学发展线索也就缺少了科学的依据。

尽管胡适的《白话文学史》有许多问题，但他所依托的“文学的历史进化论”的思想以及探讨文学变迁趋势和发展脉络的文学史方法还是给人以启发。张荫麟曾指出，胡适以前的文学史大抵纵向按朝代平铺，横向则为作家作品辞典之糅合，而《白话文学史》关注趋势之变迁，贯络之线索，时代之精神，作家之特性，开启了新的文学史方法[49]。这一评论是中肯的。尤其是他将文学史的编写与新文化运动结合起来，实现了用白话文取代文言文正统地位的“文学革命”目标[50]，更使得胡适所提倡的文学史观念和文学史编写方法具有了革命性的影响。虽然后来人们编写文学史不再把白话文学作为中国文学发展的主体，但这并不等于胡适的文学进化史观和文学史写作方法的影响已告终结。刘大杰1940年代撰写的《中国文学发展史》强调“文学本身发展的必然性”和“文学本身发展的历史性”，就不能说没有受到胡适文学进化史观和文学史写作方法的影响。

新中国成立后，由于提倡辩证唯物主义和历史唯物主义，批判机械唯物论和庸俗进化论，特别是1954年发起的对胡适唯心主义的批判，“文学的历史进化论”的文学史观被历史唯物主义的文学史观所代替。文学更多的不是被理解为语言形式或工具，而是被理解为社会意识形态，文学不能脱离社会生活而存在，任何文学都是社会生活在作家头脑中反映的产物，文学史家们所要做的工作是去寻找文学与社会生活的联系，描述文学如何反映社会生活和怎样为社会服务。这样理解文学的历史，固然加强了文学与社会生活的联系，但也忽视了对文学自身发展演进规律的认识。尤其是当人们把社会生活的主要内容理解成阶级矛盾和阶级斗争以后，文学史也就成为了社会政治史的附庸。这一时期的文学史大都以朝代更替作为文学发展的自然段落，在描述每一段落的文学发展之前要先描述这一时期的社会政治生活(有时也有少量经济生活的描述)，以此作为文学史展开的依据。这样，“文学的历史进化论”也就不可能像胡适的《白话文学史》那样作为核心的文学史观贯彻到文学历史现象的描述中去。当然，这并不是说，文学进化史观对这些文学史的编写没有任何影响。事实上，当这些文学史的著者去清理某一种文体发展线索时，我们常常可以看到文学进化史观给予这些文学史家的深刻影响。

改革开放以来，西方现代社会思潮涌入中国，人们的思想观念发生了巨大的变化。传统的文学史观念被重新审视，“重写文学史”被提上议事日程。事实上，在一个价值多元的社会环境中，任何文学史观都不可能定于一尊，每种文学史观都会有它的拥护者和实践者。“文学的历史进化论”的文学史观似乎又重新活跃起来。只是人们理解的文学进化不再是语言工具的变迁，而是心灵发展、人格发展等更为复杂的内容。例如，1980 年代和 1990 年代出版的一些诗歌史著作，把人的心灵进化作为诗歌发展的内在逻辑，企图发现中国诗歌发展的内部规律。1996 年出版的章培恒、骆玉明主编的《中国文学史》宣称：“文学发展过程实在是与人性的发展过程同步的”[51]；“我们在考察文学的发展过程中，必须注意人性与文学的紧密联系”[52]；“一部文学史所应该显示的，乃是文学的简明而具体的历程：它是在怎样地朝着人性指引的方向前进，有过怎样的曲折，在各个发展阶段之间通过怎样的扬弃而衔接起来并使文学越来越走向丰富和深入，在艺术上怎样创新和更迭，怎样从其他民族的文艺乃至文化的其他领域吸取养料，在不同地区的文学之间有何异同并怎样互相影响，等等”[53]。尽管在这部文学史的实际描述中，读者很难清晰地了解文学的历程是怎样“朝着人性指引的方向前进”的，然而，主编者希望构筑一部文学的人性进化史的强烈愿望以及其中所体现的文学进化史观，仍然使我们看到了“文学的历史进化论”这一 20 世纪重要的文学史观的顽强生命力。

三

文学进化史观是 20 世纪最重要的文学史观念之一，其影响巨大而深远。它在一开始是作为革命的进步的思想观念被宣传被理解的，并没有接受严格的理性审查。然而，从文学史学科建设出发，任何一种文学史观只有接受理性的审查，才能保证学科的健康发展，文学进化史观当然也不能例外。

文学进化史观的理论基础是进化论。进化论源自生物学。且不说生物进化论的创立者达尔文及其追随者对于“寒武纪生物大爆发”现象未能给出科学的解释，多少给神创说留下了生存的空间，而生物进化的某些环节至今仍然存在缺失，也给这一学说的发展留下了悬念。即使我们承认生物进化是颠扑不破的科学真理，它是否适用于人类社会、是否适用于人文社会科学的一切领域，恐怕也是值得认真讨论的问题。

事实上，就在胡适等人宣传“文学的历史进化论”的同时，有学者便指出生物进化论不可用于人类社会及人文社会科学领域。例如，1917 年蔡元培在给《新青年》记者的信中说：“法之拉马尔克、英之达尔文，发明世界进化之理。达氏虽有‘自然淘汰优胜劣败’之说，然亦就生物界之现象而假定之，初未尝用以推断一切之事物。自尼采以此义为世界进化之惟一条件，而悬为道德之标准，于是竞强汰弱之义大行，而产出德国之军国主义。”[54]指出将生物进化论用于人类社会的危险性。章太炎不仅于 1908 年在《民报》第 25 号发表《四惑论》反对将进化论用于人类社会和人文社会科学领域，而且后来又撰写《俱分进化论》，指出进化论不适用于对中国文化思想的分析。他说：“中国自宋以后，有退化而无进化，善亦愈退，恶亦愈退，此亦可为反比例也。”[55]“学衡派”代表人物之一的梅光迪批评更加尖锐，他说：“文学进化，至难言者。西国名家(如英国十九世纪散文及文学评论大家韩士立 Hanlitt)多斥文学进化论为流俗之错误，而吾国人乃迷信之，且谓西方近世文学由古典派而变为浪漫派、由浪漫派而变为写实派，今则又由写实派而变为印象、未来、新浪漫诸派。一若后派必优于前派，后派兴而前派即绝迹者。然此稍读西洋文学史，稍闻西洋名家绪论者，即不作此等妄言，何吾国人童騃无知，颠倒是非如是乎！”[56]这些直接批评或有所保留的声音在那个充满革命激情的年代，要么不被人们注意，要么被作为反动派的谰言受到批判。当然，这种现象在当时的文化语境中是可以理解的。

进入 21 世纪，当我们反思这段历史、重新审视中国文学史学科的发展时，是可以从学理上作些探讨的。这有利于我们更理性更科学地认识过去，更积极更自觉地面向未来。

必须指出，进化论被引入社会科学，用以概括人类社会的发展是不科学的。过去由于受进化论影响，人们大多认为“人类社会必然要不断地由低级阶段走向高级阶段”。然而，“我们只要实事求是地考察一下不同地域、民族和国家的人类社会的历史发展过程，便不难清楚地看到：在古代，确切地说，在工业革命以前，就任何一个具体的地区、国家和民族而言，都不存在

‘持续不断地进步’、‘只能进步不能倒退’，‘一定会跨入文明的门槛’之类的必然性。实际上，从整个人类社会发展的历史看，长期停滞不前地停留在前文明阶段的人类社会是十分普遍存在的现象，已经发展到一定甚至相当高度的文化或文明的倒退乃至消亡也是常见的事实。不同地区和民族的人类社会能否发展到文明阶段，不同地区、民族乃至国家的人类社会之历史发展进程究竟呈现为发展、停滞或倒退中的哪一种状态，都取决于由自然环境的制约与人本身的活动所决定的多种因素”[57]。历史学家和人类学家的大量研究成果，已经证明社会进化论不能成立。因此，哈贝马斯有一个著名论断：“一个社会是否会在发展过程中丧失其生命力，或者是否能借助于发展新的结构去解决它的体制问题，这取决于偶然的情况。说到底，倒退在进化中是可能的，并且已被多种经验所证明。”[58]

既然一个具体的人类社会是否必然进化是一个未知之数，那么作为人类的精神产品的文学就更难以确定它是否进化了。有人以为每一文体都有其发生、发展、成熟、衰退的历史过程，这就体现了文学的进化。这种理解显然是不对的。即使就生物学而言，进化论也不是指某一具体生物从出生到成长、成熟、衰亡的生命过程，而是指物种如何从低级向高级演进即各物种之间的生命传递路径。而中国文学史上的诗歌、散文、小说、戏曲都有自己独立发展的历史过程，人们无法证明某一种文体是另一种文体的高级形态，也没有证据证明后出的文学一定优于前出的文学。就在胡适宣传“文学的历史进化论”的同时，吴宓便指出：“以学问言之，物质科学以积累而成，故其发达也，循直线以进，愈久愈详，愈晚出愈精妙。然人事之学，如历史、政治、文章、美术等，则或系于社会之实境，或出于个人之天才。其发达也，无一定之轨辙，故后来者不必居上，晚出者不必胜前。因之，若论人事之学，则尤当分别研究，不能以新夺理也。总之，学问之道，应博极群书，并览古今，夫然后能通底彻悟，比较异同。如只见一端，何从辩证？势必以己意为之，不能言其所以然，而仅以新称，遂不免党同伐异之见。”[59]吴宓的意见尽管并非完全正确，但却是值得参考的。

就文学进化史观指导下的文学史样本而言，胡适的《白话文学史》所贯彻的“白话是文言之进化”的理念不被人们所接受已如上述。这里有必要讨论一下“心灵进化”或“人性进化”是否可以作为文学进化论的依傍。

“人性”包括“身”、“心”两方面，既有社会属性，也有自然属性，本不易界定。倡导“文学的进步与人性的发展是同步的”[60]文学史家认为：“文学乃是以语言为工具的、以情感来打动人的、社会生活的形象反映。文学作品之所以能用感情来打动人，一方面是由于作家本人受到强烈的感动并有较高的表现能力，另一方面是因为在一般情况下作家的感情乃是基于人性的，所以能与读者相通。”[61]显然他们是把情感的表达和情感的沟通作为了文学与人性的联结点。“心灵”则偏重于人的精神层面，至少应该包括“知”、“情”、“意”等方面的内涵，主张诗歌的发展体现了人的心灵的进化的学者也是将情感作为其论述的中心的。如果说人类对外部物质世界的“知”(无论就认知能力还是认知方法)在不断进步是可以成立的话(这种进步是否可以说是进化，尚需要讨论)，那么，人类的“情”(无论就情感体验还是情感表达)是否也在不断进步却是很难判断的。谁能够证明今人比古人有更淳朴的亲情、更浓烈的乡情、更坚贞的爱情、更纯洁的友情？谁能够证明后成熟的文体(如小说、戏曲)就一定比先成熟的文体(如诗歌、散文)更适宜表达感情和沟通感情？谁能够证明诗歌辞赋后来的政治抒情意味超过了《离骚》，人物传记后来的情感灌注超过了《史记》，戏曲作品后来的血泪控诉超过了《窦娥冤》？小说作品后来的爱情表达超过了《红楼梦》？如果不能证明这些，又凭什么说人类的情感在进化，文学作品的情感表达在进化？即使撇开情感问题不谈，在“知”与“意”方面，也不能说人类的心灵一定在进化。古人对生命的理解和对自我的认知，以及他们在生活中所体现的意志品质，并不必然落后于今人。就文学家而言，庄子的逍遥，陶潜的恬淡，李白的飘逸，杜甫的执著，苏轼的旷达，王安石的坚韧，都不是后出的作家所可比拟，遑论进化！

文学是人类的精神产品之一，主要侧重于情感的表达和情感的沟通，并且这种表达和沟通主要是个人化的。而人的情感生活只是人的精神生活的一部分，如果一个人的精神生活总量有一个极限的话，那么他用于情感生活的时间和精力与用于其他精神生活的时间和精力就是成反比例的。在现代知识大爆炸的时代，人们要花相当多的时间和精力去学习知识；在经济全球化的时代，人们还要花相当多的时间和精力去与他人交流；此外，物质性的享受与物质利益的追求也会将人们的时间和精力过度消耗。这样，人们用于文学活动的时间和精力会大大减少，不仅文学的进化难以实现，即使出现文学退化也是完全可能的。有人指出：“从1980年代开始，越过二战后的短暂繁荣，文学已经开始了全球性的大规模衰退。”[62]就中国文学而言：“先秦→唐宋→现代文学，向我们展示了文学退化的明晰轨迹。单个文体的分化与成熟(比如唐代诗歌、元代杂剧和明清小说)，造成在总体退化态势里的区域性进化。人们误以为，这种短暂的繁荣和细小的具备进展，就是总体进化的明证。而它实际上只是一种‘螺旋下降’的态势，但它却成为文化进化的幻觉根源。”[63]这种判断是否准确需要讨论。说文学总体一直在退化，也和说文学总体一直在进化一样，缺少理论上的论证。不过，文学在某一时期呈现的不是进步而是退步，的确是有事实根据的。雷达最近便撰文指出：与世界上许多公认的大作品相比，与庄严的文学目标相比，当下的中国文学，包括某些口碑不错的作品，总觉缺乏了一些什么[64]。王晓明甚至主张："如果停滞和衰败已经构成了某个时期文学历史的基本特征，那我们就应该着重来写一部文学的停滞史和衰败史。"[65]这至少说明，文学进化不能作为文学发展的基本规律来应用。

毫无疑问，文学进化史观无论是在理论层面还是在事实层面，都不仅不能恰当地概括中国文学发展的历史，反而会增添许多思想混乱。我们既不能以语言定作品之高下，也不能以文体定作品之优劣。我们只能说，用最适宜的语言和文体准确而恰当地表达了作者的思想感情的就是好的作品。文学在本质上是共时的而非历时的，优秀的文学作品永远是"活"的而不是"死"的。作品所反映的社会生活内容会因时代不同而有所不同，而作品所表达的思想感情却并不一定会后来居上。文学史的任务就是：要发现是哪些作家哪些作品较好地表达了我们民族的思想感情，是哪些作家哪些作品构成了中国文学的民族特色，是哪些作家哪些作品体现了我们民族的文学精神，社会对这些作家作品采取了怎样的态度，这些作家作品在不同历史时期究竟有何种影响，人们是在怎样消费这些作品，这些作品作为民族的精神食粮的历史价值和现实价值究竟怎样，我们能否从中发现某些文学发展的内部的和外部的规律，从而有利于促进现实中国文学的发展，等等。

我们不赞成用进化论来统摄中国文学的历史，但我们并不反对用发展的眼光来看待中国文学的历史。我们说文学的发展并不体现在情感表达的进化或人的心灵的进化，但我们仍然相信，文学的发展除了体现在各种文体都有其自身的发展历程外，各个时期主流文体的生产和消费以及实现这种生产和消费的物质媒介的技术进步，制约着各个时期文学的整体面貌，也反映出中国文学发展的阶段性特点[66]，这里面或许可以清理出中国文学发展的线索，或探寻出中国文学发展的某些规律来。这有待于大家的共同努力。

注释：

＊本文原载《华中师范大学学报(人文社会科学版)》2006 年第 5 期；《中国社会科学文摘》2007 年第 1 期转载，《高等学校文科学术文摘》2006 年第 6 期转载，《新华文摘》2006 年第 23 期转摘。

[1]参见王齐洲《对中国文学现代化的检讨——以中国文学学科的现代发展为例》，《人文论丛》2000 年卷，武汉大学出版社 2000 年版；《转换观念：中国古代文学研究的世纪话题》，《华中师范大学学报(人文社会科学版)》1998 年第 3 期。

[2]王弼、韩康伯注，孔颖达疏：《周易正义》卷八《系辞下》，阮元校刊《十三经注疏》本，中华书局 1980 年版，第 86 页。

[3]孔齐：《至正直记》卷三《虞邱庵论》，《粤雅堂丛书续编》本，第 16 页。

[4]参见王齐洲《"一代有一代之文学"文学史观的现代意义》，《文艺研究》2002 年第

6 期。

[5]朱晓进《二十世纪中国文学史观的反思》(《中国社会科学》2006 年第 1 期)有所涉猎，没有展开讨论。庄森《胡适的文学进化论》(《华南师范大学学报》2005 年第 5 期)、朱丕智《文学革命的理论基石——进化论文学观》(《西南师范大学学报》2004 年第 1 期)、唐利群《进化论：新文学史叙述的生成》(《华北电力大学学报(社会科学版)》2004 年第 1 期)、孔范今《论中国文学的现代转型与文学史重构》(《文学评论》2003 年第 4 期)、郭建玲《一个观念的奇迹——论胡适历史进化的文学观》(《涪陵师范学院学报》2003 年第 4 期)、陈鹏翔《文学进化论的谬误》(台湾《师大学报》第 22 期)等文有所讨论。

[6]严复译《天演论》始于 1895 年，完成于 1898 年。

[7]章太炎：《四惑论》，《章太炎全集》(四)，上海人民出版社 1985 年版，第 443 页。

[8]陈独秀：《法兰西人与近世文明》，《青年杂志》1915 年第 1 卷第 1 号。收入《独秀文存》时，“人心”后加有“社会”二字，见《独秀文存》，安徽人民出版社 1987 年版，第 10 页。

[9]《胡适日记全编》第一卷，安徽教育出版社 2001 年版，第 222 页。

[10]蔡元培：《文变序》，载《中国近代文学大系·文学理论集一》，上海书店出版社 1994 年版，第 117 页。

[11]黄遵宪：《人境庐未刊稿》，《中国近代文学大系·文学理论集一》，上海书店出版社 1994 年版，第 57 页。

[12]例如，1904 年东吴大学所使用的黄人编撰的《中国文学史》中就有这样的表述：“盖百年来，劫持于一王之制，一师之说，而不能自振也，若固然矣。然而，言语思想之自由，根于天赋，而演进之公理，又举世所同，虽有雷霆万钧之力，只能阻其前进，而不能禁其横溢。”(黄人《文学史——节录正科第一年文学讲义》，《东吴月报》(《学桴》)1907，《百年薪火——苏州大学文科学报论文选粹》，苏州大学出版社 2006 年版，第 1 页)

[13]陈独秀：《敬告青年》，《青年杂志》1915 年第 1 卷第 1 号；《独秀文存》，安徽人民出版社 1987 年版，第 5 页。

[14]陈独秀：《孔子之道与现代生活》，《青年杂志》1916 年第 1 卷第 5 号；《独秀文存》，安徽人民出版社 1987 年版，第 81 页。

[15]胡适：《文学改良刍议》，《新青年》1917 年第 2 卷第 5 号；《胡适学术文集·新文学运动》，中华书局 1993 年版，第 21 页。

[16]陈独秀：《文学革命论》，《新青年》1917 年第 2 卷第 6 号；《独秀文存》，安徽人民出版社 1987 年版，第 95～96 页。

[17]胡适：《文学进化观念与戏曲改良》，《新青年》1918 年第 5 卷第 4 号；《胡适学术文集·新文学运动》，中华书局 1993 年版，第 74～79 页。

[18]陈独秀：《吾人最后之觉悟》，《独秀文存》，安徽人民出版社 1987 年版，第 39 页。

[19]胡适：《文学改良刍议》，《新青年》1917 年第 2 卷第 5 号；《胡适学术文集·新文学运动》，中华书局 1993 年版，第 21 页。

[20]张厚载:《新文学及中国旧戏》,《新青年》1918 年第 4 卷第 6 号。
[21]傅斯年:《文学革新申义》,《新青年》1918 年第 4 卷第 1 号。
[22]方孝岳:《我之改良文学观》,《新青年》1917 年第 3 卷第 2 号。
[23]《胡适口述自传》,《胡适文集》第一卷,北京大学出版社 1998 年版,第 311 页。
[24]胡适:《建设的文学革命论》,《新青年》1918 年第 4 卷第 4 号;《胡适学术文集·新文学运动》,中华书局 1993 年版,第 42 页。
[25]胡适:《建设的文学革命论》,《新青年》1918 年第 4 卷第 4 号;《胡适学术文集·新文学运动》,中华书局 1993 年版,第 41 页。
[26]胡适:《白话文学史》引子,岳麓书社 1986 年版,第 5 页。
[27]胡适:《吾国历史上的文学革命》,《胡适学术文集·新文学运动》,中华书局 1993 年版,第 4～5 页。
[28]梁启超:《小说丛话》,《新小说》1903 年 5 月第 7 号。
[29]刘师培:《论文杂记》,人民文学出版社 1984 年版,第 109 页。
[30]陈独秀:《文学革命论》,《新青年》1917 年第 2 卷第 6 号;《独秀文存》,安徽人民出版社 1987 年版,第 96 页。
[31]陈独秀:《文学革命论》,《新青年》1917 年第 2 卷第 6 号;《独秀文存》,安徽人民出版社 1987 年版,第 97 页。
[32]方孝岳:《我之改良文学观》,《新青年》1917 年第 3 卷第 2 号。
[33]钱玄同:《寄陈独秀》,《新青年》1917 年第 3 卷第 1 号。
[34]钱玄同:《寄陈独秀》,《新青年》1917 年第 3 卷第 1 号。
[35]钱玄同:《致胡适》,《新青年》1917 年第 3 卷第 6 号。
[36]傅斯年:《文学革新申义》,《新青年》1918 年第 4 卷第 1 号。
[37]曾毅:《致独秀》,《新青年》1917 年第 3 卷第 2 号。
[38]黄人:《文学史——节录正科第一年文学讲义》,《东吴月报》(《学桴》)1907 年第 11 期,《百年薪火——苏州大学文科学报论文选粹》,苏州大学出版社 2006 年版,第 1 页。
[39]胡适《国语文学史》编写于 1921 年,约 8 万字。1927 年改写为《白话文学史》,达 21 万字,1928 年由新月书店出版。
[40]胡适:《白话文学史》引子,岳麓书社 1986 年版,第 5 页。
[41]《胡适口述自传》,《胡适文集》第一卷,北京大学出版社 1998 年版,第 311 页。
[42]刘半农:《我之文学改良观》,《新青年》1917 年第 3 卷第 2 号。
[43]张厚载:《新文学及中国旧戏》,《新青年》1918 年第 4 卷第 6 号。
[44]傅斯年:《文学革新申义》,《新青年》1918 年第 4 卷第 1 号。
[45]傅斯年:《文学革新申义》,《新青年》1918 年第 4 卷第 1 号。
[46]吴芳吉:《三论吾人眼中之新旧文学观》,《学衡》1924 年第 31 期。
[47]易峻:《评文学革命与文学专制》,《学衡》1933 年第 79 期。
[48]阿英编:《中国新文学大系·史料·索引》,上海文艺出版社 2003 年版。
[49]袁痴:《评胡适白话文学史上卷》,《大公报》"文学副刊"1928 年 12 月 3 日。

[50]胡适曾说："我们再三指出这个文学史的自然趋势，是要利用这个自然趋势所产生的活文学来正式替代古文学的正统地位。"(《中国新文学运动小史》，《胡适文集》第一卷，北京大学出版社 1998 年版，第 127 页)

[51]章培恒、骆玉明主编：《中国文学史》导论，复旦大学出版社 1996 年版，第 19 页。

[52]章培恒、骆玉明主编：《中国文学史》导论，复旦大学出版社 1996 年版，第 59 页。

[53]章培恒、骆玉明主编：《中国文学史》导论，复旦大学出版社 1996 年版，第 61 页。

[54]蔡元培：《致新青年记者》，《新青年》1917 年第 3 卷第 1 期。

[55]章太炎：《俱分进化论》，《章太炎全集》(四)，上海人民出版社 1985 年版，第 391 页。

[56]梅光迪：《评提倡新文化者》，《学衡》1922 年第 1 期。

[57]王和：《关键在于突破部族结构的桎梏——关于文明起源问题的一点思考》，《天津社会科学》2006 年第 3 期。

[58]哈贝马斯：《重建历史唯物主义》，郭官义译，社会科学文献出版社 2000 年版，第 150～151 页。

[59]吴宓：《论新文化运动》，《学衡》1922 年第 4 期。

[60]章培恒、骆玉明主编：《中国文学史》导论，复旦大学出版社 1996 年版，第 45 页。

[61]章培恒、骆玉明主编：《中国文学史》导论，复旦大学出版社 1996 年版，第 59 页。

[62]朱大可：《文化退化与文学断代》，原载《南方周末》，见网址：http://www.souhcn.com/weekend/culture/200509150032.htm

[63]朱大可：《文化退化与文学断代》，原载《南方周末》，见网址：http://www.souhcn.com/weekend/culture/200509150032.htm

[64]雷达：《当前文学创作症候分析》，《光明日报》2006 年 7 月 5 日。

[65]王晓明：《重写文学史》，载《刺丛里的求索》，上海远东出版社 1995 年版。

[66]王齐洲：《论中国文学发展的阶段性》，《华中师范大学学报(人文社会科学版)》2005 年第 4 期。

雅俗观念的演进与文学形态的发展

“雅”与“俗”在中国既是一个古老的话题，又是一个现实的话题。在古代，“雅”与“俗”是历代文人学士们品评文学艺术并进行定性分析的核心概念之一，也是社会评价人物品行操守并进行人格分类的决定性语汇。直到今天，雅文学与俗文学、高雅艺术与通俗艺术仍然各守畛域，争夺着社会文化空间和消费群体。可以毫不夸张地说，“雅”与“俗”既是深藏在中国人特别是中国知识分子心底的最为稳定的价值尺度和审美标准，又是影响着中国文化进程和文学发展走向的两股巨大力量。

然而，以往人们对雅俗的讨论多局限在艺术形式和艺术风格方面。例如，一提到雅文学，人们就自然想到诗、文、辞、赋等中国古代正统文学；而提到俗文学，人们就把它和戏曲、小说、民歌、民谣联系在一起[1]。也有人认为，雅文学就是居于主流地位的上层社会的文学，俗文学就是流行于民间的大众文学。雅俗问题的讨论还涉及中国文学史研究，人们从雅俗的互动与消长中发现了文学发展的一条规律，以为一切文学样式都有一个由俗到雅而后衰落的过程[2]。这一认识与文学进化论相结合，成了 20 世纪最有影响的文学史观。

其实，雅俗问题是一个非常复杂的问题，作为观念形态的雅俗实际上经历了漫长的演进过程，其内涵十分丰富，并非只涉及艺术形式和艺术风格。从文学发展史来看雅俗，也有许多问题需要重新认识和评价。本文拟从雅俗观念的演进及其对文学形态和文体风格的影响入手，来揭示中国文学发展的俗体化趋向，以期提供关于中国文学发展的一种新的视角。希望大家批评。

一、政治雅俗观与文学的贵族化

雅俗观念在中国的发生并不始于文学。一般认为，雅俗观念由音声而引发。《诗经》原本都是乐歌，诵之在声，而歌之在音，其体分“风”、“雅”、“颂”，“都是由音乐的不同而得名的”[3]。“风”通于“俗”。《汉书·地理志下》云：“凡民函五常之性，而其刚柔缓急，音声不同，系水土之风气，故谓之风；好恶取食，动静亡常，随君上之情欲，故谓之俗。”[4]应劭《风俗通义·自序》云：“风者，天下有寒暖，地形有险易，水泉有美恶，草木有刚柔也；

俗者，含血之类，像之而生，故言语歌讴异声，鼓舞动作殊形，或直或邪，或善或淫也。”[5]许慎《说文解字》云：“俗，习也。”[6]也就是说，风系水土，俗为表征；处境而谓风，积习以成俗。从音乐的角度而言，“风”即俗乐；从言语的角度而言，“风”即方言俗语。而“雅”通于“夏”，《荀子·荣辱》“越人安越，楚人安楚，君子安雅”[7]，同书《儒效》作“君子安夏”[8]；《说文解字》云：“夏，中国之人也。”[9]故梁启超云：“雅音即夏音，犹云中原声云耳。”[10]也就是说，当时作为政治、经济、文化中心的中原(中国)，其音即是雅音，其乐即是雅乐，其言即是雅言。而所谓“夏”，不过是借用中国历史上第一个王朝的称呼，来指称当时在宗法上处于大宗地位在政治上处于正统地位的周王室及其宗族。

显然，以音声作为区分标准的“雅”与“俗”不是民族性概念，也不是地域性概念，而是政治性概念，尽管其中包含有民族的和地域的因素。《左传·襄公二十九年》“为之歌小雅”疏云：“小雅、大雅，皆天子之诗也。立政所以正天下，故《诗序》训雅为正，又以政解之。天子以政教齐正天下，故民述天子之政，还以齐正而为名，故谓之雅。”[11]因此，《诗经》的“风”、“雅”所反映的就不仅仅是音声的差别，更是政治的差别。按《毛诗序》的说法：“是以一国之事，系一人之本，谓之风；言天下之事，形四方之风，谓之雅。雅者，正也，言王政之所由废兴也。政有大小，故有小雅焉，有大雅焉。”按郑樵的说法：“风土之音曰风，朝廷之音曰雅。”[12]《诗经》的“十五国风”都是限于时地、具有浓郁地方特色的“风土之音”，而大雅、小雅乃言天下之事、致天子之治的“朝廷之音”。

“雅”、“俗”的区分是周代政治建构在社会意识形态中的反映。周代实行分封制，天子为天下之共主，诸侯为各地之拱卫。“溥天之下，莫非王土；率土之滨，莫非王臣。”[13]周王室所居之国都和王畿既是天下的政治中心，也是经济文化中心，在全国起着领导和示范的作用。各诸侯之封国环境各别，风俗各异，诸侯们要代表天子去管理人民，化民成俗。这便形成了“雅”与“俗”的社会矛盾运动。一方面，各地存在风俗差异，不可能完全通过政治手段去消弭；另一方面，社会必须建设统一文化，以增强社会凝聚力。而偃武修文、制礼作乐、以雅化俗成为周公所制定的周代的基本政治策略和文化策略[14]。这一策略在改造殷遗民和同化周边少数民族的政治进程中发挥了十分积极的作用。《尚书·毕命》云：“惟周公左右先王，绥定厥家，毖殷顽民，迁于洛邑，密迩王室，式化厥训，既为三纪，世变风移。”[15]就是一个以雅化俗的典型例证。《礼记·王制》云：“凡居民材，必因天地寒暖燥湿，广谷大川异制，民生其间者异俗，刚柔轻重迟速异齐，五味异和，器械异制，衣服异宜。修其教，不易其俗；齐其政，不易其宜。中国戎夷，五方之民，皆有性也，不可推移。”[16]又云：“司徒修六礼以节民性，明七教以兴民德，齐八政以防淫，一道德以同俗，养耆老以致孝，恤孤独以逮不足，上贤以崇德，简不肖以绌恶。”[17]在承认各地风俗差异的同时，强调通过政教来移风易俗，化俗为雅，正是周代社会政治的特色。按《周礼》所载，周设太宰之职，掌建邦之六典，以八则治都鄙，“六曰礼俗，以驭其民”[18]；大司徒之职，掌建邦之土地之图与人民之数，施十二教，“六曰以俗教安”[19]。此外，土均、诵训、小行人所掌也涉及风俗，说明以雅化俗确实是周代政治的重要内容[20]。

在阶级社会里，占统治地位的思想从来都是统治阶级的思想，统治阶级从来也不会忘记将自己的意志转变成全社会的意志。统治阶级的政治强势地位必然会带动其文化强势，或者说他们会利用他们的政治强势来推动语言、音乐、艺术、审美等文化因素朝着他们所代表的或喜好的方向发展。这样说并不含有贬义，因为利用政治强势来推动文化整合既是历史发展的必然要求，也是建立多民族的统一国家所必须运用的手段。以雅化俗便是这种手段的具体体现之一。作为政治行为的以雅化俗虽涉及方方面面，但最重要的是提倡雅言和推行雅乐。

关于雅言，刘宝楠《论语正义》的解释是：“王都之音最正，故以雅名；列国之音不尽正，故以风名。王之所以抚邦国诸侯者，七岁属象胥谕言语，协辞命，九岁属瞽史谕书名，听声音，正于王朝，达于诸侯之国，是谓雅言。”[21]即是说，所谓雅言，就是以王都之音为基础而以天子权威为手段所推行的周代通用语。《论语·述而》云：“子所雅言，《诗》、《书》、执礼，皆雅言也。”清人刘台拱《论语骈枝》释云：“夫子生长于鲁，不能不鲁语，惟诵《诗》、读《书》、执礼三者，必正言其音，所以重先王之训典，谨末学之流失。”[22]刘宝楠则进一步指出：“夫子凡读《易》及《诗》、《书》，执礼，皆用雅言，然后辞义明达，故郑以为义全也。后世人作诗用官韵，又居官临民，必说官话，即雅言矣。”[23]说得直白一点，所谓雅言，就是官方推广的普通话，或曰官话；而所谓俗语，即各地方方言。孔子生活在鲁国，其日常生活语言当然是鲁地方方言，但其诵《诗》、读《书》、执礼，则用周室西都和王畿一带的官话，以便更准确地领会和传达《诗》、《书》、执礼中的文化精神。雅言的推广不仅能够促进各诸侯国人民之间的交流，更重要的是，提倡雅言，就是维护周天子的天下共主地位，维护以礼乐为核心的宗法政治制度和文化制度，孔子深刻理解这一点并自觉予以实行。

关于雅乐，情况要复杂一些。周代的礼乐制度，是在吸收和改造夏、商两代文化的基础上创建起来的。其雅乐实际上包括了夏、商、周三代的王室音乐，并使之规范化、系统化、实用化。乐教是周代礼乐制度的重要内容。

《周礼·春官·宗伯》云："大司乐掌成均之法，以治建国之学政……以乐德教国子，中、和、祗、庸、孝、友；以乐语教国子，兴、道、讽、诵、言、语；以乐舞教国子，舞《云门》、《大卷》、《大咸》、《大磬》、《大夏》、《大濩》、《大武》；以六律、六同、五声、八音、六舞、大合乐。以致鬼神示，以和邦国，以谐万民，以安宾客，以说远人，以作动物。"[24]乐德、乐语、乐舞、乐音都是乐教的内容。这里提到的《云门》、《大卷》传为黄帝所作，《大咸》传为尧所作，《大韶》传为舜所作，《大夏》传为禹所作，《大濩》传为汤所作，《大武》为周武王所作，它们是历代留存之乐和周代创制之乐，合称六代之乐，也是时人所谓的雅乐。这些雅乐都是为政教服务的，祭、飨、祀因对象不同而有不同的用乐规定，体现了信仰世界和世俗生活的等级秩序。如祭天神乃奏《黄钟》、歌《大吕》、舞《云门》，祭地祇乃奏《太蔟》、歌《应钟》、舞《咸池》，祀四望乃奏《姑洗》、歌《南吕》、舞《大韶》，享先祖乃奏《无射》、歌《夹钟》、舞《大武》；王出入则令奏《王夏》，尸出入则令奏《肆夏》，牲出入则令奏《昭夏》，帅国子而舞，大飨不入牲，其他皆如祭祀。

乐在周人政治生活中的地位与礼一样重要，它不仅配合着礼的达成，而且发挥着礼所不能发挥的作用。"乐合同，礼别异。"[25]"别异"在于等级秩序的维护，"合同"在于内在情感的沟通。而雅乐便起着节制人们内在情感以合和各种社会关系从而达到维护宗法制度和移风易俗的目的。《礼记·乐记》云："乐也者，圣人之所乐也。而可以善民心，其感人深，其移风易俗，故先王著其教焉。"[26]又云："夫乐者乐也，人情之所不能免也。乐必发于声音，形于动静，人之道也。声音动静，性术之变，尽于此矣。故人不耐无乐，乐不耐无形，形而不为道，不耐无乱，故制雅颂之声以道之。使其声足乐而不流，使其文足论而不息，使其曲直繁瘠廉肉节奏，足以感动人之善心而已矣，不使放心邪气得接焉，是先王立乐之方也。是故乐在宗庙之中，君臣上下同听之，则莫不和敬；在族长乡里之中，长幼同听之，则莫不和顺；在闺门之内，父子兄弟同听之，则莫不和亲。故乐者，审一以定和，比物以饰节，节奏和以成文，所以合和父子君臣，附亲万民也，是先王立乐之方也。故听其雅颂之声，志意得广焉，执其干戚，习其俯仰诎伸，容貌得庄焉；行其缀兆，要其节奏，行列得正焉，进退得齐焉。故乐者，天地之命，中和之纪，人情之所不能免也。"[27]应该说，在周公制礼作乐、西周雅乐兴盛的时候，乐确实发挥着沟通人们情感、和谐社会关系、统一民族精神的重要作用。所以司马迁在《史记·乐书》中说："夫上古明王举乐者，非以娱心自乐、快意恣欲，将欲为治也。正教者皆始于音，音正而行正，故音乐者，所以动荡血脉，通荡精神而和正心也。"[28]

不过，社会的发展常常是不以人的意志为转移的。随着文化的进步，各地方音乐逐渐成长起来，个人的文化消费欲望也日益强烈。平王东迁，周室衰微，“雅乐”渐废，“淫声”迭起。所谓“淫声”，其实就是以郑卫之音为代表的“俗乐”：“郑音好滥淫志，宋音燕女溺志，卫音趣数烦志，齐音敖辟乔志。”[29]俗乐是地方音乐，往往为适应生活的变化和审美需要，不断创新着旋律与节奏，容易把人引向脱离宗法制度的轨道，形成对传统雅乐的巨大冲击。在礼崩乐坏的环境下，一些统治者开始厌弃雅乐而喜听俗乐，卫灵公、晋平公等都曾公开声明自己喜欢俗乐而不喜欢雅乐(古乐)，这就形成了对礼乐制度的巨大挑战。而要维护周代礼乐制度，这种现象是不可接受的。所以孔子“恶紫之夺朱也，恶郑声之乱雅乐也，恶利口之覆邦家者”[30]，并力图加以挽救。《论语·子罕》载：“子曰：吾自卫反鲁，然后乐正，雅颂各得其所。”[31]班固《汉书·礼乐志》云：“周道始缺，怨刺之诗起，王泽既竭，而诗不能作，王官失业，雅颂相错，孔子论而定之，故曰‘吾自卫反鲁，然后乐正，雅颂各得其所’。”[32]包慎言云：“《论语》雅颂以音言，非以诗言也。乐正而律与度协，声与律谐，郑、卫不得而乱之，故曰得所。”[33]虽然他们的解释并不一致，但他们都注意到了孔子正乐其实是正音。有人不理解孔子主张“放郑声，远佞人”[34]，为什么经他正乐后的《诗》仍然保留有《郑风》，殊不知此《郑风》只是“诗”(文)而不是“乐”(音)。包慎言以为：“《诗》有六义：曰风，曰赋，曰比，曰兴，曰雅，曰颂。而其被之于乐，则《雅》中有颂，《颂》中有雅，《风》中亦有雅、颂。诗之《风》、《雅》、《颂》以体别，乐之风、雅、颂以律同，本之性情，稽之度数，协之音律，其中正和平者则俱曰雅颂焉云耳。”[35]孔子读《诗》、《书》、执礼均用雅言，他为《诗》正乐自然是用雅乐来矫正《诗》之乐，以重新确立雅乐的正统地位，使政治和文化重新回到以雅统俗和以雅化俗的轨道上去。因此，孔子正乐理所当然也包括正《郑风》之乐。即是说，他不是以“郑声”去歌咏《郑风》，而是以“雅乐”去歌咏《郑风》。后人只见《诗》有《郑风》之文，而不知《郑风》有雅乐俗乐之别，于是便产生误解。

从孔子对于雅言和雅乐的态度，可以看出春秋以前的雅俗观念以及西周以来社会文化的基本面貌。

概而言之，西周以来，社会的雅俗观是与礼乐制度相联系的政治雅俗观。由于“言王政事谓之雅”[36]，雅言其实就是官方通用语言；由于“礼不下庶人”[37]，与礼相辅而行的雅乐实际上就是贵族音乐。因此，雅文化就是贵族文化，而所谓雅文学当然只能是贵族文学。具体说来，这一文化特点至少包含如下内容：

其一，西周时期，“学必出于王官”，学校为王官所办，学术为王官所掌，书籍文献为王官所守，文化为贵族所垄断。学校只接受贵族子弟，庶人并无受教育的权利。“官守学业，皆出于一，而天下以同文为治，故私门无著述文字。”[38]西周文献，均出王官贵族之手。

其二，贵族对文化的垄断以及文学的贵族化倾向，是文化资源短缺、文化生产力落后的必然结果。而周天子以礼乐文化移风易俗从而促进社会文化整合的努力，客观上却起着普及文化的作用，与文学的贵族化倾向背道而驰。这种政治与文化的悖反形成了西周雅俗文化的矛盾运动，推动着社会文化的发展。

其三，西周贵族注意到了俗文化客观存在的事实，颇为自觉地进行了援俗入雅和以雅化俗的工作，雅俗矛盾相对缓和。所谓“天子听政，使公卿至于列士献诗，瞽献曲，史献书，师箴，瞍赋，矇诵，百工谏，庶人传语，近臣尽规，亲戚补察，瞽史教诲，耆艾修之，而后王斟酌焉，是以事行而不悖”[39]，证明贵族对文化的垄断和以雅化俗、援俗入雅的活动是得到制度保障的[40]。《诗经》正是这一制度结下的果实[41]。

其四，春秋时期，随着社会的进步，俗文化得到迅速发展，尤以俗乐对雅乐的冲击最为显著，雅俗文化冲突加剧。各地方诸侯实力的增长和文化消费需求的提升是加剧这种冲突的外部诱因，而“王纲解纽”、“官守失学”则造成了俗文化力图摆脱雅文化束缚的政治环境。社会文化发展酝酿着革命性变革。

孔子在“礼崩乐解”之际提倡雅言、匡正雅乐，试图挽救礼乐文化的颓势，然毕竟大势已去，无力回天。而经过孔子整理的儒家文献，正是西周以来传留的贵族文化与文学，它们都是为政教服务的。章学诚云：“六经皆先王之政典也。”[42]又云：“夫悬象设教，与治历授时，天道也。《礼》、《乐》、《诗》、《书》，与刑、政、教、令，人事也。天与人参，王者治世之大权也。”[43]指出了“六经”是贵族文化主要是政治文化的事实。孔子授徒讲学，开私人办学之风气，表明社会文化已经下移；孔子编撰《春秋》，开私人著述之先河，表明王官之学已经解体。孔子力图挽救已经千疮百孔行将逝去的旧文化，却亲手开启了充满希望充满活力的新文化。

二、文化雅俗观与文学的精英化

春秋时期的社会动荡与分化使王官之学散落民间，逐渐孕育出具有人文关怀和独立人格的中国早期知识分子[44]，他们的活动促进了社会文化的迅猛发展，也改变着人们的雅俗观念。春秋后期，一部分强调人文关怀和独立意识的知识分子重新阐释雅俗，他们不再以音声为基础、以政治为准绳，而是以人格为基础、以文化为准绳，形成了新的雅俗观。老子是其代表。

孔子虽然也强调知识分子的人格培养，特别提倡培养君子人格，但他重视的是君子人格在政教中的作用，并没有把人格培养与雅俗问题联系起来。老子则以超越的姿态，在批判现存社会的基础上，提出了迥别于前人的雅俗观。他说："绝学无忧，唯之与阿，相去几何？善之与恶，相去若何？人之所畏，不可不畏。荒兮，其未央哉！众人熙熙，如享大牢，如春登台。我独泊兮，其未兆，如婴儿之未孩。儽儽兮若无所归。众人皆有余，而我独若遗。我愚人之心也哉！沌沌兮。俗人昭昭，我独昏昏；俗人察察，我独闷闷。澹兮，其若海。飂兮，若无止。众人皆有以，而我独顽似鄙。我独异于人，而贵食母。"[45]这里的"食母"指的是"道"。老子把孜孜不倦追求道的"我"与昭昭察察的"俗人"对立起来，这种对立既不是社会身份的差别，也不是政治地位的悬殊，而是人格理想、人生价值和文化观念的隔膜。如果以"众人"为"俗"，则"我"自当为"雅"。这里的"我"是一种文化人格，既指代老子，也包括与老子有相同人格操守和文化追求的知识分子。

需要指出的是，老子、孔子这些中国早期知识分子的杰出代表的学术思想虽然不尽相同，但他们都把"道德"作为追求的目标和标榜的旗帜。《老子》五千言分为《道篇》和《德篇》，故又名《道德经》，全书共使用"道"69次，"德"33次，提出"道生之，德畜之，物形之，势成之，是以万物莫不尊道而贵德"[46]；主张"孔德之容，惟道是从"[47]；对"道德"的重视自不待言。孔子则声称："志于道，据于德，依于仁，游于艺"[48]；抱有"朝闻道，夕死可矣"[49]和"笃信好学，守死善道"[50]的文化情怀；主张"远人不服，则修文德以来之"[51]。墨子也声称："此道也，大用之，天下则不窕；小用之，则不困；修用之，则万民被其利，终身无已"；"圣人之德，盖总乎天地者也"[52]；提出"守道不笃，遍物不博，辨是非不察者，不足与游"[53]；主张"近者安其政，远者归其德"[54]。他们所称的"道"与"德"，其内涵尽管不尽相同，但其实质都是指他们用来抗衡世俗政治权力的文化理想以及实现这一理想的途径与方法，代表了他们的学术思想和文化精神。战国诸子"百家争鸣"，学术分歧很大，但无不关注于"道德"。儒家的孟子、荀子和道家的庄子等不必说，连法家的代表人物韩非也认为："夫道者，弘大而无形；德者，核理而普至。至于群生，斟酌用之，万物皆盛，而不与其宁。"[55]主张"圣人为法国者，必逆于世，而同于道德"[56]。屈原则自信"秉德无私，参天地兮"[57]，并坚定地表示："余将董道而不豫兮，固将重昏而终身。"[58]因此，从某种意义上说，以先秦诸子为代表的具有浓厚理想色彩的文化可以称之为道德文化，这是与王官所守的服务于宗法政治的礼乐文化不同的文化。尽管"道"与"德"来源于周代的文化思想，但它们已经由一般的文化概念上升为核心的文化概念，并赋予了新的思想文化内涵，带动了文化思想的发展和文化形态的演变[59]。

如果说春秋后期的老子在揭示以人格差异为基础的两种文化的对立时，虽然没有明确提出与“俗”相对应的“雅”的概念，但他极力强调和渲染“我”之孤独与“俗人”之熙熙，能够使人感觉到知识分子自觉的文化追求与遗世独立的超然情怀，那么，到战国以后，知识分子对文化雅俗的认识与区分就更加理性和成熟了，他们追求雅文化的自觉意识也更加强烈。这主要体现在以下一些方面。

其一，战国诸子们都有自己的文化理想和文化追求，都注意塑造自己的文化人格，对雅俗有一种理性的认识。例如，孟子曰：“今之事君者皆曰：‘我能为君辟土地，充府库。’今之所谓良臣，古之所谓民贼也。君不乡道，不志于仁，而求富之，是富桀也。‘我能为君约与国，战必克。’今之所谓良臣，古之所谓民贼也。君不乡道，不志于仁，而求为之强战，是辅桀也。由今之道，无变今之俗，虽与之天下，不能一朝居也。”[60]他把不合于王道仁政理想的一切政治行为都视为“俗”，而合于理想的自然就是“雅”了。荀子则把符合儒家礼教的行为称为“雅”，把不符合儒家礼教的行为视为“俗”。他说：“容貌、态度、进退、趋行，由礼则雅；不由礼则夷固僻违、庸众而野。”[61]“野”即是“俗”。《荀子·非相》又云：“好其实，不恤其文，是以终身不免埤污佣俗。”[62]这是把文雅和庸俗(佣俗)作为文化人格直接对立起来。《庄子·外篇·秋水》云：“是故大人之行，不出乎害人，不多仁恩；动不为利，不贱门隶；货财弗争，不多辞让；事焉不借人，不多食乎力，不贱贪污；行殊乎俗，不多辟异；为在从众，不贱佞谄；世之爵禄不足以为劝，戮耻不足以为辱；知是非之不可为分，细大之不可为倪。闻曰：‘道人不闻，至德不得，大人无己。’约分之至也。”[63]这里“殊乎俗”的大人之行体现了庄子及其后学的人生观与价值观，在他们眼里自然是“雅”，和“俗”有着根本的区别。这种雅俗观并不与人的身份等级和政治地位相联系，体现出一种文化的自觉意识。

其二，战国诸子们把一切不符合自己理想的文化形态都视为俗文化，以表示自己鄙薄和反对的态度，有着各自鲜明的文化立场。例如，孟子在回答万子关于孔子为何说原人为德之贼的问题时说：“非之无举也，刺之无刺也，同乎流俗，合乎污世，居之似忠信，行之似廉洁，众皆悦之，自以为是，而不可与入尧舜之道，故曰‘德之贼’也。”[64]孟子把不可与入尧舜之道的言行统统视为流俗，这与春秋以前人们只把民风民习称为俗是大异其趣的。再如，《庄子·杂篇·渔父》云：“礼者，世俗之所为也，真者，所以受于天也，自然不可易也。故圣人法天贵真，不拘于俗。愚者反此。不能法天而恤于人，不知贵真，禄禄而受变于俗，故不足。”[65]这是把信守“礼”的儒家贬低为“俗”。《庄子·外篇·缮性》云：“缮性于俗，俗学以求复其初；滑欲于俗，思以求致其明；谓之蔽蒙之民。”又云：“古之所谓得志者，非轩冕之谓也。谓其无以益其乐而已矣。今之所谓得志者，轩冕之谓也。轩冕在身，非性命也，物之倘来，寄也。寄之，其来不可圉，其去不可止。故不为轩冕肆志，不为穷约趋俗，其乐彼与此同，故无忧而已矣。今寄去则不乐，由是观之，虽乐，未尝不荒也。故曰，丧己于物，失性于俗者，谓之倒置之民。”[66]这里批判世俗之人失却本性，同于流俗，强调了因文化人格之不同而出现的雅俗异趣。而所谓“蔽蒙之民”、“倒悬之民”都不是政治性概念，而是文化性概念，指那些不能摆脱世俗观念和世俗情怀的人，无论他是君臣父子，还是贵族平民，都是“俗人”。

其三，战国诸子们都有一种文化精英意识，他们的雅俗观还体现了一种文化优越感和自我批判精神。本来，春秋末期的孔子、老子等都有文化精英意识。孔子以为自己是“斯文”的担当者，“天之未丧斯文也，匡人其如予何?”[67]并自信地表示：“苟有用我者，期月而已可也，三年有成。”[68]老子以为万人皆醉惟己独醒：“吾言甚易知，甚易行，天下莫能知，莫能行。言有宗，事有君。夫唯无知，是以不我知。知我者希，则我者贵，是以圣人被褐怀玉。”[69]而到了战国时期，这一意识更为强烈。孟子公然声称：“夫天未欲平治天下也。如欲平治天下，当今之世，舍我其谁也!”[70]庄子不愿接受楚威王礼聘出来做官，以为做官就像“郊祭之牺牛”，他“宁游戏污渎之中自快”[71]，对世俗的鄙薄无以复加，表现出了另一种形式的精英意识。更为可贵的是，战国诸子在坚守自己的文化理念的同时，葆有理性的自我批判精神。例如，《庄子·杂篇·天下》对墨翟、禽滑釐、宋鈃、尹文、彭蒙、田骈、慎到、老聃、关尹、惠施、垣团、公孙龙等人学说的批判，有肯定，也有否定，而对庄周自己的学说，充分肯定其价值的同时也能指出其不足。著名儒家学者荀子则不仅批判其他学派，说“墨子蔽于用而不知文，宋子蔽于欲而不知得，慎子蔽于法而不知贤，申子蔽于执而不知知，惠子蔽于辞而不知实，庄子蔽于天而不知人”[72]，而且对儒家学派也多有批判，如猛烈批评“世俗之沟犹瞀儒嚾嚾然不知其所非”的子思、孟子，以为他们“略法先王而不知其统，犹然而材剧志大，闻见杂博”，还嘲笑“子张氏之贱儒”、“子夏氏之贱儒”、“子游氏之贱儒”[73]，等等，表明战国诸子的文化观念是理性的，成熟的。

其四，战国诸子们已经开始将雅俗作为一种评价标准，用来区分文化，轩轾学术，臧否人物。例如，《庄子·外篇·至乐》云：“今俗之所为与其所乐，吾又未知乐之果乐邪，果不乐邪？吾观夫俗之所乐，举群趣者，諲諲然如将不得已，而皆曰乐者，吾未之乐也，亦未之不乐也。果有乐无有哉？吾以无为诚乐矣，又俗之所大苦也。”[74]这里区分了两种不同文化的苦乐观。

《庄子·杂篇·让王》云："舜让天下于子州支伯，子州支伯曰：'予适有幽忧之病，方且治之，未暇治天下也。'故天下大器也，而不以易生，此有道者之所以异乎俗者也。"[75]这里反映出完全不同的人生观。《荀子·儒效》云："有俗人者，有俗儒者，有雅儒者，有大儒者。不学问，无正义，以富利为隆，是俗人者也。逢衣浅带，解果其冠，略法先王而足乱世术，缪学杂举，不知法后王而一制度，不知隆礼义而杀《诗》、《书》；其衣冠行伪已同于世俗矣，然而不知恶者；其言议谈说已无以异于墨子矣，然而明不能别；呼先王以欺愚者而求衣食焉，得委积足以揜其口，则扬扬如也；随其长子，事其便辟，举其上客，亿然若终身之虏而不敢有他志：是俗儒者也。法后王，一制度，隆礼义而杀《诗》、《书》；其言行已有大法矣，然而明不能齐法教之所不及，闻见之所未至，则知不能类也；知之曰知之，不知曰不知，内不自以诬，外不自以欺，以是尊贤畏法而不敢怠傲，是雅儒者也。法后王，统礼义，一制度，以浅持博，以古持今，以一持万，苟仁义之类也，虽在鸟兽之中，若别白黑；倚物怪变，所未尝闻也，所未尝见也，卒然起一方，则举统类而应之，无所儗怍，张法而度之，则晻然若合符节，是大儒者也。"[76]这里对俗人、俗儒、雅儒、大儒的区分与解释，是将文化理念、学术思想、人格操守一并考虑在内的，说明雅俗观念已经深入人心，成为以人格为基础、以学术为导向的重要文化概念。

尽管战国诸子各是其所是而非其所非，对雅俗的指称各不一致。然而，他们所推尊的雅人无一不是与他们的文化理念一致的知识分子或理想人物，他们所信奉的雅文化无一不是他们自己所宣扬的理想文化，他们所标榜的雅言雅行无一不是他们自己的思想和言行。因此，从总体上说，文化雅俗观念是与中国早期知识分子的文化理想和精英意识联系在一起的。

中国早期知识分子登上历史舞台，并没有政治、经济、军事之优势可言，他们所凭借的是其文化优势。在王纲解纽、政教分离之际，社会需要文化信仰和制度创新，需要社会政治的指导者和民族精神的引路人，知识分子便自觉地承担起这前所未有的历史责任。而列国诸侯为了获取社会支持以壮大自己的力量，以便其在纷争中处于有利地位，都竭力抬高知识分子的身价，礼待知识分子[77]，这便为知识分子充分发挥作用创造了条件。"百家争鸣"正是在这样的社会环境中形成的。这时的知识分子不仅意识到自己是社会文化的传播者和创造者，而且大都有为文化献身的精神，能够做到"富贵不能淫，贫贱不能移，威武不能屈"[78]。孔子弟子子夏公然宣称："诸侯之骄我者，吾不为臣；大夫之骄我者，吾不复见。"[79]颜斶甚至要与齐宣王分庭抗礼，并声称："士贵耳，王者不贵。"[80]孟子则主张："乐其道而忘人之势，故王公不致敬尽礼，则不得亟见之。见且由不得亟，而况得而臣之乎?"[81]郭隗则明确提出对知识分子的态度是区分君王优劣的试金石:"帝者与师处,王者与友处,霸者与臣处,亡国与役处。"[82]这些都不是知识分子的自我托大和孤芳自赏,而是时代的真切召唤。这是一个需要文化精英的时代,也是一个诞生文化精英的时代。

与学在王官、政教不分的西周礼乐文化相比,政教已分、学在四夷的春秋战国时期的文化具有鲜明的精英色彩,文化的创造和积累不再是王官们的职务行为,而是知识分子独立的文化行为,"百家争鸣"的社会环境为这种精英文化的繁荣创造了最好的外部条件。与此相联系,这一时期的文学当然也是精英文学,即以这些早期知识分子为创造主体的文学。这除了反映他们思想学说的诸子百家著作外,也包括他们参与编纂的各国史书,以及解释各家经典的各类著述,如论、说、记、传之属。至于以屈原《离骚》为代表的楚辞作品,同样也体现了这种文学特点和文化精神[83]。

三、艺术雅俗观与文学的私人化

文化雅俗观是在王纲解纽、政教分离、知识分子登上历史舞台的历史阶段发生的。虽然以自己的文化理想和文化人格为雅,体现了知识分子的文化理念和精英意识,反映了他们对现实的批判态度和改造现实的思想倾向,但是,这时的知识分子都仍然将自己的学术和社会政治紧紧联系在一起,都希望自己的学术成为改造社会政治的指导思想,甚至盼望有君主赏识他们,依靠他们来改良社会政治。在诸侯们尚无力控制社会力量、需要争取社会支持的情势下,知识分子大都能够"乐道而忘人之势"或"以道抗势",体现出知识分子作为文化理想和社会精神的代表者所具有的人格力量。然而,一旦统治者们有了掌控社会的政治力量,有了规范社会的统一思想,那些希望借助政治力量改造社会的知识分子就不得不与统治者合作,为统治者服务,以实现自己的人生价值。李斯赴秦前对他的老师荀子说:"斯闻得时无怠,今万乘方争时,游者主事;今秦王欲吞天下,称帝而治,此布衣驰骛之时,而游说者之秋也。处卑贱之位,而计不为者,此禽鹿视肉,人面而能强行者耳。故诟莫大于卑贱,而悲莫甚于穷困。久处卑贱之位,困苦之地,非世而恶利,自托于无为,此非士之情也。故斯将西说秦王矣。"[84]李斯是抱着屈身事主、争取富贵的心态去见秦王的,这与孔子主张的"富与贵,是人之所欲也;不以其道得之,不处也。贫与贱,是人之所恶也;不以其道得之,不去也"[85]的处世态度大相径庭,而和韩非主张"事在四方,要在中央,圣人执要,四方来效"[86]的尊人主之势的思想是一致的,反映出战国末年知识分子的普遍心态。当国家需要统一,而统一需要政治权威的形势下,在主强臣弱、"势尊道卑"的社会环境中,知识分子要实现文化理想和自身价值,除了依赖于政治权威外也没有其他选择。于是，知识分子便从幻想中的“为王者师”蜕变为现实中的君王“言语侍从之臣”，文学不再是知识分子文化理念的崇高勋章，而是为天子“润色鸿业”的漂亮花环，精英文学不得不与贵族文学联姻，文化雅俗观也就与政治雅俗观合流了。

如果说秦始皇的“焚书坑儒”是用铁血手段唤醒了知识分子坚持文化操守的痴情梦幻，那么，汉武帝的“独尊儒术”则用绥靖政策激发了知识分子为政治服务的巨大热情。作为“一代之文学”的汉大赋正是在大一统的政治语境和“劝百讽一”的文化期待中发展成熟起来的，“故言语侍从之臣若司马相如、虞丘寿王、东方朔、枚皋、王褒、刘向之属，朝夕论思，日月献纳，而公卿大臣御史大夫兒宽、太常孔臧、太中大夫董仲舒、宗正刘德、太子太傅萧望之等，时时间作。或以抒下情而通讽喻，或以宣上德而尽忠孝。雍容揄扬，著于后嗣，抑亦雅颂之亚也”[87]。从大赋的创作来说，它是地道的精英文学；而从大赋的消费来说，它又是典型的贵族文学。实际上，它是精英文学与贵族文学的联姻，是知识分子在政治上依附于政治权力之后的文学新变。早期的汉大赋还多少保留有一点诗人的讽喻传统，而后期的汉大赋就只剩下“铺张扬厉”的华丽辞藻了。正所谓“诗人之赋丽以则，辞人之赋丽以淫”[88]。随着汉代政治鼎盛时期的结束，汉大赋也逐渐式微，以致“少而好赋”的扬雄到晚年悔其少作，以为大赋乃“雕虫篆刻”，声言“壮夫不为”[89]。

汉大赋的衰微宣告了精英文学依附于贵族政治的破产，却为文学的私人化和情感化开辟了道路，抒情小赋的兴起和文人五言诗的诞生使文学的审美功能和娱乐功能得到加强，而以人格为基础的文化雅俗观便逐渐向以审美为核心的艺术雅俗观转变。我们从王充的《论衡》中可以看出这种转变的轨迹。

例如，王充《论衡·四讳》在比较了田婴、田文父子对时人“讳举五月子”的态度后说：“夫田婴俗父，而田文雅子也。婴信忌不实义，文信命不辟讳，雅俗异材，举措殊操，故婴名暗而不明，文声驰而不灭。”[90]这是在以文化人格为基准来区分雅俗。《论衡·难岁》云：“俗人险心，好信禁忌，知者亦疑，莫能实定。是以儒雅服从，工伎得胜。吉凶之书，伐经典之义；工伎之说，凌儒雅之论。”[91]这虽然仍是在以文化人格区分雅俗，但已经涉及文化的类型和特征，出现了注重文本形式与内容的倾向。《论衡·自纪》则针对“圣贤之材鸿，故其文语与俗不通”的说法为自己的著作辩解说：“《论衡》者，论之平也。口则务在明言，笔则务在露文。高士之文雅，言无不可晓，指无不可睹。观读之者，晓然若盲之开目，聆然若聋之通耳。”[92]这是以审美特征为标准来区分雅俗，已属于艺术雅俗观的范畴了。

魏晋南北朝时期，社会的持续动荡使人们对政治前途缺乏信心，而对个体生命有了新的认识，转而追求以艺成德、文章不朽。徐干《中论·艺纪》

云："民生而心知物，知物而欲作，欲作而事繁，事繁而莫之能理也。故圣人因智以造艺，因艺以立事，二者近在乎身，而远在乎物。艺者所以旌智饰能，统事御群也，圣人之所不能已也。艺者所以事成德者也，德者(所)以道率身者也；艺者德之枝叶也，德者人之根干也。斯二物者，不偏行，不独立。木无枝叶则不能丰其根干，故谓之瘣；人无艺则不能成其德，故谓之野。若欲为夫君子，必兼之乎。"[93]以为艺与德"不偏行，不独立"，人无艺则谓之"野"，兼德艺才能成为"君子"。葛洪《抱朴子·尚博》云："德行为有事，优劣易见；文章微妙，其体难识。夫易见者粗也，难识者精也。夫唯粗也，故铨衡有定焉。夫唯精也，故品藻难一焉。"[94]以为文章比德行能够更精细地反映出一个人的特点，因而更值得花气力去深究。这些认识提高了艺术对于人生的意义，也揭示了文学的私人化倾向，蕴涵了以艺术审美为基础的雅与俗的区别。曹丕《典论·论文》云："盖文章经国之大业，不朽之盛事。年寿有时而尽，荣乐止乎其身，二者必至之常期，未若文章之无穷。"[95]更是总结了时人对于文章价值的认识，反映出新的社会思潮。而萧子显所云"文章者，盖情性之风标，神明之律吕也"[96]，则进一步强调了文学的私人性和情感性特征。

在文章不朽的思想影响下，在文学体现个人性情的精神感召下，在"近世取人，多由文史"[97]的政治推动下，由于世族子弟的积极参与，文学的创作与欣赏成为士人关注的焦点，研习品评之风盛行。钟嵘《诗品·总论》云："今之士俗，斯风炽矣。才能胜衣，甫就小学，必甘心而驰骛焉。于是庸音杂体，人各为容。至使膏腴子弟，耻文不逮，终朝点缀，分夜呻吟。"[98]萧绎《金楼子·立言篇》云："诸子兴于战国，文集盛于二汉；至家家有制，人人有集。其美者足以叙情志，敦风俗；其弊者只以烦简牍，疲后生。往者既积，来者未已，翘足志学，白首不遍。或昔之所重，今反轻；今之所重，古之所贱。嗟我后生博达之士，有能品藻异同，删整芜秽，使卷无瑕玷，览无遗功，可谓学矣。"[99]在对文学艺术的细致研习中，以艺术审美特征来区分雅俗的文章品评成为时尚。刘勰《文心雕龙·定势》云："详观近代之论文者多矣。至如魏文述《典》，陈思序《书》，应瑒《文论》，陆机《文赋》，仲治《流别》，弘范《翰林》，各照隅隙，鲜观衢路。或臧否当时之才，或铨品前修之文，或泛举雅俗之旨，或撮提篇章之意。"[100]尽管刘勰对魏晋以来的文学批评著作多有批评，但他对这些著作要点的概括是精练而准确的。

这一时期对雅俗的认识，概括说来，有以下三点。

首先，魏晋南北朝人注重文体艺术风格的辨析，使雅俗观念建立在艺术形式与艺术风格的基础之上。例如，曹丕《典论·论文》谈到文体与风格时说："夫文本同而末异。盖奏议宜雅，书论宜理，铭诔尚实，诗赋欲丽。"[101]陆机《文赋》则说："诗缘情而绮靡，赋体物而浏亮，碑披文以相质，诔缠绵而凄怆，铭博约而温润，箴顿挫而清壮，颂优游以彬蔚，论精微而朗畅，奏平彻以闲雅，说炜烨而谲诳。虽区分之在兹，亦禁邪而制放。"[102]他们都提出了"雅"作为文学形式和文体风格之一种。陆机还在进一步辨析文体风格差异时指出："或奔放以谐合，务嘈嗽而妖冶，徒悦目而偶俗，固声高而曲下。寤《防露》与《桑间》，又虽悲而不雅。"从"偶俗"、"不雅"等评论来看，"雅"与"俗"已经成了他们对文体风格整体倾向的判决性语汇。所以刘勰《文心雕龙·定势》云："是以绘事图色，文辞尽情，色糅而犬马殊形，情交而雅俗异势，熔范所拟，各有司匠，虽无严郛，难得逾越。"[103]

其次，雅俗成为魏晋南北朝时期人们品评文章的基本概念，体现了评论者的审美倾向。如钟嵘《诗品》说曹植"骨气奇高，词采华茂，情兼雅怨，体被文质，粲溢今古，卓尔不群"[104]；任昉"少年为诗不工，故世称沈诗任笔，昉深恨之。晚节爱好既笃，文亦遒变，善铨事理，拓体渊雅，得国士之风"[105]等，是将"雅"作为一种被肯定的文体风格来评价的。而称鲍照"总四家而擅美，跨两代而孤出，嗟其才秀人微，故取湮当代。然贵尚巧似，不避危仄，颇伤清雅之调，故言险俗者，多以附照"，则是将"俗"作为了否定的对象。刘勰则以"圣文雅丽"为文章审美规范，他在《文心雕龙》一书中对 160 多位作家和他们的作品的评论，无不以"雅丽"作为标准。如说屈原"文辞丽雅，为词赋之宗"；"孟坚《两都》，明绚以雅赡"；"潘勖《九锡》，典雅逸群"；"挚虞述怀，必循规以温雅"[106]。这些以"雅"为核心的评语，体现了崇雅而黜俗的审美价值取向。萧统在《答玄圃园讲颂启令》中说："得书并所制《讲颂》，首尾可观，殊成佳作，辞典文艳，既温且雅。"说玄圃园所制《讲颂》"既温且雅"，这当然是对《讲颂》的极高评价。当然，也有学者并不以为"雅"就一定优于"俗"。如萧子显在《南齐书·文学传论》中批评以谢灵运、傅咸与应璩、鲍照为代表的三种文风后提出了自己理想的文风标准："若夫委自天机，参之史传，应思悱来，勿先构聚。言尚易了，文憎过意，吐石含金，滋润婉切。杂以风谣，轻唇利吻，不雅不俗，独中胸怀。"[107]他主张最好是"不雅不俗"，看来，他认为两种风格各有短长，并不以为雅一定就比俗好。

其三，雅俗的互动与消长开始成为人们认识文学发展规律的一种参照，促进着人们对雅俗问题的深入思考。例如，嵇康《声无哀乐论》把雅乐与俗乐(郑声)放在社会发展和风俗变迁的角度考察，指出"夫言移风易俗者，必承衰弊之后也。古之王者，承天理物，必崇简易之教，御无为之治。……故凯乐之情，见于金石；含弘光大，显于音声也。……夫音声者，人情所不能已者也。……若夫郑声，是音声之至妙。妙音感人，犹美色惑志，耽槃荒酒，易以丧业。自非至人，孰能御之？……若上失其道，国丧其纪，男女奔随，淫荒无度，则风以此变，俗以好成。尚其所志，则群能肆之；乐其所习，则何以诛之?”他的结论是：“淫之与正同乎心，雅郑之体，亦足以观矣。”[108]显然，他已认识到由雅趋俗是音声演变的必然趋势，是社会变化和人情习尚的发展要求。刘勰《文心雕龙·乐府》对雅俗的互动与消长做了更好的分析，他说：“夫乐本心术，故响浃肌髓，先王慎焉，务塞淫滥。敷训胄子，必歌九德，故能情感七始，化动八风。自雅声浸微，溺音腾沸，秦燔乐经，汉初绍复，制氏纪其铿锵，叔孙定其容与。……暨武帝崇礼，始立乐府，总赵代之音，撮齐楚之气，延年以曼声协律，朱马以骚体制歌。桂华杂曲，丽而不经；赤雁群篇，靡而非典；河间荐雅而罕御，故汲黯致讥于天马也。至宣帝雅颂，诗效鹿鸣；迩及元成，稍广淫乐。正音乖俗，其难也如此。暨后郊庙，惟杂雅章，辞虽典文，而律非夔旷。至于魏之三祖，气爽才丽，宰割辞调，音靡节平。……志不出于淫荡，辞不离于哀思，虽三调之正声，实韶夏之郑曲也。……若夫艳歌婉娈，怨诗诀绝，淫辞在曲，正响焉生？然俗听飞驰，职竞新异，雅咏温恭，必欠伸鱼睨；奇辞切至，则拊髀雀跃：诗声俱郑，自此阶矣！”[109]这里从音声的角度谈到了声诗由雅向俗逐渐转变的历史轨迹，尽管他崇雅贬俗，却也不得不承认由雅趋俗是历史的必然。

以文本为基础、以审美为核心的艺术雅俗观有几点特别值得关注，一是崇雅黜俗的审美价值取向，二是对具体作家和作品的不同认识，三是文学娱乐化倾向的蔓延。如果说第一点是文化雅俗观的精英意识的残余，那么，第二、三两点则是文学私人化和情感化之后的必然结果。六朝文人大都明确地褒雅贬俗，但涉及具体文学现象或作家作品时，他们的认识却颇不相同。例如，钟嵘和刘勰对汉代诗坛的看法很不一致，钟嵘《诗品·总论》云：“古诗眇邈，人世难详，推其文体，固是炎汉之制，非衰周之倡也。自王、杨、枚、马之徒，词赋竞爽，而吟咏靡闻，从李都尉迄班婕妤，将百年间，有妇人焉，一人而已。诗人之风，顿已缺丧。东京二百载中，惟有班固《咏史》，质木无文。”[110]而刘勰《文心雕龙·明诗》则说：“汉初四言，韦孟首唱，匡谏之义，继轨周人。孝武爱文，柏梁列韵，严马之徒，属辞无方。至成帝品录，三百余篇，朝章国采，亦云周备；而辞人遗翰，莫见五言，所以李陵、班婕妤，见疑于后代也。……又古诗佳丽，或称枚叔，其《孤竹》一篇，则傅毅之词。比采而推，两汉之作乎？观其结体散文，直而不野，婉转附物，怊怅切情，实五言之冠冕也。至于张衡《怨篇》，清典可味；仙诗缓歌，雅有新声。”[111]再如，对于西晋作家，李充以为陆机胜过潘岳，而谢灵运却以为潘岳强于陆机，刘勰则更欣赏左思，说明雅俗的判断取决于个人的兴趣爱好和审美体验，并无统一标准。而对于文学的娱乐化倾向，时人多有论述，如萧统在《文选序》中谈到“众制锋起，源流间出”后便指出：“譬陶匏异器，并为入耳之娱；黼黻不同，俱为悦目之玩。”[112]他显然以为各种文体的基本功能是娱乐。种种现象表明，雅俗观念演进到艺术审美领域，私人化和情感化倾向必然会形成对传统雅俗观念中的宗法意识和精英意识的消解。然而，这种消解又必然会带来具有传统雅俗观念的知识分子的强烈反拨。于是，雅俗之争就演变为宗主之争、流派之争、概念之争、形式之争甚至意气之争。

隋唐五代是雅俗互动的重要时期。诗歌近体的定型与繁荣使文人雅士的审美趣味得到充分释放，而中唐兴起的新乐府运动和文人竹枝词则反映出民间歌谣对正统文学的深刻影响。韩愈、柳宗元所提倡的古文，相对于泛滥于文坛的正宗时文而言，顺应的是文章通俗化的时代潮流。至于盛行于晚唐五代的曲子词和俗讲变文，更是把具有民间审美趣味的通俗文学提高到了可与诗文等高雅文学相抗衡的地位。宋元以降，由于商品经济的发展，市民阶层迅速扩大，大众文化迅猛发展，通俗文学为越来越多的消费者所喜爱，知识分子的文化消费也呈现出多元化的格局，雅俗的界限越来越模糊，雅俗的概念越来越含混，而雅俗的争论却越来越激烈。宋代学者在文化人格上都尚雅忌俗，而在文学艺术上却多主张“以俗为雅”或雅俗融通。如苏轼曾说：“可使食无肉，不可使居无竹。无肉令人瘦，无竹令人俗。人瘦尚可肥，俗士不可医。”[113]而对于作诗却说：“诗须要有为而后作，当以故为新，以俗为雅。”[114]黄庭坚继承了苏轼的思想，他说：“余尝为少年言：士大夫处世可以百为，唯不可俗，俗便不可医也。”[115]又说：“庭坚老懒衰堕，多年不作诗，已忘其体律。因明叔有意于斯文，试举一纲而张万目：盖以俗为雅，以故为新，百战百胜。”[116]这种在文化人格上的尚雅忌俗和文学艺术上的以俗为雅体现了精英意识与审美意识之间的冲突，是文化雅俗观与艺术雅俗观在作家头脑中碰撞的反映，而作者在艺术审美上对俗的吸纳，表明通俗文学的审美趣味已经深刻地影响到敏感的知识分子。中国文化和中国文学发展又走到了一个新时代。

四、从雅俗的消长看文学的俗体化趋向

雅俗观念的演进与中国文化的发展是同步的。以音声为表征的政治雅俗观是与政教合一、学在王官的礼乐文化相伴生的，而礼乐文化其实是宗法政治的社会文化形态，它所凸显的是宗法伦理和等级秩序。“礼不下庶人，刑不上大夫”[117]的制度设计，说明礼乐文化只能是贵族文化。这是贵族作为当时社会的文化主体并垄断文化的必然结果。以学术为表征的文化雅俗观是与政教分离、学在四夷的道德文化相伴生的，而道德文化的核心是文化理想和文化精神，它是以士人的文化人格为标志的。“处士横议”、“百家争鸣”的社会现实，证明道德文化其实是以知识分子为文化主体的精英文化。这种文

化显示了知识分子登上历史舞台后文化发展的新面貌与新活力。以文本为表征的艺术雅俗观是与成长为独立门类的艺术文化相伴生的，而艺术文化的核心是艺术形式与艺术风格，它所强调的是个人情感体验和审美感受。因此，从一定意义上说，艺术文化其实就是审美文化。这种文化明显具有私人性和情感性，它与文化形式的多样呈现和社会价值的多元发展相关联。

需要指出的是，雅俗观念的演进是生长性和融通性的，而不是递嬗性和排他性的。即是说，每一种新的雅俗观都是在旧的雅俗观的基础上的一种发展，不是否定了或取代了旧的雅俗观，而只是突出了或发展了旧有观念中原来不太突出或不受重视的某些成分或因素，使这一观念的主体部分发生了新的变化而已。各种雅俗观念可以兼容，可以互补，可以并存。例如，政治雅俗观是以宗法政治为基础的，“雅者正也”，正既是正统，也是正宗，具有强烈的宗法色彩和等级意识。而文化雅俗观和艺术雅俗观都没有能够完全消解这种色彩和意识。先秦诸子党同伐异，学派意识浓厚，而其论学，多托古而言今，强调自己的学派是学术正统，自己是正宗传人，以抬高身价，引起君主的重视。正如《淮南子·修务训》所云：“世俗之人多尊古而贱今，故为道者必托之于神农、黄帝，而后能入说。乱世暗主，高远其所从来，因而贵之。”[118]即使是在强调审美的艺术雅俗观中，也仍然有正统思想的渗入。“原道”、“宗经”、“征圣”不仅是刘勰《文心雕龙》的立言之本，也是几乎所有文人创作文学作品和品评文学作品的基本指导思想。中国文学史上诗人们反复讨论的“正变论”，古文家们不断重复的“文统说”，证明文学家们无不喜欢宣称自己代表正统，无不视自己所推崇的作品和文体为正宗。这种情结贯串中国文学艺术发展的全过程，至今不见消退。至于那种视上层社会所推许的文学为雅文学，视流传于下层民间的大众文学为俗文学，或者视书面语(文言)作品为雅，视口头语(白话)作品为俗，更是有着明显的宗法色彩和等级意识。再如，艺术雅俗观关注文本风格，重视审美感受，固然与文学的私人化、情感化和价值的多元化有关，然而，在礼乐文化的语境中，政治雅俗观也含有审美成分，尽管它不是或不完全是艺术性审美，更多的是政治性和伦理性审美，但其中确有艺术审美的因子。如《左传·襄公二十九年》所载吴公子季札于鲁观周乐，虽然他从乐工所歌《国风》、《小雅》、《大雅》和《颂》中能够领会到它们所反映的西周各个时段各个地方的社会面貌和政治特点，但他提到的《周南》、《召南》“勤而不怨”、《邶风》、《鄘风》、《卫风》“忧而不困”、《王风》“思而不惧”、《郑风》“其细已甚”、《豳风》“乐而不淫”、《魏风》“大而婉，险而易，行以德辅”、《小雅》“怨而不言”、《大雅》“曲而有直体”等[119]，都是对其音乐美的细致体会，不能不承认其中也有艺术性审美感受。先秦诸子在宣传自己的学术思想和文化理念时，同样有对美的关注，涉及思想、精神、艺术、生活诸多方面。如老子所云“天下皆知美之为美，斯恶已；皆知善之为善，斯不善已”[120]，是对美的形而上思考。又云：“信言不美，美言不信。”[121]是对语言美的认识。孔子“谓《韶》：‘尽美矣，又尽善也。’谓《武》：‘尽美矣，未尽善也。’”[122]是对音乐美的体会。又云：“为命，裨谌草创之，世叔讨论之，行人子羽修饰之，东里子产润色之。”[123]是对郑国公文草拟过程中注重文学美的肯定。孔子希望“暮春者，春服既成，冠者五六人，童子六七人，浴乎沂，风乎舞雩，咏而归”[124]，是对生活美的憧憬。庄子主张美在自然纯真：“真者，所以受于天也，自然不可易也。故圣人法天贵真，不拘于俗。”[125]以为美是相对的：“举莛与楹，厉与西施，恢恑憰怪，道通为一。”[126]美是主观的：“其美者自美，吾不知其美也；其恶者自恶，吾不知其恶也。”[127]美是不可言说的：“可以言论者，物之粗也；可以意致者，物之精也；言之所不能论，意之所不能察致者，不期精粗焉。”[128]美在神形兼备，神贵于形：“抱神以静，形将自正”；“神将守形，形乃长生”[129]。先秦诸子的这些论述，是后来艺术审美观念的重要思想源泉，也是其判断雅俗的主要理论依据。因此，我们对雅俗观念演进的认识，只是就其主体特征而言，并不以为它们是彼此孤立的，更不以为它们是相互冲突的。

基于以上认识来看文学自身的发展，我们就不能不同意文学的发展与雅俗问题密切相关。一方面，雅俗观念作为一种社会意识形态，始终影响甚至制约着文学的发展；另一方面，文学与文化自身的发展，又促使雅俗观念发生变化，以适应变化了的客观现实。事实上，前人已经注意到雅俗的互动和消长与文学发展之间的关联，甚至认为雅俗问题是理解文学发展演变的重要视角。例如，刘勰在《文心雕龙·通变》中认为：“榷而论之，则黄唐淳而质，虞夏质而辨，商周丽而雅，楚汉侈而艳，魏晋浅而绮，宋初讹而新。从质及讹，弥近弥淡。何则？竞今疏古，风味气衰也。今才颖之士，刻意学文，多略汉篇，师范宋集，虽古今备阅，然近附而远疏矣。夫青生于蓝，绛生于茜，虽逾本色，不能复化。桓君山云：予见新进丽文，美而无采；及见刘杨言辞，常辄有得。此其验也。故练青濯绛，必归蓝茜，矫讹翻浅，还宗经诰；斯斟酌乎质文之间，而隐括乎雅俗之际，可与言通变矣。”[130]不管我们是否同意刘勰对各个时期文学整体风貌的评述，我们必须承认，刘勰认为谈文学“通变”应该“斟酌乎质文之间，而隐括乎雅俗之际”的判断，是极有文学理论价值和历史眼光的。

前面的分析已经说明，雅俗问题与历史发展相联系，可以是艺术的判断，可以是文化的判断，也可以是政治的判断。因此，选择雅俗的视角来看文学发展，就涉及采用何种判断。如果采用艺术的判断，首先必须确立艺术风格的雅俗标准。不过，艺术审美具有强烈的主观色彩，很难制定大家都同意的雅俗标准。《诗品》是魏晋南北朝时期最具代表性的诗学理论著作，钟嵘在《诗品》中按照他自己的标准把诗人们分为上、中、下三品，其雅与俗的评论也是他个人读诗的心得，不可谓不“思深而意远”，但时人以及后人并不都表示赞成，其将陶渊明列为中品所引起的争论就是一个典型的例证。文人相轻的恶习，党同伐异的传统，以及各人文化修养、生活环境、社会地位、性格操守之不同，都会影响他们的审美情趣和对于雅俗的判断。这也是文学史上长期存在着对同一作家作品出现不同评价的重要原因。因此，从文学发展的角度论雅俗，不少人采用了以文学的社会消费层次为标准，如前面提到的以上层社会推许的文学为雅文学，以流行于下层的大众文学为俗文学。应该说，这样区分雅俗显然也有艺术形式和艺术风格的考量，但无疑更偏重于文化的判断和政治的判断，潜含着宗法思想和精英意识，容易造成对文学文体的不平等待遇。然而，无论在什么时代，文学的生产和消费都存在着社会层次的划分，直到今天也仍然如此。如果我们使用雅俗概念是为了区分文学生产和消费的不同社会群体，探讨不同历史时期不同主流文化群体的变迁及其对文学发展的影响，而并不以为雅俗之分即是正与邪、高与低、美与丑、精与粗的差别[131]，那么，我们仍然可以利用它们来清理中国文学发展的基本脉络。

20 世纪的主流观点认为：中国文学的每一种文体都是由民间文学发展而来，民间文学经由文人们的雅化而定型，后来凝固僵化走向衰落，于是又有一种新的文体出现，又经过由俗到雅再到衰落的过程，如此循环往复，构成了中国文学发展的基本景观。例如郑振铎就认为：“一部分的文人学士，虽时时高唤着复古，刻意求工的模仿着古人，然时代与民众却即在他们的呼声所不到之处，暗地里产生了不少伟大的作品。到了后来，则时代与民众又压迫着文人学士采取这个新的文学型式。当民众文艺初次与文人学士相接触时，其结果便产生了一个大时代。过了一个时代，这个新的型式，又渐渐成为古董而为时代及民众所舍弃，他们又自去别创一种新的文学型式出来。五代、宋之词、金、元、明之曲，明、清之弹词，近数十年来的皮黄戏，其进展都是沿了这个方向走的。”[132]就中国古代具体文体演变而言，这一认识尽管不够全面[133]，尚大体可以成立。然而，就中国文学发展的整体走向而言，这一认识显然存在明显疏失，因为它未能描述中国文学发展的整体面貌，也未能揭示中国文学发展的基本趋向，有只见树木不见森林之憾。并且，这种认识也与中国文化的发展趋势不相一致。

文学的发展从来都是文化发展的组成部分，一个时期的文学特点无不与当时的文化面貌相一致。在礼乐文化时代，与礼乐政教相联系的文化是社会的主流文化，《诗》、《书》、《礼》、《乐》是其主要文本形式。《书》乃先王之政典，《诗》乃天子听政之工具，《礼》、《乐》乃贵族行事之程式与规准。王公贵族是礼乐文化的实际消费者。从周公"制礼作乐"和其创作的作品来看[134]，王公贵族也是礼乐文化的创造者。在王公贵族垄断文化的时代，这种情况一点也不奇怪。而设想"千耦其耘"[135]的劳动者是文化创造的主体倒是很奇怪的事。因此，这时的所谓雅文学正是与礼乐文化相伴生的贵族文学。而俗文学处于自生自灭的状态，如果不是在雅文学中有所反映，我们根本找不到它们的踪迹。而在道德文化鼎盛的时代，"处士横议"，"上说下教，强聒而不舍"，文化的创造主体下移到普通士人，而他们中不少人原本不属于王公贵族，而是新兴的知识分子。他们办学授徒，著书立说，俨然以思想文化的传承者自居，以社会精神的指导者自励。这时的所谓雅文学主要就是表达他们学术思想的著述以及表达他们政治情感的作品。其论、说、记、传以及辞、赋等各种文体，都是他们的创造。按照礼乐文化时代的雅俗观，这些不在其位的知识分子们所创造的文体自然都是俗体，因为他们本无著作之权责，孔子信守"述而不作"便是这一观念的最后残存。而按照道德文化的雅俗观念，这些代表文化发展趋势的知识分子的文学是真正的雅文学，而那些不能与时俱进的文学或不能通于大道的文学才是俗文学。显然，这种观念的变迁反映着贵族文学向精英文学的转变。而从文学整体发展来看，则意味着文学消费群体的扩大，同时也意味着文学主流文体的俗体化。即是说，文学不再是王公贵族独享的奢侈品，而是文化精英们可以染指的传达思想感情的工具。这不能不说是文学的一次解放。而随着贵族文学与精英文学合流的汉大赋的衰颓，文学的私人性、情感性、娱乐性与审美性特征逐渐凸显，而艺术文化发展也进入其茁长期与成熟期。诗歌、散文、小说、戏曲等各种文学体裁渐次而生，文人学士与民间艺人也各自创作，雅俗的竞争日趋激烈，雅俗的区分更加困难，而文学的消费群体与日俱增且日益分化。然而，从传统的礼乐文化的立场看，这些文学都是俗文学，其文学文体自然都是俗体。从道德文化的立场看，除其来有自的诗文之外，小说、戏曲等文体自然都是俗体。文学的私人化和情感化使文学有可能朝着大众化方向发展。由于注重文学的审美与娱乐，同时也受到文学消费的拉动，文学越来越普及，文体也越来越通俗，文学的消费越来越重视大众文化消费者的需求。这一现象对那些具有正统思想和精英意识的学者们是严峻的挑战，他们固然可以在其控制领域内不承认通俗文学的文化地位[136]，而那些希望推进文学发展的文人们却感到了前所未有的困惑。例如，明代文人便没有了六朝文人的自矜与自信，开始怀疑知识分子所标榜的文学是否是真正的文学，并自觉地向下层民间文学吸取营养[137]。而从文学整体发展来看，艺术雅俗观推动了文学的私人化和情感化，强化了文学的审美与娱乐，促进了文学的又一次解放，也促使文学文体更大规模的俗体化。这与宋以后大众文化的迅猛发展是完全一致的。文化消费主流群体的改变必然促进和影响文学语言、风格、文体的改变，宋以后大量诞生的俗体文学如杂剧、院本、戏文、散曲、弹词、宝卷、诸宫调、鼓子词、短篇白话小说和长篇通俗小说等，充分说明了这一点。因此，就具体文体发展而言，确实存在一些文体由俗而雅走向衰落的现象；而就文学整体发展而言，却并不存在由俗到雅再到衰落的趋向，文学主流的发展是不断地由雅趋俗，即从贵族走向精英，从精英走向大众，文学文体越来越通俗化，文学消费越来越大众化。这才是中国文学发展的基本趋向[138]。

关于文学发展的俗体化趋向，前人已有觉察。如元人虞集指出："一代之兴，必有一代之绝艺，足称于后世者。汉之文章，唐之律诗，宋之道学；国朝之今乐府，亦开于气数音律之盛。"[139]明人王思任说："一代之言，皆一代精神所出。其精神不专，则言不传。汉之策，晋之玄，唐之诗，宋之学，元之曲，明之小题，皆必传之言也。"[140]清人焦循则指出："一代有一代之所胜。"[141]而楚骚、汉赋、唐诗、宋词、元曲和明八股即一代之所胜。近人王国维则在此基础上提出："凡一代有一代之文学，楚之骚，汉之赋，六代之骈语，唐之诗，宋之词，元之曲，皆所谓一代之文学，而后世莫能继焉者也。"[142]他们所提出的各个朝代的代表性文体显然是朝着通俗化、大众化的方向在发展。尽管这些学者大多有复古情结，但他们都看到了文学发展代趋而下是不可阻挡的历史潮流。如胡应麟便云："汉文、唐诗、宋词、元曲，虽愈趋愈下，要为各极其工。"[143]而那些具有反叛精神或比较新锐的作家，更是对俗体化趋向予以肯定并自觉跟进。例如，袁宏道在与江进之的信中说："古之不能为今者也，势也。其简也，明也，整也，流丽痛快也，文之变也。夫岂不能为繁，为乱，为艰，为晦，然已简安用繁？已整安用乱？已明安用晦？已流丽痛快安用聱牙之语、艰深之辞？譬如《周书·大诰》、《多方》等篇，古之告示也，今尚可作告示不？《毛诗》郑、魏等《风》，古之淫词媟语也，今人所唱《银柳丝》、《挂鍼儿》之类，可一字相袭不？世道既变，文亦因之，今之不必袭古者，亦势也。张、左之赋，稍异扬、马，至江淹、庾信诸人，抑又异矣。唐赋最明白简易，至苏子瞻真文耳，然赋体日变，赋心益工，古不可优，后不可劣。若使今日执笔，机轴尤为不同。何也？人事物态，有时而更，乡语方言，有时而易，事今日之事，则亦文今日之文而已矣。"[144]徐渭《又题昆仑奴杂剧后》则云："凡语入要紧处，略着文采，自谓动人，不知减却多少悲欢，此是本色不足者，乃有此病。乃如梅叔造诣，不宜随众趋逐也。点铁成金者，越俗越雅，越淡薄越滋味，越不扭捏动人越自动人。"[145]他们都认识到语言的通俗和文体的通俗不仅是时代发展的要求，而且也是文学自身表达的要求，同时还是社会文学消费主流群体的要求。

如果以上分析可以成立，那么，我们对中国文学发展的研究就应该有新的布置和规划。即是说，我们可以对文学史研究的重点重新加以确认。其一，根据中国文学发展的俗体化趋向，中国文学史研究不仅要研究各种文学体裁的发生、发展和衰亡的过程，而且更应该关注各个时期不为正统文学家所重视的新文体，特别要注意这种新文体对传统文学观念和文学格局的影响，以揭示文学发展的自身规律。其二，每一个时期确有与这个时期社会文化相适应的文学文体，它们代表着并反映着这个时期的文学风格和文学成就，中国文学史研究应该以此为重点，来描述各个历史时期文学发展的整体面貌和基本特点。其三，文学发展的俗体化趋向是与中国文化的发展相关联的，而文化发展的基础是社会生产力的不断提高和教育的逐渐普及，文学消费者的文化水平和消费能力是制约文学发展的决定性因素，而文学消费主流群体则决定了一个时期文学的主要风格和基本面貌，因此，文学史研究必须考虑各个历史时期文化消费的特点及其对文学发展的影响，以揭示文学发展的外部动力[146]。其四，文学的雅俗互动与消长既涉及文学创作领域，也涉及文学思想领域，其丰富的思想文化内涵需要我们进行更加深入的研究[147]，以提高我们的文学理论修养和文学史研究水平。

雅俗观念的演进和文学的俗体化趋向对于我们认识当前的文学状况和制订文化策略也能够有所帮助。当下普遍流行着一种文学悲观情绪，以为社会现代化使得文学被边缘化，文学不是在发展而是在慢慢萎缩，已经看不到它的前途。实际上，持这种看法的人正是用传统的雅文学观在看现实的文学，以为文学就是诗歌、散文、小说、戏曲这些所谓纯文学样式，这些文体的不景气就是文学的不景气。殊不知这些文体在某一历史阶段也曾被正统学者所排斥，并不认为它们是文学。看看明清时期正统学者对诗文发展的无奈和对小说戏曲的鄙弃，就不难明白这一点。因此，现阶段除纸质文本的传统文学作品外，那些与现代技术相伴生的新文学及新文体，也应该被纳入我们的文学视野之内，如电影文学、电视文学、电子文学、网络文学等，只要它们运用了文学手段，只要它们倾注了作者的感情，只要它们通过语言和形象给读者以美的享受和精神的愉悦，我们都可以视它们为文学。如果是这样，那么，文学的地盘就不是在缩小而是在扩大，文学的消费群体也不是在萎缩而是在激增，这是与文学发展的历史进程相一致的，也是与中国文学的俗体化趋向相一致的。我们切不可用潜在的宗法思想、等级观念和精英意识来排斥这些新生的文学，而应该热情地关心它们，扶植它们，帮助它们健康成长，也许它们正是我们时代文学的新的生长点呢。

注释：

＊本文原载《中国社会科学》2005 年第 3 期；《新华文摘》2005 年第 14 期转载，中国人民大学书报资料中心《中国古代近代文学研究》2005 年第 9 期全文复印，《高等学校文科学术文摘》2005 年第 4 期摘载。原文发表时因篇幅限制有所删节，今予恢复。

[1]实际上，就文体而言，雅文学与俗文学并无截然的界限。且不说属于雅文学的诗起源于民歌、民谣，宋元以来长期被视为俗文学的戏曲、小说在今天早已登上大雅之堂。即便是同一种艺术形式，在其发展的不同阶段，也是或俗或雅，难以界定。例如，早期的词不避俚俗，文人们也以俗体为正，后来文人创作的多了，雅词才慢慢成为正宗，人们说词是雅文学，只能指称其某一阶段或某一类型；同样，昆曲最早也是地方俗曲，后来进入宫廷，成为雅部，以与花部俗曲相区别，说戏曲是俗文学，也应该说明是哪一时段的哪一种戏曲。

[2]例如，瞿秋白说："昆曲原本是平民等级的歌曲里发展出来的。最早的元曲几乎都是'下流的俗话'。可是，到了乾嘉之世，昆曲里面，早就给贵族绅士的文人，填塞了一大堆一大堆牛屎似的'饾饤'进去！……昆曲已经被贵族绅士霸占了去，成了绅士等级的艺术。"(《乱弹代序》(1931)，《京剧丛谈百年录》，河北教育出版社 1999 年版，第 66 页)鲁迅说："《诗经》的《国风》里的东西，有许多也是不识字的无名氏作品，因为比较的优秀，大家口口相传的。王官们检出它可作行政上参考的记录了下来，此外消灭的正不知有多少。……旧文学衰颓时，因为摄取民间文学或外国文学而起一个新的转变，这例子是常见于文学史上的。"(《门外文谈》，《鲁迅全集》第 6 卷，人民文学出版社 1981 年版，第 94～95 页)又云："士大夫是常要夺取民间的东西的，将竹枝词改成文言，将'小家碧玉'作为姨太太，但一沾着他们的手，这东西也就跟着他们灭亡。"(《略论梅兰芳及其他》，《鲁迅全集》第 5 卷，人民文学出版社 1981 年版，第 579 页)宋云彬更称："任何艺术形式，诗歌也好，戏剧也好，开始的时候，都是属于大众的，到后来被少数士大夫夺取去了，才脱离了大众。像竹枝词原先都是在民间普遍流行的，但经过所谓'文人墨士'的改作，渐渐成为非'大众'的东西了。又如平剧，自被搬进宫廷，词句都'雅'起来了，便渐渐和大众脱离关系。"(《戏剧的民族问题座谈会》，《戏剧春秋》第 1 卷第 2 期，1940 年)

[3]王瑶：《中国诗歌发展讲话》，中国青年出版社 1982 年版，第 3 页。

[4]班固：《汉书》卷二十八下《地理志下》，《二十五史》本，上海古籍出版社、上海书店 1986 年版，第 521 页。

[5]应劭：《风俗通义 · 自序》，《四部丛刊初编》本，商务印书馆 1921 年版，第 2 页。

[6]许慎著、段玉裁注：《说文解字段注》，成都古籍书店 1981 年影印，第 399 页。

[7]王先谦：《荀子集解》卷二《荣柔》，《诸子集成》本，上海书店 1986 年版，第 39 页。

[8]王先谦：《荀子集解》卷四《儒效》，《诸子集成》本，上海书店 1986 年版，第 92 页。

[9]许慎著、段玉裁注：《说文解字段注》，成都古籍书店 1981 年版，第 246 页。

[10]梁启超：《饮冰室合集》专集之七十四《释四诗名义》，中华书局 1989 年版，第 95 页。

[11]杜预注、孔颖达疏:《春秋左传正义》卷三十九,阮元校刊《十三经注疏》本,中华书局 1980 年版,第 2007 页。

[12]郑樵:《通志》卷七十五《昆虫草木略·序》,中华书局 1987 年版,第 865 页。

[13]郑玄笺、孔颖达疏:《毛诗正义》卷十三《小雅·北山》,阮元校刊《十三经注疏》本,中华书局 1980 年版,第 463 页。

[14]关于周公"制礼作乐",《左传·文公十八年》、《尚书大传》、《礼记·明堂位》等文献均有记载,学者们多信其说。

[15]孔安国传、孔颖达疏:《尚书正义》卷十九《毕命》,阮元校刊《十三经注疏》本,中华书局 1980 年版,第 244~245 页。

[16]郑玄注、孔颖达疏:《礼记正义》卷十二《王制》,阮元校刊《十三经注疏》本,中华书局 1980 年版,第 1338 页。

[17]郑玄注、孔颖达疏:《礼记正义》卷十三《王制》,阮元校刊《十三经注疏》本,中华书局 1980 年版,第 1342 页。

[18]郑玄注、贾公彦疏:《周礼注疏》卷二《天官冢宰》,阮元校刊《十三经注疏》本,中华书局 1980 年版,第 646 页。

[19]郑玄注、贾公彦疏:《周礼注疏》卷十《地官司徒》,阮元校刊《十三经注疏》本,中华书局 1980 年版,第 703 页。

[20]《周礼》虽然不是周代完全实行了的制度,但其中的许多记载都有文献支持或得到了考古学的证实。

[21]刘宝楠:《论语正义》卷八,《诸子集成》本,上海书店 1986 年版,第 145 页。

[22]刘台拱:《论语骈枝》,《续修四库全书》本,上海古籍出版社 1995 年版,第 292 页。

[23]刘宝楠:《论语正义》卷八,《诸子集成》本,上海书店 1986 年版,第 145 页。

[24]郑玄注、贾公彦疏:《周礼注疏》卷二十二《春官宗伯》,阮元校刊《十三经注疏》本,中华书局 1980 年版,第 787~788 页。

[25]王先谦:《荀子集解》卷十四《乐论》,《诸子集成》本,上海书店 1986 年版,第 255 页。

[26]郑玄注、孔颖达疏:《礼记正义》卷三十八《乐记》,阮元校刊《十三经注疏》本,中华书局 1980 年版,第 1534 页。

[27]郑玄注、孔颖达疏:《礼记正义》卷三十九《乐记》,阮元校刊《十三经注疏》本,中华书局 1980 年版,第 1544~1545 页。

[28]司马迁:《史记》卷二十四《乐书》,《二十五史》本,上海古籍出版社、上海书店 1986 年版,第 161 页。

[29]郑玄注、孔颖达疏:《礼记正义》卷三十九《乐记》,阮元校刊《十三经注疏》本,中华书局 1980 年版,第 1540 页。

[30]何晏集解、邢昺疏:《论语注疏》卷十七《阳货》,阮元校刊《十三经注疏》本,中华书局 1980 年版,第 2525 页。

[31]何晏集解、邢昺疏:《论语注疏》卷九《子罕》,阮元校刊《十三经注疏》本,中华

书局 1980 年版，第 2491 页。

[32]班固：《汉书》卷二十二《礼乐志》，《二十五史》本，上海古籍出版社、上海书店 1986 年版，第 469 页。

[33]程树德：《论语集释》卷十八，《新编诸子集成》本，中华书局 1990 年版，第 608 页。

[34]何晏集解、邢昺疏：《论语注疏》卷十五《卫灵公》，阮元校刊《十三经注疏》本，中华书局 1980 年版，第 2517 页。

[35]程树德：《论语集释》卷十八，《新编诸子集成》本，中华书局 1990 年版，第 607 页。

[36]刘熙：《释名》卷六《释典艺》，《四部丛刊初编》本，商务印书馆 1922 年版，第 47 页。

[37]郑玄注、孔颖达疏：《礼记正义》卷三十九《曲礼》上，阮元校刊《十三经注疏》本，中华书局 1980 年版，第 1249 页。

[38]章学诚：《校雠通义·原道第一》，《文史通义校注》附，中华书局 1996 年版，第 951 页。

[39]《国语·周语上》。《左传·襄公十四年》也有类似记载。

[40]《汉书·食货志》有采诗之说，其有云："春秋之月，群居者将散，行人振木铎徇于路以采诗，献之太师，比其音律，以闻于天子，故曰王者不窥牖户而知天下。"(《二十五史》本，第 476 页)虽有人怀疑其真实性，但它与西周以来实行的"公卿至于列士献诗"和天子"听诗观政"的制度是合拍的。

[41]不少人认为《诗经》中的《国风》是民歌，其实并无多少根据。朱东润在《国风出于民间论质疑》中说："要之此《国风》百六十篇之诗，其中一半以上为统治阶级之诗，则可断言。"(《诗三百篇探故》，上海古籍出版社 1981 年版，第 33 页)例如，《卫风·硕人》作者为卫国大夫，《郑风·清人》作者为郑国大夫，《鄘风·载驰》作者为许穆夫人，《秦风·黄鸟》作者为秦国大夫，《秦风·无衣》作者为秦哀公。即使那些确有民间意味的作品，也是由士人采集，由乐师配乐，然后献给天子听政，已经经过了士大夫们的加工改写，实际上是雅化了，不能说它们就是民歌。因此，朱自清认为："风诗大概不出于民间"，而是"贵族的歌谣"。(《诗言志辨》，华东师范大学出版社 1996 年版)

[42]章学诚著、叶英校注：《文史通义校注》卷一《易教上》，中华书局 1994 年版，第 1 页。

[43]章学诚著、叶英校注：《文史通义校注》卷一《易教上》，中华书局 1994 年版，第 2 页。

[44]知识分子并不仅指掌握有知识的人，只有掌握有知识且同时具有现实关怀和个体超越的人才能称为知识分子。依此标准，中国早期知识分子应是先秦诸子。参见余英时《士与中国文化》(上海人民出版社 1987 年版)第一篇《古代知识阶层的兴起与发展》和王齐洲《呼唤民族性：中国文学特质的多维透视》(中国社会科学出版社 2000 年版)第四章第一节《中国知识分子的崛起》。

[45]《老子道德经》二十章，《二十二子》本，上海古籍出版社 1986 年版，第 2 页。

[46]《老子道德经》五十一章，《二十二子》本，上海古籍出版社 1986 年版，第 6 页。

[47]《老子道德经》二十一章，《二十二子》本，上海古籍出版社 1986 年版，第 3 页。

[48]何晏集解、邢昺疏：《论语注疏》卷七《述而》，阮元校刊《十三经注疏》本，中华书局 1980 年版，第 2481 页。

[49]何晏集解、邢昺疏：《论语注疏》卷四《里仁》，阮元校刊《十三经注疏》本，中华书局 1980 年版，第 2471 页。

[50]何晏集解、邢昺疏：《论语注疏》卷八《泰伯》，阮元校刊《十三经注疏》本，中华书局 1980 年版，第 2487 页。

[51]何晏集解、邢昺疏：《论语注疏》卷十六《季氏》，阮元校刊《十三经注疏》本，中华书局 1980 年版，第 2487 页。

[52]《墨子》卷二《尚贤中》，《二十二子》本，上海古籍出版社 1986 年版，第 231 页。

[53]《墨子》卷一《修身》，《二十二子》本，上海古籍出版社 1986 年版，第 225 页。

[54]《墨子》卷九《非命上》，《二十二子》本，上海古籍出版社 1986 年版，第 252 页。

[55]韩非：《韩非子》卷二《扬权》，《二十二子》本，上海古籍出版社 1986 年版，第 1123 页。

[56]韩非：《韩非子》卷四《奸劫弑臣》，《二十二子》本，上海古籍出版社 1986 年版，第 1132 页。

[57]《楚辞》卷四《九章・橘颂》，《四部丛刊初编》本，商务印书馆 1922 年版，第 37 页。

[58]《楚辞》卷四《九章・涉江》，《四部丛刊初编》本，商务印书馆 1922 年版，第 13 页。

[59]例如，《尚书・康王之诰》周公语云："用端命于上帝，皇天用训其道，付畀四方。乃命建侯树屏，在我后之人。"这里的"道"只是指一种政治行为方式。《尚书・君奭》周公语云："天不可信，我道惟宁王德延，天不庸释于文王受命。"这里的"道"，仍然是指周公所采取的治国方略。这与春秋战国时期诸子以"道"为本原、为规律、为准则、为理想的思想差别很大。而有关"德"的论述，周初文献多有记载，"敬德"是当时统治者使用最多的概念之一，然而，"早期文献中肯定的德及具体德目，大都体现于政治领域"(陈来《古代宗教与伦理》，三联书店 1996 年版，第 296 页)，这与春秋战国时期诸子以为"德"是"道的体现"或"道的形式"(参见陈鼓应《老子今注今译及评介》，台湾商务印书馆 1970 年版)，是有很大区别的。

[60]赵岐注、孙奭疏：《孟子注疏》卷十二下《告子下》，阮元校刊《十三经注疏》本，中华书局 1980 年版，第 2760 页。

[61]王先谦：《荀子集解》卷一《修身》，《诸子集成》本，上海书店 1986 年版，第 53 页。

[62]王先谦：《荀子集解》卷三《非相》，《诸子集成》本，上海书店 1986 年版，第 53 页。

[63]《庄子》卷六《秋水》，《二十二子》本，上海古籍出版社 1986 年版，第 50 页。

[64]赵岐注、孙奭疏：《孟子注疏》卷十四下《尽心下》，阮元校刊《十三经注疏》本，

中华书局1980年版，第2779～2780页。

[65]《庄子》卷十《渔父》，《二十二子》本，上海古籍出版社1986年版，第82页。

[66]《庄子》卷六《缮性》，《二十二子》本，上海古籍出版社1986年版，第49页。

[67]何晏集解、邢昺疏：《论语注疏》卷九《子罕》，阮元校刊《十三经注疏》本，中华书局1980年版，第2490页。

[68]何晏集解、邢昺疏：《论语注疏》卷十三《子路》，阮元校刊《十三经注疏》本，中华书局1980年版，第2507页。

[69]《老子道德经》七十章，《二十二子》本，上海古籍出版社1986年版，第8页。

[70]赵岐注、孙奭疏：《孟子注疏》卷四下《公孙丑下》，阮元校刊《十三经注疏》本，中华书局1980年版，第2779～2780页。

[71]司马迁：《史记》卷六十三《老庄申韩列传》，《二十五史》本，上海古籍出版社、上海书店1986年版，第247页。

[72]王先谦：《荀子集解》卷十五《解蔽》，《诸子集成》本，上海书店1986年版，第261～262页。

[73]王先谦：《荀子集解》卷三《非十二子》，《诸子集成》本，上海书店1986年版，第59～66页。

[74]《庄子》卷六《至乐》，《二十二子》本，上海古籍出版社1986年版，第53页。

[75]《庄子》卷六卷九《让王》，《二十二子》本，上海古籍出版社1986年版，第76页。

[76]王先谦：《荀子集解》卷四《儒效》，《诸子集成》本，上海书店1986年版，第88～89页。

[77]战国时期，诸侯礼贤下士的事例很多，如魏文侯“受子夏经艺，客段干木，过其闾未尝不轼也”(《史记·魏世家》)；邹衍“适梁，梁惠王郊迎，执宾主之礼；适赵，平原君侧行撇(木旁)席；如燕，昭王拥彗先驱，请列弟子之座而受业，筑碣石宫，身亲往师之”(《史记·孟子荀卿列传》)；费惠公说：“吾于子思，则师之矣；吾于颜般，则友之矣。”(《孟子·万章下》)

[78]赵岐注、孙奭疏：《孟子注疏》卷六上《滕文公下》，阮元校刊《十三经注疏》本，中华书局1980年版，第2710页。

[79]王先谦：《荀子集解》卷十九《大略》引，《诸子集成》本，上海书店1986年版，第337页。

[80]《战国策》卷十一《齐策四》，《四部丛刊初编》本，商务印书馆1922年版，第12页。

[81]赵岐注、孙奭疏：《孟子注疏》卷十三上《尽心上》，阮元校刊《十三经注疏》本，中华书局1980年版，第2764页。

[82]《战国策》卷二十九《燕策一》，《四部丛刊初编》本，商务印书馆1922年版，第16页。

[83]例如，屈原在《离骚》中便表现了追求美政的文化理想：“彼尧、舜之耿介兮，既遵道而得路”；“举贤而授能兮，循绳墨而不颇。皇天无私阿兮，览民德焉错辅”；“路漫漫其修远兮，吾将上下而求索”；不与世俗同流合污的生活态度：“謇吾法夫前修兮，

非世俗之所服；虽不周于今之人兮，愿依彭咸之遗则”；“委厥美以从俗兮，苟得列乎众芳?”知识分子特有的孤独情怀：“众女嫉余之蛾眉兮，谣诼谓余以善淫”；“忳郁邑余侘傺兮，吾独穷困乎此时也”；“众不可户说兮，孰云察余之中情？世并举而好朋兮，夫何茕独而不予听?”以及为美政理想献身的文化精神：“岂余身之惮殃兮，恐皇舆之败绩”；“亦余心之所善兮，虽九死其又未悔”；“既莫足与为美政兮，吾将从彭咸之所居”。

[84]司马迁：《史记》卷八十七《李斯列传》，《二十五史》本，上海古籍出版社、上海书店 1986 年版，第 235 页。

[85]何晏集解、邢昺疏：《论语注疏》卷四《里仁》，阮元校刊《十三经注疏》本，中华书局 1980 年版，第 2471 页。

[86]韩非：《韩非子》卷二《扬权》，《二十二子》本，上海古籍出版社 1986 年版，第 1123 页。

[87]班固：《两都赋序》，《文选》卷一，中华书局 1977 年版，第 21～22 页。

[88]扬雄：《法言》卷二《吾子》，《二十二子》本，上海古籍出版社 1986 年版，第 313 页。

[89]扬雄：《法言》卷二《吾子》，《二十二子》本，上海古籍出版社 1986 年版，第 313 页。

[90]黄晖：《论衡校释》卷二十三，《新编诸子集成》本，中华书局 1990 年版，第 978 页。

[91]黄晖：《论衡校释》卷二十三，《新编诸子集成》本，中华书局 1990 年版，第 1016 页。

[92]黄晖：《论衡校释》卷二十三，《新编诸子集成》本，中华书局 1990 年版，第 1196 页。

[93]郁沅、张明高：《魏晋南北朝文论选》，人民文学出版社 1996 年版，第 50～51 页。

[94]葛洪：《抱朴子》外篇卷三十二《尚博》，《四部丛刊初编》本，商务印书馆 1922 年版，第 2 页。

[95]郁沅、张明高：《魏晋南北朝文论选》，人民文学出版社 1996 年版，第 14 页。

[96]萧子显：《南齐书》卷五十二《文学传论》，《二十五史》本，上海古籍出版社、上海书店 1986 年版，第 2005 页。

[97]《梁书·江淹传》云：“二汉求贤，率先经术；近世取人，多由文史。”

[98]钟嵘著、陈延杰注：《诗品注》卷首《总论》，人民文学出版社 1980 年版，第 3 页。

[99]郁沅、张明高：《魏晋南北朝文论选》，人民文学出版社 1996 年版，第 366 页。

[100]刘勰著、范文澜注：《文心雕龙注》卷六《定势》，人民文学出版社 1958 年版，第 530 页。

[101]郁沅、张明高：《魏晋南北朝文论选》，人民文学出版社 1996 年版，第 13 页。

[102]郁沅、张明高：《魏晋南北朝文论选》，人民文学出版社 1996 年版，第 147 页。

[103]刘勰著、范文澜注：《文心雕龙注》卷六《定势》，人民文学出版社 1958 年版，第 530 页。

[104]钟嵘著、陈延杰注：《诗品注》卷上，人民文学出版社 1980 年版，第 20 页。

[105]钟嵘著、陈延杰注：《诗品注》卷中，人民文学出版社 1980 年版，第 52 页。

[106]以上引文分见《文心雕龙》的《辨骚》、《诠赋》、《诏策》、《才略》等篇。

[107]萧子显：《南齐书》卷五十二《文学传论》，《二十五史》本，上海古籍出版社、上海书店 1986 年版，第 2005 页。

[108]郁沅、张明高：《魏晋南北朝文论选》，人民文学出版社 1958 年版，第 94～95 页。

[109]刘勰著、范文澜注：《文心雕龙注》卷二《乐府》，人民文学出版社 1958 年版，第 101～102 页。

[110]钟嵘著、陈延杰注：《诗品注》卷首《总论》，人民文学出版社 1980 年版，第 1 页。

[111]刘勰著、范文澜注：《文心雕龙注》卷二《明诗》，人民文学出版社 1958 年版，第 66 页。

[112]郁沅、张明高：《魏晋南北朝文论选》，人民文学出版社 1996 年版，第 329 页。

[113]苏轼：《苏轼诗集》卷九《于潜僧绿筠轩》，中华书局 1982 年版，第 448 页。

[114]苏轼：《苏轼诗集》卷九《题柳子厚诗》，中华书局 1982 年版，第 80 页。

[115]黄庭坚：《豫章黄先生文集》卷二十九《书缯卷后》，《四部丛刊初编》本，商务印书馆 1922 年版。

[116]黄庭坚：《豫章黄先生文集》卷二十九《书缯卷后》，《四部丛刊初编》本，商务印书馆 1922 年版。

[117]郑玄注、孔颖达疏：《礼记正义》卷三《曲礼上》，阮元校刊《十三经注疏》本，中华书局 1980 年版，第 1249 页。

[118]刘安：《淮南鸿烈解》卷十九《修务训》，《四部丛刊初编》本，商务印书馆 1922 年版。

[119]杜预注、孔颖达疏：《春秋左传正义》卷三十九《襄公二十九年》，阮元校刊《十三经注疏》本，中华书局 1980 年版，第 2006～2007 页。

[120]《老子道德经》二章，《二十二子》本，上海古籍出版社 1986 年版，第 1 页。

[121]《老子道德经》八十一章，《二十二子》本，上海古籍出版社 1986 年版，第 9 页。

[122]何晏集解、邢昺疏：《论语注疏》卷三《八佾》，阮元校刊《十三经注疏》本，中华书局 1980 年版，第 2469 页。

[123]何晏集解、邢昺疏：《论语注疏》卷十四《宪问》，阮元校刊《十三经注疏》本，中华书局 1980 年版，第 2512 页。

[124]何晏集解、邢昺疏：《论语注疏》卷十一《先进》，阮元校刊《十三经注疏》本，中华书局 1980 年版，第 2500 页。

[125]《庄子》卷十《渔父》，《二十二子》本，上海古籍出版社 1986 年版，第 82 页。

[126]《庄子》卷一《齐物论》，《二十二子》本，上海古籍出版社 1986 年版，第 17 页。

[127]《庄子》卷七《山木》，《二十二子》本，上海古籍出版社 1986 年版，第 58 页。

[128]《庄子》卷六《秋水》，《二十二子》本，上海古籍出版社 1986 年版，第 50 页。

[129]《庄子》卷四《在宥》，《二十二子》本，上海古籍出版社 1986 年版，第 38 页。

[130]刘勰著、范文澜注：《文心雕龙注》卷二《明诗》，人民文学出版社 1958 年版，第 520 页。

[131]其实，在文学的各个社会消费群体中都存在艺术审美的个体差异，而不同群体之间的审美标准更是差别巨大，以艺术审美标准区分雅俗十分困难。为了避免枝蔓，这里不予讨论。

[132]郑振铎：《插图本中国文学史》，北京出版社 1999 年版，第 12 页。鲁迅在《致姚克》的信中也说："歌、诗、词、曲，我以为原是民间物，文人取为己有，越做越难懂，弄得变成僵石，他们就又去取一样，又来慢慢地绞死它。"(《鲁迅全集》第 12 卷，人民文学出版社 1981 年版，第 33 页)

[133]例如，《尚书》的典、谟、誓、诰以及汉代的大赋、六朝的骈文等文体就很难说是在民间文学的基础上发展而来的，并且雅文学影响俗文学的例子也比比皆是，如唐传奇对宋元戏曲深有影响，而宋代说话艺人"幼习《太平广记》，长攻历代史书……《夷坚志》无有不览，《琇莹集》所载皆通。动哨中哨，莫非《东山笑林》；引倬底倬，须还《绿窗新话》。论才词有欧、苏、黄、陈佳句；说古诗是李、杜、韩、柳篇章"(罗烨《醉翁谈录》卷一《舌耕叙引小说开辟》，《四库全书》本，第 408 页)，同样受雅文学影响明显。孔尚任《桃花扇小引》云："传奇虽小道，凡诗赋、词曲、四六、小说家，无体不备。至于摹写须眉，点染景物，乃兼画苑矣。其旨趣实本于《三百篇》，而义则《春秋》，用笔行文，又《左》、《国》、太史公也。"(人民文学出版社 1959 年版，第 1 页)充分说明了雅文学对俗文学的影响。

[134]关于周公创制作品，据《毛诗序》，今传本《诗经》中的《豳风·七月》、《鸱鸮》为周公所作；据《国语·周语上》祭公谋父所引，是《诗经·周颂·时迈》为周公所作；据《国语·周语中》富辰所引，是《诗经·小雅·棠棣》为周公所作。据徐复观所考，《今文尚书》29 篇中，《大诰》、《康诰》、《酒诰》、《梓材》、《洛诰》、《多士》、《无逸》、《君奭》、《多方》、《立政》等，均出自周公之手。(见徐著《两汉思想史》第一卷附录三，华东师范大学出版社 2001 年版)

[135]郑玄笺、孔颖达疏：《毛诗正义》卷十九《周颂·载芟》，阮元校刊《十三经注疏》本，中华书局 1980 年版，第 601 页。

[136]宋元以降，几乎所有通俗文学都不被正统文化所接纳，在正史《艺文志》著录的作品中见不到话本、杂剧、传奇、弹词、诸宫调、通俗小说、民歌民谣等作品。

[137]如李梦阳以为："余之诗，非真也。王子所谓文人学子韵言耳，出之情寡而工之词多者也。"并承认："今真诗乃在民间。"(《李空同全集·诗集自序》)袁宏道则说："故吾谓今之诗文不传矣。其万一传者，或今闾阎妇人孺子所唱《擘破玉》、《打草竿》之类。"(《袁中道全集·序小修诗》)

[138]至于具体作品的雅俗之争，见仁见智，最难统一，也不必统一，可以放在艺术批评学中去讨论，文学史研究不应过多关注。

[139]孔齐：《至正直记》卷三《虞邱庵论》，《粤雅堂丛书续编》本，第 16 页。

[140]王思任：《王季重十种·刻徐文长三集序》，浙江古籍出版社 1987 年版。

[141]焦循：《易余籥录》卷十五，光绪德化李氏《木犀轩丛书》本。

[142]王国维：《宋元戏曲史·自序》，东方出版社 1996 年版，第 1 页。

[143]胡应麟：《少室山房笔丛》卷四十一《庄岳委谭下》，上海书店出版社 2001 年版，第 430 页。

[144]袁宏道著、钱伯城笺校：《袁宏道集笺校》卷十一《江进之》，上海古籍出版社 1981 年版，第 515～516 页。

[145]徐渭：《徐渭集》第四册《徐文长佚草》卷二《又题昆仑奴杂剧后》，中华书局 1983 年版，第 1093 页。

[146]例如，宋代通俗文学发展与市民阶层扩大和市民文化需求增长相关联，而明清通俗小说的繁荣与印刷技术的发展和印刷成本的降低有直接关系。

[147]例如，宋人的雅俗观便深受佛教大乘中观"真俗二谛说"的影响，值得研究。僧吉藏《二谛义》卷上云："真俗义何者？俗非真则不俗，真非俗则不真。非真则不俗，则俗不碍真；非俗则不真，真不碍俗。俗不碍真，俗以为真义；真不碍俗，真以为俗义也。"

下编
中国古代小说研究

论庄子的小说观念

小说之名，从文献学的角度考察，始见于《庄子》。中国古代的小说观念，是否也同样肇始于庄子呢？自从鲁迅《中国小说史略》称："小说之名，昔者见于庄周之云'饰小说以干县令'(《庄子·外物》)，然案其实际，乃谓琐屑之言，非道术所在，与后来所谓小说者固不同。"[1]以后论中国小说者，大都承袭鲁迅之说，不以庄子所云小说具有中国小说观念的内涵，视其为偶尔使用的一个词。是否果真如此，其实是应该认真讨论的，因为这不仅牵涉到中国小说思想史，也牵涉到对中国小说性质特点的认识。故笔者不揣浅陋，对这一老问题提出自己的看法，不当之处，敬请批评。

一

为了便于讨论，我们将《庄子·杂篇·外物》有关段落抄录如下：

> 任公子为大钩巨缁，五十犗以为饵，蹲乎会稽，投竿东海，旦旦而钓，期年不得鱼。已而大鱼食之，牵巨钩，錎没而下，骛扬而奋鬐，白波若山，海水震荡，声侔鬼神，惮赫千里。任公子得若鱼，离而腊之，自制河以东，苍梧以北，莫不厌若鱼者。已而后世辁才讽说之徒，皆惊而相告也。夫揭竿累，趋灌渎，守鲵鲋，其于得大鱼难矣，饰小说以干县令，其于大达亦远矣，是以未尝闻任氏之风俗，其不可与经于世亦远矣。[2]

关于《庄子》一书，自宋以来，不少学者认为其内篇为庄子自著，外篇、杂篇为庄子后学所著，或为后人伪托。其实，《庄子》原本并无内、外、杂篇之分。司马迁《史记·老庄申韩列传》在介绍庄子生平论及其思想时所提到的《胠箧》在外篇，《渔父》、《盗跖》、《庚桑楚》等则在杂篇，如果当时已有内、外、杂篇之分，那么，不仅内篇为庄子所著，外、杂篇也当为庄子所著。因此，学术界普遍认为，所谓内、外、杂篇之分，是后来整理《庄子》者所为。此整理者有说是汉刘向，有说是晋郭象，有说是梁周宏正，本文不拟讨论。笔者以为，《庄子》一书中虽有其后学羼入的内容，但其基本思想仍然是庄子的。因此，上述《杂篇·外物》可以视为庄子的著述，其“小说”云云自然代表了庄子的思想。

庄子以任公子为大钩巨缁钓大鱼的寓言来说明“饰小说以干县令，其于大达亦远矣，是以未尝闻任氏之风俗，其不可与经于世亦远矣”的道理。对于“饰小说以干县令，其于大达亦远矣”一句，唐人成玄英释云：“干，求也。县，高也。夫修饰小行，矜持言说，以求为高名令闻者，必不能大通于至道。”[3]而今人美籍华裔学者周策纵则有新解云：“许多人以为，‘县令’是秦统一天下后才有的官名。我曾有些考证，认为至迟在战国时代已有县令。‘达’字似乎就是‘穷达’的‘达’。《庄子》这句的意思，应该是：装饰‘小说’去干进县官，也不会有大的通达，做不到大官，不会有大的成就。”[4]以上二释，义皆可通。而无论是干求高名美誉，还是干进县令寻求一官半职，其实都不符合庄子所谓“至人无己，神人无功，圣人无名”[5]之至道，故为庄子所鄙弃。现在的问题是，庄子所云用来干求高名美誉或者仕禄的“小说”究属何物?

“小说”的中心词是“说”，我们不妨先从“说”之语源和义项的探讨开始。

现存甲骨卜辞中没有发现“说”字，仅有“兑”字。“兑”均见于三期卜辞，且多用于人名。凡不用于人名者，则用作“锐”，为急速、赶快义[6]。姚孝遂云：“卜辞诸‘兑’字皆用作‘锐’，徐灏《段注笺》谓‘兑即古悦字’，‘亦即古锐字’。《孟子》：‘其进锐者其退速’，锐之义为疾速。《汉书·淮南王传》：‘王锐欲发兵’，亦急疾之义，颜注以‘王意欲发兵如锋刃之锐利’为说，失之。”[7]西周彝器铭文也无“说”字而有“兑”字，金文学家释“兑”为“悦”[8]。许慎《说文解字》收有“兑”字，释云：“兑，说也，从儿，台声。”徐铉更正许说云：“台，古文兖字，非声。当从口、从八，象气之分散。”[9]朱骏声《说文通训定声》沿其说。孔广居《说文疑疑》以为“从人从八口；八，分也，人喜悦则解颐也”，林义光《文源》沿其说。不过，甲骨文“兑”字只有急速义，并无喜悦义，因此“从口、从八，象气之分散”的“兑”字，可能是模拟人在激烈运动后张口喘气之形，故有急速义，而无喜悦义。段玉裁《说文解字注》：“说者，今之悦字，其义见《易》。”[10]《周易》有“兑”卦，“彖曰：兑，说也，刚中而柔外。说以利贞，是以顺乎天而应乎人。说以先民，民忘其劳；说以犯难，民忘其死。说之大，民劝矣哉!”王弼注：“说而违刚则谄，刚而违说则暴，刚中而柔外，所以说以利贞也。刚中故利贞，柔外故说亨。”[11]《周易》解“兑”为“说”，均同“悦”。而王弼注则有释为“言说”的倾向。《周易·说卦》本有“兑为口”之说，孔颖达疏：“兑，西方之卦，主言语，故为口也。”[12]从甲骨文“兑”用为“锐”，到金文、《周易》经传、《说文》等“兑”用为“悦”或“说”，说明“兑”在语义上有了延展。不过，“兑”、“锐”、“说”、“悦”，在语音上为一声之转，在语义上也有关联，因为行动或言语的快捷急速总能给人以愉悦之感[13]。在现存先秦文献中，表示急速的“兑”大都已经被“锐”字所代替。《说文解字》收有“锐”字，许慎《说文解字》释云：“锐，芒也。从金，兑声。”这个表示锋芒的“锐”是从“兑”的本义衍生出来的，在“兑”字左边加一“金”旁表示锋利之义，应该是在青铜器作为工具被普遍采用之后出现的。而由“兑”衍生的表示愉悦义的“说”，则为先秦文献普遍使用。《说文解字》中没有收“悦”字，却收有“说”字，且先秦文献表示“悦”多用“说”字，说明“说”是“悦”的本字[14]。许慎《说文解字》释“说”云：“说，释也，从言，兑声。一曰谈说。”段玉裁注：“说释即悦怿，说、悦，释、怿皆古今字，许书无悦怿二字也。说释者，开解之意，故为喜悦。采部曰，释，解也。”[15]这些材料说明，“说”是“兑”的孳乳字，是“悦”的本字[16]；“说”字表“悦”义而用“言”旁，说明其时言论已经成为影响人们思想情感的重要媒介；“说”之言说义的产生与人们言语活动的活跃以及社会对言语作用的认识有关(详见下文)；“说”主要有愉悦义、开解义和言说义。而在言说义上，先秦诸子前期多用为比较单纯的言论义，后期则多用为辩说义和学说义，这不仅反映出言论作为社会手段和知识形态的迅猛发展，而且反映出各种言论之间的交流和碰撞。当“说”和某一类知识形态和言论方式联系在一起时，“说”作为文体概念的条件也就成熟了[17]。

为了更准确把握庄子所云“小说”的确切含义，我们来看看《庄子》一书中使用“说”字的情况。如果将书中后人擅改的“悦”(实为“说”)字不计[18]，那么《庄子》一书用“说”计 68 例。其中用于人名者 12 例，如《让王》所述“屠羊说”。用于“愉悦”义者 24 例，如《在宥》：“说明邪，是淫于色也；说聪邪，是淫于声也；说仁邪，是乱于德也；说义邪，是悖于理也；说礼邪，是相于技也；说乐邪，是相于淫也；说圣邪，是相于艺也；说知邪，是相于疵也。”[19]用于“言说”义者 31 例，如《知北游》：“天地有大美而不言，四时有明法而不议，万物有成理而不说。”[20]可作“开解”、“愉悦”二义解者 1 例，如《说剑》：“孰能说王之意止剑士者，赐之千金。”郭庆藩释“说”云：“如字，解也；又音悦。”[21]如若细分，在“言说”义中，有“言论”义，如云“辩士无谈说之序则不乐”[22]；有“劝说”义，如云“丘请为先生往说之”[23]；有“学说”义，如云“多辞缪说，不耕而食，不织而衣，摇唇鼓舌，擅生是非”[24]。具体到其《杂篇·外物》中的两个“说”字，则都是“言说”义：“轻才讽说”，成玄英释为“才智轻浮，讽诵词说”，“说”指的是言论；“饰小说”，成玄英释为“修饰小行，矜持言说”[25]，“说”指那些无关弘旨的言论、学说。鲁迅将“小说”定义为“乃谓琐屑之言，非道术所在”，大体符合《庄子》文义。后来《荀子·正名》所云“故知者论道而已矣，小家珍说之所愿皆衰矣”[26]，其“小家珍说”与庄子所云“小说”含义略近，只是荀子之所谓“小家珍说”是指不合“圣人之辨说”和“士君子之辨说”即不合于儒家正道的其他诸子学说，而庄子之所谓“小说”是指不合于道家思想即不能“大达”至道的其他诸子学说。他们的所谓“小”，含鄙薄之意，主要是对其学说内容和价值的否定，并非指这些学说在形式上与他们所提倡的学说有什么不同。西汉末年扬雄《法言·吾子》云：“好书而不要诸仲尼，书肆也；好说而不要诸仲尼，说铃也。”[27]《学行》又云：“或曰：‘焉知是而习之？’曰：‘视日月而知众星之蔑也；仰圣人而知众说之小也。’”[28]清楚地阐释了扬雄所理解的“小说”之“小”的确切含义。如果要换成庄子的语言，只需将“仲尼”改为“老聃”即可，他们的思维方式和表达方式是基本一致的。

二

理解了《庄子·杂篇·外物》中“小说”的含义，再来讨论鲁迅所谓“与后来所谓小说者固不同”的说法是否有理，就相对比较容易了。如果鲁迅所云“后来所谓小说者”是指现代西方小说观念指导下的中国现代小说，这一说法无疑是正确的；如果是指先秦以至清末史志子部所著录的中国传统小说，这一判断却是不符合历史事实的。这是因为，庄子所谓“小说”虽然主要是一种学术价值判断，但其中隐含的文体判断是不应被忽视的。如果庄子所称“小说”包含了内容和形式两个方面，就应该讨论此种内容和形式是否与中国传统小说存在联系，只要存在联系，就不能不承认其在中国小说思想史上发端的地位。

我们的讨论从社会言论形式开始，因为这更有利于我们准确把握“小说”的能指和所指。

殷商时期，“殷人尊神，率民以事神，先鬼而后礼”[29]，商王只注意通过占卜祭祀与天地鬼神沟通，并不在意社会舆论，所以甲骨卜辞中至今没有发现表示言说活动的“说”字。武王灭商，小邦周打败了大邦殷，使西周初年的统治者们认识到民心向背的重要，明白“皇天无亲，惟德是辅。民心无常，惟惠之怀”[30]的道理，提出“敬德保民”的治国方略，偃武修文，制礼作乐，世俗生活成为社会关注的焦点，言说活动在社会政治生活中的作用日益凸显。不过，那时具有政教特点的言说活动主要表现为天子发布誓范或诰命；即使有下对上的言说，也被限定在一定的范围并按规定的程序进行。《国语·周语上》载邵公语云：“为川者决之使导，为民者宣之使言。故天子听政，使公卿至于列士献诗，瞽献曲，史献书，师箴，瞍赋，矇诵，百工谏，庶人传语，近臣尽规，亲戚补察，瞽史教诲，耆艾修之，而后王斟酌焉，是以事行而不悖。”[31]这种言论制度并不是鼓励言论自由，而是实行言论控制，即允许按照规定的程序发表言论，达到调整社会关系的目的，因而其言说均含有政典的意味。孔颖达在疏解《尚书》时说：“典书草创，以义而录，但致言有本，各随其事，检其此体，为例有十：一曰典，二曰谟，三曰贡，四曰歌，五曰誓，六曰诰，七曰训，八曰命，九曰征，十曰范。”[32]这些文体虽多为言说活动的记录，但实际上都是政令教言，并不含有使人悦怿的目的，所以《尚书》中自然没有“说”体，因为说体文其时并未产生。章学诚云：“古未尝有著述之事也，官司守其典章，史臣录其职载。文字之道，百官以之治，而万民以之察，而其用已备矣。是故圣王书同文以平天下，未有不用之于政教典章、而以文字为一人之著述者也。”[33]也阐明了这一点。

《庄子·外篇·天下》云：“古之人其备乎！配神明，醇天地，育万物，和天下，泽及百姓，明于本数，系于末度，六通四辟，大小精粗，其运无乎不在。其明而在数度者，旧法世传之史尚多有之。其在于《诗》、《书》、《礼》、《乐》者，邹鲁之士缙绅先生多能明之。《诗》以道志，《书》以道事，《礼》以道行，《乐》以道和，《易》以道阴阳，《春秋》以道名分。其数散于天下而设于中国者，百家之学时或称而道之。天下大乱，贤圣不明，道德不一，天下多得一察焉以自好。譬如耳目鼻口，皆有所明，不能相通。犹百家众技也，皆有所长，时有所用。虽然，不该不遍，一曲之士也。判天地之美，析万物之理，察古人之全，寡能备于天地之美，称神明之容。是故内圣外王之道，暗而不明，郁而不发，天下之人各为其所欲焉以自为方。悲夫，百家往而不反，必不合矣！后世之学者，不幸不见天地之纯，古人之大体，道术将为天下裂。”[34]庄子所称道的古人之“备”，其实正是西周完备的礼乐制度和礼乐文化，他所说的“道术将为天下裂”的时代，就是百家争鸣的春秋战国时代。这既是“礼崩乐坏”的时代，也是言论失控的时代，孟子称之为“圣王不作，诸侯放恣，处士横议”[35]。诸侯们为了扩大自己的势力和影响，注意倾听这些处士们的言论，甚至给以高官厚禄。而处士们“各为其所欲焉以自为方”，私人著述于是蔚然成风。正如《墨子·天志上》所云：“今天下之士君子之书不可胜载，言语不可尽计，上说诸侯，下说列士，其于仁义则大相远也。”[36]“不可胜载”的“士君子之书”为社会所欢迎，正反映出社会文化环境的巨大变化。《荀子·正名》云：“今圣王没，天下乱，奸言起，君子无势以临之，无刑以禁之，故辨说也。实不喻然后命，命不喻然后期，期不喻然后说，说不喻然后辨。故期、命、辨、说也者，用之大文也，而王业之始也。”[37]此王业非圣王之业，而是时王之业，王业所用之“大文”从典、诰、训、誓转换为期、命、辨、说，这不仅是文风的变化，文体的变化，实在也是巨大的社会变革。笔者将另撰《论荀子的小说观念》具体讨论此问题。

在这场社会变革中，辩说的作用越来越为社会所认识，辩说之士的社会地位也日益提高。《商君书·农战》有云："今世主皆忧其国之危而兵之弱也，而强听说者。说者成伍，烦言饰辞而无实用。主好其辩，不求其实，说者得意，道路曲辩，辈辈成群。民见其可以取王公大人也，而皆学之。夫人聚党与说议于国纷纷焉，小民乐之，大臣说之，故其民农者寡而游食者众。"[38]尽管商鞅对这种社会现象深为不满，但社会情势的发展却并不以他的意志为转移。

在一个重视辩说的时代，人们争相学习辩说是很自然的事。像苏秦那样刻苦学习辩说终于靠辩说挂上六国相印的士人，当然是极为个别的现象，但学习辩说方法，讲究辩说技巧，却成为当时社会的普遍风气。《孟子·滕文公下》载："公都子曰：'外人皆称夫子好辩，敢问何也？'孟子曰：'予岂好辩哉？予不得已也！'"[39]连以继承孔子衣钵为己任的孟子也不得不辩，并被人视为"好辩"，可见孟子之时辩说已然成风。而庄子正与孟子同时。《荀子·非相》则宣称："法先王，顺理义，党学者，然而不好言，不乐言，则必非诚士也。故君子之于言也，志好之，行安之，乐言之，故君子必辩。"[40]正是在社会普遍重视辩说的环境下，在长期辩说实践所积累的经验中，人们懂得了如何通过言语使人解除疑虑，获得愉悦，如何使自己的言说具有可信度和说服力，达到自己想要达到的目的。他们的说辞一旦被记录下来，就成为一种具有文本形式的文体，说体文也就应运而生了。

《墨子·经上》云："说，所以明也。"孙诒让释云："谓谈说所以明其意义。"毕沅则释为"解说"[41]。其实，"明其意义"就是"解说"。而所谓解说必有一个被解说的对象。因此，说体文往往有一个具体的被解说的对象。在先秦，诸子们大都围绕某种经典而进行解说，而儒家主要是解说六经。清人章学诚云："六经皆先王之政典。"[42]这些政典后人奉为经典，经典本不容辩说，而如何解释经典则可以辩说，有的甚至伪托经典而言说，即庄子所云"天下之人各为其所欲焉以自为方"。正如《吕氏春秋·孟秋纪·怀宠》所云："凡君子之说也，非苟辩也。士之议也，非苟语也。必中理然后说，必当义然后议。故说义而王公大人益好理矣，士民黔首益行义矣。"[43]既然说体文的产生依赖于言论相对自由的社会环境，说体文的发展离不开言说活动对于社会政治生活的影响力的扩大，因此，说体文只能是先秦诸子百家争鸣的产物，且其本身的发展也是一个历史过程。这样，"说"之为体也就有了广义与狭义之分。如果按照《墨子》对概念("名")层级的划分原则，"达名"为"说"，"说"指春秋战国时期诸子百家的一切言论著述[44]；"类名"为"说"，"说"指以辩说为特征的言论著述[45]；"私名"为"说"，"说"指以"说"名体的文字著述。《墨子·经说》、《庄子·说剑》、《列子·说符》、《商君书·说民》、《韩非子·内储说》、《外储说》、《说林》等，均以“说”名体，标志着严格意义的说体文确实是先秦就已产生的新文体。这种文体后来一直被传承，虽有发展，但基本性质并未改变。晋陆机《文赋》中提到十种代表性文体，“说”居其一。梁刘勰《文心雕龙》有《论说篇》，分别讨论“论”与“说”两种文体。唐韩愈有《师说》、柳宗元有《捕蛇者说》，宋周敦颐有《爱莲说》，都是说体文的精品。明吴讷《文章辨体序说》和徐师曾《文体明辨序说》，也都把“说”作为一种文体予以论列。“说”作为古代重要文章体裁是不容怀疑的。

如果以上论述可以成立，那么，庄子所云“小说”就不仅是指一种言论方式，也同时是指一种文体形式，它在形式上属于先秦诸子说体文的范畴，并且规范了后来中国传统子部小说的性质和特征。今人往往注意了“小说”一词的价值判断，而忽略了其隐含的文体判断，故不承认其具有“小说”概念的创始意义。其实，《汉书·艺文志》正是沿袭了庄子等人的这一观念，将小说家作为诸子百家之一著录于《诸子略》，称儒、道、阴阳、法、名、墨、纵横、杂、农九家之外的不入流的诸子百家为“小说家”，表明汉代学者是明白“小说”在内容上属于诸子、在形式上属于说体文的性质和特征的，这完全符合先秦两汉的学术生态和分类习惯。而所谓“小说家出于稗官”，“小道可观”，“一言可采”云云，都是从政教的角度考虑的，更是点明小说与政教的关系。稍有不同的是，庄子所谓小说主要是学术价值判断，文体判断只是隐含的，而《汉志》所谓小说家之小说除了学术价值判断以外，还同时强调了小说与其他诸子书在内容和形式上的差别，即所谓“街谈巷语，道听途说者之所造”，“闾里小知者之所及”，“刍荛狂夫之议”，等等，这就把小说家之小说与其他具有系统思想和理论特色的先秦其他诸子书区别开来。至于桓谭所云：“若其小说家，合丛残小语，近取譬论，以作短书，治身理家，有可观之辞。”[46]与《汉志》论小说家之意接近。而清人翟灏所说：“古凡杂说短记，不本经典者，概比小道，谓之小说，乃诸子杂家之流，非今之秽诞言也。”[47]也是同样的意思。这种从政教学术的角度来认识小说价值，从杂说短记的形式理解小说的文体特点，是中国古代传统子部小说的基本观念，故庄子所云“小说”决非“与后来所谓小说者固不同”。

古人判断小说的标准是学术，是政教，而并非文学或文体；而我们强要古人服从今人的小说标准，故造成了对庄子小说观念的隔膜。倒是周策纵先生的意见值得我们重视，他说：“依我的推测，‘小说’(税)或‘小说’(悦)这一观念，原有‘劝说’、‘说服’或‘说得使听的人高兴喜悦’之意，这和后来的小说创作和评论，就不是没有关系。也可使我们更容易了解早期中国‘小说’的性质和特点。”[48]

注释：

*本文为国家社科基金重点项目“二十五史《艺文志》著录小说资料辑录”(11AZD062)阶段性成果之一。原载《三峡大学学报》2012年第2期。

[1]鲁迅：《中国小说史略》第一篇，人民文学出版社1973年版，第1页。

[2]郭庆藩：《庄子集释·杂篇·外物第二十六》，《诸子集成》本，上海书店1986年版，第399～400页。

[3]郭庆藩：《庄子集释·杂篇·外物第二十六》，《诸子集成》本，上海书店1986年版，第400页。

[4]周策纵：《传统中国的小说观念和宗教关怀》，《文学遗产》1996年第5期。

[5]郭庆藩：《庄子集释·内篇·逍遥游第一》，《诸子集成》本，上海书店1986年版，第11页。

[6]赵诚说：“兑，甲骨文写作兌，构形不明。卜辞用为‘锐’，有急速、赶快之意：‘戊申卜，马其先，王兑从。’(《粹》一一五四)——马，职官名。先，动词，走在前面。从，动词，追赶、跟从之义。‘兑从’即‘锐从’，急速追上之义。”(《甲骨文虚词探索》，原载《古文字研究》第十五辑，转引自于省吾主编《甲骨文字诂林》，中华书局1996年版，第84页)

[7]于省吾主编：《甲骨文字诂林》第一册，中华书局1996年版，第84页。

[8]参见周法高主编《金文诂林》第十册(卷八)，香港中文大学1974年版，第5389～5391页。

[9]许慎：《说文解字》(注音版)第八篇下，岳麓书社2006年版，第176页。

[10]段玉裁：《说文解字注》第八篇下，成都古籍书店1981年版，第429页。

[11]郑玄注、贾公彦疏：《周礼注疏》卷六，阮元校刊《十三经注疏》本，中华书局1980年版，第69页。

[12]郑玄注、贾公彦疏：《周礼注疏》卷九，阮元校刊《十三经注疏》本，中华书局1980年版，第94页。

[13]刘熙《释名·释天》云：“兑，说(税)也；物得备足，皆喜悦也。”这是后来衍生的意义。

[14]《大戴礼记·曾子立事》：“近于说其言。”注云：“‘说’，古通以为‘悦’字。”直到班固作《汉书》，仍然以“说”为“悦”，说明许慎之前还无“悦”字，故《说文》不收“悦”字。现存先秦文献中有少量用“悦”字的例子应是东汉以后手民之误改。

[15]段玉裁：《说文解字注》第三篇上，成都古籍出版社1981年版，第98页。

[16]杨树达以为“谈说乃(说)造文之始义，许以说释为正义，殆非也”(《增订积微居小学金石论丛》卷一《释说》)，然据现有甲骨金石文字，还不足以否定许慎的意见。马叙伦以为“盖战国时始以说为谈说字”(《说文解字六书疏证》卷六)，似乎更符合文字演进的实际。

[17]参见拙作《说体文的产生及其对传统小说观念的影响》，载《中国文学观念论稿》，湖北教育出版社2004年版，第356～392页。

[18]《庄子·天下》中4例“××闻风而说之”，有的为“说之”，有的为“悦之”，可证

“悦”原本为“说”。王力《古代汉语》第一册即认为：“经书不见‘悦’字……战国时代有些书(如《庄子》)，‘说’、‘悦’并用，可能是后人改的。”今本《庄子》用“悦”字者计 10 例。

[19]郭庆藩：《庄子集释·外篇·在宥第十一》，《诸子集成》本，上海书店 1986 年版，第 167 页。

[20]郭庆藩：《庄子集释·外篇·知北游第二十二》，《诸子集成》本，上海书店 1986 年版，第 321 页。

[21]郭庆藩：《庄子集释·杂篇·徐无鬼第二十四》，《诸子集成》本，上海书店 1986 年版，第 361 页。

[22]郭庆藩：《庄子集释·外篇·天道第十三》，《诸子集成》本，上海书店 1986 年版，第 209 页。

[23]郭庆藩：《庄子集释·杂篇·盗跖第二十九》，《诸子集成》本，上海书店 1986 年版，第 427 页。

[24]郭庆藩：《庄子集释·杂篇·盗跖第二十九》，《诸子集成》本，上海书店 1986 年版，第 428 页。

[25]郭庆藩：《庄子集释·杂篇·外物》，《诸子集成》本，上海书店 1986 年版，第 399～400 页。

[26]王先谦：《荀子集解》卷十六《正名篇》，《诸子集成》本，上海书店 1986 年版，第 285 页。

[27]汪荣宝：《法言义疏》卷四，中华书局 1987 年版，第 74 页。

[28]汪荣宝：《法言义疏》卷四，中华书局 1987 年版，第 21 页。

[29]孔颖达等：《礼记正义》卷五十四，阮元校刊《十三经注疏》本，中华书局 1980 年版，第 1642 页。

[30]孔颖达等：《尚书正义》卷十七，阮元校刊《十三经注疏》本，中华书局 1980 年版，第 227 页。

[31]《国语》卷一，岳麓书社 1988 年版，第 1 页。

[32]孔颖达等：《尚书正义》卷二，阮元校刊《十三经注疏》本，中华书局 1980 年版，第 117 页。

[33]章学诚著，叶瑛校注：《文史通义校注》卷一《诗教上》，中华书局 1994 年版，第 62 页。

[34]郭庆藩：《庄子集释·杂篇·天下第三十三》，《诸子集成》本，上海书店 1986 年版，第 461～464 页。

[35]赵岐注、孙奭疏：《孟子注疏》卷六下，阮元校刊《十三经注疏》本，中华书局 1980 年版，第 2714 页。

[36]孙诒让：《墨子间诂》卷七，中华书局 2001 年版，第 197 页。

[37]王先谦：《荀子集解》卷十六，中华书局 1988 年版，第 422 页。文中“辨”通“辩”。

[38]蒋礼鸿：《商君书锥指》卷一，中华书局 1986 年版，第 25～26 页。

[39]赵岐注、孙奭疏：《孟子注疏》卷六下，阮元校刊《十三经注疏》本，中华书局

1980 年版，第 2714 页。

[40]王先谦：《荀子集解》卷三，中华书局 1988 年版，第 83 页。

[41]孙诒让：《墨子间诂》卷十，中华书局 2001 年版，第 315 页。

[42]章学诚著，叶瑛校注：《文史通义校注》卷一《易教上》，中华书局 1994 年版，第 1 页。

[43]吕不韦：《吕氏春秋》卷八，《二十二子》本，上海古籍出版社 1986 年版，第 650 页。

[44]学术界公认春秋之前无私人著述，而诸子百家大都以古为说，“述而不作”，如孔子“从周”，墨子“废周道而用夏政”，老子倾心于“小国寡民”，且都“未尝离事而言理”，也可视为广义之“说”。《史记·伯夷列传》“而说者曰”司马贞《索隐》云：“说者，谓诸子杂记也。”可证“说”可指称一切诸子杂记。

[45]辩者，别也。辩说者，说以分别也。孔、老的时代，各自为说，还无党同伐异倾向，孔子学礼于老子的传说，以及近年出土的湖北荆门郭店楚简《老子》甲、乙、丙三种均无今本《老子》否定孔子思想的言论，证明辩说之风在春秋末期还未形成，它应该兴起于战国，纵横家的辩说是最为极端的例子。

[46]萧统：《文选》卷三十一江文通《拟李都尉从军诗》李善注引《桓子新论》，中华书局 1977 年版，第 444 页。

[47]翟灏：《通俗编》卷二，《丛书集成初编》本，商务印书馆 1937 年版，第 24 页。

[48]周策纵：《传统中国的小说观念和宗教关怀》，《文学遗产》1996 年第 5 期。

论荀子的小说观念

——以《荀子·正名篇》为中心

在有关中国早期的小说观念的讨论中，《庄子·外物篇》和《汉书·艺文志》一直是大家关注的重点。前者有“饰小说以干县令，其于大达亦远矣”语，为“小说”一词所首出；后者《诸子略》小说家类序有对“小说家”的解释，成为传统小说家的经典定义。尽管大家对二者在理解上仍存在分歧，但都重视它们在小说思想史或文献史上的价值。而对于荀子，论者往往不予重视，即或提到他所云“小家珍说”，也大多一笔带过。笔者以为，细心探讨《荀子·正名篇》所谓“小家珍说”的确切含义，对于梳理中国早期小说观念的发生与发展，可能具有不容忽视的重要意义。

一

《荀子·正名篇》有云：

> 凡人莫不从其所可而去其所不可。知道之莫之若也，而不从道者，无之有也。假之有人而欲南，无多；而恶北，无寡。岂为夫南者之不可尽也，离南行而北走也哉？今人所欲，无多；所恶，无寡。岂为夫所欲之不可尽也，离得欲之道而取所恶也哉？故可道而从之，奚以益之而乱！不可道而离之，奚以损之而治！故知者论道而已矣，小家珍说之所愿皆衰矣。[1]

显然，荀子这里所云“小家珍说”，是指那些“离南行而北走”即离道而取恶的各种理论学说。其显在的意思自然是对那些他所不赞成的理论学说进行价值判断，这是大家一望便知的；而对于其中隐含的关于文体的判断，却是一般人所未曾留意的。为了澄清这一认识，我们不妨从分析《荀子·正名篇》的主题和论证方法入手。

对于《荀子·正名篇》的主题，清人王先谦云：“是时公孙龙、惠施之徒，乱名改作，以是为非，故作《正名篇》。”[2]此说自有其道理，荀子文中也有内证。如说：

"见侮不辱"，"圣人不爱己"，"杀盗非杀人也"，此惑于用名以乱名者也。验之所以为有名，而观其孰行，则能禁之矣。"山渊平"，"情欲寡"，"刍豢不加甘，大钟不加乐"，此惑于用实以乱名者也。验之所缘无以同异，而观其孰调，则能禁之矣。"非而谒楹"，"有牛马非马也"，此惑于用名以乱实者也。验之名约，以其所受悖其所辞，则能禁之矣。凡邪说辟言之离正道而擅作者，无不类于三惑者矣。故明君知其分而不与辨也。[3]

从其举例可以得知，文中提到的"邪说辟言之离正道而擅作者"包括宋钘、墨翟、惠施、公孙龙等人，前揭"小家珍说"也应该主要是指他们的学说，当然也包括文中所提及的老子的学说。荀子批判这些学说，以为是它们搅乱了人们的思想，引导人们脱离正道。

不过，也有人对《荀子·正名篇》的主题另有新说。如北京大学《荀子》注释组便认为："这是一篇用朴素唯物主义观点阐明'名''实'关系的重要论文。"又说："荀况的正名思想是对孔丘'以名正实'的唯心主义先验论的正名思想的有力批判。同时，荀况围绕'名实'问题也探讨了概念分类和判断、推理等问题，对我国古代形式逻辑学的发展有一定的贡献。"[4]撇开当时过于政治化的语言不论，其认为《荀子·正名篇》主题是阐述"名"、"实"关系和探讨"概念分类和判断、推理"等问题，仍然值得重视。因为这涉及对《荀子·正名篇》内容的理解，甚至也涉及对"小家珍说"的理解，不能不予辨明。

诚然，《荀子·正名篇》确有"名"、"实"关系的论述。文中强调"所为有名，与所缘以同异与制名之枢要，不可不察也"。而对于"何缘而以同异"，荀子的回答是："缘天官。凡同类同情者，其天官之意物也同。故比方之疑(拟)似而通，是所以共其约名以相期也。……心有征知。征知，则缘耳而知声可也，缘目而知形可也；然而征知必将待天官之当簿其类，然后可也。五官簿之而不知，心征之而无说，则人莫不然谓之不知，此所缘而以同异也。然后随而命之：同则同之，异则异之；单足以喻则单，单不足以喻则兼；单与兼无所相避则共，虽共，不为害矣。……名无固宜，约之以命，约定俗成谓之宜，异于约则谓之不宜。名无固实，约之以命实，约定俗成谓之实名。"[5]所有这些，的确是在论"名"、"实"之关系，也部分涉及概念分类等问题。不过，需要指出的是，这里的"名"、"实"关系并非仅指概念与其指称对象的关系，也不仅是概念分类和判断、推理等问题，即或有这些内涵，作者的落脚点既不在"名"、"实"关系问题上，也不在如何使用概念的问题上，而是在后王如何治理国家的问题上。因此，文章开篇即云："后王之成名：刑名从商，爵名从周，文名从《礼》。散名之加于万物者，则从诸夏之成俗曲期；远方异俗之乡，则因之而为通。”唐杨倞注云：“商之刑法未闻，《康诰》曰：‘殷罚有伦。’是亦言殷刑之允当也。爵名从周，谓五等诸侯三百六十官也。文名谓节文威仪，《礼》即周之《仪礼》也。”[6]显然，荀子所谓“正名”，其所正之“名”并非只是概念，而是与概念相联系的思想、理论、制度、文化等。着眼点并非论概念的正确使用，而是论政治教化的正确实施。用荀子自己的话说就是：“异形离心交喻，异物名实玄纽，贵贱不明，同异不别，如是则志必有不喻之患，而事必有困废之祸。故知者为之分别，制名以指实，上以明贵贱，下以辨同异。贵贱明，同异别，如是则志无不喻之患，事无困废之祸，此所为有名也。”[7]明贵贱，辨同异，其要害当然不在概念的正确使用，而在政教的正确实施。而荀子心目中的政教，仍然没有脱离孔子所提倡的礼教的范畴。虽然在荀子的具体论述中，也涉及对礼教的各种概念的辨析，但其核心却是礼乐制度和礼乐精神及其在社会政治中的施行，细读文本是不难明白这一点的。

荀子的这种思想，与孔子的“正名”思想其实并无本质差别。为了比较，不妨将《论语·子路》的有关记载抄录如下：

> 子路曰：“卫君待子而为政，子将奚先?”子曰：“必也正名乎。”子路曰：“有是哉？子之迂也。奚其正?”子曰：“野哉由也！君子于其所不知，盖阙如也。名不正，则言不顺；言不顺，则事不成；事不成，则礼乐不兴；礼乐不兴，则刑罚不中；刑罚不中，则民无所错手足。故君子名之必可言也，言之必可行也。君子于其言，无所苟而已。”[8]

孔子以为为政当以“正名”为先，此“名”乃礼乐教化之“名”，即礼乐文化中的概念、制度、仪式、规则，如果在施政中能够先正此“名”，那就“名正言顺”，有望实现王道仁政了。古者政教合一，以“正名”为政，亦即以“正名”为教，后世的“名教”即由此衍生而来。荀子显然继承了孔子的这一思想，以为只要后王明君不惑于那些背离正道的“邪说辟言”，并自觉地抵制那些“邪说辟言”，正确施行“名”教，社会就能够长治久安了。因此，他说：“故王者之制名，名定而实辨，道行而志通，则慎率民而一焉。故析辞擅作名以乱正名，使民疑惑，人多辨讼，则谓之大奸，其罪犹为符节度量之罪也。故其民莫敢托为奇辞以乱正名，故其民悫，悫则易使，易使则公。其民莫敢托为奇辞以乱正名，故壹于道法而谨于循令矣。如是则其迹长矣。迹长功成，治之极也，是谨于守名约之功也。”[9]荀子对“正名”的政治功效的阐述，其思路与《论语·子路》所载孔子对“正名”的政治功效的阐述如出一辙，何来对孔子

“正名”思想的批判？如果硬要辨别他们有何差异的话，我们只能说荀子的“正名”思想中既重视先王之传统，又重视后王之创制，即“有循于旧名，有作于新名”[10]，而孔子则更强调践行周公之制罢了。

二

理解了《荀子·正名篇》的主题，再来探讨本文的论证方法就相对比较容易了。

在荀子看来，“王者之制名，名定而实辨，道行而志通，则慎率民而一焉”，本不待“正名”。而之所以需要“正名”者，是因为“今圣王没，名守慢，奇辞起，名实乱，是非之形不明，则虽守法之吏，诵数之儒，亦皆乱也”[11]。也就是说，荀子之所以要“正名”，是因为“名实乱”，而“名实乱”是因为“奇辞起”。或如杨倞注所云：“奇辞乱实，故法吏迷其所守，偏儒疑其所习。”[12]而“奇辞起”，“名实乱”，又是因为“圣王没，名守慢”。如果圣王不没，名守不慢，那么奇辞就不会起，名实就不会乱，自然也无需“正名”。因此，“正名”是特殊社会环境中的特殊要求。荀子说：

> 今圣王没，天下乱，奸言起，君子无势以临之，无刑以禁之，故辨说也。实不喻然后命，命不喻然后期，期不喻然后说，说不喻然后辨。故期、命、辨、说也者，用之大文也，而王业之始也。[13]

所谓“期、命、辨、说”为“用之大文”、“王业之始”，此“王业”当然不是圣王之业，而是名实已乱之后的时王之业；此“大文”当然不仅仅是作为概念的“名”，而是作为国家政治、思想、制度、文化以及与之相关的理论、学说之“名”。因此，“期、命、辨、说”就不仅仅是概念的产生方式，而且更是一种言说方式，体现在文本上则是一种文体形式。这种文体形式是在“圣王没，天下乱”的社会背景下诞生的，概言之为“辨说”，后人称之为“说体文”。正因为“辨说”是时代的产物，故无论圣人还是凡人，无论君子还是小人，他们如要言说，或者要争“名”，就不能不利用这一言说方式，不能不使用这一特殊文体。因此，荀子之所谓“正名”，并不是简单地否定这种言说方式，而是要争夺话语主导权，即提倡“正说”反对“邪说”。

循着这一思路，荀子在文章中花了不小篇幅来谈论各种不同的“辨说”，以及这些“辨说”的差别。他说：

> 心合于道，说合于心，辞合于说；正名而期，质请而喻。辨异而不过，推类而不悖；听则合文，辨则尽故。以正道而辨奸，犹引绳以持曲

直；是故邪说不能乱，百家无所窜。有兼听之明，而无奋矜之容；有兼覆之厚，而无伐德之色。说行则天下正，说不行则白道而冥穷。是圣人之辨说也。[14]

辞让之节得矣，长少之理顺矣；忌讳不称，祆辞不出；以仁心说，以学心听，以公心辨。不动乎众人之非誉，不治观者之耳目，不赂贵者之权势，不利传辟者之辞。故能处道而不贰，吐而不夺，利而不流，贵公正而贱鄙争。是士君子之辨说也。[15]

毫无疑问，“圣人之辨说”是荀子理想中的辨说，除孔子外可能无人可以当之；“士君子之辨说”是荀子所肯定的辨说，大概是包括他自己在内的。这些辨说是在“圣王没，天下乱”的情势下出现的，是合理而必要的。自然，这样的辨说在圣王时代是不存在的，因为圣王时代名实相称，上行下效，令行禁止，勿用辨说也。

那么，圣王时代是怎样一种政治局面呢？《荀子·王制》有这样的描述：

贤能不待次而举，罢不能不待须而废，元恶不待教而诛，中庸民不待政而化。分未定也，则有昭缪。虽王公士大夫之子孙也，不能属于礼义，则归之庶人。虽庶人之子孙也，积文学，正身行，能属于礼义，则归之卿相士大夫。故奸言、奸说、奸事、奸能、遁逃反侧之民，职而教之，须而待之，勉之以庆赏，惩之以刑罚，安职则畜，不安职则弃。五疾，上收而养之，材而事之，官施而衣食之，兼复无遗。才行反时者死无赦。夫是之谓天德，是王者之政也。[16]

这就是说，圣王时代是一个公正廉明、各安其职的时代，也是一个没有辨说也不需要辨说的时代。或者如《正名篇》所说：“夫民易一以道，而不可与共故，故明君临之以势，道之以道，申之以命，章之以论，禁之以刑，故其民之化道也如神，辨说恶用也哉！”[17]按照荀子的描述，当时的社会话语权掌握在圣王之手，他们一言九鼎，臣下只需听其教令，遵照执行即可，没有辨说，也用不着辨说。这一时代，其实就是夏、商、周三代，即《荀子·王制篇》所云“王者之制，道不过三代”[18]。当然，这只是荀子对“三代”的美好想象。章学诚《校雠通义》关于上古的描述可以帮助我们理解荀子的认识。章氏云：“古无文字。结绳之治，易之书契，圣人明其用曰：‘百官以治，万民以察。’夫为治为察，所以宣幽隐而达形名，盖不得已而为之，其用足以若是焉斯已矣。理大物博，不可殚也，圣人为之立官分守，而文字亦从而纪焉。有官斯有法，故法具于官；有法斯有书，故官守其书；有书斯有学，故师传其学；有学斯有业，故弟子习其业。官守学业皆出于一，而天下以同文为治，故私门无著述文字。”[19]也就是说，在无文字时代，统治者只能用结绳、书契来辅助治理社会，完全出于实用的目的。而在有了文字之后，统治者则垄断了文字著述，包括与之相关联的书籍、学术、文化、教育。从甲骨卜辞秘藏于殷商王室来看，当时的占卜祭祀是被以商王为首的巫史集团所垄断的。从西周的礼乐制度安排和文化教育的实际情况来看，社会言论也确实是被礼乐制度所控制的，春秋以前无私人著述足以说明这一点。章氏所云“六经皆史也。古人不著书，古人未尝离事而言理，六经皆先王之政典也”[20]，深刻揭示了春秋以前的这些经典文献其实就是先王的行政记录的史实。如《尚书》里面的典、谟、诰、命、训、誓等，就是先王的治国名言。而对于这些圣王的言论，当时只能遵照执行，不容辨说；即使辨说，也无人记录和传播。然而，到了西周末年，“王纲解纽”，“礼崩乐坏”，学术下移，言论失控。孟子称之为“圣王不作，诸侯放恣，处士横议”[21]。诸侯们为了扩大自己的势力和影响，不仅注意倾听这些处士们的言论，而且礼待他们，甚至给以高官厚禄，让他们为自己的利益服务，私人著述因此蔚然成风。《韩非子·八奸》云：“人主者，固壅其言谈，希于听论议，易移以辩说。为人臣者，求诸侯之辩士，养国中之能说者，使之以语其私，为巧文之言，流行之辞，示之以利势，惧之以患害，施属虚辞，以坏其主，此之谓流行。”[22]这种“流行”的社会风气在春秋时期即已然存在，在战国中后期则由纵横家而达致鼎盛。

在“圣王没，天下乱”的情势下出现的辨说，在荀子看来是合理而必要的，他甚至宣称：“法先王，顺理义，党学者，然而不好言，不乐言，则必非诚士也。故君子之于言也，志好之，行安之，乐言之，故君子必辩。”[23]不过，荀子并非肯定一切辨说，在《正名篇》中他说：

> 君子之言，涉然而精，俛然而类，差差然而齐。彼正其名，当其辞，以务白其志义者也。彼名辞也者，志义之使也，足以相通，则舍之矣。苟之，奸也。故名足以指实，辞足以见极，则舍之矣。外是者谓之讱，是君子之所弃，而愚者拾以为己宝。故愚者之言，芴然而粗，啧然而不类，諮諮然而沸。彼诱其名，眩其辞，而无深于其志义者也。故穷藉而无极，甚劳而无功，贪而无名。故知者之言也，虑之易知也，行之易安也，持之易立也；成则必得其所好而不遇其所恶焉。而愚者反是。[24]

荀子将君子(有时称之为知者)之言和愚者之言对比描述，肯定前者而否定后者。而这些愚者之言，其实就是作者在文中所批评的“邪说辟言”，这种言论学说在《荀子》一书中还以“嵬说”、“怪说”、“奸说”、“佞说”、“乱说”、“辟陋之说”、“规磨之说”等来指称，而所谓“小家珍说”云云，也与上述指称对象大体一致。

三

既然“小家珍说”是指那些不合正道的言论学说，那么，它的含义与《庄子·外物》所云“小说”的含义就若合符节了。只是荀子之所谓“小家珍说”是指不合“圣人之辨说”和“士君子之辨说”即不合于儒家正道的其他诸子学说，而庄子之所谓“小说”是指不合于道家思想学说即不能“大达”至道的其他诸子学说。这一点并不奇怪，因为他们的思想背景都是战国时期“百家争鸣”的社会现实，而所针对的都是与他们争夺社会话语权的其他学者以及他们的学说。

在辨(辩)说的时代，人各是其所是而非其所非，贬低别人，抬高自己，以“取合诸侯”，是再自然不过的事。正如孟子所说：“予岂好辩哉？予不得已也。”[25]正是因为学者们对各家学说有各自的评判标准，于是就有了对于“辨说”的价值判断和各种不同的称谓。例如，《孟子·滕文公下》云：“杨、墨之道不息，孔子之道不著，是邪说诬民，充塞仁义也。”[26]这是视杨朱、墨翟之说为“邪说”，以维护孔子之正道。而《庄子·盗跖》则借盗跖之口批判孔子说：“尔作言造语，妄称文武，冠枝木之冠，带死牛之胁，多辞缪说，不耕而食，不织而衣，摇唇鼓舌，擅生是非，以迷天下之主，使天下学士不反其本，妄作孝弟，而侥幸于封侯富贵者也。”[27]这是视孔子之说为“缪说”，而以道家之说为正道。《荀子·正论篇》云：“今世俗之为说者，不怪朱、象而非尧、舜，岂不过甚矣哉！夫是之谓嵬说。”[28]这是批评世俗之说为“嵬说”。《韩非子·问辩》云：“今听言观行，不以功用为之的彀，言虽至察，行虽至坚，则妄发之说也。”[29]这是批评一切非法家的言说为“妄发之说”。应该承认，他们所云“邪说”、“缪说”、“嵬说”、“妄发之说”等，主要不是一种文体判断，而是对所说内容的一种学术价值判断。然而，既然“邪说”、“缪说”等都是当时学者们针对诸子学说而作出的价值判断，其中自然也就涉及文体问题。因为这些“邪说”、“缪说”、“嵬说”、“妄发之说”，以及荀子所云“小家珍说”，其言说方式都是一种“辨说”，其文本形式则都是说体文，是春秋战国时期出现的新文体。

为了说明这一点，我们不妨对《荀子·正名篇》关于“期、命、辨、说”的解释做一些分析，以帮助大家理解。

《荀子·正名篇》：“实不喻然后命，命不喻然后期，期不喻然后说，说不喻然后辨。……名也者，所以期异实也。辞也者，兼异实之名以论一意也。辨说也者，不异实名以喻动静之道也。期命也者，辨说之用也。辨说也者，心之象道也。心也者，道之工宰也。道也者，治之经理也。”杨倞注：“命，谓以名命之也。期，会也。言物之稍难名，命之不喻者，则以形状大小会之，使人易晓也。谓若白马，但言马则未喻，故更以白会之。若是事多会亦不喻者，则说其所以然。若说亦不喻者，则反复辨明之也。”再注：“辞者，说事之言辞。兼异实之名，谓兼数异实之名已成言辞，犹若‘元年春，王正月，公即位’，兼说亡实之名，以论公即位之一意也。”又注：“动静，是非也。言辨说者，不唯兼异常实之名，所以喻是非之理。辞者论一意，辨者明两端也。”[30]根据荀子的论述，参考杨倞的解释，可以得出如下结论：所谓“命”，不仅指使用概念，也指作出判断，概念指称某一事物，而判断表达某一思想；如果所用概念、判断不能让人明白，就要“以形状大小会之”，这就是“期”；如果通过描述形状大小性质状态等仍然不能让人明白，那就通过解说其所以然而让其明白，这就是“说”；如果“说”仍然不能让人明白，那就要反复辩论让其明白，这即是“辨”。毫无疑问，“期、命、辨、说”既可以就概念言，也可以就判断言，还可以就言说方式或文本形式言。如果就言说方式或文本形式言，那么，“期、命、辨、说”其实可以被视为先秦诸子文体的基本特征和主要形式。

事实上，先秦诸子著述大都具备上述基本特征和主要形式，荀子著作也同样体现了这种特征，具备了这样的形式。如以《荀子·正名篇》为例：“后王之成名：刑名从商，爵名从周，文名从《礼》”，即是“命”；“今圣王没，天下乱，奸言起，君子无势以临之，无刑以禁之，故辨说也”，这也是“命”。这种“命”，既是一种学术论断，也是一种思想表达。然而，这样的“命”不是大家都能明白，于是就需要用各种具体的事物对“命”加以描述，如通过“形体色理以目异，声音清浊调竽奇声以耳异，甘苦咸淡辛酸奇味以口异，香臭芬郁腥臊洒酸奇臭以鼻异，疾养凔热滑铍轻重以形体异，说故喜怒哀乐爱恶欲以心异”[31]，来说明“名”与“实”的关系，以及不同概念、判断的来历及其作用，接着列举“圣人之辨说”、“士君子之辨说”以及“愚者之辨说”，来说明辨说在当下的普遍存在，希望“明君知其分而不与辨也”[32]，这便是“期”。荀子担心他的立意被人误解，于是进一步指出：“凡语治而待去欲者，无以道欲而困于有欲者也；凡语治而待寡欲者，无以节欲而困于多欲者也”[33]；“凡人莫不从其所可，而去其所不可，知道之莫之若也，而不从道者，无之有也”[34]；“凡人之取也，所欲未尝粹而来也；其去也，所恶未尝粹而往也。故人无动而不可以不与权俱”[35]。他的结论是：“故欲过之而动不及，心止之也；心之所可中理，则欲虽多，奚伤于治？欲不及而动过之，心使之也；

心之所可失理，则欲虽寡，奚止于乱？故治乱在于心之所可，亡于情之所欲。不求之其所在，而求之其所亡，虽曰我得之，失之矣！”[36]这些都是“说”，即解说“正名”之要旨在于国家之治乱。尽管荀子之“说”不厌其烦，然也仍有未尽之义，因此，他又就“物”与“心”之关系进行深入分析，指出：“欲养其欲而纵其情，欲养其性而危其形，欲养其乐而攻其心，欲养其名而乱其行。如此者，虽封侯称君，其与夫盗无以异；乘轩戴绕，其与无足无以异。夫是之谓以己为物役矣。心平愉，则色不及佣而可以养目，声不及佣而可以养耳，蔬食菜羹而可以养口，粗布之衣粗紃之履而可以养体，局室芦帘稾蓐尚机筵而可以养形。故无万物之美而可以养乐，无势利之位而可以养名。如是而加天下焉，其为天下多，其私乐少矣。夫是之谓重己役物。”[37]这就是“辨”。显然，“期、命、辨、说”并非只针对概念而言，其实也针对言说方式和文本形式而言，这应该是毫无疑义的。

理解了“期、命、辨、说”与诸子文本和先秦说体文的关系，“小家珍说”的内涵也就昭然若揭了。“小家珍说”是相对于“圣人之辨说”和“士君子之辨说”而提出的，所云“故知者论道而已矣，小家珍说之所愿皆衰矣”，已经清楚表明作者是在进行学术价值判断。然而，就言说方式和文本形式而言，“知者论道”(实即“士君子之辨说”)与“小家珍说”具有相同的言说方式和文本形式，其中隐含有对于先秦诸子文体的认识。以此反观《庄子·外物篇》所云“小说”，则此概念既是价值判断，也有文体内涵，即亦明矣。前人有不承认庄子所谓“小说”是中国早期的小说观念者，也就需要从新检讨了。

注释：

＊本文为国家社会科学基金重点项目“二十五史《艺文志》著录小说资料辑录”(11AZD062)阶段性成果之一。原载《孝感学院学报》2011 年第 5 期；《新华文摘》2012 年第 2 期转摘。

[1]王先谦：《荀子集解》卷十六《正名篇》，《诸子集成》本，上海书店 1986 年版，第 285 页。

[2]王先谦：《荀子集解》卷十六《正名篇》，《诸子集成》本，上海书店 1986 年版，第 274 页。

[3]王先谦：《荀子集解》卷十六《正名篇》，《诸子集成》本，上海书店 1986 年版，第 280 页。

[4]北京大学《荀子》注释组：《荀子新注》，中华书局 1979 年版，第 366 页。

[5]王先谦：《荀子集解》卷十六《正名篇》，《诸子集成》本，上海书店 1986 年版，第 276～279 页。

[6]王先谦：《荀子集解》卷十六《正名篇》，《诸子集成》本，上海书店 1986 年版，第 274 页。

[7]王先谦：《荀子集解》卷十六《正名篇》，《诸子集成》本，上海书店1986年版，第276页。

[8]何晏集解、邢昺疏：《论语注疏》卷十三《子路》，阮元校刊《十三经注疏》本，中华书局1980年版，第2506页。

[9]王先谦：《荀子集解》卷十六《正名篇》，《诸子集成》本，上海书店1986年版，第280页。

[10]王先谦：《荀子集解》卷十六《正名篇》，《诸子集成》本，上海书店1986年版，第276页。

[11]王先谦：《荀子集解》卷十六《正名篇》，《诸子集成》本，上海书店1986年版，第276页。

[12]王先谦：《荀子集解》卷十六《正名篇》，《诸子集成》本，上海书店1986年版，第276页。

[13]王先谦：《荀子集解》卷十六《正名篇》，《诸子集成》本，上海书店1986年版，第280～281页。

[14]王先谦：《荀子集解》卷十六《正名篇》，《诸子集成》本，上海书店1986年版，第281～282页。

[15]王先谦：《荀子集解》卷十六《正名篇》，《诸子集成》本，上海书店1986年版，第282页。

[16]王先谦：《荀子集解》卷五《王制篇》，《诸子集成》本，上海书店1986年版，第94页。

[17]王先谦：《荀子集解》卷十六《正名篇》，《诸子集成》本，上海书店1986年版，第280页。

[18]王先谦：《荀子集解》卷五《王制篇》，《诸子集成》本，上海书店1986年版，第101页。

[19]章学诚著，叶瑛校注：《文史通义校注》附《校雠通义·原道第一》，中华书局1994年版，第951页。

[20]章学诚著，叶瑛校注：《文史通义校注》卷一《易教上》，中华书局1994年版，第1页。

[21]赵岐注、孙爽疏：《孟子注疏》卷六下，阮元校刊《十三经注疏》本，中华书局1980年版，第2714页。

[22]王先慎：《韩非子集解》卷二，《诸子集成》本，上海书店1986年版，第37页。

[23]王先谦：《荀子集解》卷三《非相篇》，《诸子集成》本，上海书店1986年版，第53页。

[24]王先谦：《荀子集解》卷十六《正名篇》，《诸子集成》本，上海书店1986年版，第283页。

[25]赵岐注、孙爽疏：《孟子注疏》卷六下，阮元校刊《十三经注疏》本，中华书局1980年版，第2714页。

[26]赵岐注、孙爽疏：《孟子注疏》卷六下，阮元校刊《十三经注疏》本，中华书局

1980 年版，第 2714 页。

[27]郭庆藩：《庄子集释》卷九下，中华书局 1961 年版，第 991～992 页。

[28]王先谦：《荀子集解》卷十二《正论篇》，《诸子集成》本，上海书店 1986 年版，第 224 页。

[29]王先慎：《韩非子集解》卷十七《问辩》，《诸子集成》本，上海书店 1986 年版，第 302 页。

[30]王先谦：《荀子集解》卷六《正名篇》，《诸子集成》本，上海书店 1986 年版，第 280～281 页。“期异实”，原文为“期累实”，据杨倞注改。

[31]王先谦：《荀子集解》卷六《正名篇》，《诸子集成》本，上海书店 1986 年版，第 277 页。“期异实”，原文为“期累实”，据杨倞注改。

[32]王先谦：《荀子集解》卷六《正名篇》，《诸子集成》本，上海书店 1986 年版，第 280 页。“期异实”，原文为“期累实”，据杨倞注改。

[33]王先谦：《荀子集解》卷六《正名篇》，《诸子集成》本，上海书店 1986 年版，第 283 页。“期异实”，原文为“期累实”，据杨倞注改。

[34]王先谦：《荀子集解》卷六《正名篇》，《诸子集成》本，上海书店 1986 年版，第 285 页。“期异实”，原文为“期累实”，据杨倞注改。

[35]王先谦：《荀子集解》卷六《正名篇》，《诸子集成》本，上海书店 1986 年版，第 285 页。“期异实”，原文为“期累实”，据杨倞注改。

[36]王先谦：《荀子集解》卷六《正名篇》，《诸子集成》本，上海书店 1986 年版，第 284 页。“期异实”，原文为“期累实”，据杨倞注改。

[37]王先谦：《荀子集解》卷六《正名篇》，《诸子集成》本，上海书店 1986 年版，第 287 页。“局室芦帘稾蓐”原文作“屋室芦庾葭稾蓐”，不可通，据《初学记》引文改；“尙机筵”，原文作“尚机筵”，亦不通，据文意改，“尙”同“敞”，与“尚”形近而误。

汉人小说观念探赜

中国自1902年梁启超提出“小说界革命”提倡新小说以新民以来，小说受到了前所未有的重视，并逐步发展成为现代文学家族中最显赫的一员。而学界对于中国古代小说也从始而否定，继而有所肯定，再向全面深入探讨的方向发展，志怪、志人、传奇、话本，无不有学者潜心研究，尤其对于长篇通俗小说，更是出现了一波又一波研究热潮，形成了20世纪文学研究的靓丽景观。当然，20世纪以来的中国古代小说研究也存在诸多不足，如小说概念、文体、分类等基本问题，便缺乏充分深入的讨论，至今未能形成一致意见，以致近人编撰的各种小说书目收录作品仍多有不同[1]。看来，要推进中国古代小说研究的深入发展，还得从基本问题入手。而讨论古代小说概念、文体、分类等基本问题，不能不从汉人的小说观念开始。本文拟围绕汉人小说观念，做一全面细致探讨，以期促进对这一问题研究的深入。

一

“小说”一词，始见于《庄子·外物》，今人多不承认其是文体概念，以为它是偶尔使用的一个词组或缩略语，与《荀子·正名》所云“小家珍说”同类；且多认为中国小说观念由汉人所楬橥，正是这种观念深刻影响了中国古代小说后来的发展。笔者近撰《论庄子的小说观念》和《论荀子的小说观念》二文细加辨析，以为《庄子》所云“小说”和《荀子》所云“小家珍说”虽主要是学术判断而非文体判断，更不是纯粹的文体概念，但其中包含有文体因素却是不应忽视的，否则我们就说不清楚许多问题。这里不拟赘述。而学界所云楬橥小说观念的汉人，主要是指刘向、刘歆、扬雄、桓谭、班固、张衡等汉代著名学者。

然而，对于汉人的小说观念的内涵是什么，是否具有文体意义，人们的理解并不一致，有些意见甚至截然相反。例如，鲁迅以为：“小说之名，昔者见于庄周之云‘饰小说以干县令’(《庄子·外物》)，然案其实际，乃谓琐屑之言，非道术所在，与后来所谓小说者固不同。桓谭言‘小说家合残丛小语，近取譬喻，以作短书，治身理家，有可观之辞。’(李善注《文选》三十一引《新论》)始若与后之小说近似，然《庄子》云尧问孔子，《淮南子》云共工争帝地维绝，当时亦多以为‘短书不可用’，则此小说者，仍谓寓言异记，不本经传，背于儒术者矣。”[2]鲁迅认为庄子的小说观念与后世不同，而桓谭的小说观念则与后人近似[3]。对于《汉书·艺文志》(以下简称《汉志》)的小说家定义及其作品著录，鲁迅在抄录后断言：“惟据班固注，则诸书大抵或托古人，或记古事，托人者似子而浅薄，记事者近史而悠缪者也。”[4]他虽未对《汉志》小说家定义表达意见，却对《汉志》著录的小说家作品特点进行了概括，其基本看法与对桓谭小说观念的认识相去不远[5]。郭箴一基本承袭鲁迅的看法，认为：“中国前此(指汉魏六朝——引者)对于‘小说’这一个观念，几于人各不同，所以它的界限也模糊不清。如绳以现代所谓小说，那么几乎无一与之适合。但小说的观念和界限尽管分辨不清，而每个时代都有小说产生，却是不可掩没的事实。”[6]不过，有学者并不认为鲁迅厘清了中国小说观念，如欧阳健便指出：“鲁迅的小说观常处于自我矛盾的状态。当他处于自为状态，用的是西方的文学观和方法论；而当他处于自在状态，用的又是中国的文学观和方法论。”[7]他之所以不直接表明对小说的看法，“只是想规避对胡适的重复”[8]。也有学者认为，汉人的小说概念与文学文体的小说概念完全不同，如石昌渝便认为：“班固对于‘小说’的定义，成为传统目录学的经典性概念。……传统目录学所谓的‘小说’，与散文体叙事文学的小说是完全不同的概念。”[9]显然，厘清汉人的小说观念，无疑有利于中国古代小说研究的深入。

汉人的小说观念应该以《汉志》为代表，因为《汉志》是在刘向《别录》和刘歆《七略》的基础上由班固“删其要”而成，它代表了两汉学者的普遍认识。因此，要正确认识汉人的小说观念，则不妨从分析《汉志》入手。《汉志·诸子略》“小说家”在著录小说十五家作品后，有小序云：

> 小说家者流，盖出于稗官。街谈巷语，道听涂说者之所造也。孔子曰：“虽小道，必有可观者焉！致远恐泥，是以君子弗为也。”然亦弗灭也。闾里小知者之所及，亦使缀而不忘。如或一言可采，此亦刍荛狂夫之议也。[10]

以上小序是《汉志》对“小说家”的定义，而非对“小说”的定义。而许多学者在引用或解释这一定义时，常常混淆了二者的区别，因而造成许多误解。如鲁迅在《中国小说的历史的变迁》的研究中就将《隋志》关于“小说”的定义当做了《汉志》关于“小说家”的定义。其实，“小说家”是学术的概念，而“小说”在后来演变成了文体的概念，二者虽有联系，但出发点和落脚点却是很不相同的(说详下)。

《汉志》是在著录诸子百家学说时著录“小说家”及其作品的，其《诸子略》有大序云：

> 诸子十家，其可观者九家而已。皆起于王道既微，诸侯力政，时君世主，好恶殊方，是以九家之术，蜂出并作，各引一端，崇其所善，以此驰说，取合诸侯。其言虽殊，辟犹水火，相灭亦相生也。仁之与义，敬之与和，相反而皆相成也。《易》曰：“天下同归而殊途，一致而百虑。”今异家者各推所长，穷知究虑，以明其指，虽有蔽短，合其要归，亦《六经》之支与流裔。使其人遭明主圣王，得其所折中，皆股肱之材已。仲尼有言：“礼失而求诸野。”方今去圣久远，道术缺废，无所更索，彼九家者，不犹瘉于野乎？若能修六艺之术，而观此九家之言，舍短取长，则可以通万方之略矣。[11]

序言表明，《汉志》著录诸子百家是从“时君世主”的统治需要出发的，也是从政教的角度来评论各家学说价值的。如认为儒家“助人君顺阴阳明教化者也”，道家“君人南面之术也”，阴阳家“历象日月星辰，敬授民时”，法家“信赏必罚，以辅礼制”，等等。因此，《汉志》对诸子略中任何一家的序说，都是对其学术价值的判断，而非对其文体价值的判断。这里所说的学术，当然不是今人所泛指的各学科有系统的较专门的学问，而是特指那些能够为“时君世主”的统治服务的各种思想学说和政教主张。这些思想学说和政教主张，对学者而言是学术，对君主而言则是“南面之术”，或说是政教之术。

需要特别强调的是，《汉志·诸子略》在著录各家学派并简论其学术价值时，刻意把各家各派与王官之学联系起来，如谓：“儒家者流，盖出于司徒之官”，“道家者流，盖出于史官”，“阴阳家者流，盖出于羲和之官”，“法家者流，盖出于理官”，“名家者流，盖出于礼官”，“墨家者流，盖出于清庙之守”，“纵横家者流，盖出于行人之官”，“杂家者流，盖出于议官”，“农家者流，盖出于农稷之官”，等等。这样的联系正是为了说明诸子学术源于王官之学，原本是君王政教的组成部分，后因“王道既微，诸侯力政”，故官失学守，王官之学才散为诸子之学。

对于《汉志》所云各家学术均出于王官之学的说法，前贤意见分歧。章太炎赞成此说，胡适则坚决反对，傅斯年以为“战国诸子除墨子外皆出于职业”，明显偏向章氏之说[12]。吕思勉则在章氏之说基础上进一步指出：“诸家之学，《汉志》谓皆出王官；《淮南·要略》则以为起于救时之弊，盖一言其因，一言其缘也。近人胡适之，著《诸子不出于王官论》，力诋《汉志》之诬。殊不知先秦诸子之学，极为精深，果其起自东周，数百年间，何能发达至此？且诸子书之思想文义，皆显分古近，决非一时间物，夫固开卷可见也。”[13]吕氏之说颇为辩证，足可信从。而无论“诸子出于王官”说能否成立，它所反映的《汉志》是从“学术”即政教之术的角度来著录小说家及其他诸子，却是毋庸置疑的。诚如章学诚所云，在王官时代，“有官斯有法，故法具于官；有法斯有书，故官守其书；有书斯有学，故师传其学；有学斯有业，故弟子习其业。官守学业皆出于一，而天下以同文为治，故私门无著述文字”[14]。而在王纲解纽、官失学守之后，政教分离，诸子之学便取代王官之学而成为“时君世主”之术。而无论是王官之学，还是诸子之学，都是政教之学、统治之术，而不是其他。因此，章学诚指出：

> 其（指《汉志》——引者）叙六艺而后，次及诸子百家，必云某家者流，盖出古者某官之掌，其流而为某氏之学，失而为某氏之弊。其云某官之掌，即法具于官，官守其书之义也。其云流而为某家之学，即官司失职，而师弟传业之义也。其云失而为某氏之弊，即孟子所谓“生心发政，作政害事”，辨而别之，盖欲庶几于知言之学者也。由刘氏之旨，以博求古今之载籍，则著录部次，辨章流别，将以折衷六艺，宣明大道，不徒为甲乙纪数之需，亦已明矣。[15]

依章氏所论，刘向、刘歆父子所开创而为班固所遵法的“辨章学术，考镜源流”[16]的校雠体例和著录原则是两汉学者们的共同追求，他们所措意的是“折衷六艺，宣明大道，不徒为甲乙纪数之需”，反映了当时的学术生态和知识谱系，也适应着当时统治者的政治需求。班固《汉志》是在刘歆《七略》基础上增删而成，《诸子略》也和其他各略一样，其“著录部次，辨章流别”，是在进行学术源流的清理，而非文体形式的编排。这便是《汉志》编纂的实际和特点。不然，如何解释同是论说体的《荀子》、《庄子》、《韩非子》，何以一列儒家、一列道家、一列法家？而《荀子》一书中，何以既有论说文《劝学》、《修身》，又有诗赋《成相》和《赋篇》？事实上《汉志》各序（包括总序、大序、小序）其实都反映着刘向以来两汉学者对诸子学说的整体评价和对各家学派的基本认识，表现为一种学术判断而非文体判断。因此，《诸子略》所著录的“小说家”以及关于“小说家”的序说，是站在学术的立场并从学术源流的角度来清理和说明的，将作为学派的“小说家”混同于作为文学文体的“小说”，显然是不符合《汉志》编纂实际的。之所以出现这样的误解，一个很重要的原因，是人们将汉人的校雠之学当作了后来发展起来的目录之学，以为《汉志》不过是编排书目而已。即是说，人们将汉人的“辨章学术，考镜源流”，理解成“徒为甲乙纪数之需”了。而这种现象，自隋唐即已出现，清代以来尤为突出，张舜徽曾在《广校雠略·论目录学名义之非》中予以痛斥[17]，切中了问题的要害。笔者在《张舜徽〈汉书艺文志通释〉蠡测——以〈诸子略〉为中心》文中对《汉志·诸子略》体例有比较详细的解说，读者可以参看。

二

了解了《汉志》的基本体例和著录原则，我们就可以具体讨论《诸子略》中关于“小说家”的定义了。

《汉志》云：“小说家者流，盖出于稗官。街谈巷语，道听涂说者之所造也。”谓小说家为稗官之所从出，这对于理解小说家十分重要。因为《汉志》要“辨章学术，考镜源流”，而中国早期学术只有“王官之学”，并无其他学术，考镜源流就不得不寻找与朝廷政教相联系的王官职掌了，亦即前引章学诚所云“其云某官之掌，即法具于官，官守其书之义也。其云流而为某家之学，即官司失职，而师弟传业之义也”。既然这些学术是为统治者的政教服务的，判断它们的价值当然就要看其对于政教所发挥作用的大小了。如云：“儒家者流，盖出于司徒之官，助人君顺阴阳明教化者也。游文于六经之中，留意于仁义之际，祖述尧舜，宪章文武，宗师仲尼，以重其言。于道最为高”；“道家者流，盖出于史官，历记成败存亡祸福古今之道，然后知秉要执本，清虚以自守，卑弱以自持，此君人南面之术也。合于尧之克攘，《易》之嗛嗛，一谦而四益，此其所长也”；“阴阳家者流，盖出于羲和之官，敬顺昊天，历象日月星辰，敬授民时，此其所长也”；“法家者流，盖出于理官，信赏必罚，以辅礼制。《易》曰‘先王以明罚饬法’，此其所长也”；“名家者流，盖出于礼官。古者名位不同，礼亦异数。孔子曰：‘必也正名乎！名不正则言不顺，言不顺则事不成。’此其所长也”；“墨家者流，盖出于清庙之守。茅屋采椽，是以贵俭；养三老五更，是以兼爱；选士大射，是以上贤；宗祀严父，是以右鬼；顺四时而行，是以非命；以孝视天下，是以上同：此其所长也”；“纵横家者流，盖出于行人之官。孔子曰……言其当权事制宜，受命而不受辞，此其所长也”；“杂家者流，盖出于议官。兼儒、墨，合名、法，知国体之有此，见王治之无不贯，此其所长也”；“农家者流，盖出于农稷之官。播百谷，劝耕桑，以足衣食。故八政一曰食，二曰货。孔子曰：‘所重民食。’此其所长也”[18]。《汉志·诸子略》解释各家，都是从政教的角度着眼来评判其学术长短，不论其文体形式。而就文体而言，诸子百家并无本质差别，然就学术而言，各家各派自有不同。诸子九家既如此，小说家当然也不例外，著录者同样是从学术即政教着眼来对小说家给以说明，并加以评价。只不过小说家对于政教的作用有限，故《汉志》以为“诸子十家，其可观者九家而已”[19]。

那么，《汉志》为何要将小说家排除在“可观者”之外呢？或者换一种说法，《汉志》为何认为小说家对政教作用有限呢？这牵涉到小说家所从出之稗官的职掌以及《汉志》所著录的当时所存小说家作品的实际。

关于稗官，汉魏之际的如淳释云：“稗音锻家排。《九章》‘细米为稗’。街谈巷说，其细碎之言也。王者欲知闾巷风俗，故立稗官，使称说之。今世亦谓偶语为稗。”唐颜师古则释云：“稗音稊稗之稗，不与锻排同也。稗官，小官。《汉名臣奏》唐林请省置吏，公卿大夫至都官稗官各减什三，是也。”[20]如淳、颜师古均是著名学者，他们对稗官的解释，应该是有事实依据或文献依据的。然而，从先秦和两汉传世典籍中人们未能发现“稗官”一职，而《汉名臣奏》也已亡佚，颜师古引唐林语成为一条孤证，故有人断定所谓“稗官”只是刘、班等人受“学必出于王官”思想影响而作的附会，不可信从。近人余嘉锡“尝以经传所言官之职掌，考之九流所出之官而皆合”，于是紬绎经传，考其官职，明确提出：“如淳以‘细米为稗，街谈巷说细碎之言’释稗官，是谓因其职在称说细碎之言，遂以名其官，不知唐林所言都官稗官，并是通称，实无此专官也。师古以稗官为小官，深合训诂。案《周礼》：‘宰夫掌小官之戒令’，注云：‘小官，士也。’此稗官即士之确证也。”[21]余氏还将《左传》所云“士传言”和《周官》所载诵训、训方氏之职掌结合起来，并对《汉志》著录的小说家加以考察，得出结论是：“稗官者天子之士也”；士的职责是“采传言于市而问谤誉于路，真所谓街谈巷语道听涂说者也”[22]。袁行霈则通过考察《汉志》著录十五家小说无一家有士传谤言的内容，而稗的本义是野生的稗禾，遂以为稗官应该是指“散居乡野的、没有正式爵秩的官职”[23]。周楞伽虽同意稗官即小官说，但也不赞成稗官是指“天子之士”[24]。他们的结论大都是在现有传世文献的基础上，根据自己的理解推导出来的，也都各有其道理。

如果说传世文献还不足以解决对稗官的认识，那么，出土的秦汉竹简则为解决此问题提供了重要资料。《睡虎地秦墓竹简》、《云梦龙岗秦简》、《张家山汉墓竹简》都载有关于“稗官”的材料，如云：

> 官啬夫免，效其官而有不备者，令与其稗官分，如其事。[25]
>
> 取传书乡部稗官。其田及作务勿以论。[26]
>
> □□□□□□吏□□□□告官及归任行县道官者，若稗官有印者，听。券书上其廷，移居县道，居县道皆封臧(藏)。
>
> □都官之稗官及马苑有乘车者，秩各百六十石，有秩毋乘车者，各百廿石。[27]

饶宗颐根据出土秦简中有“令与其稗官分如其事”语，认定秦时已有稗官；根据如淳释“稗”音“排”、“偶语为稗”，认定小说、偶语、诽谤、俳谐和排说均可称为“稗”，并将其关系表述为：“稗”(魏时语)→排(排说)、俳(俳谐，笑林)、诽(谤，诽谤之木)、偶语(出于庶民，可见非出于士之传言)、小说(乃民间谈论政治之零星记录)[28]，大大拓宽了我们的思路。曹旅宁通过考察秦汉简书后指出：“根据张家山汉简《秩律》，稗官为秩级在一百六十石的小官的通称，其中可能有人具有为天子采访闾巷风俗的法定职责。因此，有关《汉书·艺文志》‘稗官’的诸家解释中，《汉名臣奏》的见解是正确的。余嘉锡认为是天子之士(中央官员，即使级虽不高)应当是比较正确的见解。袁(行霈)文认为稗官应指散居乡野的、没有正式爵秩的官职与律文不符。”[29]潘建国则对如淳“细米为稗”之说提出异议，以为“稗”乃“粺”之误，“‘稗’在先秦两汉文献中并没有‘小’之引申义”，稗官“泛指某种行政职能”，“在周官中，它就是土训、诵训、训方士”[30]。孟昭连不同意潘文的意见，广引古注证明“‘稗’与‘粺’读音既同，义亦相通，本可以通用”，“如淳在细碎的意义上说‘细米为稗’是无可指责的”[31]。陈洪则根据秦简并结合传世文献进行分析，指出：“根据笔者所见秦代竹简中带有‘稗官’的两条资料看，可以明确地得出与潘文意见几乎相反的结论：‘稗官’至少在秦代就是事实存在过的某类职官名，并非始于汉代；‘稗官’的行政职能是多种的，并非只是‘某种’；‘稗官’所指代的行政职能目前尚不能‘十分明确’，所谓‘说’的职能，可能只是‘稗官’的多种行政职能之一。”[32]曹道衡、刘跃进综合各家意见并结合出土文献和传世文献指出：“根据秦简来看，稗官确实是小官，但是并非‘无此专官’，而是乡里专职人员。《秦律十八种》也称‘令与其稗官分’。所谓‘稗官’与《汉书·百官公卿表》中所列‘乡有三老、右秩、啬夫、游徼’是并列而称的乡里专职人员。”[33]综合大家的讨论，通过出土秦汉简文与传世文献互证，虽然还不能解决关于稗官的所有问题，但至少可以确定：1. 稗官之称谓在秦汉时确已存在，并非《汉志》杜撰；2. 稗官确实是县乡低级小官，但也可作为秩级较低的小官之通称；3. 稗官的职掌多为辅助性的，管理文书和收集闾巷传言是其职责之一部分。

“稗官”之义既已大体明确，“街谈巷语，道听涂说者”又何所指呢？《史记·周本纪》“百工谏，庶人传语”，《集解》引韦昭曰：“庶人卑贱，见时得失，不得言，传以语士。”《正义》：“庶人微贱，见时得失，不得上言，乃在街巷相传语。”[34]可见“街谈巷语”是指与朝政得失相关的庶人言论，非指一般的闲言碎语。《国语·晋语六》有“考百事于朝，问谤誉于路”，《战国策·齐策一》有“能谤议于市朝，闻寡人之耳者，受下赏”，《诗经·大雅·板》有

“先民有言，询于刍荛”，依此，“道听涂说”也是指庶人的与朝政相关的谤誉之言。如淳所释“王者欲知闾巷风俗，故立稗官，使称说之”，显然并非凭空捏造，其实是指周代“士传言”制度在秦汉的延续。因此，余嘉锡所云“稗官者天子之士也”，是很有道理的。

如淳释“稗音锻家排”，“锻家排”指锻铁工匠的排风箱。《三国志·韩暨传》“冶作马排”裴松之注“(排)蒲拜反，为排以吹炭”[35]，可证。如淳释“稗”音“排”，是汉魏读音，实兼释义，“排”与“俳”、“诽”通[36]。颜师古以为“稗音稊稗之稗，不与锻排同也”，表明“稗”音在唐时已有变化，却并不能因此说如淳注音有误，颜注反倒切断了如淳所揭示的“稗”与“排”、“俳”、“诽”的联系，不利于读者理解。至于如淳云“今世谓偶语为稗”，“偶”有对偶、排偶义，故偶语可释为对语或排语。《史记·秦始皇本纪》载丞相李斯言“有敢偶语《诗》、《书》弃市”，《集解》引应劭曰：“禁民聚语，畏其谤己。”《正义》：“偶，对也。”[37]此偶语可理解为两人以上的私语。不过，如淳所云“偶语”却别有所指。《后汉书·蔡邕传》载蔡邕上灵帝十事，中有“高者颇引经训风喻之言，下则连偶俗语，有类俳优”[38]语，如淳所云“偶语”即此“连偶俗语”。梁钟嵘论魏文帝曹丕诗：“其源出于李陵，颇有仲宣之体。则所计百许篇，率皆鄙质如偶语。惟‘西北有浮云’十余首，殊美赡可翫，始见其工矣。”[39]唐朱敬则《隋高祖论》：“是以称刘季之灵怪者，不谋同词；说中兴之应谶者，往往偶语。”[40]均是此义。依此，则古人所谓偶语多指鄙俗怪异连偶之语。这样，“偶语”与“排语”、“俳语”、“诽语”、“稗官野语”等便都有了语义上的联系。如此看来，稗官所掌，虽涉政教，却无关大体，主要反映的是下层生活经验和“闾巷风俗”，其中多偶语、谤言，所谓“街谈巷语，道听涂说者之所造也”。《汉志》将小说家与稗官联系在一起，便表明这些言论学术的价值极为有限。因此，《汉志》才为小说家定位云：“孔子曰：‘虽小道，必有可观者焉！致远恐泥，是以君子弗为也。’然亦弗灭也。闾里小知者之所及，亦使缀而不忘。如或一言可采，此亦刍荛狂夫之议也。”

两汉之际的桓谭在《新论》中对小说家也表达了与《汉志》类似的看法。他说：“若其小说家合丛残小语，近取譬论，以作短书，治身理家，有可观之辞。”[41]同样也是从政教的角度来为小说家定位。“合丛残小语”云云，无非“街谈巷语，道听涂说者之所造也”之义。“近取譬论”云云，无非章学诚所谓“古人未尝离事而言理”[42]、“战国之文，深于比兴，即其深于取象者也”[43]，先秦诸子常用身边事例或寓言故事说明道理，即是此法。“以作短书”云云，无非“闾里小知者之所及，亦使缀而不忘”之义。桓谭在《新论》中曾说：“庄周寓言乃云尧问孔子，《淮南子》云共工争帝地维绝，亦皆为妄作，故世人多云‘短书不可用’，然论天间莫明于圣人，庄周等虽虚诞，故当采其善，何云尽弃耶?”[44]按当时简策制度，“最长者二尺四寸，其次二分而取一，其次三分取一，最短者四分取一”[45]，经典用二尺四寸长简，以示尊重；其次者则用短简，“短书”则指八寸、六寸等不太重要的短简书。“治身理家”云云，《礼记·大学》谓“欲治其国者，先齐其家；欲齐其家者，先修其身”[46]，故“治身理家”其实导向“治国”，而不说“治国”者，正以其作用有限也。“有可观之辞”云云，正是针对“治身理家”而言，如针对“治国”而言，则与《汉志》将小说家排除在“可观者”之外似无不同也。

《汉志》对小说家的学术定位，与《汉志》著录的小说家作品有直接关系。《汉志·诸子略》“小说家”著录“小说十五家千三百八十篇”，以“说”为名者五家千四十七篇，虽只占著录总家数的五分之一，却占著录作品总篇数的四分之三。这五家分别是《伊尹说》、《鬻子说》、《黄帝说》、《封禅方说》、《虞初周说》。张舜徽指出：“说亦汉人注述之一体。《汉书·河间献王传》云：‘献王所得，皆《经》、《传》、《说》、《记》七十子之徒所论。’是传、说、记三者，固与经相辅而行甚早。说之为书，盖以称说大义为归，与夫注家徒循经文立解、专详训诂名物者，固有不同。”[47]所论甚塙。《汉志·六艺略》中著录解说六艺者，《诗》类有《鲁说》、《韩说》，《礼》类有《中庸说》、《明堂阴阳说》，《论语》类有《齐说》、《鲁夏侯说》、《鲁安昌侯说》、《鲁王骏说》、《燕传说》，等等。而《诸子略》中只著录了解说儒家和道家的作品，归类却颇有差别。具体说来，将解说荀子者归入儒家类，解说老子者归入道家类。如辩难(辩难是别一形式之解说)《荀子》的有《虞丘说》，解说《老子》的有《老子傅氏经说》、《老子徐氏经说》、《刘向说老子》。而解说其他道家学说者，则归入小说家类。如道家有《伊尹》、《鬻子》、《黄帝四经》，小说家则有《伊尹说》、《鬻子说》、《黄帝说》。汉武帝罢黜百家独尊儒术，儒家经、说受到重视，自在情理之中，故解说儒家者不入小说家，而入六艺或儒家。汉初推崇黄老之学，道家亦尊宠一时，故不独《老子》有多家解说，其他道家亦多有解说者。《老子》为可靠文献，道家尊之为《道德经》，故其解说可自成家，《汉志》仍在道家类著录；《伊尹》、《鬻子》、《黄帝》等乃集合道家传说而成，本不如《老子》之有系统条理，其解说者只能是道听途说，不本经传，故将其列入小说家。因此，班固注《伊尹说》谓“其语浅薄，似依托也”；注《鬻子说》谓“后世所加”；注《黄帝说》谓“迂诞依托”。至于《封禅方说》、《虞初周说》，都是武帝时方士所撰，而方士与黄老道家本有联系[48]。由于《虞初周说》篇幅最大，计 943 篇，占《汉志》著录小说家作品总篇数的 68%多，“四库”馆臣因此认为：“张衡《西京赋》云：‘小说九百，本自虞初。’《汉书·艺文志》载《虞初周说》九百四十三篇，注称武帝时方士，则小说兴于武帝时矣。故《伊尹说》以下九家，班固多注依托也。”[49]

将《虞初周说》作为小说家的小说代表作，以为“小说兴于武帝时”，这是“四库”馆臣们从文体角度所做的判断。如果从“小说家”的角度，将其确立的时代定在汉武帝时，也是大体可以成立的。理由是：《汉志》著录武帝前小说家共9家，班固注为“依托”或“后世所加”、“非古语”者6家，均不能确定其年代。余下3家中，《青史子》乃托五方五帝之青帝史官为称，并不知作者，所记大概与五方之帝的民间信仰有关，今存佚文“五方之射”和“以鸡祀祭”可为证明[50]。《宋子》作者应为与孟子、庄子同时的宋钘(一名宋轻，或称宋荣子)，然班固注称“孙卿道宋子，其言黄老意”，似乎不是《荀子·非十二子》中与墨翟并称的近于墨家的宋钘，也不是《庄子·天下》与尹文并称的近于名家的宋钘，而是黄老道家的宋钘。张舜徽云：“不解其十八篇之书，何以入之小说？此殆后人所撰集而托名于宋子者，其言浅薄杂乱，不主一家，故归诸小说家耳。使果如班《注》所云‘言黄老意’而甚专深，则必入道家矣。”[51]因此，宋钘也不能作为中国早期小说家的代表。还有一家《周考》，班固注称“考周事也”，因原书早亡，也无佚文残留，故既不能确定作者，也不知成书何时。然而，虞初为武帝时方士却有史可征，其作品卷帙浩繁，东汉张衡《西京赋》提及：“匪唯玩好，乃有秘书；小说九百，本自虞初。从容之求，实俟实储。”吴人薛综注云：“小说，医巫厌祝之术。凡有九百四十三篇，言九百，举大数也。”又云：“持此秘书，储以自随，待上所求问，皆常具也。”唐李善注引东汉应劭曰：“其说以《周书》为本。”[52]即是说，《虞初周说》是虞初为备皇上顾问而准备的“秘书”，其中有“医巫厌祝之术”；不过，其书既有如此规模，恐亦不仅限于“医巫厌祝之术”，应该还有其他更多内容。而依应劭所说，“其说以《周书》为本”，则《虞初周说》是围绕解说《周书》或周代之事而集纂的一部小说。现存佚文也能够证明这一点[53]。如果真以虞初为小说家代表，他的身份及他的作品倒是十分符合《汉志》小说家的定义。而无论是黄老道家或武帝时方士，他们编纂的这些小说并不是供自己审美娱乐，而是“持此秘术，储以自随，待上所求问，皆常具也”。即是说，这些小说家本是“天子之士”或当时通称的“稗官”，他们的小说也都是用来从政干禄的。由此可见，《汉志》对小说家的定义正是根据其所著录的作者和作品的实际加以归纳总结而得出的。

三

《汉志》著录的小说家的作品自然可以称为小说。若要进一步追问：汉人为何要将这一学术流派称为“小说家”呢？笔者的回答是：可能正是因为这些作品被称之为“小说”的缘故。即是说，不是因为先有了“小说家”的称谓才称他们的作品为“小说”，而是因为先有了“小说”的称谓才称它们的作者为“小说家”的。试申论如下：

“小说”之称始于《庄子》。《庄子·外物》提到的“饰小说以干县令，其于大达亦远矣”[54]，其“小说”之称并非偶尔使用的一个词，而是指那些不合于道家思想即不能“大达”至道的其他诸子学说，是一种学术价值判断。后来，《荀子·正名》提到的“小家珍说”则是相对于“圣人之辨说”和“士君子之辨说”而提出的，所云“故知者论道而已矣，小家珍说之所愿皆衰矣”[55]，已经清楚表明荀子与庄子一样，也是在进行学术价值判断。汉人承继先秦诸子的这一思维方法，也用“小说”来贬斥某些学术。例如，扬雄《法言》便云：“好书而不要诸仲尼，书肆也；好说而不要诸仲尼，说铃也。”[56]又云：“或曰：‘焉知是而习之?’曰：‘视日月而知众星之蔑也；仰圣人而知众说之小也。’”[57]按照扬雄的逻辑，符合孔子思想的就是“大说”，不符合孔子思想的就是“小说”。与先秦诸子一样，扬雄的“小说”概念含有贬义，仍然是一种学术价值判断。不过，由于这一概念已经与汉代“独尊儒术”的正统思想相联系，成为当时社会思潮和文化结构的反映，因而也就成为了一种相对稳定的概念。汉人遂将那些“街谈巷语，道听涂说者之所造”的言说贬之为“小说”。今人李致忠论图书分类说：“‘小说家’，虽非大说，但亦是先秦九流十家之一。”[58]他将“小说”与“大说”对举，很好地揭示了汉人为小说家命名的基本思路。

当然，仅仅将“小说”理解为学术价值判断是不够的，它其实隐含有文体的意味。在“王官之学”的时代，并无“大说”、“小说”之分别，因为当时官师政教合一，其政教言说均含有政典的意味。孔颖达在疏解《尚书》时说：“典书草创，以义而录，但致言有本，各随其事，检其此体，为例有十：一曰典，二曰谟，三曰贡，四曰歌，五曰誓，六曰诰，七曰训，八曰命，九曰征，十曰范。”[59]这些文体虽多为言说活动的记录，但实际上都是政令教言，并无所谓“大说”、“小说”。这些政令教言后来被奉为经典，并在先秦诸子托古言道的解说中发挥作用，而诸子之解说及其所阐述的学说形之文本，便是中国早期的说体文。因此，就言说方式和文本形式而言，先秦各家学说具有基本相同的言说方式和文本形式，“小说”不仅指一种言论方式，也同时隐含有文体形式的指称，它属于先秦诸子说体文的范畴。说体文是在言说活动作为一般知识形态和重要社会手段对社会政治生活产生重要影响，并为人们普遍接受与认识的条件下产生的。孟子称之为“圣王不作，诸侯放恣，处士横议”[60]；庄子则云诸子“周行天下，上说下教，虽天下不取，强聒而不舍者也”[61]，便是概括这一文化现象。说体文的产生依赖于一个言论相对自由的环境，以及言说活动对于社会政治生活的影响力的扩大，其本身的发展也是一个历史过程。这样，“说”之为体也就有了广义与狭义之分，不同的人在使用"说"这一概念时所指称的对象可能不同，同一人在不同的语境中使用"说"的概念时内涵也有差异。如果按照《墨子》对概念("名")层级的划分原则，"达名"为"说"，"说"指春秋战国时期诸子百家的一切言论著述[62]；"类名"为"说"，"说"指以辩说为特征的言论著述[63]；"私名"为"说"，"说"指以"说"名体的文字著述[64]。在"百家争鸣"、"说者成伍"的时代，人各是其所是而非其所非，贬低别人，抬高自己，以"取合诸侯"。他们对各家之说有各自的评判标准，于是就有了对"说"的价值判断和各种不同的称谓。如"圣人之说"、"君子之说"、"邪说"、"缪说"、"嵬说"、"妄发之说"等，"小说"便是其中的一种称谓。

范晔《后汉书》云："汉自武帝，颇好方术，天下怀协道艺之士莫不负策抵掌，顺风而届焉。后王莽矫用符命，及光武尤信谶言，士之赴趣时宜者，皆驰骋穿凿争谈之也。故王梁、孙咸，名应图录，越登槐鼎之任；郑兴、贾逵，以附同称显；桓谭、尹敏，以乖忤沦败。自是习为内学，尚奇文，贵异数，不乏于时矣。"[65]方士源出于古巫，由于文化的发展，汉代方士已不限于古巫的鼓舞祠醮之类，他们在利用方术以吉凶休咎感召人的同时，也收集一些政治思想、地理博物、典章制度、奇闻逸事等方面的知识，以备皇帝顾问。方士中当然有一些靠装神弄鬼骗人的，如武帝时的栾大、少翁之流，但也确有不少"怀协道艺"即学有所长的寒门士子，如上面提到的王梁、孙咸、桓谭、尹敏等。方士们收集奇文异数，编撰成书，不是为了审美娱乐，而是为了持此秘书以取得皇帝信任，从而实现参与社会政治的目的。这些秘书就是当时所谓的"小说"，也是中国小说史上的首批小说文本。汉人利用"小说"这一概念来指称以虞初为代表的黄老道家和方士们的作品，除了传统的学术价值判断外，也切合这些作品的实际[66]。或者如王瑶所说，"小说本出于方士对闾里传说的改造和修饰"[67]。方士们以此求取功名利禄并进而影响朝廷政治的企图，与诸子著书立说之初始目的异曲而同工，何况他们常常借重诸子或传说人物以重其说或以神其说。因此，《汉志》以"小说"为黄老道家和方士们的作品命名且称它们的作者为"小说家"，是有着颇为充足的理由和依据的。

从语源学上看，"说"有言说、开解、愉悦三义，而作为文体的说体文则具有解说性、譬喻性、夸饰性、娱乐性等特征。晋陆机概括为"说炜晔而谲狂"[68]，强调了它的语言特点和文章风格。梁刘勰则总结为："凡说之枢要，必使时利而义贞；进有契于成务，退无阻于荣身。自非谲敌，则唯忠与信，披肝胆以献主，飞文敏以济辞，此说之本也。"[69]突出了它的情感性和功用性特征。而《汉志》所著录的小说家之"小说"除了具有说体文的一般特征外，主要突出其"小"的特点。所谓"小"，一方面含有鄙薄之义，即内容上的不本经典、浅薄俚俗；一方面也是因实定名，即形式上的简短琐屑、不成系统。从《汉志》所著录小说家作品佚文看，如《吕氏春秋·本味篇》所引《伊尹说》“伊尹以至味说汤”及《去宥篇》所引《宋子》“邻父有与人邻者”，《新书》、《大戴礼记》、《风俗通义》所引《青史子》“五方之射”及“以鸡祀祭”，唐宋类书《初学记》、《艺文类聚》、《太平御览》等所引疑似《虞初周说》的大量佚文，正体现了我们上面所说的两方面特点。这些特点构成了《汉志》小说家定义的文本依据，也形成了后世有关小说文体的基本特征。概而言之，《汉志》小说家虽服务于政教，但没有成体系的学术思想，且多为“街谈巷语，道听涂说者之所造”；其作品在形式上简短琐屑，或记言如《师旷》“其言浅薄”，或记事如《青史子》闾巷之谈，或考证如《周考》“考周事也”，或记神仙方术如《封禅方说》，或好养生之术如《待诏臣安成未央术》，或解说他书杂记琐事如《虞初周说》，鲁迅所云“或托古人，或记古事，托人者似子而浅薄，记事者近史而悠缪者也”，是对这些小说家作品形式和内容的正确概括。清人翟灏云：“古凡杂说短记，不本经典者，概比小道，谓之小说，乃诸子杂家之流，非若今之秽诞言也。”[70]也抓住了汉人尤其是以《汉志》为代表的小说观念的本质特点。这种小说观念，由庄子所发端，至《汉志》而论定，成为中国正统的小说观念。“这个观念根深柢固，陈陈相因，历来史家艺文志的小说家小序都沿袭了这种说法。直到《四库全书总目》，基本上也还是如此。”[71]

正是由于汉人的小说观念的主导面是学术，却又隐含有文体意味，因此，它已经是一个成熟的概念。而就学术而言，“小说家”喜欢搜奇记逸、道听途说，并无作为一个学派的核心思想和系统学说，因而它不可能在学术思想方面发挥实际的影响力；就文体而言，“小说”兼记言、记事、考证、辑佚等多种形式，可谓众体兼备，这便使作为文体的小说庞杂而琐碎，很难与其他诸多类似文体划清界限。南宋郑樵便指出：“古今编书所不能分者五：一曰传记，二曰杂家，三曰小说，四曰杂史，五曰故事。凡此五类之书，足相紊乱。”[72]后人在小说分类上各行其是，甚至将一切不便归类的作品通统归入小说之中，其实正导源于汉人的小说观念。有学者不承认传统史志子部小说家著录的都是小说，自然有其道理。然而，如果不从传统小说中去探寻中国古代小说的思想观念和民族形式，中国小说的根又在哪里呢？谁又能保证现代小说观念就是亘古不变的绝对真理，会永远指导我们的小说发展呢？[73]美籍华裔学者周策纵曾说：“依我的推测，‘小说’(税)或‘小说’(悦)这一观念，原有‘劝说’、‘说服’或‘说得使听的人高兴喜悦’之意，这和后来的小说创作和评论，就不是没有关系。也可使我们更容易了解早期中国‘小说’的性质和特点。”[74]洵为卓见。如果我们不以西方现代小说观念为依据，而是从中国小说发展的实际出发，认真清理中国小说观念的发生与发展的历史线索，也许反而能够阐明中国小说和小说观念不同于西方小说和小说观念的民族特色，走出有中国特色的小说发展之路。对此，我们应该有所期待。

注释：

*本文为国家社科基金重点项目“二十五史《艺文志》著录小说资料辑录”(11AZD062)阶段性成果之一。原载《南京大学学报》2011 年第 4 期；《新华文摘》2011 年第 22 期转摘，中国人民大学书报资料中心《中国古代近代文学研究》2011 年第 11 期全文复印。

[1]例如，程毅中曾慨叹：“古代小说的概念非常宽泛，历来史志书目所著录小说的范围广狭各不相同。如郑樵所说，小说常与传记、杂家、杂史、故事相混。古人所谓的小说，我们今天很难给它定性。我们想编一部新的古代小说书目，就会在收书标准上遇到很大的麻烦。我曾试图编一本古小说简目，想把已经失传的书也包括在内。不想只是现存的书都无法定性，已经失传的书如果只凭前人书目的著录就太宽大无边了，结果只能知难而退了。”(《中国古代小说的文献研究》，《文献季刊》2004 年第 2 期)

[2]鲁迅：《中国小说史略》第一篇，人民文学出版社 1973 年版，第 1 页。

[3]鲁迅在这里混淆了桓谭所云“小说家”与“小说”的差别，其实这种差别是很重要的。说详下。

[4]鲁迅：《中国小说史略》第一篇，人民文学出版社 1973 年版，第 3 页。

[5]鲁迅在《中国小说的历史的变迁》中说：“考小说之名，最古是见于庄子所说的‘饰小说以干县令’。‘县’是高，言高名；‘令’是美，言美誉。但这是指他所谓琐屑之言，不关道术的而说，和后来所谓的小说并不同。因为如孔子、杨子、墨子各家的学说，从庄子看来，都可以谓之小说；反之，别家对庄子，也可称他的著作为小说。至于《汉书·艺文志》上说：‘小说者，街谈巷语之说也。’这才近似现在的所谓小说了，但也不过古时稗官采集一般小民所谈的小话，借以考察国之民情、风俗而已，并无现在所谓小说之价值。”(《中国小说史略·附录》，第 269 页)可以证明我们的判断。不过，其文中所引《汉书·艺文志》语实为《隋书·经籍志》语。

[6]郭箴一：《中国小说史》上册，商务印书馆 1998 年版，第 39 页。

[7]欧阳健：《〈中国小说史略〉批判》，山西人民出版社 2008 年版，第 65 页。

[8]欧阳健：《〈中国小说史略〉批判》，山西人民出版社 2008 年版，第 60 页。

[9]石昌渝：《中国小说源流论》第一章，生活·读书·新知三联书店 1994 年版，第 2～3 页。

[10]班固：《汉书》卷三十《艺文志》，《二十五史》本，上海古籍出版社、上海书店 1986 年版，第 531 页。

[11]班固：《汉书》卷三十《艺文志》，《二十五史》本，上海古籍出版社、上海书店 1986 年版，第 531 页。

[12]见章太炎《诸子学略说》和《国故论衡·原学》，胡适《诸子不出于王官论》，傅斯年《论战国诸子除墨子外皆出于职业》。至于墨子，据《吕氏春秋·当染》：“鲁惠公使宰让请郊庙之礼于天子，桓王使史角往，惠公止之，其后在于鲁，墨子学焉。”史角是周桓

王之史，掌郊庙之礼，高诱释“其后”为“史角之后”，即是说墨子曾受史角后人的教诲，其思想有一部分来自祝史之学。因此，《汉志》云“墨家者流，盖出于清庙之守”，并非无据。

[13]吕思勉：《先秦学术概论》上编，云南人民出版社2005年版，第16页。

[14]章学诚著，叶瑛校注：《文史通义校注》附《校雠通义》卷一，中华书局1994年版，第951页。

[15]章学诚著，叶瑛校注：《文史通义校注》附《校雠通义》卷一，中华书局1994年版，第952页。

[16]章学诚著，叶瑛校注：《文史通义校注》附《校雠通义》卷一，中华书局1994年版，第945页。

[17]张舜徽云：“目录二字连称，昉于汉世，以此名学，则实始于宋人。……特举此以当专门之业，取径窘隘，而自远于校雠流别之义，自清儒始耳。……章学诚尝斥其失曰：‘校雠之学，自刘氏父子，渊源流别，最为推见古人大体，而校订字句，则其小焉者也。……近人不得其说，而于古书有篇卷参差叙例同异当考辨者，乃谓古人别有目录之学，真属诧闻。’(《遗书外编·信摭》)全祖望亦曰：‘今世所谓书目之学者，记其撰人之时代，分帙之簿翻，以资口给，即其有得于此者，亦不过以为捋撦獭祭之用。’(《丛书楼书目序》)两家所论，至为明快。夷考世俗受病之由，盖原于名之不正耳。夫目录既由校雠而来，则称举大名，自足统其小号。自向、歆父子而后，惟郑樵、章学诚深通斯旨，故郑氏为书以明群籍类例，章氏为书以辨学术流别，但以校雠标目，而不取目录立名，最为能见其大。李兆洛为顾广圻墓志铭，反谓郑氏之书惟言类例，无涉校雠，此则囿于世俗之见，而犹未足以测斯道之浅深也。”(《广校雠略·论目录学名义之非》，华中师范大学出版社2004年版，第8～9页)

[18]班固：《汉书》卷三十《艺文志》，《二十五史》本，上海古籍出版社、上海书店1986年版，第529～530页。

[19]班固：《汉书》卷三十《艺文志》，《二十五史》本，上海古籍出版社、上海书店1986年版，第531页。

[20]班固：《汉书》卷三十《艺文志》，《二十五史》本，上海古籍出版社、上海书店1986年版，第531页。

[21]余嘉锡：《余嘉锡文史论集·小说家出于稗官说》，岳麓书社1997年版，第248页。

[22]余嘉锡：《余嘉锡文史论集·小说家出于稗官说》，岳麓书社1997年版，第245～258页。

[23]袁行霈：《〈汉书·艺文志〉小说家考辨》，《文史》第七辑，中华书局1979年版，第188页。

[24]周楞伽：《稗官考》，《古典文学论丛》第三辑，齐鲁书社1982年版，第257～266页。

[25]睡虎地秦墓竹简整理小组：《睡虎地秦墓竹简》，文物出版社1990年版，第21页。

[26]刘信芳、梁柱编校：《云梦龙岗秦简》，科学出版社 1997 年版，第 23 页。

[27]张家山二四七号汉墓竹简整理小组：《张家山汉墓竹简(二四七号墓)》(释文修订本)，文物出版社 2006 年版，第 66 页、第 80 页。

[28]饶宗颐：《秦简中"稗官"及如淳称魏时谓"偶语为稗"说——论小说与稗官》，《饶宗颐二十世纪学术文集》卷三，第 5 册，台湾新文丰出版公司 2003 年版，第 59～67 页。

[29]曹旅宁：《张家山汉律职官的几个问题》，《南都学刊》2006 年第 3 期。

[30]潘建国：《"稗官"说》，《文学评论》1999 年第 2 期。

[31]孟昭连：《"小说"考辩》，《南开学报(哲学社会科学版)》2002 年第 5 期。

[32]陈洪：《"稗官"说考辨》，刘跃进主编：《中华文学史料：中华文学史料学学术研讨会论文集》第二辑，学苑出版社 2007 年版，第 84～85 页。

[33]曹道衡、刘跃进：《先秦两汉文学史料学》，中华书局 2005 年版，第 529 页。

[34]司马迁著、裴骃集解、张守节正义：《史记》卷 4《周本纪》，《二十五史》本，上海古籍出版社、上海书店 1986 年版，第 19 页。

[35]陈寿：《三国志・魏书》卷 24《韩暨传》裴松之注，《二十五史》本，上海古籍出版社、上海书店 1986 年版，第 1147 页。

[36]例如，《庄子・在宥》"日心排下而进上"陆德明释文："排，崔本作俳。"《潜夫论・浮侈》"或作泥车瓦狗、马骑倡排"汪继培笺："排，何本作俳。按俳、排古亦通用。"许慎《说文解字》："排，挤也。从手，非声。"又："俳，戏也。从人，非声。""诽，谤也。从言，非声。"可证排、俳、诽在古代音同义通。

[37]司马迁著、裴骃集解、张守节正义：《史记》卷六《秦始皇本纪》，《二十五史》本，上海古籍出版社、上海书店 1986 年版，第 30 页。

[38]范晔：《后汉书》卷 90 下《蔡邕传》，《二十五史》本，上海古籍出版社、上海书店 1986 年版，第 977 页。

[39]钟嵘著、陈延杰注：《诗品注》卷中，人民文学出版社 1998 年版，第 31～32 页。

[40]李昉等编：《文苑英华》卷七百五十三引，中华书局 1966 年版，第 5 册，第 3941 页。

[41]萧统：《文选》卷 31 江文通《拟李都尉从军诗》李善注引《桓子新论》，中华书局 1977 年版，第 444 页。

[42]章学诚著，叶瑛校注：《文史通义校注》卷一《易教上》，中华书局 1994 年版，第 1 页。

[43]章学诚著，叶瑛校注：《文史通义校注》卷一《易教下》，中华书局 1994 年版，第 19 页。

[44]李昉等编：《太平御览》卷六百二引，中华书局 1960 年版，第 2710 页。

[45]王国维著，胡平生、马月华校注：《〈简牍检署考〉校注》，上海古籍出版社 2004 年版，第 10 页。

[46]郑玄注、孔颖达疏：《礼记正义》卷四十二《大学》，阮元校刊《十三经注疏》本，中华书局 1980 年版，第 1673 页。

[47]张舜徽：《汉书艺文志通释》，华中师范大学出版社2004年版，第199～200页。

[48]参见王齐洲《〈汉志〉著录之小说家〈伊尹说〉〈鬻子说〉考辨》(《武汉大学学报(人文科学版)》2006年第5期；《〈汉志〉著录之小说家〈封禅方说〉等四家考辨》(《兰州大学学报(社会科学版)》2007年第5期)；《〈汉书·艺文志〉著录之小说家〈虞初周说〉探佚》(《南开学报(哲学社会科学版)》2005年第3期)。

[49]永瑢等：《四库全书总目》卷一百四十《小说家类》一，中华书局1965年版，第1182页。

[50]参见王齐洲《〈汉志〉著录之小说家〈青史子〉〈师旷〉考辨》，复旦大学中国古代文学研究中心《中国文学研究》第八辑，中国文联出版社2007年版。

[51]张舜徽：《汉书艺文志通释》，华中师范大学出版社2004年版，第341～342页。

[52]萧统：《文选》卷二张衡《西京赋》李善注引薛综注，中华书局1977年版，第45页。

[53]参见王齐洲《〈汉书·艺文志〉著录之小说家〈虞初周说〉探佚》，《南开学报(哲学社会科学版)》2005年第3期。

[54]郭庆藩：《庄子集释》杂篇《外物第二十六》，《诸子集成》本，上海书店1986年版，第399～400页。

[55]王先谦：《荀子集解》卷十六《正名篇》，《诸子集成》本，上海书店1986年版，第285页。

[56]扬雄：《扬子法言》卷二《吾子》，《诸子集成》本，上海书店1986年版，第6页。

[57]扬雄：《扬子法言》卷一《学行》，《诸子集成》本，上海书店1986年版，第2页。

[58]李致忠：《四部分类法的应用及其类表的调整》，《国学研究》第10卷，北京大学出版社2002年版，第386页。

[59]孔颖达等：《尚书正义》卷二《尧典》，阮元校刊《十三经注疏》本，中华书局1980年版，第117页。

[60]赵岐注、孙奭疏：《孟子注疏》卷六下《滕文公章句下》，阮元校刊《十三经注疏》本，中华书局1980年版，第2714页。

[61]郭庆藩：《庄子集释》杂篇《天下第三十三》，《诸子集成》本，上海书店1986年版，第468～469页。

[62]学术界公认春秋之前无私人著述，而诸子百家大都以古为说，"述而不作"，如孔子"从周"，墨子"废周道而用夏政"，老子倾心于"小国寡民"，且都"未尝离事而言理"，也可视为广义之"说"。《史记·伯夷列传》"而说者曰"司马贞《索隐》云："说者，谓诸子杂记也。"可证"说"可指称一切诸子杂记。

[63]辩者，别也。辩说者，说以分别也。孔、老的时代，各自为说，还无党同伐异倾向，孔子学礼于老子的传说，以及近年出土的湖北荆门郭店楚简《老子》甲、乙、丙三种均无今本《老子》否定孔子思想的言论，证明辩说之风在春秋末期还未形成，它应该兴起于战国，纵横家的辩说是最为极端的例子。

[64]例如《墨子·经说》、《庄子·说剑》、《列子·说符》、《商君书·说民》、《韩非子·内储说》、《外储说》、《说林》等，均以"说"名体，标志着严格意义的说体文确实是

先秦就已产生的新文体。

[65]范晔：《后汉书》卷一百一十二下《方术传·序》，《二十五史》本，上海古籍出版社、上海书店1986年版，第1038页。

[66]参见王齐洲《说体文的产生及其对传统小说观念的影响》，载《中国文学观念论稿》，湖北教育出版社2004年版，第356～392页。

[67]王瑶：《中古文学史论集·小说与方术》，上海古籍出版社1982年版，第108页。

[68]陆机著、张少康集释：《文赋集释》，人民文学出版社2002年版，第99页。

[69]刘勰著、范文澜注：《文心雕龙注》卷四《论说》，人民文学出版社1958年版，第329页。

[70]翟灏：《通俗编》卷二，《丛书集成初编》本，商务印书馆1937年版，第24页。

[71]程毅中：《古小说简目》前言，中华书局1981年版，第2页。

[72]郑樵：《通志》卷七十一《校雠略·编次之讹论》，中华书局1987年版，第834页。

[73]事实上，意识流小说、先锋派小说、实验小说以及时下盛行在网络上的微型小说(手机小说、微博小说)等，都突破了现代小说观念的界限，小说今后究竟将如何发展现在还难以预测。

[74]周策纵：《传统中国的小说观念和宗教关怀》，《文学遗产》1996年第5期。

中国古代小说文献整理与研究应回归中华文化本位

小说是文学的主要文体之一，现代以来更是反映一个民族文化创新能力和文学创作水平的主要标志，其优秀作品已经成为人们的重要精神食粮和各民族文化交流的重要载体。中国古代小说是中国小说的主体部分，其成就可与世界上任何一个国家或民族的古代小说相媲美。继承和发扬中国古代小说的优良传统，借鉴其丰富的创作经验，无疑对当前的小说创作和文学繁荣具有重要意义，对中国新时期新文化建设也不无裨益。而要做到这一点，必须首先进行小说文献的整理与研究，因为这是了解、继承、发扬、借鉴的基础，有了这个扎实的基础，再进行文学的、文化的、历史的、社会的、政教的、民俗的研究，才能更好地实现古代小说的当代价值。本文拟围绕中国古代小说文献整理与研究的百年历程加以检讨，以明确当前的工作方向。

一、百年来中国古代小说文献整理与研究成绩辉煌

中国自1902年梁启超《论小说与群治之关系》提出“小说界革命”[1]提倡新小说以新民以来，经过王国维、章太炎、王无生等对通俗小说的揄扬(1904—1908)[2]，胡适将白话通俗小说定为明清“一代之文学”(1917)[3]，鲁迅在北京大学和师范大学讲授中国小说史课程(1920)并出版《中国小说史略》(1923—1924)[4]，小说受到了前所未有的重视，逐步发展成为现代文学家族中最为显赫的一员。而学界对于中国古代小说也从始而否定，继而有所肯定，再向全面深入探讨的方向发展，志怪、志人、传奇、话本，无不有学者潜心研究，尤其对于长篇白话通俗小说，更是出现了一波又一波研究热潮，形成20世纪中国古代文学研究的靓丽景观。

在上述大背景下，中国古代小说文献整理与研究也受到各方面重视，取得了前所未有的成绩。整理文献，书目是向导。1907年，黄人《小说小话》“讲史”类列出通俗小说书目91种，开中国古代通俗小说书目之先河。其后郑振铎的《中国小说提要》(1925)《明清二代平话集》(1931)、马廉的《旧本〈三国演义〉版本的调查》(1929)、赵孝孟的《〈水浒传〉版本录》(1932)、孙楷第的

《中国通俗小说提要》(1931)《日本东京所见中国小说书目提要》(1932)、墨者的《稀见清末小说目》(1940)，都是20世纪上半叶中国通俗小说书目的代表作。而1933年北平图书馆出版的孙楷第的《中国通俗小说书目》则代表了当时通俗小说书目的整体水平。

利用现代印刷技术刊行明清通俗小说始自清末，《申报馆丛书》排印"章回小说类"20余种(1875—1890)为始作俑者。1920年，上海亚东图书馆排印出版汪原放用新式标点整理的《水浒传》，标志着中国古代长篇通俗小说文献进行现代学术整理的开始。其后，《儒林外史》、《红楼梦》、《三国志演义》、《水浒续集》、《西游记》、《老残游记》、《海上花列传》、《官场现形记》、《儿女英雄传》、《醒世姻缘传》、《三侠五义》、《镜花缘》等长篇通俗小说被陆续整理出版。与此同时，胡适的《〈水浒传〉考证》(1920)、《〈红楼梦〉考证》(1921)、《〈三国志演义〉序》(1922)、《〈西游记〉考证》(1923)、《〈镜花缘〉的引论》(1923)、《〈三侠五义〉序》(1925)、《〈儿女英雄传〉序》(1925)、《〈海上花列传〉序》(1926)、《〈官场现形记〉序》(1927)、《〈醒世姻缘传〉考证》(1931)等相继发表，推动着人们对长篇通俗小说的持续关注，也调动了大家的研究热情。1930年代施蛰存主编的"中国文学珍本丛书"、郑振铎编辑的"世界文库"、平襟亚编辑的"国学珍本丛书"等，都收录了一些通俗小说名著，推动了通俗小说的进一步普及。1932年山西介休发现明万历刊本《新刻金瓶梅词话》，次年以"古佚小说刊行会"名义影印发行，更掀起了访求古佚小说的新高潮。

与此或前或后，杨守敬、董康、王古鲁等赴日本访书，发现了一些中土久佚的中国古代小说，如唐传奇《游仙窟》、话本或拟话本《新椠大唐三藏法师取经记》、《元刊全相平话五种》、《新编五代史平话》、《剪灯新话》、《清平山堂话本》、《古今小说》、《拍案惊奇》、《熊龙峰四种小说》、《醉醒石》、《鼓掌绝尘》，以及从《盘古至唐虞传》到《剿闯通俗小说》等一大批历史演义小说，将其介绍给国内读者。郑振铎、向达、刘修业、戴望舒等则远赴欧洲，探访欧洲所藏中国古代小说，扩大了人们对中国古代小说文献的了解范围，也发现了一些中土散佚的古代小说和国内没有的小说珍贵版本[5]。

1899年在甘肃敦煌千佛洞发现2万余卷藏书，其中有被王国维称为"通俗小说"[6]的变文和话本，受到学者们的关注，有关的文献整理研究工作也逐步展开。1924年罗振玉辑印的《敦煌零拾》便收录了《季布歌》、《降魔变文》、《〈维摩诘经〉讲经文》、《欢喜国王缘》等。1925年刘复(半农)辑录的《敦煌掇琐》"小说类"收录《韩朋赋》等14种。许地山、胡适、郑振铎、向达、陈寅恪、董璠、傅芸子、关德栋等都对变文和话本进行了卓有成效的研究。

新中国成立后，百废待兴，文化建设的第一项重要工作就是整理出版

《水浒传》，聂绀弩、吴晓铃、王利器等学者参与了此项工作。《水浒传》100回本、120回本、70回本先后得到整理出版。其后，《红楼梦》、《西游记》、《三国演义》、《儒林外史》、“四大谴责小说”等一批古代优秀长篇通俗小说被陆续整理出版，大都有多种整理本面世。傅惜华编辑的《宋元话本集》(1955)、路工编辑的《明清平话小说集》(1958)、吴晓铃等选注的《话本选》(1959)、中华书局上海编辑所编辑的《话本选注》(1960)，同样受到人们的喜爱。王重民、王庆菽、向达、周一良、启功、曾毅公等编辑整理出版的《敦煌变文集》(1957)，有力地推动了敦煌变文的研究。改革开放以来，《金瓶梅》、《歧路灯》、《绿野仙踪》、《隋炀帝艳史》、《女仙外史》、《玉娇梨》、《平山冷燕》及一大批世情小说、才子佳人小说、公案小说、神魔小说、黑幕小说、狭邪小说也得到整理出版。在20世纪80～90年代形成通俗白话小说文献整理出版的新高潮。周绍良、白化文1957年编辑完成的《敦煌变文论文录》，也于1982年出版，促进了敦煌变文和话本小说的研究。

近百年来，在通俗白话小说作品整理出版受到社会欢迎的同时，有关文献资料的收集整理与研究工作也一直受到大家的重视，先后出版了一批有影响的小说文献资料与研究著作。如蒋瑞藻的《小说考证》(1911—1919)、钱静方的《小说丛考》(1913—1914)、颠公的《小说丛谭》(1914)，胡适的《吴敬梓年谱》(1922)、鲁迅的《小说旧闻钞》(1926)，容肇祖的《明冯梦龙的生平及其著述》(1931)、孙楷第的《李笠翁与〈十二楼〉》(1935)、刘复(半农)的《〈西游补〉作者董若雨传》(1935)、孔另境的《中国小说史料》(1936)，陈汝衡的《说书小史》(1936)、阿英的“小说四谈”(1936—1981)，叶德均的《戏曲小说丛考》(1957)、王晓传(利器)的《元明清三代禁毁小说戏曲史料》(1958)、孙楷第的《小说旁证》(1998)、马蹄疾的《〈水浒〉资料汇编》(1980)、谭正璧的《三言二拍资料》(1980)、刘德隆等的《刘鹗及〈老残游记〉资料》(1985)、侯忠义和王汝梅的《〈金瓶梅〉资料汇编》(1985)、黄霖的《〈金瓶梅〉资料汇编》(2004)，蔡铁鹰的《〈西游记〉资料汇编》(2010)等。诞生了不少大家公认的专门家，如通俗小说书目专家孙楷第(代表作有《中国通俗小说书目》、《日本东京所见小说书目》等)、长篇通俗小说资料专家朱一玄(代表作有《〈三国演义〉资料汇编》、《〈水浒传〉资料汇编》、《〈西游记〉资料汇编》、《〈金瓶梅〉资料汇编》、《〈红楼梦〉资料汇编》、《〈儒林外史〉资料汇编》等)、晚清小说史专家阿英(代表作有《晚清小说史》、《晚清文学丛钞·小说卷》等)、话本小说专家胡士莹(代表作《话本小说概论》)。江苏省社会科学院明清小说研究中心组织编纂的《中国通俗小说总目提要》(1990)可说是对中国近百年通俗小说文献整理研究成果的一次较为系统的总结。石昌渝主编的《中国古代小说总目(白话卷)》(2004)则在以上研究成果的基础上又有新的发现与发展。

二、小说定义的纷争影响了中国史志子部小说的文献整理与研究

需要指出的是，中国古代小说有两类：一类是二十五史《艺文志》著录的小说，通称史志子部小说；一类是不为史志著录而流行于民间的通俗小说，也称白话小说。前者是正统的小说，后者是非正统的小说。两类小说虽各有特点，但一直相互影响、相互促进，构成中国古代小说发展的奇特景观。然而，现代人心目中的小说，其实是由西方现代观念所界定的小说，它离明清白话通俗小说较近，而离中国传统史志子部小说较远。因此，就中国古代小说文献整理与研究而言，人们的注意力主要集中在白话通俗小说而较为忽视史志子部小说，便是很自然的事。以上我们的回顾，也主要集中在白话通俗小说。在白话通俗小说文献的整理与研究方面，学界的观念相对来说较为一致，工作自然就顺手一些；而对于中国史志子部著录的小说，大家的看法就有了较多的分歧，操作起来也就困难许多。

当然，应该承认，近百年来中国史志子部小说文献的整理与研究工作也一直有人在做。例如，《燕丹子》、《山海经》、《博物志》、《西京杂记》、《搜神记》、《搜神后记》、《拾遗记》、《世说新语》、《殷芸小说》、《游仙窟》、《隋唐嘉话》、《云仙散录》、《朝野佥载》、《玄怪录》、《大唐新语》、《博异志》、《集异志》、《酉阳杂俎》、《独异志》、《宣室志》、《开元天宝遗事》、《太平广记》、《夷坚志》、《青琐高议》、《东坡志林》、《夷坚志》、《唐语林》、《类说》、《绿窗新语》、《醉翁谈录》、《剪灯新话》、《效颦集》、《语林》、《今世说》、《稗家粹编》、《虞初新志》、《聊斋志异》、《阅微草堂笔记》、《子不语》、《谐铎》等，便都有较好的整理本问世。然而，这些整理与研究是孤立的，零散的，不成系统的。整理者和研究者往往考虑的是这部书本身的意义和价值，却并未从史志著录的角度来界定其类别和地位。即是说，人们并没有因为它们为史志子部小说所著录而影响对这些作品的判断，甚至并非因为史志著录其为小说而认定其为小说。这些著作有些是以“历代史料笔记丛刊”，或是“宋元笔记丛书”为名目来整理出版的，便有力地证明了这一点。

百年来，史志子部小说的辑佚、考证和叙录工作同样也有人做，成绩也不容否认。例如，鲁迅辑录的《古小说钩沉》(1909—1911)《唐宋传奇集》(1927—1928)[7]、叶德辉辑录的《唐开元小说六种》(1911)、汪辟疆校录的《唐人小说》(1930)、余嘉锡辑证的《殷芸小说辑证》(1942)、周楞伽辑注的《裴铏传奇》(1980)、程毅中辑校的《玄怪录》《续玄怪录》(1982)、卢文晖辑注的《师旷》(1985)、陈尚君辑校的《集异记》(2000)《玉堂闲话》(2004)、严懋垣的《魏晋南北朝志怪小说书录附考证》(1940)、傅惜华的《六朝志怪小说之存

逸》(1944)、李剑国的《唐前志怪小说集释》(1986)《唐代志怪传奇叙录》(1997)、周勋初的《唐人笔记小说考索》(1996)、周绍良的《唐传奇笺证》(2000)等，便是颇有代表性的著作。不过，这些著作是就某一类或某一部小说来进行文献收集整理和研究，还没有自觉地按照史志子部小说著录进行小说文献资料系统整理的构想和运作。

至于总集类作品的编纂，也时有出现，然而，其所编纂的往往是古代小说的某一部分而非全部，所采用的方法多为选编与集成的方法。即是说，整理者并没有全面关注中国史志子部小说的历史事实，而是按照自己的理解来选择他们认为是小说的作品，将其汇集在一起。如中华书局出版的程毅中编辑的《古体小说钞》(宋元卷，1995；明代卷，2001；清代卷，2001)、陕西人民出版社出版的李时人编辑的《全唐五代小说》(1998)，即其代表。而更多的是采用笔记小说的概念来汇编史志子部小说的一些作品，如民国时期上海进步书局编辑出版的《历代笔记小说大观》(江苏广陵古籍刻印社1983年重印)、商务印书馆香港分馆出版的江畬经编辑的《历代小说选》(上海书店出版社1983年重印；广东人民出版社1984年重印)、台湾新兴书局有限公司编辑出版的《笔记小说大观丛刊》(1984)、河北教育出版社编辑出版的《历代笔记小说集成》(1995)、上海古籍出版社编辑出版的《新编历代笔记小说大观》(1999—2007)，齐鲁书社编辑出版的《历代笔记小说丛书》(2004)、中华书局编辑出版的《历代史料笔记丛刊》(1960—2006)、大象出版社出版的上海师范大学古籍所整理的《全宋笔记》(2003)等丛书类书，确实包含有大量史志子部小说作品。这些都是很有意义的工作，所取得的成绩也应该充分肯定。然而，由于“笔记”、“笔记小说”等概念并不等同于史志子部之“小说”，且收什么不收什么，往往靠编辑者主观确定，标准也大多是现代的，所以在严格意义上我们还不能说已经对中国史志子部小说文献进行了全面系统的整理。

改革开放以来，学界做过系统整理和研究中国史志子部小说文献的不懈努力，编辑了不少小说书目或小说资料，以作为治史志子部小说的门径，取得了可观的成绩。如书目类有程毅中的《古小说简目》(1981)、袁行霈和侯忠义的《中国文言小说书目》(1981)；书目提要类有宁稼雨的《中国文言小说总目提要》(1996)、刘世德主编的《中国古代小说百科全书》(1998)、石昌渝主编的《中国古代小说总目(文言卷)》(2004)、朱一玄等的《中国古代小说总目提要》(2005)等，小说资料类有侯忠义的《中国文言小说参考资料》(1985)、丁锡根的《中国历代小说序跋集》(1996)等，这些都是试图对中国古代小说或文言小说进行系统清理，以摸清古小说的家底，以便进一步做好文献整理与研究工作。然而，由于古今小说观念的差异以及各自理解的不同，大家在确定哪些作品属于小说哪些不属于小说的问题上出现了分歧，并没有能够形成完全一致的意见。

例如，刘世德在《中国古代小说百科全书·前言》中说："如果完全依据今天通行的小说的概念，那么，一大批的古代文言小说势必无缘进入我们的这部百科全书。而如果完全依据古人的种种有关小说的概念，那么，我们的这部百科全书又将显得内容芜杂、大而无当。因此，对待古人的小说概念和今人的小说概念，我们既不摈弃前者，也不拒绝后者；既尊重前者，也采纳后者，力求把二者结合起来，加以灵活的运用——这就是我们所遵循的原则。"[8]这一原则简单概括就是，宋以前从宽，宋以后从严。所谓从宽，即基本遵从古人的观念。所谓从严，即主要采用今人的观念。然而，宽严的尺度如何把握，就只能取决于编者的认识和态度了。而一书之中两种标准，总让人感觉别扭和无奈。

宁稼雨在编写《中国文言小说总目提要》时也基本采用同样的方法，不过他的理解却有所不同。他后来说："他们(指刘世德先生们——引者)对其具体作法的陈述，从'总目'的角度考虑，我仍然觉得有些模糊和不足。比如，对宋以前的文言小说，如果按照他们的意见，事实上还有一些可以入选的作品。比如南北朝时期的《宋拾遗》、《宋齐语录》、《类林》等作品，完全是晋代《郭子》、《语林》、《殷芸小说》(此为南朝小说——引者)一类作品的流变。刘知几在《史通·杂述》中也将其与《世说新语》、《西京杂记》一类作品等量齐观。所以尽管史志小说家中没有著录，然而却有充足理由将其列入志人或杂俎小说中。至于南北朝至唐代志怪一类的作品，可以入选的就更多了。"因此，他在书中所确定的划定文言小说界限的原则是："在尊重古人小说概念的前提下，以历代公私书目小说类著录的作品为基本依据，用今人的小说概念对其进行遴选厘定，将完全不是小说的作品剔除出去，将历代书目小说家中没有著录、然而又确实可与当时的小说相同，或能接近今人小说概念的作品选入进来。"[9]这样，他所著录的小说有的比历代公私书目著录的小说目录要宽，有的则要严，而宽严尺度的掌握，当然全靠他个人对作品的判断。

袁行霈和侯忠义编纂《中国文言小说书目》，处理原则又有所不同。其《凡例》云："古今小说概念不同，以今例古，其中多有不类小说者。为保存历史面目，本书不以今之小说概念作取舍标准，而悉以传统目录学所谓小说家书为收录依据。"[10]然而，他们的努力仍然受到质疑，石昌渝便指出："虽然该书'凡例'称'本书以审慎、完备为目标，凡曾见于小说家类之文言小说，一般均予收录'，却仍然不够审慎和完备。如果不以个别人的看法，而依据传统目录学的经典意见，像《剪灯新话》、《剪灯余话》、《娇红记》、《钟情丽集》、《怀春雅集》、《觅灯因话》、《燕山外史》等等这类明显出自虚构的作品就不能著录；如果这类小说可以入选，那么像《刘生觅莲记》、《寻芳雅集》、

《花神三妙传》、《天缘奇遇》、《如意君传》、《痴婆子传》等作品未予著录，就是一个疏漏。”[11]显然，这是因为他们对传统目录学小说著录标准的理解不同所导致的分歧。也就是说，即使将问题局限在传统目录学的范围之内，学术界也很难形成统一意见。

有鉴于此，石昌渝主编《中国古代小说总目》时，“采取宁宽勿缺的方针，除了著录文学门类的小说作品之外，还将古代主要公私书目著录的‘小说家类’作品也一概收录，对于其中非叙事性的作品则在提要正文中加以说明”[12]。然而，为了“与古代目录学传统接轨”，将古代主要公私书目著录的“小说家类”作品一概收录，而为了突出“作为文学门类的小说”，又将上述书目失载的“许多确为文学门类的小说作品”一并收录，呈现出不古不今、不中不西的复杂面貌，中国古代小说的概念就更加模糊了。程毅中曾感叹：“古人所谓的小说，我们今天很难给它定性。我们想编一部新的古代小说书目，就会在收书标准上遇到很大的麻烦。我曾试图编一本古小说简目，想把已经失传的书也包括在内。不想只是现存的书都无法定性，已经失传的书如果只凭前人书目的著录就太宽大无边了，结果只能知难而退了。”[13]

既然中国古代小说的概念不清，对象不明，连编辑一个大家都能接受的古代小说书目都这么困难，而已经编写的中国古代小说书目入选作品又多有不同，即是说，大家并没有形成对中国古代小说的一致意见，那么，探讨有关中国古代小说的历史及其特点也就只好各说各话了。例如，有关中国小说起源的意见就至少有先秦说、西汉说、魏晋说、六朝说、唐代说等多种。而从文体着眼讨论中国古代小说的形成和发展，大家的看法也各不相同。之所以出现如此状况，除了古代小说观念与现代小说观念的差异之外，也存在今人对古人的误解乃至曲解，以及古代小说观念一直处在发展变化之中让今人难以捉摸等原因。同样是古人编纂的目录，其着眼点可能并不一样，而今人往往做一样的理解；同样是古人对小说的论述，不同时代作者的文化视角可能并不相同，而今人却做了相同的解读。另外，古今知识体系的差别，也造成了今人对古代小说观念的隔膜。以今律古、以西律中成为普遍现象，妨碍了今人与古人的对话和交流。其实，与古人沟通就应该从尊重古人开始，在这里，贯彻陈寅恪提倡的“了解之同情”态度以达致“真了解”尤为紧要：“所谓真了解者，必神游冥想，与立说之古人，处于同一境界，而对于其持论所以不得不如是之苦心孤诣，表一种之同情，始能批评其学说之是非得失，而无隔阂肤廓之论。否则数千年前之陈言旧说，与今日之情势迥殊，何一不可以可笑可怪目之乎？”[14]我们并不赞成夏志清所言：“除非我们以西方小说的尺度来考察，我们将无法给予中国小说以完全公正的评价。”[15]事实也许正好相反，除非我们真正尊重古人，对古人有“真了解”，否则我们将无法给予中国小说以真正客观的认识和完全公正的评价。何况，古人的小说观念也不是亘古不变，不是小说的所谓本质决定了小说的存在，而是小说的存在决定了人们对它的认识，唐以前的小说观念与宋以后的小说观念便不太一样，宋、元、明、清各代也有差异，而我们却用一个固定的标准去要求不断变化着的小说，能不圆凿方枘吗？

毫无疑问，人们关于小说定义的争论影响了对于中国古代小说文献的系统整理和研究，尤其是对于史志子部小说文献的系统整理和研究，却也促使我们思考：是否可以先搁置争议，寻求其他的解决办法，以推动中国古代小说文献的系统整理和研究？应该说，这种办法是有的。

三、以史志著录为依据来整理编纂古代小说文献是一种较为稳妥的方法

从以上的简要回顾可以看出，由于受西方现代小说观念的影响，中国古代小说文献的整理与研究虽然取得了可观的成绩，但也存在明显的问题。最主要的问题是，由于人们恪守西方现代小说观念，因而始终缺乏文化本位意识和学术主体意识，不愿意承认或不愿意完全承认中国历代正史《艺文志》著录的小说就是小说，尽管人们花了很大力气来调和古今小说的差异，却又始终找不到大家都能够接受的且符合中国历史实际的处理办法。这样的局面，相对来说对中国古代白话通俗小说文献的整理与研究的影响要小一些，而对中国史志子部小说的影响则要大得多。因此，当前中国古代小说文献的整理与研究应该将重点放在史志子部小说方面，以弥补一个世纪以来所形成的两类小说文献整理与研究失衡的缺憾，还原中国古代小说事实上包括史志子部小说和白话通俗小说的原生形态，以利于大家的了解、研究、开发和利用。

在西方现代观念中，“小说是用散文写成的具有某种长度的虚构故事”[16]。在中国古代，与西方小说观念比较接近的是不被二十五史《艺文志》著录的白话通俗小说，而二十五史《艺文志》著录的小说却有着与西方现代小说颇为不同的观念和很不相同的面貌。这里所说的二十五史，是学术界对历代官修正史的统称，包括《史记》、《汉书》、《后汉书》、《三国志》、《晋书》、《宋书》、《南齐书》、《梁书》、《陈书》、《魏书》、《北齐书》、《周书》、《南史》、《北史》、《隋书》、《旧唐书》、《新唐书》、《旧五代史》、《新五代史》、《宋史》、《辽史》、《金史》、《元史》、《明史》、《清史稿》。而《艺文志》则创始于《汉书》，著录当时传世的汉及汉以前文献，《隋书》和《旧唐书》则称《经籍志》。自《汉书·艺文志》“诸子略”小说家类著录小说作品目录开始，经过《隋书·经籍志》调整为在四部之子部著录小说目录以后，中国历代史志无不沿袭。即使有一些正史未设《艺文志》或《经籍志》，也有后人替其补做，因此，

就各个朝代而言，正史《艺文志》或《经籍志》(含补志)对文献的著录是基本完整的，它们所禀承的小说观念也是大体一致的。这里所说的二十五史《艺文志》著录的小说，便包括上述《经籍志》或补志所著录的小说。据初步统计，清人补史志有 40 余种，涉及小说著录的有近 20 种。全部史志(含补志)共著录小说 1535 部，其中虽有部分散佚(唐前作品大多散佚，唐以后作品也有部分散佚)和少量重复(宋以前史志通著前代，故有少量重复；个别补史志之间也有少量重复)，但总量也在 1200 部以上。

《汉书·艺文志》认为“小说家出于稗官”，以其为“街谈巷语，道听涂说者之所造”[17]。受其影响，历代史志也多从政教和学术的角度来理解小说，将其列于诸子之末，或“似子而浅薄”，或“近史而悠谬”[18]，形成“古凡杂说短记，不本经典者，概比小道，谓之小说”[19]的传统观念。因此，史志子部小说成了最为庞杂的一个门类，举凡朝政军国大事和帝王将相纪传之外的逸闻趣事、典章细故、民情风俗、海外奇谈，儒家经典和秦汉诸子之外的杂说短记、文化娱乐、奇技淫巧、茶艺酒谱，无不归之于小说。例如，包罗万象的《博物志》，搜奇记异的《列异传》，记载鬼神的《搜神记》，记载笑话的《启颜录》，记载器物的《器准图》，记载秘画的《古今艺术》，记载茶道的《茶经》，记载花道的《花品》，记载酒道的《酒谱》，记载钱事的《钱谱》，以及《笋谱》、《竹谱》、《荔枝谱》、《庭萱谱》，各种笔记、杂俎、辨订、闲谈，等等，统统被揽入小说。这些虽非朝政军国的大事，也非治国理政的宏论，但却与人们的文化消费和日常生活息息相关。古人视其为“小道”，固然降低了小说的文化地位，但也使得小说能够容纳社会生活的方方面面，反映文化点点滴滴，成为中国历史文献中最为丰富、最为生动、最有情趣、最能反映当时社会生活面貌的细部特征的一个特殊门类。这是中国古代小说的民族特色，也是中国古代小说有别于西方现代小说的关键所在。

那么，如何寻找既符合中国历史实际又切实可行的办法，来促进中国古代小说文献的全面系统整理与研究工作的深入开展呢？我们以为，这种办法就是尊重历史，尊重古人，以历代正史《艺文志》或《经籍志》的著录为依据，全面系统收集整理有关文献资料，并开展对它们的研究。因为正史代表着占社会统治地位的主流文化的历史观念、文化观念、思想观念和价值观念，而正史《艺文志》或《经籍志》则代表着主流学术对当时知识形态的系统认识和学术分类。抓住了史志子部小说，也就抓住中国古代小说的主体形态；理解了史志子部小说，也就理解了中国古代小说的基本观念。与其无休止地讨论中国古代小说观念应该是什么，哪些作品应该算做小说，不如先去了解古人到底将哪些作品归类为小说，尤其是代表正统思想的史志目录的子部小说(家)类究竟著录了哪些作品，这种著录在不同时代有哪些变化，这些作品的面貌究竟如何，时人或后人是如何认识它们的，等等。弄清楚了这些问题，也就弄清楚了占主流地位的中国古代的小说观念，弄清楚了中国如何从古代的小说观念演变至现代的小说观念，古今小说有何联系与区别，今天的小说该如何发展，等等。这种方法，说到底，是一种历史还原的方法，其核心是以中国文化和传统学术为本位。当然，这并不排斥在认识和阐释史志目录及其作品时参照西方现代小说的思想和观念，从而寻找古今融通的渠道和中西对话的平台，以促进当下小说观念的发展和小说创作的进步。

20 世纪中国古代小说文献的整理与研究主要采用西方现代小说观念，强调小说的故事性和虚构性，因此，它所重视和接纳的主要是流行于民间的白话通俗小说和有故事情节的部分文言小说，不少中国史志子部小说未能进入文献整理研究者的视野，甚至有人根本不承认它们是小说。中国史志子部小说文献的整理与研究也就不可能全面展开，许多有价值的文化资源便得不到合理的开发和利用。然而，随着中国经济的发展和国力的提升，中国文化越来越受到世界各国人民的关注和喜爱，中国学者的文化本位意识和学术本土意识也日益增强。现实需要我们对中国传统文化重新定位，反思西方现代小说观念对中国史志子部小说的歧视、误读和曲解，发掘中国史志子部小说的历史价值和文化价值，以推进中国现代文化的本土化进程，促进中国文化与世界各民族文化的平等对话和正常交流。中国史志子部小说是中华传统文化的重要组成部分，有着鲜明的历史特点和民族特色，保存着丰厚的民族文化资源，不能仅仅按照西方现代学科观念将其简单地理解为一个文学门类，必须按照其本来面目进行正确的历史定位、系统整理、综合研究和合理开发，以促进中国文化的发展。这些数量庞大的史志子部小说中不仅有大量小说精品，而且是研究中国历史文化特别是民俗文化和社会生活史的重要资料宝库，值得我们重视和珍惜，也需要我们发掘、整理和研究。

二十五史《艺文志》著录小说文献的整理与研究是在中国新文化建设的大潮中，顺应本土化学术发展的要求而进行的一项文化基础建设工程。它以中华文化为本位，准确、全面、完整、系统地收集整理二十五史《艺文志》著录小说的全部文献资料，摸清史志子部小说的全部家底，全面清理中国古代小说遗产，不仅能够帮助我们正确认识中国古代小说的历史形态和民族特点，深入研究中国古代小说，而且能够促进我们对于中国历史、地理、文化、教育、宗教、民俗、科技、工艺等方面的研究，对继承民族文化遗产、促进新时期文学发展和文化建设，都具有毋庸置疑的重要意义和现实价值。我们有理由相信，随着二十五史《艺文志》著录小说的文献整理与研究的深入，中国古代小说研究的整体水平必将跨上一个新台阶。

末了，需要说明的是，二十五史《艺文志》著录的小说属于古体小说范畴[20]，然而，它并非中国古体小说的全部，中国古体小说还包括历代私家书目所著录的小说，这些小说有不少并不为史志所收录。如果说史志子部小说主要反映了正统小说观念，代表着官方的立场，那么，私家书目所著录的小说则主要体现了民间的立场和非正统小说观念。而正是官方与民间、正统与非正统的互摄互动，构成了中国古体小说的真实历史图景。如果我们能够在史志子部小说文献整理与研究的基础上，再进一步对私家书目所著录的小说文献进行整理与研究，那么，中国古体小说的文献整理与研究就更加完整，更加全面，更加系统，也更加丰富了。我们应该有所期待。

注释：

*本文为国家社科基金重点项目“二十五史《艺文志》著录小说资料辑录”(11AZD062)阶段性成功之一，原载《学术研究》2012 年第 2 期。

[1]在梁启超提出“小说界革命”之前，尚有严复和夏曾佑在《〈国闻报〉附印说部缘起》(1897)中提出小说“为正史之根”，其“入人之深，行世之远，几几出于经史之上”；康有为《闻菽园居士欲为政变说部诗以速之》(1900)诗云：“经史不如八股盛，八股无如小说何。”重视小说渐成风气，而梁启超振臂疾呼，影响大增。

[2]王国维《红楼梦评论》云：“《红楼梦》自足为我国美术上之唯一大著作，则其作者之姓名与其著书之年月，固当为唯一考证之题目。”(原载《教育丛书》1904 年第 76～78、80～81 号)章太炎《文学论略》云：“近世小说，其为街谈巷语，《水浒传》、《儒林外史》……此皆无害为雅者。”(原载《国粹学报》1906 年第 2 卷第 4～9 册)王无生(天僇生)在《中国历代小说史论》中提出：“吾以为欲振兴吾国小说，不可不先知吾国小说之历史。……章回体以施耐庵之《水浒》为先声，弹词体以杨升庵《廿一史弹词》为最古。数百年来，厥体大盛，以《红楼梦》、《天雨花》二书为代表。其余作者，无虑数百家，亦颇有名著云。”(原载《月月小说》1907 年第 1 卷第 11 期)又在《中国三大小说家论赞》中云：“使施耐庵而生于欧美也，则其人之著作，当与柏拉图、巴枯宁、托尔斯泰、迭盖司(今译狄更斯—引者)诸氏相抗衡。”(原载《月月小说》1908 年第 2 卷第 2 期)

[3]胡适《文学改良刍议》云：“文学者，随时代而变迁者也。一时代有一时代之文学……今人犹有鄙夷白话小说为文学小道者，不知施耐庵、曹雪芹、吴趼人，皆文学之正宗，而骈文律诗乃真小道耳。”此文原载 1917 年 1 月 1 日《新青年》第 2 卷第 5 号，后收入《胡适文存》卷 1(1921)，又收入《新文学评论》(1923)。

[4]鲁迅 1920 年在北京大学和师范大学讲授中国小说史课程时编印有油印本《小说史大略》，后增补修订为《中国小说史略》，1923 年 12 月北京新潮社出版上卷，1924 年 6 月出版下卷。此前，尚有三部小说史著作发表，它们是：张静庐《中国小说史大纲》(1920 年 6 月上海泰东图书局出版，1921 年增订再版，约 2 万字)，郭希汾(绍虞)《中国小说史略》(上海中国书局 1921 年 5 月出版，编译自日本汉学家盐谷温《支那文学概论讲话》之一节，约 3 万字)，庐隐《中国小说史略》(刊《晨报》副刊《文学旬刊》第 3～11 号，1923 年 6 月～9 月)，鲁迅《中国小说史略》是当时最具代表性和权威性的小说史著作。

[5]郑振铎撰有《巴黎国家图书馆之中国小说与戏曲》(《小说月报》1927年11月10日第18卷第11期)、向达撰有《瀛涯琐志——记牛津所藏的中文书》(《国立北平图书馆馆刊》1935年10月第10卷第5期)、刘修业撰有《海外所藏中国小说戏曲阅后记》(《图书季刊》1939年6月新1卷1期)、戴望舒撰有《蠖庐琐记·爱斯高里亚尔静院所藏中国小说戏曲》(香港《星岛日报》1941年3月10日)。

[6]王国维:《敦煌发见唐朝之通俗诗及通俗小说》,《东方学术》1920年4月。

[7]鲁迅《古小说钩沉》辑录于1909年至1911年,1912年发表《古小说钩沉序》,此书正式出版在鲁迅逝后的1939年,收入由鲁迅先生纪念委员会编纂的《鲁迅全集》中。《唐宋传奇集》,上海北新书局1927年12月出版上册,1928年2月出版下册。

[8]刘世德、程毅中、刘辉主编:《中国古代小说百科全书·前言》,中国大百科全书出版社1993年版,第1页。

[9]宁稼雨:《文言小说界限与分类之我见》,《明清小说研究》1998年第4期。

[10]袁行霈、侯忠义:《中国文言小说书目·凡例》,北京大学出版社1981年版,第1页。

[11]石昌渝:《中国小说源流论》,生活·读书·新知三联书店1994年版,第12页。

[12]石昌渝主编:《中国古代小说总目》(文言卷)"凡例",山西教育出版社2004年版。

[13]程毅中:《中国古代小说的文献研究》,收入《程毅中文存》,中华书局2006年版,第19页。

[14]刘梦溪主编:《中国现代学术经典·陈寅恪卷》,河北教育出版社2002年版,第839页。

[15]夏志清:《中国古典小说导论》,安徽文艺出版社1988年版,第359页。

[16]E·M·福斯特:《小说面面观》,花城出版社1985年版,第3页。

[17]班固:《汉书》卷三十,《二十五史》本,上海古籍出版社、上海书店1986年版,第581页。

[18]鲁迅:《中国小说史略》,人民文学出版社1973年版,第3页。

[19]翟灏:《通俗编》卷二,《丛书集成初编》本,商务印书馆1937年版,第24页。

[20]中国古代史志子部小说都是文言小说,其他官私书目所著录的小说也基本上是文言小说,这与宋以后广泛流传民间的白话通俗小说明显不同。鲁迅称这些文言小说为"古小说",著有《古小说钩沉》,今人程毅中著有《古小说简目》,中华书局则以"古体小说丛刊"出版这类小说的整理本,以与近体小说(白话通俗小说)相区别。本文即在此意义上采用古体小说的概念。

王齐洲主要著作目录

一、独著

1.《四大奇书与中国大众文化》，湖北教育出版社 1991 年第 1 版，1994 年重印；1992 年台湾晓园出版社购买版权在台湾出版。

2.《古典小说新探》，浙江古籍出版社 1993 年第 1 版。

3.《文圣孔子》，湖北人民出版社 1998 年第 1 版，2009 年重印。

4.《呼唤民族性：中国文学特质的多维透视》，中国社会科学出版社 2000 年第 1 版。

5.《四大奇书与中国大众文化》(修订本)，收入“中国传统文化专题研究丛书”，湖北教育出版社 2000 年第 1 版。

6.《中国文学观念论稿》，湖北教育出版社 2003 年第 1 版。

7.《大众文化的经典：四大奇书纵横谈》，济南出版社 2004 年第 1 版，2006 年重印，2007 年再版，2008 年大字版，2009 年重印。

8.《长江流域文章风格的流变》，收入“长江文化研究文库”，湖北教育出版社 2005 年第 1 版。

9.《稗官与才人——中国古代小说考论》，收入“博导文丛 · 文献学研究系列”，岳麓书社 2010 年第 1 版。

10.《图说四大奇书》，南方出版社 2011 年第 1 版。

11.《中国通俗小说史》，收入“专门史文库”，武汉大学出版社 2013 年第 1 版。

二、合著

1.《荆楚华章》(选注古诗文，王先霈主编)，长江文艺出版社 1994 年第 1 版。

2.《湖北文学史》(与王泽龙合作，第一作者，负责体例设计、古代文学部分和全书统稿)，华中理工大学出版社 1995 年第 1 版。

3.《〈红楼梦〉与民俗文化》(与余兰兰、李晓晖合作，第一作者)，黑龙江人民出版社 2004 年第 1 版。

4.《湖北文化史》(负责文学史部分，周积明主编)，湖北教育出版社 2006 年第 1 版。

5.《〈红楼梦〉文化读本》(与王丽娟合作，第一作者)，岳麓书社 2008 年第 1 版。

6.《〈三国演义〉文化读本》(与梅莉合作，第一作者)，岳麓书社 2009 年第 1 版。

7.《〈水浒传〉文化读本》(与陈卫星合作，第一作者)，岳麓书社 2010 年第 1 版。

8.《〈西游记〉文化读本》(与吴福秀合作，第一作者)，岳麓书社 2010 年第 1 版。

9.《〈新唐书·艺文志〉著录小说集解》(与毕彩霞合作，第一作者)，岳麓书社 2009 年第 1 版。

10.《〈韩非子〉全注全译》(与高华平、张三夕合作，署名第二)，中华书局 2010 年第 1 版，2012 年重印。

11.《名家品三国》(郭沫若等若干作者之一，过常宝、刘广德主编)，中国华侨出版社 2008 年第 1 版。

三、主编

1.《走近圣人丛书》(包括《文圣孔子》、《兵圣孙武》、《史圣司马迁》、《医圣张仲景》、《武圣关羽》、《书圣王羲之》、《诗圣杜甫》、《茶圣陆羽》、《画圣吴道子》、《药圣李时珍》)，湖北人民出版社 1998 年第 1 版，2009 年重印。

2.《中国文学史简明教程》，华中师范大学出版社 2006 年第 1 版，2009 年重印，2011 年第 3 次印刷。

3.《中国古代文学作品分类精选》(上、下)，华中师范大学出版社 2008 年第 1 版。

四、参编

1.《中国古代文学》(全四册，负责明代文学部分，中南五省(区)师专《中国古代文学》编写组罗宪敏主编，为“高等师范专科学校通用教材”)，湖南大学出版社 1989 年第 1 版。

2.《中华掌故类编(古文今译)》(第一至四卷，编撰掌故若干条，朱祖延、张金煌主编)，河南人民出版社 1990 年第 1 版。

3.《中华民族优秀传统汇典》(撰写爱国篇前言约 2 万字，门岿主编)，天津社会科学院出版社1991年第1版。

4.《明清小说鉴赏辞典》(人物形象分析辞条若干，何满子、李时人主编)，浙江古籍出版社1992年第1版。

5.《中国山川名胜诗文鉴赏辞典》(诗歌欣赏辞条若干，阳光、关永礼主编)，中国经济出版社1992年第1版。

6.《中华一绝》(撰写《绝世奇书〈红楼梦〉》一篇，李维琨主编，为"五角丛书·豪华本")，上海文艺出版社1993年第1版。

7.《中国古典文献学》(负责撰写版本一章，张三夕主编，为"普通高等教育精品教材")，华中师范大学出版社2003年第1版，2007年第2版，2012年第6次印刷。

8.《中国文化典籍选读》(负责民俗文化典籍选注，高华平主编)，华中师范大学出版社2007年第1版，世界图书出版公司2012年第1版。

9.《20世纪〈西游记〉研究》(编委之一，提供论文《〈西游记〉的风格与礼乐文化的转型》，梅新林、崔小敏主编)，文化艺术出版社2008年第1版。

10.《创新与争鸣——张国光教授纪念文集》(编委之一，提供论文《论"双两说"对古代小说研究学术史的贡献》，喻学才、何新文主编)，长江文艺出版社2009年第1版。

11.《湖北读本》(编委之一，审读并修改"文化湖北"，尹汉宁主编，刘玉堂、张硕执行主编)，湖北人民出版社、九通电子音像出版社2012年第1版。

五、论文

(略)